Susanne Mischke
Eiskalt tanzt der Tod

AF214704

Zu diesem Buch

»»Papa ist tot.‹
Rafael merkt, wie ihm ein kalter Schauder über den Rücken kriecht.
›Er wurde ermordet‹, hört er Alba sagen. ›Die Polizei ist hier.‹
Ermordet? Die Gedanken stürzen auf ihn ein. Er hat es verdient.
Wer Wind sät, wird Sturm ernten, und nun hat der Sturm ihn weg-
gefegt. Endlich.
›Was ist passiert?‹
›Er wurde erschlagen. Wahrscheinlich war es ein Dieb, den er über-
rascht hat.‹
Ihre Stimme klingt seltsam, als würde sie etwas auswendig Gelern-
tes vortragen. Sie steht unter Schock, erkennt Rafael. Der Tod des
Alten muss sie hart treffen.
›Rafael? Das, was du mir beim letzten Mal gesagt hast… Darüber
muss ich mit der Polizei doch nicht reden, oder?‹
›Nein‹, antwortet Rafael. ›Ich denke nicht.‹«

Susanne Mischke wurde 1960 in Kempten geboren und lebt heute in
Wertach. Sie war mehrere Jahre Präsidentin der »Sisters in Crime«
und erschrieb sich mit ihren fesselnden Kriminalromanen eine
große Fangemeinde. Für das Buch »Wer nicht hören will, muß
fühlen« erhielt sie die »Agathe«, den Frauen-Krimi-Preis der Stadt
Wiesbaden. Ihre Hannover-Krimis haben über die Grenzen Nieder-
sachsens hinaus großen Erfolg.

Susanne Mischke

EISKALT TANZT DER TOD

Kriminalroman

PIPER

Mehr über unsere Autorinnen, Autoren und Bücher:
www.piper.de

Wenn Ihnen dieser Kriminalroman gefallen hat, schreiben Sie uns unter Nennung des Titels »Eiskalt tanzt der Tod« an *empfehlungen@piper.de*, und wir empfehlen Ihnen gerne vergleichbare Bücher.

Von Susanne Mischke liegen im Piper Verlag vor:

Hannover-Krimis:
Band 1: Der Tote vom Maschsee
Band 2: Tod an der Leine
Band 3: Totenfeuer
Band 4: Todesspur
Band 5: Einen Tod musst du sterben
Band 6: Warte nur ein Weilchen
Band 7: Alte Sünden
Band 8: Zärtlich ist der Tod
Band 9: Hättest du geschwiegen
Band 10: Fürchte dich vor morgen
Band 11: Eiskalt tanzt der Tod
Band 12: Alle sehen dich

weitere Kriminalromane:
Töte, wenn du kannst!
Mordskind
Wer nicht hören will, muss fühlen
Wölfe und Lämmer
Liebeslänglich
Die Mörder, die ich rief
Schwarz ist die Nacht
Kalte Fährte
Der Muttertagsmörder

Ungekürzte Taschenbuchausgabe
ISBN 978-3-492-31925-6
Januar 2023
© Piper Verlag GmbH, München 2022
Redaktion: Kerstin von Dobschütz
Umschlaggestaltung: FAVORITBUERO, München
Umschlagabbildung: Stephen Mulcahey / Trevillion Images und Shutterstock.com
Satz: Eberl & Koesel Studio, Kempten
Gesetzt aus der Goudy Old Style
Gedruckt von ScandBook in Litauen
Printed in the EU

Prolog

»Möpke! Was ist denn jetzt schon wieder?«

Beinahe hätte Roos durch den Ruck der Leine an ihrem Handgelenk das Telefon fallen lassen. Sie und ihr Hund sind gerade an dem kleinen Platz mit dem Brunnen angekommen, aus dessen Becken eine Skulptur aufragt, die aussieht wie eine aufgehende Knospe. Dorthin spaziert Roos jeden Tag schon früh am Morgen, damit Möpke unterwegs sein Geschäft ins schüttere Gras des Grünstreifens setzen kann, der sich zwischen Fritz-Behrens-Allee und Hindenburgstraße erstreckt. Meist umrunden sie dann noch den Brunnen, ehe sie wieder nach Hause gehen. Heute aber bleibt die kleine französische Bulldogge vor einer Bank stehen, rammt ihre krummen Beine in die Erde und stemmt sich mit aller Kraft gegen den Zug der Leine. Dazu kläfft der Hund mit gesträubtem Nackenfell.

Roos, die anhand ihres digitalen Kalenders die Termine für diesen Samstag durchsieht, kann nicht gleich erkennen, was Möpke so aufregt, denn die Sonne ist gerade erst aufgegangen, und die Bank, die Möpke anbellt, befindet sich im Schatten zweier Bäume.

Roos führt ihren Möpke am liebsten in der Morgendämmerung aus. Dabei ist sie keine Frühaufsteherin. Ihr Friseursalon öffnet um neun, sie könnte durchaus noch länger schlafen. Doch je früher sie rausgeht, desto weniger Mensch-Hund-Gespannen begegnet sie, und darum geht es. Denn jeder Hund, egal ob groß oder klein, wird von Möpke wütend angebellt und bei Gelegenheit auch attackiert. Im Sommer ist Möpke von einem größeren Artgenossen gebissen worden, seitdem ist sein Verhalten noch schlimmer geworden, und die Gassigänge sind der pure Stress. Abgesehen davon ist Roos auch nicht scharf auf die Kommentare und Ratschläge anderer Hundebesitzer, die natürlich alle genau wissen, wo das Problem liegt und was zu tun ist. Roos fühlt sich persönlich angegriffen, wenn man Klein Möpke als Angstkläffer, Aggro-Töle oder Mistköter bezeichnet. Da kann es dann schon mal passieren, dass sie ebenso aggressiv wird wie ihr Hund.

Roos ist jetzt noch etwa fünf Meter von der Bank entfernt. Ein Hund ist es jedenfalls nicht, weswegen Möpke randaliert. Hunde pflegen nicht als unförmiger Klumpen reglos auf Bänken zu liegen, schon gar nicht, wenn sie angebellt werden. Außerdem müsste das schon ein ziemlich großer Hund sein. Vielleicht ein Penner, der auf der Bank vor dem Brunnen campiert? Dann sollten sie beide lieber zusehen, dass sie hier wegkommen. Aber auch ein Penner würde nicht so unbewegt daliegen, bei dem Krach, den Möpke veranstaltet. Roos verspürt ein Gefühl des Unbehagens in sich aufsteigen, es fühlt sich an wie leichtes Sodbrennen. Sie überspielt es, indem sie den Hund anschreit: »Möpke! Schnauze!«

Zu ihrer Verwunderung hört Möpke prompt auf zu bellen, knurrt aber weiterhin mit gesträubtem Nackenhaar vor sich hin, während er nach wie vor die Bank fixiert. Das ungute Gefühl seines Frauchens verstärkt sich, wird zu Angst. Am liebsten würde Roos rasch weggehen, aber der Drang zu wissen, was da auf der Bank liegt, ist schließlich stärker. Sie überwindet sich und tritt noch ein paar Schritte näher an die Bank heran. Danach dauert es einige Sekunden, bis sie begreift, was sie dort im fahlen Morgenlicht sieht. Hinterher wünscht sie sich, dass sie an diesem Morgen nie hierhergekommen wäre.

Kapitel 1 –
Eine Frage der Ehre

Die Unterarme auf die oberste Zaunlatte gestützt beugt sich Hauptkommissar Bodo Völxen nach vorn und hebt vorsichtig das nach hinten ausgestreckte rechte Bein an. Das geht schon ganz gut. Jetzt das linke. Da sind noch immer ein leichter Schmerz und ein verdächtiges Knacken im Lendenbereich, aber mit einer weiteren Schmerztablette müsste es gehen. Ihm bleiben nur noch drei Stunden Gnadenfrist, dann muss er fit sein. Er geht in die Knie und ... au, au, au, nein, das geht gar nicht. *Schmerz, lass nach!* Ächzend zieht er sich an der Zaunlatte wieder in die Höhe. Kniebeugen sind ohnehin nicht erforderlich, im Gegenteil, eine aufrechte, souveräne Haltung ist gefragt. Führung. Im freien Stand lässt er seine Hüften kreisen, linksherum, rechtsherum. Also, geht doch! Von wegen *teutonische Hüftsteife*, wie dieser unverschämte Argentinier letzte Woche so süffisant bemerkte. Biegsam wie eine Stahlfeder ist er. Na ja, vielleicht nicht ganz. Trotzdem, er wird es ihnen allen zeigen und insbesondere Sabine seine Schmach von neulich vergessen lassen.

Neben ihm jault Oscar, dem das Gebaren seines Herrn nicht recht geheuer ist. »Glotzt nicht so dämlich«, schimpft Völxen. Der Plural ist durchaus angebracht, denn nicht nur der Terriermischling, auch die vier Schafe und der Bock, die auf der Weide unter dem Apfelbaum stehen, beäugen sein Tun skeptisch. Die Schafe sind dermaßen gebannt, dass sie sogar das Wiederkäuen vergessen.

»He, Kommissar! Soll das ein Bauchtanz werden?«

Noch einer! Hat der Hühnerbaron am Samstagmittag nichts Besseres zu tun, als seinen Nachbarn zu observieren? Schon nähert sich Jens Köpcke in der üblichen Montur – Gummistiefel, Latzhose, Schiebermütze. Völxen streicht verlegen über seinen Nacken.

»Das sind Lockerungsübungen. Heute Nachmittag muss ich wieder ran, und ich weiß nicht, ob meine Bandscheiben das durchstehen.«

Ein anzügliches Grinsen drängt Köpckes feiste Backen auseinander, in Richtung der henkelartig abstehenden Ohren. »Du kennst doch das alte Sprichwort, Kommissar: Wenn's hinten wehtut, soll man vorne aufhören.«

»Was du nicht sagst.«

»Selber schuld. Was machst du deiner Frau auch so saudumme Geschenke?«

Längst ist der Nachbar darüber im Bilde, was es mit Völxens Verrenkungen auf sich hat. Schließlich hat dieser ihn die ganze Woche über, wenn sie sich nach Feierabend auf ein lauwarmes Herrenhäuser an der Schafweide getroffen haben, über seinen Gesundheitszustand auf dem Laufenden gehalten.

»Meiner Hanne habe ich zu ihrem Sechzigsten ein Wellness-Wochenende im Harz für zwei Personen geschenkt. Zum Glück hat sie dann ihre Freundin dorthin mitgenommen«, feixt Köpcke.

Hätte Völxen geahnt, was auf ihn zukommt, hätte er Sabine zu deren Geburtstag auch ein Wellness-Wochenende im Harz geschenkt und nicht diesen Tango-Basis-Kurs. Fünf Samstagnachmittage hintereinander! Das grenzt an Masochismus, was hat er sich nur dabei gedacht, fragt sich der Hauptkommissar heute, wo er um einige Erfahrungen reicher ist. Typischer Fall von Selbstüberschätzung und kompletter Ahnungslosigkeit. Niemand hat ihm zuvor gesagt, dass Tango ein so komplizierter Tanz ist. Diese vielen Figuren, die sich kein Mensch merken kann, weder die spanischen Namen noch die Schrittfolgen.

Letzten Samstag fand die erste Tanzstunde statt. Zusammen mit ihm und Sabine sind sie acht Paare, darunter ist kaum jemand unter fünfzig, und auch der Tanzlehrer ist nicht mehr der Jüngste. Besonders der Tanzlehrer, genau genommen. Tango, lästerte Völxen da noch im Stillen, scheint ein Seniorentanz zu sein, also kann es so schlimm schon nicht werden. Der Tanzlehrer mit dem klangvollen Namen Aurelio Martínez gab sich vor seinem Publikum den

Anschein, als machten ihn schon allein seine argentinischen Wurzeln zum Tango-Guru. Er leitete den Kurs zusammen mit seiner Tochter, Alba Martínez, der Inhaberin der Tanzschule Martínez, die im Prospekt und auf der Webseite der Tanzschule als Kursleiterin angegeben ist. Doch ihr Vater tat so, als hätte er das Sagen, und schien sich sehr wichtig zu nehmen. Sei's ihm gegönnt, dem alten Gockel, dachte Völxen zu diesem Zeitpunkt noch generös.

Er hat extra die Tanzschule Martínez ausgesucht, obwohl die Kurse dort nicht gerade billig sind. Doch er hat damit bei Sabine einen echten Volltreffer gelandet. Über kein Geschenk hat sie sich in den dreißig Jahren ihrer Ehe jemals so sehr gefreut. Nicht einmal über die Dampfbügelstation oder den Staubsauger-Roboter. (Robby erwies sich im Nachhinein als glatter Fehlschlag und lagert inzwischen im Keller, da Oscar sich mit dem neuen Familienmitglied absolut nicht verstand.)

Die Tanzschule Martínez residiert in einer pompösen alten Villa in Hannovers Nobelstadtteil, dem Zooviertel. Bereits von außen macht der klassizistisch angehauchte Bau, der inmitten eines streng gepflegten Gartengrundstücks steht, reichlich viel her, und spätestens beim Eintreten in das weitläufige Foyer hat man das Gefühl, in eine untergegangene Zeit abzutauchen. Entlang einer gut bestückten Bar gelangt man dann in den Tanzsaal: Stuckdecke, Kronleuchter, goldgerahmte Spiegel, blitzblankes Eichenparkett. Eine angestaubte Eleganz, jedoch völlig ohne Ironie.

Dieses allzu glatte Parkett wurde Völxen zum Verhängnis. Über den genauen Hergang des Malheurs gibt es unterschiedliche Versionen, je nach Sichtweise. Nach Völxens Erinnerung verhielt es sich so: Beim Versuch, eine Figur namens Boleo zu tanzen, eine simpel aussehende, im Detail aber doch vertrackte Drehung, übernahm Sabine plötzlich die Führung, wovon ihr Partner, also Völxen, völlig überrumpelt wurde. Im Nu waren beide ineinander verstrickt, und Sabine stolperte. Ob über ihre eigenen oder über seine Füße, lässt sich nicht mehr genau rekonstruieren. Völxen, reflexhaft ritterlich, bewahrte seine Gattin davor, zu stürzen, indem er sie beherzt um die Taille fasste und festhielt, und schon war es passiert: Hexenschuss, Bandscheibenvorfall, eingeklemmter Nerv, irgendetwas in der Art. Es fühlte sich jedenfalls an wie ein Messerstich ins Kreuz. Das ist Völxens Version und somit die einzig richtige, schließlich kann er ein Lied davon singen, wie unzuverlässig Zeugenaussagen sind und wie sehr einen die Erinnerung oftmals trügt – sofern man nicht wie er ein hervorragendes Gedächtnis und ein geschultes Auge für Details hat. Eigenschaften, über die ein Erster Kriminalhauptkommissar des Kommissariats für Todesdelikte selbstverständlich verfügt.

Sabines Version lautet dagegen: ausgerutscht, Kreuz verrenkt.

»Geht's, oder müssen wir nach Hause?«, fragte sie, noch während ihr Gatte vor Schmerz nach Luft rang. Ihre enttäuschte Miene veranlasste Völxen, heroisch zu röcheln, er müsse sich nur kurz hinsetzen, es würde ihm sicher gleich wieder besser gehen.

Dem war aber nicht so.

Vom Schmerz gezeichnet hing er für den Rest der Stunde in einem Sessel, am Rand des Geschehens, abgeschoben und missachtet wie ein unbrauchbar gewordenes Möbel. Indessen schlug die Stunde für das neue Traumpaar: Sabine Völxen und Aurelio Martínez. Dieser ölige Argentinier, dünn wie eine Sardine in seinem eng anliegenden Anzug, mit pfundweise Pomade im schwarz zurückgewellten Haar, dieses wandelnde Klischee, glitt ab sofort mit Völxens Ehefrau übers Parkett, und während seine Mimik einen lächerlichen Ernst widerspiegelte, strahlten Sabines Augen wie die LED-Lichter am Weihnachtsbaum. Und wie sie sich bemühte, den Maestro nur ja nicht zu enttäuschen! Vor keiner noch so gewagten Figur oder anstößigen Verrenkungen schreckte sie zurück. Weitaus schlimmer als Völxens körperliche Schmerzen war die Kränkung darüber, wie unverhohlen blendend Sabine sich amüsierte und über sich hinauswuchs, derweil ihr Gatte stumm vor sich hin litt. Hatte sie während der ganzen Zeit eigentlich auch nur ein Mal zu ihm hergesehen, sich vergewissert, ob es ihm gut ging? Nicht die Bohne! Er hätte in diesem Sessel unbemerkt sein Leben aushauchen können, während sie sich in den Armen dieses Kerls verbog wie eine Brezel.

Natürlich stritt sie all dies hinterher vehement ab und lachte über ihn. Es sei geradezu herzerfrischend, meinte sie, dass er nach so vielen Jahren Ehe noch so eifersüchtig sei. Als wollte sie seine Gelassenheit auf die Probe stellen, musste er sich während der ganzen Woche augenzwinkernd vorgetragene Schwärmereien über den geschmeidigen Señor Martínez anhören. Für den Fall, dass seine körperliche Konstitution eine Teilnahme nicht mehr zulassen sollte, bot Sabine an, den Kurs mit einem jungen Kollegen von der Musikhochschule fortzusetzen.

»So weit kommt's noch!«, hat Völxen protestiert. Nein, er wird diesen Kurs durchziehen, auf Teufel komm raus. Es ist eine Frage der Ehre.

Der Rücken lädiert, der Stolz angeknackst, doch damit nicht genug der Demütigungen. Ausgerechnet in diesen schweren Tagen kommt noch sein berufliches Totalversagen dazu. Ein hartes Wort, das so noch keiner in den Mund genommen hat, nicht einmal die Presse oder gar Völxens Vorgesetzter, der Vizepräsident der Polizeidirektion Hannover, aber das ändert nichts daran, dass der Hauptkommissar es genau so empfindet.

Am frühen Morgen des 28. August, einem Samstag, wurde von einer Hundespaziergängerin mitten in der Stadt, am Reese-Brunnen, ein grausiger Fund gemacht: eine Leiche, deren Oberkörper, die Hände und besonders das Gesicht, verbrannt worden waren.

Zwei Wochen sind seither vergangen, doch Völxen kann noch immer so gut wie nichts vorweisen. Nicht nur keinen Täter, keinen Verdächtigen und keine Spur, nein, man kennt noch nicht einmal das Opfer. So etwas ist in seiner ganzen Laufbahn noch nie vorgekommen, und es nagt an ihm.

Das wenige, was man weiß, verdankt man der Spurensicherung und Dr. Bächle, dem Rechtsmediziner. Laut seiner Expertise handelt es sich bei der Toten um eine Frau, dunkelhaarig, Anfang, Mitte zwanzig. Sie wurde erdrosselt, wahrscheinlich mit bloßen Händen. Laut Dr. Bächles Schätzung geschah die Tat, einige Stunden bevor sie gefunden wurde, in den Abendstunden des

27. August. Ihr DNA-Profil deutet auf eine osteuropäische Herkunft hin. Ein Sexualdelikt schließt Bächle aus, zumal die Leiche vollständig bekleidet war: Jeans, T-Shirt, Kunstlederjacke, Sneakers, alles eher günstige Marken.

Die Tote wurde mit einem handelsüblichen Grillanzünder übergossen und angezündet, und zwar auf der Bank, auf der die Zeugin sie fand, darauf deuten die Brandschäden an der Bank hin. Die Zeugin heißt Roos van Doorn, ist dreiunddreißig Jahre alt, Friseurin und wohnt zusammen mit ihrem Freund in der Ellernstraße, also gleich um die Ecke. Sie befand sich auf ihrer üblichen Morgenrunde mit ihrem Hund. Weitere Zeugen sind drei Autofahrer, welche gegen halb zwei in der Nacht im Vorbeifahren die Flammen bemerkt hatten. Keiner von ihnen kam auf die Idee, deswegen anzuhalten oder gar die Polizei zu rufen. Man dachte an Jugendliche, die sich dort zum Saufen und Kiffen verabredet hatten, oder Obdachlose, die sich an einem Lagerfeuer aufwärmten.

Der Fundort ist nicht der Tatort, darauf deutet der Unterschied zwischen Dr. Bächles geschätztem Todeszeitpunkt und der Beobachtung der Flammen durch die Zeugen hin. Es ist anzunehmen, dass die Leiche in einem Fahrzeug hergebracht wurde. Am Rand des Grünstreifens befinden sich genug Parkplätze, der Täter musste den Körper also nur wenige Meter bewegen. Vielleicht ist das der simple Grund, warum die Leiche dort lag, wo sie lag: weil der Ort gut zu erreichen ist. Dazu kommt: In unmittelbarer Nähe des Platzes gibt es keine Wohnungen, von denen aus man ihn hätte beobachten können. Nur die Straße. Ein gewisses Risiko ging der Täter also bei der Platzierung der Leiche an diesem Ort ein. Niemand schien die Tote zu vermissen. Ein Phantombild ließ sich wegen der starken Verbrennungen nicht erstellen, vermutlich hat der Täter genau dies beabsichtigt. Wieso er dann die Leiche an einem Platz mitten in der Stadt ablud und anzündete und nicht an einem Ort, an dem sie erst viel später oder vielleicht auch niemals entdeckt worden wäre, ist nur eines der Rätsel dieses Falls.

Warum dort? Warum dieser Platz? Wer ist die Tote?

Hauptkommissarin Oda Kristensen warf die These auf, dass die

Platzierung der entstellten Leiche womöglich eine Botschaft sei. Völxen hält das ebenfalls für plausibel. Nur, welche Botschaft soll das sein, und für wen ist sie bestimmt?

Eines ist den Ermittlern ebenfalls klar: Falls die Frau sich illegal im Land aufhielt, kann es gut sein, dass niemand sie vermisst. Oder wenn doch, dann scheut sich dieser Jemand vermutlich, ihr Verschwinden bei der Polizei zu melden, weil er oder sie entweder ebenfalls illegal im Land lebt oder zu einem Personenkreis gehört, der solche Menschen gerne skrupellos ausnutzt.

Völxen hat früh eingesehen, dass er und seine Leute allein nicht weiterkommen, und das Landeskriminalamt um Hilfe gebeten: Ihre V-Leute mögen sich in den entsprechenden Szenen umhören. Möglicherweise geriet die Frau zwischen die Fronten rivalisierender Zuhälter oder Drogenhändler. Das würde die Verschleierung der Identität des Opfers durch die Verbrennungen erklären und die Zurschaustellung der Leiche an einem Ort, der zwischen zwei stark befahrenen Straßen liegt und bei dem man sicher sein kann, dass sie rasch gefunden wird.

Bis jetzt ist vom LKA jedoch nichts Brauchbares gekommen.

Ähnliche Spekulationen stellte auch die Presse an: Rotlichtmilieu, Drogenhandel, Menschenhandel, Mafia, Clankriminalität, Neonazis, ein Ehrenmord ... Jeden Tag wurde ein neues Kapitel aufgeschlagen und durchgekaut. Und niemals, wirklich kein einziges Mal, vergaßen sie den Hinweis, die Polizei *tappe im Dunkeln*. Oft mit dem Zusatz *völlig*.

Zu allem Überfluss erkundigt sich auch Völxens Ehefrau beinahe täglich nach den Fortschritten der Ermittlung.

»Erstens weißt du, dass ich darüber mit dir nicht sprechen darf, und zweitens fragst du doch sonst auch nicht dauernd nach, wie es um meine Fälle steht«, bemerkte Völxen neulich genervt.

»Entschuldige bitte, dass es mich bewegt, wenn eine halb verbrannte Leiche quasi vor der Haustür meines Arbeitsplatzes liegt«, versetzte Sabine und fügte hinzu, dass, rein theoretisch, auch sie die Leiche hätte finden können.

Sehr theoretisch betrachtet, ja. Das Gebäude der Hochschule

für Musik, Theater und Medien Hannover, an dem Sabine Klarinette unterrichtet, liegt gegenüber des Fundortes, auf der anderen Seite der Fritz-Behrens-Allee. Da der Tag, an dem die Leiche der jungen Frau gefunden wurde, ein Samstag war, hatte Sabine keinen Unterricht, und so früh fangen ihre Stunden für gewöhnlich auch nicht an. Dass die Nachbarschaft der Musikhochschule etwas mit dem Verbrechen zu tun hat, ist in Völxens Augen höchst unwahrscheinlich. Zumal man dort keine Schülerin oder Lehrkraft vermisst, das wurde selbstverständlich überprüft.

»Seit das passiert ist, fühle ich mich nicht mehr sicher auf dem Weg zur Arbeit. Was, wenn der Mörder dort noch herumschleicht?«

Was will man seiner Frau auf diese Frage antworten? Nein, es darf einfach nicht sein, dass Völxen und sein Team ausgerechnet in diesem Mordfall kein Ergebnis liefern. Und doch sieht es bis jetzt ganz danach aus.

»Machst du mir noch einen Kaffee, Mamá?«

Pedra Rodriguez blickt über die Kühltheke ihres Ladens hinweg auf ihren Sohn Fernando, der an einem der Stehtische lehnt. Vor ihm steht ein leerer Teller, auf dem eben noch *albóndigas*, scharfe Fleischbällchen, Datteln im Speckmantel und Tomaten mit Thunfischfüllung lagen. Er hat alles restlos verputzt, und jetzt ist er mit seinem Telefon beschäftigt. Sie schaut auf die Uhr. Schon fast halb drei. Was lungert er eigentlich noch immer hier herum?

»Wolltest du nicht die leeren Weinkartons zerkleinern?«

»Mach ich schon, keine Sorge. Nur noch einen Kaffee zur Stärkung.«

»Ganz wie der Herr wünscht!« Pedra setzt die Maschine in Gang und bringt den Kaffee an seinen Tisch.

»Du musst mich nicht bedienen, Mamá!«

»Ach! Das wäre ja mal ganz was Neues.«

»Ein Wort, und ich hätte ihn geholt«, versichert Fernando.

Pedra wedelt seine Behauptung mit einer unwilligen Handbewegung fort. »Wo sind Chule und mein kleiner Schatz?«, fragt sie,

14

während ihr Blick erneut zu der großen Uhr gleitet, die über der Kühltheke an der Wand hängt.

»Spazieren, auf dem Lindener Bergfriedhof«, antwortet Fernando. »Sag mal, erwartest du jemanden?«

»Wieso?«, fragt Pedra zurück.

»Weil du andauernd auf die Uhr schaust.«

»Ich schau nicht andauernd auf die Uhr.«

»Doch, tust du«, beharrt Fernando. »Wieso ist eigentlich der Laden noch offen, es ist schon nach zwei.«

Pedra lässt ein Schnauben hören und sagt dann: »Gut, wenn du es genau wissen willst: Ja, ich warte auf jemanden. Auf meinen Stammgast nämlich, den Señor Garcia. Er kommt jeden Samstag kurz vor Ladenschluss vorbei und kauft Wein und Schinken und marinierten Ziegenkäse, man kann die Uhr nach ihm stellen.«

»Oho, der Señor Garcia«, wiederholt Fernando mit anzüglichem Grinsen.

»Ein sehr netter älterer Herr, er stammt aus Argentinien.«

»Ist er ein Verehrer? Flirtet er mit dir? Läuft da was?«

»Fernando! Ich muss doch bitten, wie redest du denn mit deiner Mutter!«

»Wieso? Es wäre doch nichts dabei. Du hast noch nie den Laden für jemanden offen gelassen ...«

»Unsinn!« Pedras Wangen röten sich ein bisschen, was sie erst recht verärgert. »Wir haben uns nach dem Einkauf immer noch ein wenig unterhalten, das ist alles.«

»Vielleicht ist er Veganer geworden und trinkt nicht mehr.«

»Das ist überhaupt nicht lustig«, herrscht Pedra ihren Sohn an, denn er hat einen wunden Punkt getroffen.

Für die jüngeren Bewohner des angesagten Stadtteils Hannover-Linden ist Pedras Laden mit angeschlossenem Imbiss längst nicht mehr hip genug, und der ansteigende Trend zum Veganismus, der im Szene-Viertel um sich greift, wirkt sich obendrein schlecht auf ihr Geschäft aus. Zwar bestehen inzwischen etliche Tapas auch aus rein veganen Zutaten, aber Pedra Rodriguez verkauft nach wie vor Schinken und Wurst, Fisch und Käse, und die vegane Szene toleriert es nicht, wenn man zweigleisig fährt. Den Wein lässt man sich heutzutage auch lieber per Onlinebestellung liefern, anstatt ihn kartonweise nach Hause zu schleppen. Ja, der Zeitgeist ist gnadenlos und weht dem kleinen Geschäft immer rauer ins Gesicht.

Pedras dunkle Augen funkeln ihn an, es ist eine Mischung aus Zorn und Kummer. »Ich mache mir ernsthaft Sorgen, Nando. Er ist schließlich nicht mehr der Jüngste. In seinem Alter weiß man nie ...«

»Was heißt *nicht mehr der Jüngste?* Wie alt ist er denn, achtzig, neunzig?« So langsam, registriert Fernando, stirbt ihr die Kundschaft weg. Zum Glück ist sie nicht mehr auf die Einkünfte aus ihrem spanischen Lebensmittelladen angewiesen. Längst bezieht sie ihre Rente, und die geringe Miete für den Laden und die Wohnung bezahlt sie an ihn und seine Frau Jule auch nur, weil sie darauf besteht. Solange es ihr noch Spaß macht, soll sie den Laden doch behalten, sagt sich Fernando. Der Kontakt mit ihrer Kundschaft, auch wenn die allmählich weniger wird, würde ihr sicherlich arg fehlen.

»Nein, so alt ist der Señor Garcia noch nicht!«, wehrt Pedra ab. »Er ist Anfang siebzig, schätzungsweise. Aber Männer sterben bekanntlich früher und oft überraschend.«

»Herrgott, Mamá! Nur weil dein Stammgast mal nicht auftaucht, musst du doch nicht gleich vom Sterben reden. Vielleicht hatte er heute etwas anderes vor, vielleicht ist er verreist ...«

»Hm«, grummelt Pedra und wienert an der Schneidemaschine herum. Dann, nach einem weiteren verstohlenen Blick zur Uhr, lächelt sie ihren Sohn an und fragt einschmeichelnd: »Kannst du nicht irgendwas machen?«

»Was machen?«, wiederholt Fernando Böses ahnend.

»Na, irgendwas halt! Wozu bist du schließlich Polizist geworden?«

»Klar, kein Problem. Ich werde sofort die Datenbank abfragen, um seine Adresse rauszukriegen, dann werde ich Völxen alarmieren, damit der das SEK zu seiner Wohnung schickt, und falls er da nicht ist, werden wir eine Fahndung rausgeben. *Gesucht wird ein älterer Argentinier, der seinen Einkauf verpasst hat.* Inzwischen können wir zwei schon mal ein Phantombild anfertigen und es an alle Medien schicken: Stammgast vermisst ...«

»Pah!« Pedra wendet sich mit verächtlicher Miene ab. »War ja klar, dass man im Ernstfall nicht mit dir rechnen kann.«

»Ernstfall! Wirklich, Mamá, jetzt bleib mal auf dem Teppich!«

In diesem Moment geht die Ladentür auf. Aber es ist nicht der sehnlichst erwartete Señor Garcia, sondern Jule, die den Buggy mit dem schlafenden Leo zur Tür hereinschiebt und mit hochroten Wangen keucht: »Alarmstufe rot! Ich muss eine Vermisstenmeldung aufgeben.«

»Du auch?«, erwidert Fernando.

»Leos Schlafkrokodil ist weg. Wir haben eine knappe Stunde, bis er aufwacht, um es zu finden. Ansonsten gnade uns Gott.«

Fernando, schreckensbleich, rutscht vom Hocker und meint zu seiner Mutter: »Siehst du, *das* ist ein Ernstfall.«

Völxen betrachtet sich im Spiegel. Der Anzug sitzt ein bisschen stramm, aber wenn er den Bauch einzieht, geht es. Er hat ihn vor wenigen Jahren angeschafft, zur Hochzeit von Jule Wedekin und Fernando Rodriguez. Seither mangelte es an Gelegenheiten, das gute Stück zu tragen. Bei seiner Tochter Wanda steht zum Glück noch keine Hochzeit an, die Konzerte ihrer Schüler, zu denen Sabine ihn hin und wieder mitschleppt, sind pandemiebedingt in letzter Zeit ausgefallen, und ansonsten meidet Völxen kulturelle Ereignisse, bei denen ein Anzug gefragt ist, wenn es irgendwie geht. Vorhin hat Sabine vorgeschlagen, er solle das gute Stück doch zum nächsten Tangokurs anziehen. Es ist ihre Art, ihm klarzumachen, dass sein Erscheinungsbild verbesserungsfähig ist und er beim letzten Mal mit Hemd und Cordhose nicht adäquat gekleidet war.

Noch ein Spritzer Rasierwasser, dann kann es losgehen. Sabine wartet schon abfahrbereit im Flur. Dieses enge grüne Kleid, das sie trägt, scheint neu zu sein, und das lächerlich winzige Handtäschchen aus schwarzem Lack hat er ebenfalls noch nie gesehen Dieser

Kurs wird immer kostspieliger, stellt Völxen fest. Allein Sabines Tanzschuhe waren ein Schlag ins Kontor.

»Du bist brav, sonst wanderst du ins Tierheim!«, droht sie gerade dem Terrier, der längst realisiert hat, dass sein Personal sich anschickt, Haus und Hof ohne ihn zu verlassen. Er sitzt in der Tür, ein demonstratives Häufchen Elend. Wenn es nur dabei bliebe! Bestimmt wird nachher irgendein Schaden an der Einrichtung zu beklagen sein. Glück hat man, wenn es nur ein ausgeweidetes Sofakissen ist, Pech, wenn er das Sofa oder den Teppich anfrisst.

»Sehr schick siehst du aus«, bemerkt Völxen, den Gedanken an die Ausgaben und potenzielle Verbissschäden verdrängend.

»Du aber auch«, entgegnet Sabine. »Den Anzug solltest du öfter tragen.«

Bloß das nicht!

Arm in Arm stehen sie vor dem Spiegel neben der Garderobe.

»Einigen wir uns darauf, dass wir immer noch ein wahnsinnig attraktives Paar sind«, meint Völxen und grinst ihrem Spiegelbild zu.

»Absolut«, antwortet Sabine. »Warte, das müssen wir dokumentieren!« Sie holt ihr Handy aus der winzigen Handtasche und macht ein Selfie von sich und ihrem Gatten. »Das schicke ich Wanda. Damit sie sieht, was für glamouröse Eltern sie hat.«

Wanda ist mit ihrem Studium der Mathematik und Philosophie allmählich fertig und macht gerade ein Praktikum bei einer Werbeagentur in Amsterdam. Bestimmt treibt sie sich jeden Abend in angesagten Technoclubs herum und findet ihre Eltern in Ballklamotten ziemlich uncool. Aber man weiß nie, manchmal täuscht man sich ja in der Jugend.

»Sehr gute Idee«, presst Völxen hervor.

»Du kannst jetzt wieder atmen, Bodo.«

Zwanzig Minuten später fährt Völxen kreuz und quer durchs Zooviertel, auf der Suche nach einem Parkplatz. Sabine schaut schon nervös auf die Uhr, und Völxen ist kurz davor, das Schild *Polizeieinsatz* zu missbrauchen und sich ins Halteverbot oder auf einen

Anwohnerparkplatz zu stellen, als er den Golf endlich in eine Lücke quetschen kann. Allerdings ist der Parkplatz zwei Blocks von der Tanzschule entfernt.

»Beeil dich, ich will nicht zu spät kommen«, mahnt Sabine.

Völxen verkneift sich eine Bemerkung.

Es herbstelt schon ein wenig. Ein lauer, böiger Wind lässt gelbe Blätter von den Bäumen regnen und wirbelt sie auf den kopfsteingepflasterten Gehwegen herum. Die Sträucher in den Vorgärten des Villenviertels tragen buntes Laub, aber noch blühen dazu die Rosen.

»Was für ein schönes Viertel«, meint Sabine bewundernd. »Sogar die Vögel zwitschern hier vornehmer als bei uns auf dem Land.«

»Was du nicht sagst.« Ja, in der Tat, das Zooviertel hat etwas, aber trotzdem wohnt Völxen lieber ländlich. Die Pandemie hat ihn in dieser Ansicht noch bestärkt, und auch Sabine schätzt seither die Vorzüge des Lebens im Speckgürtel deutlich mehr als vorher.

»Ich werde mich erkundigen, ob es in der Nähe ein Altenheim gibt«, fügt Völxen hinzu.

Sabine verdreht die Augen und hakt sich bei ihm unter, um in ihren Tanzschuhen nicht auszurutschen. In seinem Rücken ziept es noch ein bisschen, aber es wird gehen. Heute wird dieser ölige Gigolo keine Chance mehr bekommen, seine Krallen nach Sabine auszustrecken.

Fünf Minuten vor vier Uhr nähern sie sich der Villa. Sie liegt zurückversetzt vom Gehweg, sodass genug Platz bleibt für eine breite, etwa fünfzehn Meter lange Einfahrt und drei Parkbuchten neben dem Eingang, die allerdings den Bewohnern vorbehalten sind. Ein alter, sehr gepflegter, beigefarbener Mercedes parkt in der Mitte, flankiert von einem silberfarbenen Audi A3 und einem betagten Fiat Panda. Dem Vorgarten sieht man die professionelle Pflege an, aber es mangelt an Individualität. In der Mitte des Rasens flammt als Blickfang ein feuerroter japanischer Ahorn.

Etwas ist anders als beim letzten Mal. Eine Menge Leute stehen in der Einfahrt und sogar auf der Rasenfläche herum, darunter erkennt Völxen die Kursteilnehmer vom letzten Samstag sowie eine Handvoll Jugendlicher. Unterschiedlicher könnte ein Publikum kaum sein. Die einen in Jeans, Leggins und Kapuzenpullis, die anderen sehen aus, als gingen sie zu einer Hochzeit oder einer Zwanzigerjahre-Motto-Party. Allerdings scheint bei beiden Gruppen eine gedrückte Stimmung zu herrschen. Wieso stehen sie überhaupt alle *vor* der Villa herum, obwohl doch der Kurs gleich anfängt?

»Was ist denn hier los?«, wundert sich nun auch Sabine.

Völxen beschleicht eine düstere Ahnung. Er ist in seinem Leben schon an genug Tatorten und Leichenfundorten gewesen, um die Zeichen nicht sofort zu erkennen. Das betretene Schweigen, die gesenkten Blicke, Hände, die auf Münder gepresst sind, Männerarme, die sich schützend um Frauenschultern legen, das eine oder andere geflüsterte Wort, und doch wirken sie auch ein wenig wie ein Theaterpublikum, das auf eine Sensation aus ist. Den Gegensatz dazu bildet die aufgesetzt lässige Haltung der Jugendlichen, die sich betont gelangweilt und abgebrüht geben und immer wieder in Gekicher ausbrechen.

Eine Dame stöckelt auf sie zu, kaum dass das Ehepaar Völxen das offen stehende Tor der Einfahrt passiert hat. Völxen kann sich von vergangener Woche an die Frau erinnern oder vielmehr an ihr schwarzes Fransenkleid. Heute hat sie ihre nicht mehr ganz schlanke Figur in einen Schlauch gepresst, dessen Stoff schillert wie Fischschuppen. Ein Band aus lila Seide bändigt das graue Lockenhaar der etwas aus dem Leim gegangenen Nixe. Der Tangokurs scheint besonders die Damen dazu zu verlocken, allerhand gewagte Looks auszuprobieren.

»Etwas Furchtbares ist passiert: Señor Martínez ist tot«, flüstert die Dame mit den grauen Locken, und jetzt macht es auch Sabine: Sie presst die Hand auf ihren Mund, während sich ihre Augen weiten.

»Wie, tot?«, fragt Völxen.

»Ich glaube, jemand hat ihn erschlagen«, sagt der Mann der Nixe, groß, korpulent, blaues Goldknopfjackett.

»Wurde die Polizei schon verständigt?«, fragt Völxen.

»Ich denke schon.«

In Völxen geht eine Veränderung vor. Automatisch schaltet er um in seinen Berufsmodus. Aus dem Ehemann und Tanzschüler wird der Erste Kriminalhauptkommissar des Kommissariats für Tötungsdelikte der Polizeidirektion Hannover.

»Sorgen Sie bitte dafür, dass die Leute alle hierbleiben, bis meine Kollegen eintreffen«, sagt er zu dem Mann. »Ich sehe mir das mal an. Du bleibst hier draußen!«, befiehlt er Sabine, während er den Dienstausweis aus seiner Brieftasche herausfummelt und sich einen Weg zur Eingangstür bahnt. »Polizei, lassen Sie mich durch!«

Die Leute weichen bereitwillig zurück, als seien sie froh, dass sich nun endlich einmal jemand kümmert. Lediglich ein bärtiger junger Mann in Jogginghose und Muscle-Shirt, beides grau, steht nach wie vor breitbeinig und mit verschränkten Armen vor dem zweiflügeligen Portal der Villa und erinnert an einen Türsteher eines Nachtclubs. Zum Tangokurs gehört er nicht, aber er scheint sich irgendwie zuständig zu fühlen. Völxen hält ihm seinen Dienstausweis unter die Nase. »Hauptkommissar Völxen. Und Sie sind?«

»Daniel Brock. Ich leite den Streetdance-Kurs. Vielmehr sollte ich das tun, aber wie es aussieht ...«

»Verstehe. Ich gehe jetzt da rein. Aber sonst keiner, so lange, bis die Kollegen eintreffen. Kriegen Sie das hin?«

»Krieg ich hin«, versichert Brock und tritt zur Seite.

Völxen betritt das Foyer der Tanzschule. Aurelio Martínez liegt bäuchlings, mit leicht verdrehtem Oberkörper, auf dem Marmorboden, direkt unter dem Kristallkronleuchter, die Arme nach vorn gestreckt, als wollte er noch im Fallen nach etwas greifen.

Die Tür hinter Völxen ist noch nicht wieder zugefallen, da kommt ihm bereits Alba Martínez entgegen, eskortiert von zwei älteren Damen, von welchen die eine aussieht, als wäre sie gerade von einer Opernbühne herabgestiegen. Alba Martínez bittet ihn unter Tränen, wieder hinauszugehen. Woher soll sie auch wissen, dass Völxen hier genau der richtige Mann am richtigen Platz ist?

Der gibt sich erneut als Polizeibeamter zu erkennen und fragt: »Was ist passiert?«

Schon schluchzen und reden alle drei wild durcheinander.

»Halt, halt, halt!«, ruft Völxen und hebt die Hände, um dem Geschnatter Einhalt zu gebieten. »Frau Martínez, bitte ...« Die Tochter des Toten blickt Völxen aus großen, mit Wimperntusche verschmierten Augen an. Die Kombination Tanzschüler – Polizist scheint sie für einen Moment zu verwirren. Dann zeigt sie hinter sich und presst mit erstickter Stimme hervor: »Mein Vater! Jemand hat ihn überfallen. Wo bleibt denn nur dieser verdammte Notarzt!«

Völxen nähert sich dem leblosen Körper und erkennt sofort, dass Aurelio Martínez keinen Arzt mehr braucht. An seinem Hinterkopf klafft eine blutige Wunde, die wahrscheinlich von dem großen silbernen Kerzenleuchter stammt, der direkt neben ihm liegt. Wer immer Martínez erschlagen hat, hat nicht lange nach einer Waffe suchen müssen. Das exakte Double des Leuchters steht auf der linken Seite eines Kaminsimses, und soweit Völxen sich erinnern kann, stand die Tatwaffe letzte Woche auf der rechten.

Martínez trägt den schwarzen Anzug vom letzten Mal und dieselben Lackschuhe. Die toten Augen starren ins Leere.

Völxen wendet sich ab und begegnet Albas Blick, in dem er dennoch einen Funken Hoffnung zu bemerken glaubt. Vorsichtshalber schüttelt er dezent den Kopf und fragt: »Wer hat ihn gefunden?«

Alba Martínez scheint außerstande, die Frage zu beantworten, sie hat die Hände vors Gesicht geschlagen, ihre Schultern zucken.

»Dieser Daniel.«

Die Antwort kommt von der Aufgedonnerten. Ein purpurrotes Kleid umschließt ihre Gestalt wie ein Kokon und endet über den knochigen Knien, das schwarze Haar türmt sich über der blassen Stirn zu einem verschlungenen Kunstwerk, dessen Krönung eine rote Feder ist, farblich passend zum blutroten Lippenstift. Völxen muss unweigerlich an einen Kakadu denken. Ein Cape in blaugrün changierendem Muster rundet das Outfit ab.

»Er leitet den Hip-Hop-Kurs. Streetdance, wie man das inzwischen nennt«, fügt sie hinzu.

»Und Sie sind?«, fragt Völxen.

»Pauline Kern. Ich wohne in diesem Haus.« Sie betont dies so hoheitsvoll, dass Völxen sich wundert, dass sie nicht das Wort *residiert* benutzt hat.

»Sie ist meine Untermieterin. Wir wohnen oben, in der Dachwohnung. Ich bin Caroline Wagner«, mischt sich nun die andere Dame in das Gespräch. Ihre Figur ist gedrungen, in ihren Augen glitzern Tränen, ihre schlaffen Wangen hängen traurig herab und ziehen die Mundwinkel mit. Während der Kakadu es offenbar darauf anlegt, um nichts in der Welt übersehen zu werden, scheint diese nach Unauffälligkeit zu streben: grauer Rock, beigefarbene Bluse, Strickjacke im selben Ton, kein Make-up, und das braune Haar hat einen *praktischen* Schnitt.

»Sagen Sie, wo bleiben die nur so lange?« Caroline Wagner hat die Frage in vorwurfsvollem Ton an Völxen gerichtet.

»Wen meinen Sie?«, erwidert dieser.

»Na, die Polizei und der Notarzt!«

Ist der Frau seine Anwesenheit als Vertreter der Staatsgewalt nicht genug, oder hat sie nicht zugehört, als er sich vorgestellt hat? »*Ich* bin die Polizei«, stellt Völxen klar. »Haben Sie den Notruf verständigt?«

»Ja. Also, nein«, stammelt Frau Wagner sichtlich verwirrt.

»Daniel Brock war das«, geht Alba Martínez dazwischen. »Der, der meinen Vater gefunden hat.«

»Wann war das?«, fragt Völxen.

»Vor einer Ewigkeit!«, ruft Frau Wagner mit hysterischem Unterton.

»Wir haben ihn vor die Tür geschickt. Er hält uns die Schaulustigen vom Leib«, erklärt ungefragt der Kakadu.

»Und was machen Sie dann noch hier?«, fragt Völxen.

»Bitte?«, kommt es schrill vor Entrüstung.

»Das ist ein Tatort, Sie sollten hier ebenfalls nicht herumlaufen«, wendet sich Völxen an die beiden älteren Damen. »Gehen Sie bitte nach oben in Ihre Wohnung, und warten Sie dort auf mich, ich habe noch Fragen.«

Pauline Kern flattert mit wehendem Cape die Treppe hinauf, Caroline Wagner folgt mit müden Schritten. Auch Alba Martínez macht Anstalten, der Anweisung des Hauptkommissars nachzukommen, aber Völxen hält sie zurück. »Frau Martínez, einen Augenblick noch.«

Die Angesprochene bleibt am Fuß der Treppe stehen, die rechte Hand liegt auf dem Knauf des Treppenpostens. Kein Ehering, stellt Völxen fest.

Alba Martínez hat wenig Ähnlichkeit mit ihrem Vater. Sie ist eher kurzgliedrig und stämmig, und ihr fehlt, zumindest auf den ersten Blick, das Geschmeidige, Elegante, das ihn umgab. Doch sie ist eine gute Tänzerin, das konnte Völxen letzte Woche beobachten. Beim Tanzen fiel mit einem Schlag alles Plumpe, Schwerfällige von ihr ab, und sie bewegte sich schnell, leicht und lässig. Man konnte sehen, dass das Tanzen ihre Leidenschaft ist, nicht nur ein Job.

Damit sie nicht ständig ihren toten Vater vor Augen hat, bittet Völxen sie an die Bar, welche sich im Durchgang zwischen dem Foyer und dem Tanzsaal befindet. Ein verspiegeltes Regal beherbergt eine eindrucksvolle Auswahl an Likören, Whisky, Wodka und Sherry. Zwei Bistrotische mit Barhockern und eine Sitzgruppe mit vier Ledersesseln runden das Ensemble ab. In einem davon hat Völxen letzten Samstag stumm und einsam gelitten, fällt ihm ein.

»Ich nehme an, Sie wohnen ebenfalls hier?«, beginnt er.

Sie nickt. »Im zweiten Stock. Mein Vater im ersten.«

»Wohnt außer Ihnen und den beiden Damen sonst noch jemand im Haus?«

»Nein. Ich lebe allein, genau wie mein Vater. Unsere Mutter ist schon vor vielen Jahren gestorben.«

»Sie haben Geschwister?«

»Einen älteren Bruder. Rafael. Er lebt schon seit Jahren in Barcelona.«

»War sonst noch jemand im Haus, als Ihr Vater gefunden wurde?«

Sie schüttelt den Kopf. »Nein, niemand.«

»Haben heute schon andere Kurse stattgefunden?«

»Salsa von elf bis zwölf und Lindy Hop von eins bis zwei. Und um vier sollten Tango und Streetdance beginnen. Streetdance im kleinen Saal, Tango hier, wie gehabt.« Sie deutet in Richtung Tanzsaal, dessen Flügeltüren weit geöffnet sind.

»Sie sagten vorhin, Ihr Vater wäre *überfallen* worden ...«

»Was denn sonst? Er hat sich die Verletzung ja wohl nicht selbst beigebracht«, erwidert sie patzig.

»Haben Sie einen Verdacht?«

»Nein.«

»Fehlt denn etwas?«

»Ich glaube nicht. Eigentlich gibt es im Erdgeschoss ja auch nichts zu stehlen«, fügt sie mit einem ratlosen Schulterzucken hinzu.

»Demnach gibt es also in den anderen Stockwerken sehr wohl etwas zu stehlen?«

»Mein Vater besitzt einige Kunstwerke.«

»Waren Sie schon in seiner Wohnung, um nachzusehen, ob alles in Ordnung ist?«

»Nein. Wir haben hier unten auf den Notarzt gewartet. Seine Wohnungstür hat ein Sicherheitsschloss, und es gibt eine Alarmanlage. Da wäre niemand unbemerkt eingedrungen.«

»Wo ist der Schlüssel zu seiner Wohnung?«

»Moment.« Sie geht hinter die Theke der Bar, öffnet eine Schublade und hält dann einen Schlüsselbund in die Höhe. »Den hat er immer dort reingetan.«

»Daran ist auch der Schlüssel für die Haustür, nehme ich an?«

»Ja.« Sie legt die Schlüssel wieder zurück, und ehe der Hauptkommissar reagieren kann, hat sie schon eine Flasche Sherry geöffnet und nach einem Glas gegriffen. Völxen kennt sich mit Sherry nicht aus, aber der Schluck, den Alba sich genehmigt, scheint ihm recht großzügig bemessen.

»Entschuldigen Sie. Möchten Sie auch?«

Völxen verneint und bittet sie, von nun an nichts mehr anzufassen.

»Wo waren Sie, als Sie diesen Daniel ...?«

»Brock«, hilft Alba ihm weiter.

»... rufen hörten?«

»In meinem Arbeitszimmer, Bürokram erledigen.«

»Im zweiten Stock«, wiederholt Völxen nachdenklich. »Das hört man, wenn unten jemand ruft?«

»Jedenfalls habe *ich* es gehört«, antwortet sie.

»Waren Sie die Erste, die herunterkam?«

»Pauline war fast gleichzeitig auf der Treppe. Oder war es Caroline? Entschuldigen Sie, ich bin völlig durcheinander.«

»War die Eingangstür abgeschlossen?«

»Ich nehme an, mein Vater hat sie aufgeschlossen, als er runterkam. Oft kommen die Kursteilnehmer extra zeitig und trinken vor dem Kurs noch ein Glas mit ihm. Wenn keiner kam, dann hat er sich trotzdem an die Bar gesetzt, Musik gehört und einen seiner stinkigen Zigarillos geraucht. Die raucht er nämlich bloß hier unten.«

»War Musik an, als Sie Ihren Vater fanden?«

»Nein.«

»Ihr Vater war schon umgezogen für den Kurs, Sie dagegen nicht. Wenn mich mein Eindruck nicht täuscht«, setzt Völxen vorsichtig hinzu.

Letzten Samstag hatte Alba Martínez ein seitlich geschlitztes schwarzes Kleid und hohe Schuhe an, das Haar war zu einem straffen Knoten geschlungen und ihr Gesicht stark geschminkt. Heute dagegen trägt sie Jeans und flache, ausgetretene Schuhe, das kastanienbraune Haar ist achtlos zu einem einfachen Pferdeschwanz zusammengebunden, und sie hat außer der verschmierten Wimperntusche kein Make-up aufgelegt, soweit Völxen das beurteilen kann.

»Richtig«, bestätigt sie. »Ich wollte heute Pauline den Vortritt lassen. Ich hatte schon die Vormittagskurse und außerdem noch im Büro zu tun.«

»Ich brauche die Namen und Adressen der Teilnehmer sämtlicher Kurse, die zurzeit hier stattfinden«, fordert Völxen.

»Ich drucke sie Ihnen aus.«

»Ach ja, eines noch, Frau Martínez. Bis auf Weiteres betritt niemand die Wohnung Ihres Vaters. Auch Sie nicht.«

Sie nickt und durchquert das Foyer, den Kopf gesenkt wie ein Pferd am zu kurzen Zügel, vermutlich, um den Toten nicht ansehen zu müssen. Der rote Läufer, mit dem die Treppe bespannt ist, verschluckt ihre eiligen Schritte. Draußen jaulen endlich die Sirenen.

Völxen nutzt den Moment, um sich am Tatort umzuschauen. Die halbhohe, dunkle Holzvertäfelung des Foyers bildet einen harten Kontrast zu dem hellen Marmorboden und der Einfassung des Kamins aus dunkelgrauem Granit. Die Wände sind zartgelb gewischt, an der Decke prangt Stuck, ein ausladender Leuchter aus Kristallglas verbreitet Grandezza und wirft bunte Prismen an Decke und Wände. Auf der rechten Seite befinden sich drei Türen, zwei schmale sind mit *damas* und *caballeros* in Goldbuchstaben beschriftet, die dritte führt in einen weiteren Übungsraum, der jedoch kleiner und schlichter ist als der große Saal. In einer Ecke liegt ein Stapel Matten, wie man sie vom Turnunterricht her kennt. An der Stirnseite des Foyers gibt es eine weitere Tür, über der ein beleuchtetes Notausgang-Schild angebracht wurde. Sie ist abgeschlossen, stellt Völxen fest. Wahrscheinlich wird sie nur zu den Tanzstunden aufgesperrt, wenn überhaupt.

Völxen nähert sich der Leiche und beugt sich zu dem Körper hinab. Dabei beengt ihn die Hose seines Anzugs, und sein Rücken bringt sich mit einem warnenden Stich in Erinnerung. Er versucht, all dies zu ignorieren, und schnuppert. Ein Duft nach Zedern und Zitrus weht ihn an. Er stammt vom Parfum oder dem Rasierwasser, oder was immer so ein Stenz wie Aurelio Martínez benutzt. Jedenfalls duftet es exquisit. Auch einen Hauch von Tabakgeruch kann Völxen wahrnehmen. Die eben erwähnten Zigarillos, vermutlich.

Plopp. Auf einmal wird Völxen ganz leicht um die Taille. Er richtet sich mühsam auf und blickt an sich hinab. Der Knopf der Hose, wo ist der? Jedenfalls nicht mehr dort, wo er hingehört, da hängt nur noch ein loser Faden. Völxen tritt einen Schritt zurück und blickt sich auf dem Boden um. Er weiß nicht einmal, wie der Knopf aussieht. Vermutlich dunkel, genau wie der Anzug. Den müsste man eigentlich gut sehen können auf dem hellen Boden. Vielleicht ist er auf dem glatten Marmor weggeschlittert wie ein Curlingstein. Fluchend geht Völxen erneut in die Knie. Auf allen vieren scannt er den Fußboden ab. Dieser verdammte Knopf muss doch zu finden sein!

Die Tür geht auf, und zwei Streifenbeamte kommen herein, gefolgt von einem Notarzt und zwei Sanitätern.

»Sie da! Darf ich fragen, was Sie da tun?«, blafft einer der beiden Beamten Völxen an, und der andere meint: »Yoga. Der herabschauende Hund!«

Dieser Komiker hat Völxen gerade noch gefehlt. Abgesehen davon, dass die Spurensicherung nicht begeistert sein wird, wenn hier nun auch noch zig Einsatzkräfte herumtrampeln, die gar nicht benötigt werden.

Ächzend begibt sich der Hauptkommissar wieder in die Senkrechte, dabei schließt er rasch sein Sakko, streicht sich glättend übers Revers und zückt dann seinen Dienstausweis. »Hauptkommissar Völxen, Polizeidirektion, Kommissariat für Tötungsdelikte. Ich inspiziere den Tatort.«

Der Notarzt drängelt sich wortlos an ihm vorbei.

Völxen ruft ihm hinterher: »Es handelt sich definitiv um Fremdverschulden. Ich verständige die Rechtsmedizin.«

»Ich will nur nachsehen, ob er wirklich tot ist«, meint der Arzt, der die Ruhe weghat. Stumm öffnet er seinen Koffer und streift sich Handschuhe über.

»Scheiße, was ist denn da passiert?«, fragt nun der Witzbold, der damit vermutlich die Leiche von Aurelio Martínez meint.

Völxen ist kurz davor, diesen Kerl ordentlich zurechtzustutzen, spart sich aber die Mühe und bittet den älteren Beamten, der einen kompetenteren Eindruck auf ihn macht, die Personalien sämtlicher Leute aufzunehmen, die vor der Villa herumstehen. »Dazu die Aussagen, um welche Uhrzeit sie angekommen sind, und zwar möglichst genau. Die blonde Frau im grünen Kleid können Sie auslassen, die gehört zu mir.«

»Geht klar«, antwortet der Mann und macht seinem Kollegen ein Zeichen zu verschwinden.

Die zwei Rettungssanitäter stehen dagegen noch unschlüssig in der Tür. »Sie sind leider vergeblich gekommen. Der Mann ist tot«, erklärt Völxen.

»Kann ich bestätigen!«, ruft der Notarzt, der fertig ist mit der Begutachtung der Leiche. »Exitus, definitiv, da ist nichts mehr zu machen.«

»Sag ich doch«, knurrt Völxen, während der Arzt seinen Koffer schnappt und zusammen mit den Sanis den Ort des Geschehens verlässt.

Völxen ist wieder allein. Mit dem Toten. Eine Aura der Einsamkeit umgibt den reglos daliegenden Körper, und Völxen muss daran denken, wie Martínez noch vor einer Woche mit Sabine übers Parkett glitt. So leicht hat es ausgesehen, so elegant, und hinter der feierlich-ernsten Miene, die Martínez an den Tag legte, konnte man die Leidenschaft dieses Mannes für diesen Tanz erahnen.

Tanz sei die ursprünglichste aller Kunstformen, hat Martínez am Beginn seiner kleinen, launigen Einführungsrede gemeint. Später, als Völxen sich mit den Grundschritten und den ersten Figuren des Tangos abmühte, konnte er allerdings so gar nichts Ursprüngliches mehr daran entdecken, und von Leichtigkeit konnte erst recht keine Rede sein.

Irgendwie, findet Völxen nun, hat die Szenerie etwas Operettenhaftes: der elegante Raum, der opulente Lüster direkt über der Leiche, der feine Anzug des Toten, sein pomadisiertes Haar. Dem perfekten Sitz seiner Frisur konnte nicht einmal der Schlag auf den Kopf etwas anhaben, und Völxen muss, völlig unpassend, an die Drei-Wetter-Taft-Werbung denken, die es zum Kult geschafft hat. Ebenso stilvoll ist die Mordwaffe, der vermutlich antike Silberleuchter, der ein beachtliches Gewicht haben dürfte. Völxen hat darauf verzichtet, sein Pendant auf dem Kamin hochzuheben.

Nicht, solange er keine Handschuhe trägt. Der Tatort ist ohnehin schon reichlich kontaminiert, die Kriminaltechnik wird *not amused* sein.

Dieser Gedanke bringt ihn zurück zu seinen Pflichten. Er greift zum Handy, bestellt die Spurensicherung her und schickt eine Whatsapp-Nachricht an seine Leute, mit der Adresse der Tanzschule und dem Text *Mordfall, bitte SOFORT kommen.* Das Gute an dieser Kommunikationsmethode ist, dass er sehen kann, ob die Nachricht gelesen wurde, und damit die früher so beliebte Ausrede wegfällt, man hätte die Nachricht zu spät entdeckt, während sie in Wirklichkeit einfach nur frech ignoriert wurde. Mal sehen, denkt der Hauptkommissar, wer gleich auf der Matte stehen wird und wer nicht.

Danach versucht er es auf gut Glück bei Dr. Bächle, und wie durch ein Wunder erreicht er den Chef der Rechtsmedizin auf dessen Mobiltelefon. Allerdings ist Dr. Bächle nicht begeistert über Völxens Bitte, die Leichenschau persönlich vorzunehmen. Er sei mitten in einem Seminar, lässt er den Hauptkommissar wissen.

Ein Seminar am Samstag? Golf für Fortgeschrittene?

»Dr. Bächle, ich bitte Sie! Es wäre mir ein Anliegen, diesen Fall in den allerbesten Händen zu wissen.«

»Ihre Schleimerei zieht bei mir ned«, wehrt der Schwabe ungehalten ab, lenkt dann aber doch ein und kündigt an, in einer *Viertelschtund* am Ort des Geschehens zu sein.

»Also, läuft doch«, stellt Völxen fest, nachdem er aufgelegt hat.

Letzte Gelegenheit, noch einmal nach dem verschwundenen Knopf zu suchen. Doch da wird schon wieder die Eingangstür geöffnet.

»Zurückbleiben! Das ist ein Tatort!«, herrscht Völxen den Eindringling an. Es ist der bärtige Türsteher.

»Daniel Brock«, stellt dieser sich erneut vor. »Ich habe ihn gefunden. Der Kollege da draußen meinte, das soll ich Ihnen sagen.«

Völxen schickt ihn in den Raum mit den Matten. »Warten Sie da drin auf mich, ich komme gleich.«

Er tritt hinaus ins Freie und holt erst einmal tief Luft. Jetzt, ohne

Knopf an der Hose, geht das ja wieder. Der Witzbold und sein Kollege nehmen, wie befohlen, die Personalien der Leute auf.

Völxen stößt jenen kurzen Pfiff aus, mit dem er sonst Oscar zu sich ruft. Es klappt – sogar deutlich besser als bei seinem Hund. Sabine, die sich mit einem Paar unterhält, dreht sich um und eilt auf ihn zu. »Stimmt es, dass er mit einem Kerzenleuchter erschlagen wurde?«

»Sieht so aus. Aber ...« Er legt den Finger an den Mund.

Ihre Stimme klingt dünn und aufgeregt. »War es einer von diesen zwei silbernen, die auf dem Kaminsims gestanden haben? Die sind mir beim letzten Mal sogar noch aufgefallen, weil sie so prunkvoll ausgesehen haben.«

Völxen verweigert eine Antwort.

»Ich habe etwas erfahren«, sprudelt Sabine hervor. »Es ist wohl allgemein bekannt, dass Martínez die Frauen ein wenig zu sehr liebte.«

»Ach ja?«

»Und es waren fast immer die von anderen.«

Darauf wäre ich nie gekommen, grollt Völxen im Stillen. Laut sagt er: »Fahr nach Hause, Sabine. Sieh nach, was unsere Bestie in der Zwischenzeit angerichtet hat. Ich werde hier noch eine ganze Weile zu tun haben.«

Sie streckt die Hand aus. »Den Autoschlüssel.«

Völxen will schon in seine Hosentasche greifen, da bemerkt er, wie ihre Hand zittert. Bisweilen vergisst er, wie der Tod auf Menschen wirkt, die nicht so häufig wie er damit zu tun haben. Nicht, dass er abgestumpft wäre. Der Anblick einer Leiche geht ihm immer noch nah, anderenfalls würde er sich ernsthaft Sorgen um seinen Gemütszustand machen. Auch der Tod von Aurelio Martínez lässt ihn nicht kalt, im Gegenteil. Mit schlechtem Gewissen erinnert er sich an die finsteren, boshaften Gedanken, die er noch vor Stunden hegte. Zum Glück hat er diese wenigstens für sich behalten.

»Nimm dir ein Taxi, Sabine. Du bist durcheinander, so solltest du besser nicht fahren.«

Er hat mit Widerspruch gerechnet, immerhin ist ein Taxi zu ihnen aufs Land nicht gerade billig, aber Sabine meint: »Du hast recht, ich bin ziemlich durch den Wind.« Sie holt ihr Handy heraus und sucht nach der eingespeicherten Nummer des Taxiunternehmens.

Vorn an der Straße, gleich hinter dem Streifenwagen, parkt ein wohlbekannter Kombi ein. Die Kriminaltechnik. Das ging ja flott.

Völxen drückt ihr einen Kuss auf die Wange. »Ich muss wieder. Trink zu Hause einen Schnaps, und leg dich aufs Sofa!«

Daniel Brock hat sich eine Fleecejacke übergezogen und sitzt breitbeinig auf einem Klappstuhl. Seine Füße in den Retro-Sneakers wippen auf und ab. In weiser Voraussicht hat er schon mal einen zweiten Stuhl für Völxen dazugestellt. Ein Mann, der mitdenkt.

Erschöpft und dankbar lässt der Hauptkommissar sich darauf sinken und sagt ohne Umschweife zu seinem Gegenüber: »Erzählen Sie mir etwas über sich und darüber, wie Sie die Leiche gefunden haben.«

»Okay, ich heiße Daniel Brock, ich bin vierunddreißig, Sportlehrer an der IGS Roderbruch, ich wohne in Döhren und gebe nebenbei diese Streetdance-Kurse.« Er wartet, als rechne er mit einer Frage von Völxen, aber dieser bedeutet ihm mit einer Handbewegung weiterzumachen. »Der Kurs fängt um vier an, aber ich bin immer schon etwas früher da, um die Matten auszubreiten und die Anlage zu überprüfen. Es war 15:38 Uhr, als ich hier angekommen bin. Die Tür war schon offen – nicht weit offen, sie war schon zu, aber der Schnapper war oben, sodass man sie aufdrücken kann. Ich geh also rein und seh ihn da liegen. Ich bin sofort hin, habe nachgesehen, ob er noch lebt, aber er war schon tot. Da war ja auch das Blut am Kopf und auf dem Fußboden … Ich habe nach seinem Puls getastet, an der Hand und am Hals. Da war nichts mehr.« Er schüttelt zur Bekräftigung seiner Worte energisch den Kopf.

»Haben Sie bei Ihrer Ankunft irgendetwas Ungewöhnliches bemerkt? Fremde Menschen oder Fahrzeuge auf dem Grundstück?«

»Nein, es war alles wie immer.«

»Wie ging es weiter, nachdem Sie seinen Tod festgestellt hatten?«

»Ich habe laut nach Frau Martínez gerufen.«

»Warum?«

»Hätte ich warten sollen, bis sie runterkommt und über seine Leiche stolpert?«, entgegnet er ein wenig aufsässig.

»Was passierte dann?«

»Ich habe den Notruf gewählt, und während ich telefoniert habe, kamen sie auch schon runter.«

»Wer *sie*?«

»Na, Alba und die zwei Schreckschrauben.«

»Alle gleichzeitig?«, erkundigt sich Völxen.

»Ich denke, Alba kam zuerst und kurz danach die zwei anderen. So genau weiß ich es nicht mehr. Ich bin zum Telefonieren rausgegangen, weil ich inzwischen den Notruf dranhatte, und die drei haben so laut durcheinandergekreischt, dass man sein eigenes Wort nicht mehr verstand.«

»Die Jugendlichen da draußen – gehören die zu Ihnen?«

»Ja.«

»Einen Streetdance-Kurs würde man nicht unbedingt in diesem Ambiente vermuten«, bemerkt der Hauptkommissar.

»Alba hat darauf bestanden. Es war ihre Idee. Der Kurs kann über die Stadt Hannover gebucht werden. Er richtet sich an Kinder aus sozial schwachen Familien und kostet die Schüler fast nichts. Mein Honorar und die Raummiete werden auch von der Stadt bezahlt.«

»Verstehe«, murmelt Völxen. Er findet es immer wieder erstaunlich, welche Blüten das Bemühen reicher Menschen treibt, nicht abgehoben und dekadent zu wirken. Und doch bewirkt es genau das Gegenteil. Wer weiß, fragt sich Völxen, aus welchen Quellen dieser Reichtum hier stammt. Selten sind diese Gewässer ja vollkommen ungetrübt.

»Ich gebe diese Kurse nun schon seit drei Jahren, es ist noch nie etwas vorgefallen«, reißt ihn Brocks Stimme aus seinen Betrachtungen. »Außer dass vielleicht mal einer eine Kippe auf den Rasen geworfen hat.«

»Warum betonen Sie das? Verdächtigen Sie Ihre Schüler?«, entgegnet Völxen.

»Nein, natürlich nicht«, wehrt Brock ab. »Aber ich weiß genau, dass bei Ihnen bereits die Alarmglocken schrillen. Ist doch so, oder?« Brock blickt ihn halb fragend, halb herausfordernd an.

»Was hielt Aurelio Martínez vom sozialen Engagement seiner Tochter?«

»Er war wohl nicht sonderlich begeistert darüber. Er war höflich und sehr distanziert, hat aber nicht rumgemotzt oder so. Dafür war er zu sehr Gentleman.«

»Hat denn jemand *rumgemotzt?*«

Daniel Brock zeigt mit dem Finger zur Decke. »Die zwei Schatullen von oben haben andauernd gestichelt. Manche Leute pflegen eben ihre Vorurteile und ihren Dünkel, weil sie sonst nichts anderes haben. Da kann man nichts machen.«

»Wohin führt die Tür an der hinteren Wand des Foyers?«

»In einen Lagerraum, und von dort aus geht es in den hinteren Garten. Sie ist aber immer abgeschlossen, ich musste noch jedes Mal außen rum, auch heute, ich hab's probiert.«

»Warum wollten Sie denn durch die Hintertür ins Haus?«, wundert sich der Hauptkommissar.

»Ich stelle mein Rad immer hinten im Garten ab«, erklärt Brock. »Ist ein teures Teil, das muss nicht jeder gleich von der Straße aus sehen. Man kann ja nie wissen – selbst in einer Gegend wie dieser hier.«

»Herr Brock, Sie sagen, es war 15:38 Uhr, als Sie ankamen. Woher wissen Sie das so genau?«

»Ich stoppe immer, wie lange ich brauche.« Der Kursleiter streckt Völxen sein linkes Handgelenk mit dem Fitnesstracker entgegen.

Völxen nickt. So eine Fessel hat Sabine ihm auch schon einmal aufgenötigt. Der Apparat sollte Völxen zu weniger Gewicht und mehr Disziplin in Sachen Bewegung und Sport verhelfen. Hat er aber nicht, vor allem, weil Völxen öfter einmal mogelte und den Tracker Oscar umschnallte, um den Schrittzähler zu manipulieren.

Was Sabine dann leider herausfand. Das Ding liegt seit Monaten in einer Schublade, und da kann es von ihm aus auch bleiben.

»Das wäre vorerst alles, Herr Brock. Wenn Sie rausgehen, bitten Sie doch netterweise Ihre Schüler, noch zu bleiben. Meine Kollegen und ich hätten noch Fragen an sie.«

»Ich werde es ausrichten.«

»Wie sind Sie erreichbar?«

Brock diktiert Völxen seine Nummer ins Handy, ehe er aufspringt und mit federndem Schritt davoneilt. Auch Völxen quält sich wieder in die Höhe. Sein Kreuz schmerzt. Und dabei hat er nicht mal getanzt.

Kapitel 2 – Beziehungen

Das Handy klingelt. Erwin Raukel robbt bis an die Bettkante, hebt seine Hose vom Boden auf und zieht das Telefon aus der Tasche.

»Errrwin, mein Hase«, gurrt es dicht neben seinem Ohr, »sag nicht, du musst mich schon wieder verlassen!«

Irina hat die seidene Bettdecke bis zum Kinn hochgezogen und zieht einen Schmollmund.

»Ich fürchte, doch, mein Mausezahn!« Raukel wälzt sich vom Bett und schaut sich suchend um. Wo ist denn bloß seine Unterhose hingekommen?

»Och, Errrwin!« Ihr Lächeln, gespielt einschmeichelnd und unterwürfig, macht die Sache nicht einfacher.

Seit ein paar Wochen hat Raukel seine Nachbarin endlich da, wo er sie haben will: in seinem Bett. Wobei es heute genau genommen nicht sein Bett ist, sondern ihres. Sie wohnt im Block gegenüber, und als er sie das erste Mal – leicht bekleidet – auf ihrem Balkon stehen sah, raubte es ihm schier den Atem. In der Folgezeit hat er ihr des Öfteren vom Balkon über den Hinterhof hinweg zugewinkt. Irgendwann erwiderte sie seine Signale. Als Nächstes lockte Raukel das Objekt seiner Begierde mit einer Flasche Champagner, und wenige Minuten später stand sie in voller Pracht und Schönheit vor seiner Tür. So führte eins zum anderen.

»Ich dachte, wir gehen noch in die Stadt, trinken irgendwo einen Aperitif und machen uns einen netten Abend«, mault Irina enttäuscht.

»Ich hätte dich so gerne ausgeführt, aber das müssen wir verschieben, mein Mausezahn. Das Ministerium ... sie sind einfach unberechenbar.« Er drückt einen saftigen Schmatz auf ihr zartes Ohr.

»Sicher, mein Hase, ich weiß, du bist ein wichtiger Mann. Trotzdem ist es schade.« Sie klimpert ihn mit ihren falschen Wimpern an und gibt ein apartes Schniefen von sich.

»Mir tut es auch leid, dass ich schon gehen muss, glaub mir«, säuselt Raukel. »Aber die Pflicht ruft, ich werde gebraucht!«

Eigentlich ist es ihm lieber, wenn sie sich bei ihm treffen, denn ihre Wohnung ist nicht unbedingt nach seinem Geschmack. Zu viele Duftkerzen und ästhetische Verirrungen, wie sie für Frauenwohnungen typisch sind. Aber heute hat es sich anders ergeben, und das kommt ihm jetzt gelegen. Anderenfalls müsste er sie mühsam aus seiner Wohnung hinauskomplimentieren. So kann er einfach seine Klamotten aufsammeln und gehen, jetzt, da er endlich auch seine Unterhose gefunden hat.

Schwein gehabt, denkt er und schlüpft in sein Hemd.

Noch vor einer Viertelstunde hätte Raukel den Ton, der die Chat-Nachricht ankündigt, wahrscheinlich gar nicht gehört, weil er sich sozusagen noch in der Hitze des Gefechts befand, doch jetzt kommt ihm der Ruf des *Ministeriums* überaus gelegen, erspart er ihm doch eine Menge Aufwand, sowohl in zeitlicher als auch in finanzieller Hinsicht. Die *netten Abende* mit Irina gestalten sich nämlich stets recht kostspielig. So aufgeschlossen Irina sonst auch sein mag, an gewissen Traditionen scheint sie sehr zu hängen, und eine Tradition ihres Heimatlandes besagt, dass beim Ausgehen grundsätzlich der Mann bezahlt.

Auf dem Klingelschild ihrer Haustür steht ein unaussprechlicher Nachname, der von Irinas erstem Ehemann, einem Finnen, stammt, aber ursprünglich kommt Irina aus Sibirien, wo sie angeblich 1982 geboren wurde. Damit wäre sie heute neununddreißig. Raukel schätzt sie eher auf Ende vierzig oder sogar ein paar Jährchen darüber, aber was macht das schon? Wenn er mogelt, was seinen Beruf angeht, darf man ihr doch wenigstens einen kleinen Abzug beim Lebensalter zugestehen. Zumal sie wirklich prächtig in Form ist.

Hauptkommissar Erwin Raukel hat seinem Mausezahn wohlweislich verschwiegen, dass er Polizist ist. Seiner Erfahrung nach fährt man damit besser bei Frauen. Irina glaubt, er habe einen wichtigen Posten im Innenministerium, sei die inoffizielle rechte Hand des Ministers und quasi so etwas wie die graue Eminenz der

Landesregierung. Deshalb, so hat Raukel ihr erklärt, könne es immer einmal vorkommen, dass er einen Anruf bekommt oder eine Nachricht und dann sehr rasch wegmuss, um irgendeine Krise abzuwenden. Natürlich immer in streng geheimer Mission und leider auch am Wochenende und zu allen möglichen und unmöglichen Tages- und Nachtzeiten.

Da ein so wichtiger Mann wie er logischerweise auch gut verdienen muss, kann er ihr unmöglich vorschlagen, sich im Restaurant die Rechnung zu teilen. Mit diesem Dilemma muss Raukel klarkommen. Selber schuld! Vielleicht hätte er lieber vorgeben sollen, bei der Feuerwehr beschäftigt zu sein.

Nicht, dass Irina arm wäre, im Gegenteil. Anscheinend hat sie mehr Geld als er. Ihre Kleidung kauft sie jedenfalls in den nobelsten Boutiquen der Stadt, und sie benutzt teure Kosmetika. Was genau sie arbeitet und wo sie ihr Geld herhat, weiß er nicht und will es auch gar nicht wissen. *Arbeitsvermittlung*, hat sie irgendwann einmal gesagt. Ein weites Feld, auf dem sich allerhand zwielichtige Gestalten tummeln, das sagt ihm seine langjährige berufliche Erfahrung.

Erwin Raukel ist viel rumgekommen und hat schon etliche Kommissariate und Abteilungen innerhalb von Hannovers Polizeibehörden durchlaufen. Nicht immer geschah der Wechsel von einer Dienststelle zur anderen freiwillig, meistens hatten unglückliche Umstände und seine Trinkgewohnheiten damit zu tun. Schwamm drüber. Seit einigen Jahren ist er im Kommissariat für Tötungsdelikte, wo er sich rundum wohlfühlt. Einziger Wermutstropfen ist, dass nicht er der Leiter dieses erfolgreichen Teams ist, sondern Völxen. Der Schafstrottel. Die Welt ist nicht gerecht.

Gerade hat der Schafstrottel seine Leute per Nachricht zu einem Tatort bestellt, Tanzschule Martínez, eine Adresse im Zooviertel, und damit ausnahmsweise mal ein Händchen für richtiges Timing bewiesen. Es soll ohnehin nicht zur Gewohnheit werden, jedes Wochenende mit Irina zu verbringen, und auf gar keinen Fall soll das Ganze auf eine *Beziehung* zusteuern. Sex ja, gerne, und seinetwegen auch ab und zu ein Abendessen, bei dem er zähneknirschend die Rechnung bezahlt, aber mehr muss nicht sein. Keine Routine, keine Verpflichtung, keine Zugeständnisse auf Kosten seiner Freiheit. Obwohl er, zugegeben, lange nicht mehr so guten Sex hatte wie mit ihr, und auch sonst lässt Irina kaum Wünsche offen. Sie ist attraktiv, sie hat Humor, und trinkfest ist sie obendrein. Und manchmal tut weiblicher Rat ganz gut. So hat sie ihn dazu gebracht, sich sein schütteres Haar nicht länger über die Glatze zu kämmen, sondern es kurz abzurasieren. Anfangs fand er seinen neuen Look geradezu martialisch, aber der Stilwechsel kam in Kollegenkreisen gut an. Sogar Oda Kristensen meinte, der Haarschnitt mache ihn jünger.

Eine schnelle Dusche in seiner Wohnung, ein frisches Hemd, Leinen, einfarbig, dazu eine schwarze Hose. Seit Irina sich abfällig über seine geliebten Hawaiihemden geäußert hat, hat er sie nicht mehr getragen. Natürlich nicht wegen Irinas Lästerei. Es ist einfach nicht mehr die Jahreszeit dafür.

Da es offenbar eilt, immerhin stand in der Nachricht das Wort *sofort*, und es immer einen guten Eindruck macht, frühzeitig am Tatort einzutreffen, beschließt Hauptkommissar Erwin Raukel, sich ein Taxi zu bestellen. Garantiert werden irgendwelche Kleingeister von der Kostenstelle deswegen Zicken machen, aber sei's drum. Die Stadtbahn gilt es aus hygienischen Gründen zu meiden, und als er zuletzt auf einem Fahrrad saß, bezahlte man noch mit D-Mark.

Er schlüpft in sein Sakko und klopft sich zufrieden auf die ausgeprägte Wölbung seiner Körpermitte. Laut seiner Waage hat er in den letzten Wochen sogar abgenommen. Kein Wunder, wenn man bedenkt, wie das Frauenzimmer da drüben ihn rannimmt. Zwei Kilo, gar nicht schlecht. Auch wenn seine Kollegin Elena Rifkin neulich meinte, zwei Kilo bei ihm, das sei, als verlöre ein Panzer eine Schraube. Zum Glück steht Raukel über solchen Dingen. Und was weiß eine durchtrainierte Dreißigjährige schon davon, wie schwer es ist, in Würde zu altern?

Rafael Martínez hat seine Siesta abrupt beendet und steht in Boxershorts und T-Shirt in der Küche. Er hatte einen wirren Traum, in den er immer wieder zurückglitt, bis ihm irgendwann klar wurde, dass Aufstehen die einzige Rettung wäre. Gähnend öffnet er den Kühlschrank. Vielleicht würde es helfen, sich einen dieser Smoothies einzuverleiben, die Miguel heute Morgen zubereitet hat, mit dem Grünzeug, das sie am Vormittag zusammen auf dem Markt gekauft haben.

Seit Miguel bei ihm eingezogen ist, beherbergt der Kühlschrank jede Menge gesunde Lebensmittel und kaum noch Fleisch oder Wurst. Wundersamerweise zaubert Miguel erstaunlich leckere Gerichte aus all diesen ethisch korrekten Produkten. Zum Glück sieht Miguel es nicht, wenn Rafael sich an den Wochentagen in den Restaurants von Barcelona eine *botifarra* mit weißen Bohnen gönnt, die typische katalanische Bratwurst, oder sein Lieblingsgericht, *arròs negre*, eine Variante der Paella mit schwarzem Reis und Tintenfischtinte. Und hinterher eine *crema catalana* … Diese Genüsse müssen noch bis Montag warten. Miguel meint es schließlich nur gut und ist um sein Wohlbefinden besorgt. Wenn der Preis dafür ist, zu einem Wochenend-Veganer zu werden, dann ist das nicht allzu viel verlangt. Zumal es sicher nicht schadet. Rafael ist jetzt zweiundvierzig, ein Alter, in dem ein Mann auf sich achten muss, wenn er nicht als fetter Schwamm enden will.

Mit den besten Vorsätzen nimmt Rafael eine der kleinen Glasflaschen heraus, in die Miguel seine jüngste Kreation abgefüllt hat, und hält sie gegen das Licht, das in Streifen durch die geschlossenen Jalousien fällt. Die zähe Flüssigkeit hat eine schlammgrüne Farbe. Rafael schüttet den Inhalt der Flasche in ein Glas und schnuppert daran. Es riecht sumpfig und sieht aus wie Seetang. Nein, alles hat Grenzen. Er entleert das Glas über dem Ausguss der Spüle und lässt Wasser nachlaufen, bis nichts mehr von der grünen Pampe zu sehen ist. Dann stellt er Fläschchen und Glas gut sichtbar vorn in die Spülmaschine. Eine Scharade, um des lieben Friedens willen. Miguel besteht darauf, dass er sich täglich eine dieser *Vitaminbomben* reinzieht. Jetzt erst einmal etwas zum Wachwerden!

Er lässt einen Espresso aus der riesigen Profimaschine, die der Stolz der Küche ist. Mit der Tasse in der Hand öffnet er die Tür zum Balkon. Sofort dringt der Lärm der Stadt hinauf ins vierte Stockwerk. Es ist ein angenehmer Septembertag, die größte Hitze hat nachgelassen, die Sonne wird gefiltert von ein paar Schleierwolken. Eine sanfte Brise vom Meer her zaust sein lockiges, halblanges Haar und trocknet den Schweiß, den er nach dem Erwachen aus seinem Albtraum im Nacken spürte. Er weiß nur noch, dass er in diesem Traum ein Kind war und irgendetwas Verbotenes gemacht hatte und dass er Angst hatte, entdeckt zu werden. Sein Kindermädchen war da und warnte ihn, wenn er nicht die Wahrheit sagen würde, würden ihn die Raben holen. Was für ein Quatsch! Rafael schüttelt sich. Er sollte duschen. Vielleicht vorher noch eine rauchen. Das immerhin hat Miguel ihm noch nicht abgewöhnen können.

»Da draußen bist du.«

Rafael fährt herum. Er hat Miguel nicht kommen hören, denn der ist barfuß, und ohnehin bewegt er sich geschmeidig wie eine Katze. Oder wie ein Geist.

»Wie du siehst«, entgegnet Rafael muffig, denn er hätte gern noch in Ruhe eine geraucht.

Miguel, mit nichts als einer Boxershorts an seinem Astralleib, tritt zu ihm auf den Balkon hinaus.

»Ich hatte einen Albtraum«, erklärt Rafael etwas versöhnlicher.

»Was hast du geträumt?«, fragt Miguel begierig.

»Irgendwas mit Raben. Das meiste ist weg.«

Miguel reißt die Augen auf. »Raben? Dann stirbt jemand. Raben bedeuten den Tod. O Gott, bist du sicher, dass es Raben waren?«

»Vielleicht waren es auch Hühner«, grinst Rafael und denkt amüsiert: Dieser Kerl, gerade mal dreißig, ist abergläubischer als zehn alte Weiber zusammen.

Drinnen klingelt sein Handy. Es liegt auf der Kücheninsel, und Rafael ist sehr überrascht, als er den Namen auf dem Display liest.

Normalerweise telefonieren oder skypen er und Alba nur an ihren jeweiligen Geburtstagen. Nach den obligaten Glückwünschen haben die beiden sich meist nicht mehr viel zu sagen, und jeder von ihnen scheint am Ende dieser bemühten Gespräche froh zu sein, es wieder einmal hinter sich gebracht zu haben. Im Grunde hegt keiner von ihnen einen Groll gegen den anderen – jedenfalls was ihn, Rafael, angeht, umgekehrt kann er es natürlich nicht hundertprozentig wissen. Aber was sollte sie ihm verübeln? Dass er fortging? Nein, die Geschwister haben sich einfach nur auseinandergelebt. Ist wahrscheinlich auch normal, nach mittlerweile fast zwanzig Jahren.

»Alba?«, meldet er sich, wobei er sein Erstaunen über den außerplanmäßigen Anruf, noch dazu mitten in der Siesta, deutlich hörbar zum Ausdruck bringt.

»Papa ist tot.«

Rafael blickt hinüber zu Miguel, der an den Kräutern in den Balkonkästen herumzupft und merkt, wie ihm ein kalter Schauder über den Rücken kriecht. »Er wurde ermordet«, hört er Alba sagen. »Die Polizei ist hier.«

Ermordet? Die Gedanken stürzen auf ihn ein. *Er hat es verdient. Die Vergangenheit hat ihn eingeholt. Wer Wind sät, wird Sturm ernten, und nun hat der Sturm ihn weggefegt. Endlich.*

Rafael merkt, dass er schon viel zu lange schweigt. »Was ist passiert?«, fragt er auf Deutsch, denn auch Alba hat deutsch gesprochen. Nur mit ihrer Mutter sprach Alba spanisch. Sonst war sie stets bemüht, Deutscher zu sein als die Deutschen.

»Er wurde erschlagen. Mit einem dieser schweren, silbernen Kerzenständer aus dem Foyer, du erinnerst dich? Wahrscheinlich war es ein Dieb, den er überrascht hat.«

Sie klingt, als würde sie den Text ablesen oder etwas auswendig Gelerntes vortragen. Sie steht unter Schock, erkennt Rafael. Sie hat es noch nicht wirklich begriffen, oder sie ist krampfhaft bemüht, die Fassung zu wahren. Der Tod des Alten muss sie hart treffen. Sie war immer ein Papakind gewesen, hat ihr Leben lang um seine Liebe gebuhlt. Meist vergeblich.

»Das heißt, man hat den Täter nicht gefasst?«, fragt er.

»Nein. Es ist nur eine Möglichkeit. Er hätte eine Tanzstunde gehabt, Tango, es ist gerade erst passiert ... also, dass er gefunden wurde. Jetzt ist hier alles voller Leute, von der Polizei, wegen der Spuren.«

Endlich redet sie nicht mehr wie ein Sprachroboter, man merkt ihr die Aufregung und den Kummer an.

»Ich komme, so schnell ich kann.«

Jetzt ist es Alba, die schweigt.

»Alba? Es ist dir doch recht, wenn ich komme, oder?«

»Ja. Ja, natürlich, Rafael. Wir sind eine Familie, wir müssen jetzt zusammenhalten.«

Eine Familie. Wie man's nimmt, denkt Rafael und sagt: »Ich sehe zu, dass ich morgen einen Flieger bekomme, okay?«

»Ja, das ist gut«, sagt Alba. »Ich muss jetzt Schluss machen, der Kommissar und seine Kollegin wollen die Wohnung sehen.«

»Dann bis bald.«

»Rafael?«

»Ja.«

»Das, was du mir beim letzten Mal gesagt hast ... Darüber muss ich mit der Polizei doch nicht reden, oder?«

»Nein«, antwortet Rafael. »Ich denke nicht.«

Hauptkommissar Völxen hat inzwischen Gesellschaft aus den Reihen seiner Mitarbeiter bekommen. Erstaunlicherweise war Erwin Raukel der Erste, der zu ihm gestoßen ist, sogar noch vor Oda Kristensen, die kurz danach am Ort des Geschehens eintraf. Beide haben ihn oder vielmehr seinen guten Anzug leicht befremdet und amüsiert betrachtet, sodass er gezwungen war, ihnen von seinem Tangokurs zu berichten. Sie werden es ja ohnehin erfahren, sieht Völxen ein. Spätestens dann, wenn seiner und Sabines Namen auf den Listen der Kursteilnehmer auftauchen, um die er Alba Martínez gebeten hat.

Elena Rifkin, Völxens jüngste Mitarbeiterin und seine geheime Favoritin für das Wer-ist-zuerst-am-Tatort-Rennen, hat immerhin geschrieben, sie sei unterwegs. Von Fernando Rodriguez hat man noch nichts gehört, was den Hauptkommissar nicht allzu sehr wundert. Seit Fernando Vater geworden ist, haben sich seine Prioritäten verschoben. Wobei er, genau genommen, in den letzten Jahren auch nicht gerade durch Übereifer glänzte.

Dr. Bächle wiederum hat sein Versprechen gehalten und ist überraschend schnell aufgetaucht. Und nicht nur das, er hat sogar seine neue Assistentin mitgebracht: Veronika Kristensen.

Dass Odas Tochter Medizin studiert, weiß Völxen natürlich, doch erst neulich, als man die halb verbrannte Leiche am Reese-Brunnen fand, hat er erfahren, dass es Odas Tochter an die MHH, die Medizinische Hochschule Hannover, und dort ausgerechnet ins Rechtsmedizinische Institut verschlagen hat.

»Sie ist wild entschlossen, sich auf Rechtsmedizin zu spezialisieren«, hat Oda bestätigt, wobei sie nicht sehr begeistert klang.

Völxen kennt Odas Tochter schon so lange wie Oda selbst, und das sind über zwanzig Jahre. Oda hat ihre Tochter Veronika alleine großgezogen, was nicht immer einfach war. Besonders als Teenager hat Veronika sich einige Kapriolen erlaubt, und dass aus ihr eines Tages eine Ärztin, eine Rechtsmedizinerin, werden würde, darauf hätten seinerzeit weder Völxen noch Veronikas Mutter gewettet.

»Was ist los? Du müsstest doch platzen vor Stolz«, hat Völxen sich gewundert. Aber Oda seufzte nur: »Noch eine in der Familie, die sich mit Leichen beschäftigt!«

»Ihr seid in der Tat ein interessantes Trio«, konstatierte Völxen. »Eine Polizistin, eine Rechtsmedizinerin und ein Wunderheiler.«

Oda, die es normalerweise nicht leiden kann, wenn man ihren Ehemann Tian Tang, der eine Praxis für Naturheilkunde und Traditionelle Chinesische Medizin betreibt, als Wunderheiler bezeichnet, hat erneut nur geseufzt.

Nun inspizieren Dr. Bächle und seine Assistentin Veronika Kristensen seit zehn Minuten die Leiche des Tanzlehrers, wobei sie immer wieder miteinander tuscheln. Dann, endlich, scheinen sie fertig zu sein, jedenfalls kommen sie auf die drei Ermittler zu, die vor der Tür zum Tanzsaal stehen und geduldig abwarten. Veronika hat die eisblauen Augen ihrer Mutter geerbt, nur ihr Haar ist nicht ganz so hellblond wie das von Oda. Sie ist groß und überragt

Dr. Bächle, den kleinen Schwaben mit dem weißen Haarkranz, um ein gutes Stück.

»Wegen so einer simplen G'schicht ham Sie egschdra nach mir verlangt? Und des am Samstag!«, wendet sich Dr. Bächle vorwurfsvoll an Völxen. »Des sieht doch a Blinder, was do passiert isch!« Wie immer, wenn er sich echauffiert, fällt der Doktor arg ins Schwäbische.

»Und? Was ist passiert?«, fragt Völxen, ohne sich von Bächles Ausbruch beeindrucken zu lassen.

»Frau Krischtensen - Veronika -, erklären Sie es den Herrschaften«, sagt Dr. Bächle zu seiner Begleiterin.

»Schwere, stumpfe Traumata an Schläfenbein und Keilbein, rechtsseitig, verursacht von einem kantigen Gegenstand, in diesem Fall wohl eindeutig der viereckige untere Kranz des Kerzenleuchters. Man erkennt dort Anhaftungen von Blut und Gewebepartikeln. Der Schlag wurde vermutlich von einer rechtshändigen Person ausgeführt, in der Art, wie man einen Baseballschläger benutzt.« Sie macht die Bewegung mit einer imaginären Mordwaffe vor, wobei sie beide Hände benutzt und nach rechts ausholt. »Der Täter oder die Täterin stand hinter oder schräg hinter dem Opfer.«

»Sieh an, das Fräulein Tochter, nicht nur so hübsch wie die Mama, sondern ebenso klug.« Erwin Raukel bedenkt Veronika mit einem Lächeln, das er vermutlich für charmant hält.

Während der Rest der Anwesenden die Augen verdreht, wendet sich das *Fräulein Tochter* Raukel zu und mustert ihn, so wie man ein Insekt betrachtet, das man noch nie zuvor gesehen hat.

Der zieht prompt den Kopf ein, hebt die Hände und wiegelt ab: »Ich entschuldige mich für die ungebührliche Anrede, *Frau* Kristensen. Ich bin Hauptkommissar Erwin Raukel, ein Fossil, Vertreter einer aussterbenden Art, die mit der Zeit verschwinden wird wie die Gletscher ...«

Veronika prustet los, und Dr. Bächle ermahnt seine Assistentin mit einem tadelnden *Pst*. Immerhin liegt nur wenige Meter hinter ihnen ein Mordopfer.

Sich vorzustellen wäre nicht nötig gewesen, Veronika weiß genau, wer dieser dicke Schmierlappen ist: das *enfant terrible* des Kommissariats, über welches ihre Mutter Oda schon zig Klagen und Anekdoten verlauten ließ. »Schon in Ordnung«, meint Veronika und setzt hinzu, Raukel dürfe sie aufgrund seines Status als Fossil ruhig weiterhin Fräulein nennen, aber wirklich nur er.

»Sie ahnen nicht, wie sehr Sie damit meinen Tag versüßen«, strahlt Raukel, und Veronika lächelt zurück.

Hauptkommissar Völxen beendet das Geplänkel: »Ich wollte Sie hierhaben, Dr. Bächle, weil es sehr wichtig ist, den genauen Todeszeitpunkt zu kennen.«

Dr. Bächle schaut auf seine Armbanduhr, die zwanzig nach vier zeigt. »Zeitpunkt des Todeseintritts: fünfzehn Uhr und zwanzig Minuten. Mit einer Abweichung von maximal zehn Minuten«, erklärt er dann in jenem gestelzten Tonfall, als stünde er bereits an seinem Seziertisch und spräche in ein Diktiergerät.

»Sie sagten *Todeseintritt*«, wiederholt Oda. »Kann es sein, dass die Tat auch früher geschehen ist, er aber noch eine Weile gelebt hat?«

Bächle nickt ihr zu und antwortet: »Schon möglich. Das kann ich aus dem Stegreif nicht exakt beantworten. Allerdings scheint mir die Verletzung doch sehr schwer zu sein. Selbst wenn er noch ein paar Minuten gelebt hat, war er wahrscheinlich nicht bei Bewusstsein«, ergänzt Dr. Bächle und fragt: »Sonscht no' ebbes?«

»Das war vorerst alles«, antwortet Völxen. »Sie haben uns sehr geholfen. Danke, Ihnen beiden.«

Veronika will schon gehen, aber Dr. Bächle wirft noch einen letzten Blick auf den Leichnam und meint: »Was für eine Schand.«

Gefühlsäußerungen an einem Tatort sind für Dr. Bächle eher untypisch, darum hakt Völxen nach: »Kennen Sie das Opfer?«

»Ja, freilich! Ich habe hier schon diverse Tanzkurse gemacht«, lässt Dr. Bächle die Umstehenden wissen.

»Was Sie nicht sagen«, staunt Raukel.

»Standardtänze und Salsa«, präzisiert Dr. Bächle.

Völxen und Oda tauschen einen Blick und schmunzeln bei der Vorstellung von einem Salsa tanzenden Dr. Bächle.

Dieser seufzt. »Mir scheint, immer wenn ich mit dieser Familie zu tun habe, gibt es ein Drama.«

»Das müssen Sie mir jetzt erklären«, fordert Völxen.

»Beim letzten Mal ist die Frau Martínez verstorben. Eines natürlichen Todes«, versichert Bächle rasch. »Meines Wissens war es eine zu spät behandelte Sepsis.«

»Ich bezweifle, dass es da eine Kausalität gibt«, bemerkt Veronika und murmelt etwas von Aberglauben.

»Wann war das?«, fragt Oda.

Dr. Bächle, der Veronikas Bemerkung geflissentlich überhört hat, beantwortet Odas Frage: »Das müsste gut zwanzig Jahre her sein. Das hier war ursprünglich ihre Tanzschule. Ihn dort ...«, Dr. Bächle wirft einen Blick auf den Toten, »... bekam man damals nicht oft zu Gesicht. Seine Frau war eine fesche Person. Ihr Tod war eine Tragödie, sie war noch so jung, erst Mitte vierzig.« Dr. Bächle lässt seinen Blick durch das Foyer schweifen, und es sieht aus, als schwelge er kurzzeitig in anderen Zeiten und Sphären. Keiner der Anwesenden gibt einen Kommentar dazu ab, also räuspert sich der Doktor und meint förmlich: »Der Obduktionsbericht folgt im Lauf der kommenden Woche.« Damit wendet er sich endgültig zum Gehen, und Veronika folgt ihm in seinem Windschatten.

Völxens Telefon vibriert in der Tasche seines Jacketts. Es ist Fernando, der ihm etwas von einem Plüschkrokodil erzählt, das sich hinter einem Sofa versteckt hätte, und dass er die Nachricht gerade erst entdeckt habe. Mit der Frage, was denn passiert sei, schließt er seine wirre Rede.

»Mein Tangolehrer ist erschlagen worden«, antwortet Völxen.

»Dein *was*?«

»Rodriguez, komm in die Hufe, wir brauchen dich hier.«

Er legt auf und wendet sich an Erwin Raukel. »Du wirst dich den beiden Damen widmen, die im Dachgeschoss wohnen. Pauline Kern und Caroline Wagner. Ich will wissen, wo sie zur Tatzeit waren, und darüber hinaus alles, was du ihnen sonst noch entlocken kannst.«

»Dafür bin ich genau der richtige Mann!«, versichert Raukel und stapft geräuschvoll die Treppe hinauf.

»Fossilien unter sich«, bemerkt Oda.

In diesem Moment geht mit einem schnappenden, metallischen Geräusch hinter ihnen die Eingangstür auf.

»Ah, Rifkin!«, stellt Völxen erleichtert fest.

Elena Rifkin, wie üblich in Jeans und Lederjacke, trägt eine Sporttasche an einem Riemen über der Schulter. Ihre Wangen sind gerötet, offenbar hat sie sich beeilt. »Entschuldigen Sie, Herr Hauptkommissar, ich war beim Sport.«

»Alles in Ordnung«, meint Völxen. »Jetzt sind Sie ja da.«

Rifkins Blick streift Völxens Anzug, jedoch ohne eine Miene zu verziehen oder eine Bemerkung zu machen. Danach gilt ihre ganze Aufmerksamkeit der Leiche. Völxen lässt ihr ein paar Augenblicke Zeit, um die Szenerie auf sich wirken zu lassen. Nun, da Dr. Bächle weg ist, haben die Kriminaltechniker in ihren weißen Anzügen wieder angefangen zu messen, zu fotografieren und mit Rußpulver nach Fingerabdrücken zu suchen.

»Um sechzehn Uhr sollte ein Streetdance-Kurs für die Jugendlichen da draußen anfangen. Fürs Erste müssen wir wissen, wo jeder von ihnen zwischen drei und halb vier heute Nachmittag war«, erklärt Völxen. »Wenn Sie das übernehmen könnten, Rifkin?«

»Jawohl, Herr Hauptkommissar.« Rifkin geht wieder nach draußen, um zu tun, was man von ihr verlangt. Hinter ihr fällt die Tür geräuschvoll ins Schloss.

Oda Kristensen ist auf den Toten zugegangen und betrachtet ihn mit schief gelegtem Kopf.

»Und?«, fragt Völxen nach einer Weile.

»Für mich sieht das nach Wut aus. Oder nach Panik.«

»Sehe ich auch so.«

»Wut spricht für ein Delikt innerhalb der Familie, oder mit welchen Wahlverwandtschaften wir es hier sonst noch zu tun haben«, führt Oda aus.

»Ein Eifersuchtsdelikt käme eventuell auch infrage. Er hatte wohl einen Hang zu verheirateten Damen.«

»Der alte Knochen?«

»Was hat denn das Laster mit dem Alter zu tun?«, entgegnet Völxen.

»Stimmt. Das Ego des Mannes nimmt mit den Jahren in etwa so zu wie der Umfang seiner Taille.«

»Oder er hat jemanden beim Klauen überrascht, und derjenige hat überreagiert«, wechselt Völxen nun lieber das Thema.

»Du denkst an die Kids da draußen?«, vergewissert sich Oda.

»Diese silbernen Kerzenständer dürften sicher ein paar Hunderter wert sein.« ·

»Bloß gut, dass wir keine Vorurteile haben.«

»Komm schon, Oda. Wir sind Ermittler, *political correctness* bringt uns nicht weiter.«

»Das könnte von Raukel stammen. Aber du hast natürlich recht.«

»Sogar Sabine hat schon ein Auge auf die Leuchter geworfen«, bekennt Völxen. »Aber sie hat ein Alibi.«

Oda lächelt flüchtig, betrachtet aber weiterhin den Toten. »Für mich sieht es aus, als wollte er die Treppe erreichen.«

»Schon möglich.«

»Er überrascht einen der Jugendlichen, wie der gerade den Leuchter klauen will. Müsste er in diesem Fall nicht andersherum daliegen? Mit dem Gesicht zum Kamin anstatt zur Treppe?«, fragt Oda.

»Was, wenn der Dieb auf ihn losgegangen ist und er fliehen wollte?«, hält Völxen dagegen.

»Dann wäre die Treppe erst recht keine kluge Wahl. Ein Jugendlicher läuft ja wohl schneller die Stufen hinauf als ein alter Mann. Wenn er versucht hätte zu entkommen, wäre die Eingangstür naheliegend gewesen.«

»Erstens ist es fraglich, ob man in einer solchen Situation logisch denkt«, meint Völxen. »Zweitens war Martínez nicht der Typ, der davonläuft. Er hatte ein ziemlich aufgeblasenes Ego. Wie ich ihn einschätze, schnauzt er den Dieb an, was er da treibt. Dies ist sein Zuhause, er fühlt sich hier im Recht.«

»Was ist also geschehen, dass die Sache so eskaliert ist?«, grübelt Oda.

»Wäre ich erwischt worden, hätte ich das Ding fallen gelassen und wäre davongerannt«, wendet Völxen ein.

»Oder ich hätte behauptet, dass ich mir den Leuchter nur mal ansehen wollte. Was wäre schon groß passiert? Versuchter Diebstahl, Aussage gegen Aussage«, ergänzt Oda. »Nicht gerade das, wofür man einen Totschlag riskiert.«

Völxen überkommt während ihres Pingpongspiels aus Fragen und Antworten ein Déjà-vu. Er und Oda waren schon gemeinsam an so vielen Tatorten, sie wissen, wie der jeweils andere tickt, was der andere gerade denkt.

»Was?«, fragt Oda, die sein Lächeln bemerkt hat.

»Wir müssen uns anhören wie ein altes Ehepaar.«

»Hört ja keiner«, wispert Oda. Allenfalls die Mitarbeiter der Spurensicherung, aber die scheinen sehr konzentriert mit ihren Aufgaben beschäftigt zu sein.

»Ich möchte noch etwas ausprobieren. Kannst du bitte rausgehen und wieder reinkommen und dann noch einmal, wobei du beim zweiten Mal versuchst, möglichst leise zu sein«, bittet Völxen.

»Warum versuchst du es nicht selbst?« Oda deutet hinter sich auf die zweiflügelige Eingangstür.

»Es ist anzunehmen, dass Martínez sich in der Nähe der Bar aufhielt. Von dort kann man die Eingangstür nicht sehen. Ich will wissen, was man da hört und was nicht.«

Oda strebt in Richtung Tür, die Absätze ihrer Schuhe klackern auf dem Marmorboden.

»Wenn du den Bestatter siehst, sag ihm, dass die Leiche jetzt abtransportiert werden kann«, ruft Völxen ihr hinterher.

Als Oda gegangen ist, widmet der Hauptkommissar seine Aufmerksamkeit den Getränken in dem verspiegelten Regal. Sherry scheinen sie hier besonders zu mögen, davon gibt es eine veritable Auswahl. Auf dem Tresen steht ein Aschenbecher, in dem ein halb gerauchter Zigarillo liegt. Völxen sieht Martínez vor sich, wie er hier gestanden, geraucht und auf Gesellschaft gewartet hat, nicht ahnend, dass dies sein letzter Zigarillo sein würde. Er hört, wie das Schloss der Eingangstür aufschnappt. Sekunden später fällt die Tür, leicht gebremst durch einen hydraulischen Mechanismus, wieder zu. Das zweite Geräusch ist lauter als das erste. »Ich geh wieder raus«, hört er Oda rufen.

Die Geräuschfolge wiederholt sich, als Oda das Foyer verlässt. Er wartet ab. Nach einer Weile hört er wieder das Öffnen der Tür, aber jetzt deutlich leiser als beim vorigen Mal. Dann nichts mehr. Oda muss die Tür festgehalten haben, damit sie nahezu lautlos schließt.

»Und? Wie war ich?«, fragt sie, als sie wieder den Saal betritt.

»Großartig!«

»Beim Öffnen entsteht auf jeden Fall ein Geräusch.«

»Es ist also nicht möglich, völlig lautlos hier reinzukommen«, hält Völxen fest.

»Was schließt du daraus?«

»Ich wollte es nur wissen«, antwortet Völxen. »Nehmen wir uns die Wohnung vor.«

»Hauptkommissar Völxen!«

Völxen hält am Fuß der Treppe inne, Oda ebenfalls. Der Ruf kam von einer der Kriminaltechnikerinnen. Völxen hat die Frau etliche Male an Tatorten gesehen, natürlich immer im Schutzanzug, wahrscheinlich würde er sie auf der Straße gar nicht erkennen. Im Grunde ist ihm nur ihr auffällig grünes Brillengestell im Gedächtnis geblieben und ihre kratzige Stimme. Bestimmt schwere Raucherin. Ihren Namen wusste er schon mal, nur fällt der ihm im Moment nicht ein. »Ja? Könnt ihr uns schon irgendetwas sagen?«, fragt er.

»An der Tatwaffe sind keine Fingerabdrücke. Dachte, das interessiert euch vielleicht.«

»Ja, sehr. Auch wenn es keine gute Nachricht ist.«

»Der Leuchter wurde abgewischt, mit einem Stoff aus einer dunklen Faser. Aber nur im oberen und mittleren Teil. Unten, wo das Ding am dicksten und am schwersten ist, kleben noch Blut und Gewebeteile daran.«

»Was ist mit dem Leuchter, der noch auf dem Sims steht?«, fragt Oda.

»Der wurde nicht abgewischt, auf dem sind einige Abdrücke.«

»Danke, Frau Wetter«, ruft Oda und geht die Treppen hinauf.

»Ja, Frau Wetter, vielen Dank«, schließt sich Völxen eilfertig an.

»Ich fürchte, unsere Theorie vom missglückten Raubüberfall wankt«, flüstert Oda, als sie vor der Tür von Aurelio Martínez angekommen sind.

Völxen tut, als würde er nachdenken, während er in Wirklichkeit erst mal verschnaufen muss. Oda durchschaut das sofort. »Atemnot, von den paar Stufen? Manchmal frage ich mich, wer von uns beiden der Raucher ist.«

»Klappe!«

Sie lächelt mit Genugtuung und fährt mit ihren Überlegungen fort: »Ein Dieb, der kaltblütig genug ist, die Tatwaffe abzuwischen – gerät so einer in Panik, wenn er erwischt wird? Erfindet er nicht eher eine Ausrede, anstatt zuzuschlagen?«

»Mag sein. Ich kann mir im Moment noch keinen Reim auf die Sache machen«, gibt Völxen zu und meint dann: »Wenn du so fit bist, kannst du gleich mal noch ein Stockwerk weiter raufgehen und Alba Martínez herholen, damit sie uns in die Wohnung ihres Vaters lässt.«

Der Gehweg vor der Villa wurde zwischenzeitlich mit Flatterband abgesperrt. Auf der gegenüberliegenden Straßenseite haben sich eine Handvoll Neugieriger eingefunden, die beobachten, wie zwei schwarz gekleidete Herren einen Transportsarg aus einem Kombi ausladen. Darüber hinaus gibt es nicht viel zu sehen. Der Rettungswagen ist verschwunden, auch der Vorgarten der Villa hat sich geleert. Die Teilnehmer des Tangokurses durften gehen, nachdem ihre Personalien überprüft und notiert wurden. Nur die Jugendlichen lungern noch immer betont gelangweilt auf dem Rasen neben den drei Parkplätzen herum. Ein kräftig gebauter mit Markus-Söder-Frisur lehnt am Kotflügel des alten Mercedes und raucht. Es hat etwas bemüht Cooles, wie er die Zigarette zwischen Daumen und Zeigefinger hält. Irgendwie aus der Zeit gefallen, diese James-Dean-Pose, findet Rifkin. Benni heißt er. Benjamin Ballack. Daniel Brock, der Leiter des Streetdance-Workshops, hat Rifkin die Namen der Jugendlichen und dazu ein paar knappe Angaben zu ihren jeweiligen Lebensumständen ins Handy diktiert, ehe Rifkin ihn weggeschickt hat. Er ist der Aufforderung, sich zu entfernen, nur widerstrebend nachgekommen. Offenbar verspürt er den Drang, seine kleine Schar beschützen zu müssen. Vielleicht ist er auch ein Kontrollfreak. Oder ein Wichtigtuer. Am Ende ist er dann doch auf seinem Carbonrahmen-Rennrad abgerauscht. Mit Helm natürlich.

»Stimmt das? Man hat ihm einen Kerzenständer übergezogen?« Charleen Richter sieht Rifkin fragend an. Ihre Augen sind mit so viel Eyeliner und Lidschatten umrahmt, dass sie einem Panda ähnelt. Sie wirkt wie zwanzig, obwohl sie erst fünfzehn ist.

»Ist er denn wirklich tot?« Die Frage kommt von einem großen Mädchen in schwarzen Leggins und einem eng anliegenden schwarzen Shirt. Sie hat ihr dunkles Haar zu einem straffen Knoten gebunden und sieht damit eher wie eine Ballettschülerin aus. Nur die Sneakers mit den dicken Sohlen passen nicht so ganz dazu. Nuria Sanchez, repetiert Rifkin im Geist. Älteste von vier Geschwistern, verlor im letzten Jahr ihren Vater, einer der jüngeren Corona-Toten.

»Oh, Nuri, *your 're so blond!*«, stöhnt Said, der Junge mit den wilden schwarzen Locken und den rasierte Schläfen, und sein Kumpel Henry, ein dicklicher Junge mit hellbrauner Hautfarbe und einem runden Mondgesicht, macht eine Geste des Halsabschneidens und hängt dabei die Zunge heraus. Henry Gilles, laut Brocks Auskünften. Vater Nigerianer, Mutter Deutsche, Einzelkind. Der Gruppenclown.

»Hör auf, du Lauch, das ist nicht witzig!«, faucht Nuria, und ihre traurigen dunklen Augen blitzen für einen Moment wütend auf.

»Was glaubt sie denn, warum der Leichenwagen hier steht?«, entgegnet Henry gestenreich und mit künstlich hoher Stimme.

»Fuck!« Benni schnippt seine brennende Kippe unter einen der sorgfältig gestutzten Ziersträucher.

Auch Rifkin flucht im Stillen. Warum ist Rodriguez nicht hier und übernimmt diesen Job? Er ist in Hannover-Linden aufgewachsen, ein *grün versifftes Multikulti-Viertel*, wie der Kollege Raukel es gerne ausdrückt. Zu Fernandos Jugendzeit war Linden jedoch ein hartes Pflaster, und er selbst war auch kein Chorknabe, sondern stets mit einem Bein im Jugendarrest, wenn man den Anekdoten, die auf der Dienststelle kursieren, glauben darf. Wie dem auch sei, Fernando weiß jedenfalls besser als Rifkin, wie man mit Teenagern umgeht, die einem rauen Milieu entstammen.

»Wie war er denn so? Martínez«, beginnt Rifkin die Zeugenbefragung.

»Ein alter Sack halt«, kommt es prompt von Henry. Said stößt ihn in die Seite und flüstert ihm etwas zu.

Said Sabia, fünfzehn, stammt aus Syrien. Henry ist sein gleichaltriger Klassenkamerad an der IGS Roderbruch. Auch Nuria Sanchez besucht die IGS Roderbruch, an der Brock Sport unterrichtet. Sie ist sechzehn und eine Klasse über den Jungs.

»Er konnte uns nicht ab«, antwortet Charleen und verzieht abfällig ihren rosa geschminkten Mund.

»Wieso? Was hat er denn gemacht?«, will Rifkin wissen.

»Gar nichts«, antwortet Benni rasch und wirft einen warnenden Blick in die Runde. Über Benni wusste Daniel Brock lediglich zu sagen, dass er aus Hainholz kommt und eine große Klappe hat.

»Er hat uns immer so dämlich angeglotzt«, erklärt Charleen.

»Ja, als wären wir Kakerlaken oder so was«, pflichtet ihr Henry bei.

Kakerlaken. Ein hartes Wort. Tatsächlich fragt die Kommissarin sich, ob diesen Kids wirklich damit gedient ist, ihren Kurs ausgerechnet in diesem elitären Ambiente stattfinden zu lassen. Es sei denn, man hat es mit einer subtilen und zynischen Form der Unterschichtenverachtung zu tun. Was muss in diesen Jugendlichen beim Anblick von Prunk und Protz in dieser Villa vorgehen? Und was, wenn sie nach der Stunde zurückkehren in ihre Sozialwohnungen in der Peripherie? Danach müssen sie sich doch erst recht fühlen wie – Kakerlaken.

Elena Rifkin kam 1998, mit sieben Jahren, in dieses Land, nachdem ihr Vater, ein Journalist, in St. Petersburg ermordet worden war und der Rest der Familie beschloss, Russland für immer den Rücken zu kehren. Auch ihre Familie lebte für eine Weile beengt und bescheiden, und doch sind die Umstände nicht vergleichbar. Sie, ihre Mutter und ihre Brüder waren privilegierte Flüchtlinge, und als Angehörige der jüdischen Minderheit Russlands wurden sie in Deutschland mit offenen Armen aufgenommen und mit Hilfsangeboten geradezu überschüttet. Sie hatten in der alten Heimat zur bürgerlichen Schicht gehört, und in der neuen dauerte es nicht lange, ehe sie diesen Status wiedererlangt hatten. Es gab lediglich Erschwernisse, ein paar harte Jahre: Eine vollkommen fremde Sprache musste erlernt werden, und es galt, sich in einer neuen Kultur zurechtzufinden. Natürlich wurde auch Elena Rifkin nichts geschenkt. Sie müsse in der Schule und auch sonst besser sein als die anderen, um die gleichen Chancen zu erhalten, trieb ihre Mutter Elena an. Weil sie durch ihren verbissenen Ehrgeiz als Außenseiterin hervorstach, wurde sie prompt gemobbt und schräg angeguckt. Dazu machte Elenas erwählte Sportart Boxen sie auch nicht gerade liebenswerter. Aber immerhin wehrhaft. Beliebt zu sein war nie ihr Ziel gewesen, und das ist es bis heute nicht. Im Nachhinein lässt sich schwer sagen, ob ihre Mutter recht hatte, sie so vehement anzustacheln, oder ob etwas weniger Anstrengung auch genügt hätte, um Polizistin zu werden und dahin zu kommen, wo sie heute ist: in der Mordkommission, wie ihr Kommissariat im Volksmund genannt wird. Eine Entscheidung, mit der ihre Mutter bis heute hadert.

Eine Villa im Zooviertel ist natürlich auch für Rifkin nach wie vor unerschwinglich, dennoch hatte sie nie das Gefühl, vom System benachteiligt worden zu sein. Doch inzwischen hat sich viel geändert. Dieses Land ist in seinem Reichtum erstarrt, die soziale Herkunft zählt mehr denn je, und der Werdegang dieser Kids wird stark davon abhängen, ob sie Eltern haben, die sie anspornen und unterstützen, und ob sie an die richtigen Lehrer und Förderer geraten. Ansonsten werden sie fast zwangsläufig den Nachwuchs für Europas größten Niedriglohnsektor bilden.

Seit wann bin ich so bitter? Rifkin befiehlt sich, ihre Empfindungen gefälligst außen vor zu lassen und sich auf ihre Aufgabe zu konzentrieren. Die lautet nicht, sich Gedanken über Chancengleichheit zu machen, sondern brauchbare Zeugenaussagen zu bekommen.

»Wie lange geht denn dieser Streetdance-Kurs schon?«, fragt sie.

»Seit dem Schulanfang im August«, antwortet Nuria. »Heute war die vierte oder fünfte Stunde, ich habe nicht mitgezählt.«

»Und, macht es euch Spaß?«

Die meisten nicken.

»Schon okay«, meint Benni gönnerhaft.

Rifkin beschließt, zum Punkt zu kommen, und fragt in harmlosem Plauderton: »Was habt ihr denn heute vor dem Kurs gemacht?«

»Said und ich sind bei mir abgehangen«, verkündet Henry.

»Hey, ihr Spackos, die fragt nach euren Alibis«, erkennt Benni glasklar. »Ist doch so, oder?« Er blickt Rifkin mit einem triumphierenden Grinsen an. Sein breites, rotwangiges Gesicht mit der niedrigen Stirn und den groben Zügen macht es einem schwer, seine Intelligenz nicht von vornherein als gering einzuschätzen. Nur weil einer aussieht wie ein Neandertaler, muss er nicht beschränkt sein, versucht Rifkin sich selbst zu überzeugen. Was nicht wirklich gut klappt. Doch nun, da die Katze aus dem Sack ist, braucht sie sich wenigstens nicht mehr zu verstellen. »Stimmt«, antwortet sie Benni. »Dann fangen wir gleich mal bei dir und deinem Alibi an. Wo warst du zwischen drei und halb vier heute Nachmittag?«

»Ist das jetzt ein Verhör? Müssen Sie uns nicht unsere Rechte vorlesen? Dürfen Sie das überhaupt ohne unsere Eltern?«, fragt Benni altklug zurück.

Rifkin seufzt innerlich und erklärt: »Das ist kein Verhör, sondern eine einfache Zeugenbefragung. Aber es wird ganz rasch ein Verhör daraus, wenn ich keine vernünftigen Antworten kriege. Das findet dann auf der Dienststelle statt. Mit Belehrung und Eltern und Konsequenzen in Form einer vorläufigen Festnahme, wenn der Eindruck entsteht, dass einer lügt. Also, wie willst du es haben?«

»Uih!«, macht Benni und flattert mit den Händen. »Jetzt krieg ich aber Angst.«

Rifkin nimmt ihn scharf aufs Korn und fragt betont langsam: »Benjamin Ballack, wo warst du zwischen drei und halb vier heute Nachmittag?«

Die Antwort wird mit einem breiten Grinsen serviert: »Bei Mäckens im Bahnhof. Mit den zwei Typen da.« Er deutet auf Said und Henry.

Die nicken. »Ja, das stimmt. Wir haben uns um drei am Kröpcke getroffen.«

»Streetdance – das ist Hip-Hop, nicht wahr?«, vergewissert sich Rifkin. »Das ist doch ziemlich anstrengend, oder?«

»Ja, wieso?«, kommt es zögernd von Henry.

»Da haut ihr euch kurz vorher die Wampe mit Cheeseburger voll?«

»Ich habe nur ein Eis gegessen«, antwortet Benni. »Und dazu 'ne Cola light.«

»Ich hatte halt Hunger«, bekennt Said, und Henry nickt und meint: »Ich auch. Ich hatte noch Gutscheine, die wären sonst verfallen.«

»Von wann bis wann genau wart ihr bei McDonald's?«

»Moment.« Henry holt sein Handy heraus und zeigt Rifkin den jüngsten Chatverlauf zwischen ihm und Benni.

Benni schrieb um 15:03 Uhr: *Ey, ihr Ärsche, steh an der Uhr. Wo bleibt ihr?????*

Henry schrieb eine Minute später zurück: *Eine Station noch Sackgesicht 5 Minuten.* Zwischen Ortsangabe, Kosename und Zeitangabe steht jeweils dreimal das Mittelfinger-Emoji, welches, neben dem Gesicht mit der herausgestreckten Zunge, auch Bennis Nachricht an seine zwei Freunde ziert.

Das Ganze klingt plausibel. Benni kam vermutlich mit der Linie 6 aus Hainholz und die anderen beiden mit der 4 aus Roderbruch. Beide Linien halten am Kröpcke, nicht aber am Bahnhof. Ein Umstieg lohnt sich nicht für die kurze Distanz, und die Kröpcke-Uhr vor dem Möwenpick-Restaurant ist ein allseits beliebter

Treffpunkt, zumal der U-Bahnhof Kröpcke groß und unübersichtlich ist. Ein wirklich unwiderlegbares Alibi ist das allerdings nicht. Wenn die drei vorhatten, hier einzudringen und etwas zu stehlen, könnten sie ihre Geschichte vorher abgesprochen und die dazu passenden Nachrichten geschrieben haben. So viel Raffinesse traut Rifkin diesen Kandidaten allerdings nicht wirklich zu.

»Wir haben bei Mäckens gegessen, dann sind wir zu Fuß hierher«, erklärt Said.

»Da war hier schon voll der Aufstand«, bekräftigt Benni. »Der Daniel hat uns gar nicht reingelassen.«

»Der hat nämlich die Leiche gefunden«, berichtet Said. »Der war voll fertig mit der Welt.« Beim letzten Satz grinst der Junge etwas herablassend, und Rifkin überlegt, ob es sein kann, dass Said in seinem jungen Leben schon mehr Leichen gesehen hat als sein Sportlehrer und Kursleiter.

»Was ist mit euch beiden, wo wart ihr zwischen drei und halb vier heute Nachmittag?«, wendet sich Rifkin an die zwei Mädchen.

»Ich bin mit dem Rad gekommen«, sagt Charleen. »Keine Ahnung, wann ich da war, aber ich war die Letzte.«

»Gut, aber die Frage war: Wo warst du zwischen drei und halb vier?«, beharrt Rifkin.

»Na, auf dem Fahrrad!«, wiederholt Charleen ungeduldig. »Da vorne steht es.« Sie deutet auf ein Rad, das auf der Gartenseite an den hohen Eisenzaun mit den scharfen Spitzen angekettet ist. Es ist ein einfaches Fünfgangrad.

»Wo wohnst du?«

»Im Sahlkamp.«

»Du brauchst eine Stunde vom Sahlkamp bis hierher?«

»Eine halbe aber schon. Fast«, antwortet Charleen verwirrt.

Rifkin unternimmt einen neuen Anlauf. »Also, Charleen, wo warst du ... sagen wir mal ... um drei Uhr?«

»Noch zu Hause?«, erwidert sie im für Teenager typischen Frageton.

»Kann das jemand bestätigen?«

»Ja, meine Schwester. Camilla. Ich habe mir die Haare gewaschen, und Milla hat voll den Aufstand gemacht, weil sie ins Bad wollte.«

Und die Kriegsbemalung musste auch noch aufgetragen werden, also volles Programm, da bleibt kaum Zeit für einen Raubmord, ergänzt Rifkin in Gedanken und nickt Charleen zu. »Wir werden das überprüfen. Und du?«, wendet sie sich an Nuria.

Das Mädchen blickt zu Boden und wispert kaum hörbar: »Ich habe auf meine Geschwister aufgepasst. Meine Mutter geht samstags immer arbeiten.«

»Wann bist du von zu Hause weg?«

»Um halb vier. Da ist die Nachbarin gekommen. Ich habe sie angerufen, weil meine Mutter noch nicht da war. Ich bin mit der Bahn gefahren, genau wie die zwei, nur später.« Sie deutet mit den Augen auf Henry und Said.

»Was ist eigentlich mit Tarik?« Die Frage kommt von Charleen.

»Weiß nicht. Keine Ahnung«, murmeln Nuria und die drei Jungs.

»Wer ist Tarik?«, fragt Rifkin.

»Wir sind eigentlich zu sechst im Kurs. Tarik fehlt.« Henry schaut Benni bei dieser Feststellung fragend an.

»Was guckst du mich an? Ich habe keine Ahnung«, sagt der.

»Du kennst diesen Tarik besser, Benni?«, fragt Rifkin.

»Nein!«, kommt es abwehrend. »Der war bloß an meiner Schule. Die Werner-von-Siemens in Vahrenwald. Aber seit diesem Jahr nicht mehr. Keine Ahnung, was er jetzt macht. Eine Lehre vielleicht.«

»Weiß jemand, wo er wohnt? Wie ist sein Nachname?«

Wieder schaut Rifkin nur in ratlose Mienen. Sie verliert langsam die Geduld. »Wisst ihr denn *irgendetwas* über ihn?«

»Ja, dass er ein Poser und Angeber ist«, entfährt es Henry.

»Wie lautet sein Nachname, wo kommt er her?«, will Rifkin wissen.

»Ist der nicht auch Syrer?« Die Frage kommt von Henry und ist an seinen Kumpel Said gerichtet.

»Nein!«, erwidert der Junge heftig.

»Irak«, flüstert Nuria mit gesenktem Blick. Das Mädchen scheint sich selbst peinlich zu sein. Eine Pubertätsmarotte, oder verbirgt sie etwas?

»Er ist siebzehn«, erklärt Benni ungefragt. »Behauptet er jedenfalls.«

»Er hält sich für einen tollen Rapper. Dabei kann er kaum richtig Deutsch«, ergänzt Charleen. »Und dann diese affige Frisur ...«

Weiter kommt Charleen nicht, denn Nuria ist vor sie hingetreten und hat ihr eine schallende Ohrfeige verpasst. Charleen starrt Nuria mit offenem Mund an, die Jungs beginnen zu johlen. Charleen hat sich wieder gefangen und geht nun ihrerseits auf Nuria los, packt sie an den Haaren und trommelt mit den Fäusten auf sie ein. »Du blöde *bitch*, was glaubst du eigentlich?«

»Aufhören! Sofort!« Rifkin packt beide Mädchen mit einem schmerzhaften Griff an den Oberarmen und trennt sie.

»Aua!«, beschwert sich Charleen. »Lassen Sie mich los. Diese verfluchte Schlampe hat angefangen!«

»Du dämliche Kuh, du hast doch keine Ahnung!«, zischt Nuria.

»Stehst wohl auf den Typen, was? Habt ihr schon gefickt?«

»Ruhe!«, brüllt Rifkin durch den Garten der Villa und fügt leise hinzu: »Ich schwöre es euch, noch ein Wort und ich lass euch in die Verwahrzellen schaffen, alle beide. Und ihr haltet ebenfalls die Klappe, das gilt auch für euch!«, herrscht Rifkin die Jungs an.

Die Jungs begnügen sich damit, vor sich hin zu kichern und zu tuscheln. Nuria und Charleen sind verstummt, versuchen jetzt, sich mit Blicken zu töten, und zeigen sich abwechselnd den Stinkefinger.

Rifkin hat die Nase voll. Sie wird diesen Daniel Brock noch einmal nach Tarik fragen.

Sie tauscht mit allen fünfen die Handynummern aus, dann dürfen die Streetdancer gehen. »Meldet euch, falls euch noch etwas einfällt«, ruft sie ihnen hinterher. Dass sie alle demnächst zur Dienststelle zitiert werden, um ein Protokoll ihrer Aussagen anzufertigen, verschweigt Rifkin vorerst. Besser, man erwischt sie kalt und unvorbereitet.

Kapitel 3 – Altes Geld

Während ihr toter Vater aus der Villa getragen wurde, hat Alba Martínez sich umgezogen und das legere Kleid von vorhin gegen eine schwarze Hose und eine dunkelblaue Bluse getauscht. Trauerkleidung, dem Anlass angemessen, registriert Oda. Alba Martínez scheint an Konventionen zu hängen.

Alba schließt die Tür zur Wohnung ihres Vaters auf, geht anschließend sofort zu einem kleinen Kasten neben der Garderobe und gibt einen vierstelligen Zahlencode ein.

»Bitte«, sagt sie und weist mit steifer Geste in einen langen Flur, von dem etliche Türen abgehen.

Beinahe andächtig wandern Völxen und Oda über das vornehm knarzende Eichenparkett von Raum zu Raum. Auf dem Nachttisch im Schlafzimmer stapeln sich Bücher, daneben liegt eine Lesebrille, ein Jackett hängt ordentlich über einem stummen Diener. Das Bett ist mit einer Tagesdecke abgedeckt. Wie in einem Hotel, findet Völxen. Eine Verbindungstür führt in ein Ankleidezimmer mit Schränken und Schuhregalen, und dahinter liegt ein weiteres, nur geringfügig kleineres Schlafzimmer, das offenbar als Gästezimmer benutzt wird. Diese Wohnung großzügig zu nennen wäre noch stark untertrieben. Es ist, als würde man durch ein Museum schlendern, denkt Völxen, und das liegt nicht nur an der übertriebenen Ordnung, die in der gesamten Wohnung herrscht. Die Möbel sind allesamt Antiquitäten, oder falls nicht, dann sind sie zumindest hochwertig und sehr gut nachgemacht. Auf etlichen Kommoden und Beistelltischen finden sich kleine Skulpturen. Das Auffälligste sind jedoch die Bilder. Sie sind überall, in den Schlafräumen, im Flur, im Wohnzimmer, im Esszimmer. Wie in einer Galerie hängen sie an dünnen Schnüren von an den Decken angebrachten Schienen. Das hier *ist* eine Galerie, stellt Völxen während seines Rundgangs fest. Auch Oda hat es zunächst einmal die Sprache verschlagen.

Auf die Gefahr hin, sich zu blamieren, fragt Völxen die Tochter des Ermordeten: »Sind das alles Originale?«

»Sicher«, antwortet Alba Martínez, und Völxen kommt nicht umhin zu bewundern, wie viel Blasiertheit man mit zwei Silben ausdrücken kann.

Die Bilder gefallen Völxen nicht besonders. Er ist, was die bildenden Künste betrifft, eher schlicht gestrickt. Das Abstrakte liegt ihm nicht so sehr, er favorisiert die Klassiker und die Impressionisten, Letztere vor allem wegen der Farben. Die Welt ist schon grau genug. Doch im Grunde, gesteht Völxen sich ein, hat er von Malerei sehr wenig Ahnung. Immerhin, die Namen Kandinsky und Kirchner sagen selbst ihm etwas. Mit den restlichen Namen, soweit die Signaturen in den Ecken überhaupt zu entziffern sind, kann er nichts anfangen.

»Mein Vater hat sich, bis auf wenige Expressionisten, auf die russische Avantgarde spezialisiert«, erklärt Alba Martínez, als hätte sie seine Gedanken gelesen.

Sie befinden sich in einer Art Esszimmer, jedenfalls prangt eine lange Tafel aus blank poliertem Holz in der Mitte des Raumes. Allein hier drin zählt Völxen acht Gemälde und zwei bronzene Skulpturen auf der Anrichte.

»Woher stammen diese Werke?«, fragt Völxen. Er hat, unter den missbilligenden Blicken von Alba Martínez, während des Rundgangs mit seinem Handy Fotos von den Bildern gemacht.

Alba runzelt die Stirn und erweckt den Anschein, als hätte sie sich tatsächlich noch nie darüber Gedanken gemacht. »Ich nehme an, er hat sie geerbt«, sagt sie schließlich. »Sie waren schon immer hier, seit ich denken kann. Jedenfalls die meisten davon. Er nannte die Bilder immer *sein mobiles Vermögen*. Ich vermute, er hat in Argentinien zu oft erlebt, wie schnell Geld auf der Bank nichts mehr wert sein kann. Deshalb vertraute und investierte mein Vater in Sachwerte.«

»Ist ja auch schöner«, bemerkt Oda.

»Sein Verhältnis zu diesen Bildern war ein pragmatisches. Hin und wieder wurde auch mal eines ausgetauscht«, verrät Alba.

»Ausgetauscht?«, wiederholt Oda.

»Mein Vater war als Kunstberater für diverse Galerien tätig. Zuweilen hat er selbst ein bisschen mit Kunst gehandelt. Und das hier ... «, sie vollführt eine umfassende Handbewegung, »... ist hängen geblieben, im wahrsten Sinn des Wortes, als er sich vor zehn Jahren zur Ruhe gesetzt hat.«

»Was macht ein Kunstberater?«, fragt Völxen.

»Er vermittelt Kunst«, erklärt Alba. »Viele Menschen möchten ihr Geld gerne in Kunst investieren, haben aber keine Ahnung davon. Mein Vater hat für verschiedene Galerien gearbeitet und seinen Kunden Werke vermittelt, die eine Wertsteigerung erwarten ließen und gleichzeitig dem Geschmack der Kunden entsprachen. Wobei Letzteres wohl nicht immer Bedingung war.«

»Also war er eine Art Kunstmakler?«, fasst Völxen zusammen.

»So kann man es nennen, ja.«

»Und die Tanzschule?«, fragt Oda.

»Die Tanzschule war das Projekt meiner Mutter. Er hat es immer *ihr Steckenpferd* genannt, manchmal mit einem spöttischen Unterton. Erst in den letzten Jahren hat er seine Leidenschaft fürs Tanzen entdeckt. Er hat aber nie eine Ausbildung zum Tanzlehrer gemacht, Gott bewahre! Er hielt sich für ein Naturtalent.«

Wenn Völxen sich nicht sehr täuscht, dann schwingt in ihrem Ton eine leise Kritik mit, so als wäre Alba über das Engagement ihres Vaters nicht sonderlich begeistert gewesen. Gut möglich, dass sie es missbilligte, wenn er mit den Damen aus den Kursen flirtete. Völxen hätte letzte Woche, als der alte Filou mit Sabine übers Parkett flog, mehr auf Alba Martínez und deren Reaktion achten sollen. Aber er war zu sehr mit seinen Malaisen beschäftigt und damit, ein eifersüchtiges Auge auf seine Frau und den Tanzlehrer zu haben. Außerdem ist er kein Hellseher, wie hätte er ahnen sollen, dass das alles auf einmal von Bedeutung sein würde?

»Also haben Sie die Tanzschule von Ihrer Mutter übernommen«, setzt Oda das Gespräch fort.

»Nicht sofort. Ich war gerade erst achtzehn, als sie 1999 starb, und Papa hat darauf bestanden, dass ich das Abitur mache. Ursprünglich wollte ich ... oder *sollte* ich, wenn es nach Papa gegangen wäre, Kunstgeschichte studieren. Aber die bildenden Künste haben mich nie sonderlich interessiert. Nach der Schule habe ich mich zur Tanzlehrerin ausbilden lassen.«

»War Ihr Vater sehr enttäuscht?«, forscht Oda.

»Er hat es überwunden«, antwortet Alba kurz angebunden.

»Mir schien, als würde er das Tanzen sehr genießen.« Völxen kann den ironischen Unterton beim besten Willen nicht unterdrücken.

»Ja, das stimmt.« Alba lächelt melancholisch. »Manche Menschen entdecken ihre wahren Leidenschaften eben erst spät.«

»Welcher Jahrgang war Ihr Vater noch gleich?«, fragt Völxen.

»Er wurde 1950 geboren«, antwortet Alba. »Er ist im Juli einundsiebzig geworden.« Erneut glitzert es in ihren Augen.

»Wann kamen Ihre Eltern nach Deutschland?«

»1982.«

Demnach war er zweiunddreißig, als er auswanderte, rechnet Völxen. »Wann haben Ihre Eltern diese Villa gekauft?«

»Ich bin nicht ganz sicher. Aber wohl ziemlich bald nach ihrer Ankunft hier in Deutschland, denn ich bin 1981 geboren, noch in Argentinien, und ich kann mich an keinen anderen Wohnort erinnern. Also war es wohl kurz danach.«

»Gibt es sonst noch Verwandte, außer Ihnen und Ihrem Bruder?«, will Völxen wissen.

»Nein.«

»Auch nicht in Argentinien?«

»Nicht dass ich wüsste. Unsere Großeltern starben in den Siebzigern, es war nie die Rede von Verwandten, und wir waren auch nie dort.«

»Interessiert Sie das Land Ihrer Wurzeln denn gar nicht?«, wundert sich Oda.

Sie schüttelt den Kopf. »Für mich ist Argentinien ein Land wie jedes andere. Ich war ja noch ein Baby, als ich es verließ. Meine Heimat ist hier.«

Völxen kramt in seinem Gedächtnis, was er über die Geschichte

Argentiniens noch weiß. Viel ist da nicht. *Evita Perón* kommt ihm als Erstes in den Sinn, wegen des Musicals und dem Film, und der Falklandkrieg, den die Briten unter Maggie Thatcher gewannen. Wann war das noch gleich? Zu Beginn der Achtziger? Darüber hinaus weiß er nur, dass in dem Land demokratisch gewählte Regierungen regelmäßig vom Militär weggeputscht wurden. Er beschließt, seine Bildungslücken noch heute Abend via Google zu schließen.

»Wer erbt das alles jetzt?«, kommt Oda zu einer nicht unwichtigen Frage.

»Ich«, antwortet Alba Martínez unumwunden. »Allerdings hat mir mein Vater bereits vor Jahren ein großzügiges Aktienpaket übertragen. Ich habe also kein Motiv, ihn zu ermorden.«

»Kein finanzielles, falls Ihre Angaben stimmen«, korrigiert Oda.

Alba Martínez wendet sich mit gekränkter Miene ab und geht hinaus auf den Flur. Die Ermittler folgen ihr in das Arbeitszimmer von Aurelio Martínez. Auch dieser Raum hat großzügige Dimensionen, allerdings ist es hier etwas gemütlicher und nicht gar so museal und aufgeräumt wie in den Zimmern, die sie bis jetzt gesehen haben. Eine über drei Meter hohe Bücherwand mit Bibliotheksleiter reicht bis zur Decke, davor stehen ein Sessel und ein Ledersofa mit geschwungener Lehne. Gegenüber befinden sich Aktenschränke. Vor dem Fenster, das nach hinten hinaus in den Garten zeigt, steht ein sehr großer Schreibtisch aus Mahagoni, auf dem einige Mappen und Papiere liegen.

Es scheint fast so, als hätte Aurelio Martínez hauptsächlich in diesem Zimmer gewohnt. Dafür spricht auch der Fernseher. Alba hat sich auf die Sofalehne gesetzt und streicht zärtlich über eines der Kissen, wobei sie sich verstohlen über die Wange wischt.

Ungeachtet ihrer Tränen ist Oda noch längst nicht fertig mit ihr. »Was ist mit Ihrem Bruder? Erbt er nichts?«, forscht sie nach.

»Vermutlich nicht. Er hat sich früh mit meinem Vater zerstritten.«

»Weswegen?«

»Rafael ist schwul.«

»Ja, und?«

»Mein Vater war vom alten Schlag. Sein einziger Sohn schwul – das konnte er nicht verwinden. Nachdem Rafael sich geoutet hatte, hat er ihn quasi rausgeworfen.«

»Wir werden hier einige Unterlagen abholen lassen«, kündigt Oda an.

»Nur zu«, meint Alba betont gleichgültig.

»Gibt es einen Computer? Oder ein Laptop?«

»Nein. Er konnte damit nichts anfangen.«

»Handy?«

»Er hat eines, aber er hat es kaum benutzt.«

»Würden Sie es uns trotzdem geben?«

»Wenn ich wüsste, wo es ist.« Sie schaut sich auf dem Schreibtisch um und öffnet mit mäßigem Eifer ein paar Schubladen. Dann zuckt sie mit den Achseln.

»Kennen Sie seine Nummer auswendig?«, fragt Oda.

Alba nennt die Nummer, die Oda in ihr Handy tippt und dann anwählt. Alle lauschen angestrengt, aber es ist nichts zu hören.

»Bestimmt liegt es mit leerem Akku irgendwo herum«, meint Alba.

»Ab wann genau haben Sie sich heute in Ihrem Büro aufgehalten?«, will nun Völxen von ihr wissen.

»Gleich nach dem Essen bin ich in meine Wohnung gegangen, habe mich umgezogen, einen Kaffee getrunken und war danach im Büro. Später kam noch Pauline dazu.«

Völxen sieht sie verwundert an. »Dass Frau Kern bei Ihnen war, haben Sie vorhin gar nicht erwähnt.«

»Ja, und?«, erwidert sie giftig. »Mein Vater wurde gerade ermordet, was erwarten Sie denn? Sind wir hier bald fertig?«, fügt sie mürrisch hinzu.

»Sie müssen nicht dabei sein, wir schaffen das auch ohne Sie«, meint Völxen.

Doch anscheinend traut Alba den beiden nicht über den Weg. »Nein, schon gut«, lenkt sie ein.

»Wie lange war Pauline Kern bei Ihnen?«, hakt Völxen noch einmal nach.

»Eine halbe Stunde oder etwas länger. Eigentlich wollte sie runter zu Papa. Die beiden zwitschern vor einem Kurs gerne noch einen Sherry an der Bar. Ich war mit dem Layout für die neuen Prospekte beschäftigt und wollte Paulines Rat, was besser aussieht. Wir haben ein bisschen herumprobiert, dabei ist die Zeit vergangen. Dann haben wir Daniel laut rufen hören. Ich wusste gleich, dass etwas Schlimmes passiert sein musste.« Alba starrt ein paar Sekunden lang ins Leere, dann flüstert sie: »Hätte ich Pauline nur nicht aufgehalten wegen dieses blöden Flyers! Dann wäre er vielleicht noch am Leben.«

Völxen überlegt, ob er sagen soll, dass sie keine Schuld trifft, sondern den Täter, aber er lässt es lieber sein. Trost zu spenden und Schuldgefühle zu relativieren ist schließlich nicht die Aufgabe eines Ermittlers. Oda hingegen wirkt vollkommen ungerührt. Überhaupt scheint sie ihm heute unterkühlter zu sein als sonst und weniger engagiert. Bisweilen wirkt sie sogar ein wenig abwesend.

Sie gehen weiter und landen in der Küche.

»Wow!«, entschlüpft es Oda. Völxen vermutet, dass ihr Ausruf dem gut bestückten Weinregal gilt. Doch auch die Küche selbst ist durchaus geeignet, Bewunderung hervorzurufen. Großzügig dimensioniert, wie alles in dieser Wohnung, verbreitet sie auf den ersten Blick einen elegant-altmodischen Charme, offenbart aber beim genauen Hinsehen, dass sie technisch durchaus auf der Höhe der Zeit ist. Der Herd, eine auf antik getrimmte Kombination aus Gas- und Induktionsherd, ist das Prunkstück, die Möbel sind ausgeklügelte Maßanfertigungen. Ein ovaler Holztisch bildet das Zentrum der Küche, darüber hängt eine moderne Lampe mit vielen Birnen und ineinander verschlungenen Armen. Auch hier ist alles blitzsauber und aufgeräumt.

»Haben Sie heute an diesem Tisch zu Mittag gegessen?«, erkundigt sich Völxen.

Sie nickt. »Das Esszimmer wird eigentlich nie benutzt.«

»Essen Sie immer alle vier zusammen?«

»Nein, nur manchmal am Wochenende.«

»Wer putzt das alles?«, will Oda wissen.

»Caroline Wagner. Und Frau Mücke. Frau Mücke ist die Zugehfrau, sie kommt zweimal in der Woche. Caroline hat es mit dem Rücken, deshalb haben wir ihr Hilfe geholt.«

»Ich brauche die Kontaktdaten von Frau Mücke.«

»Sicher, ich habe sie oben«, nickt Alba. Sie wirkt erschöpft.

Völxen hat eine letzte Frage: »Frau Martínez, welche genaue Funktion haben eigentlich die beiden Damen, die in der Dachwohnung leben?«

»Herr Brock? Kommissarin Rifkin. Sie haben mir einen Ihrer Kursteilnehmer unterschlagen.«

»Was?« Brock klingt ein wenig außer Atem, als wäre er gerade erst vom Rad gestiegen.

»Einen gewissen Tarik.«

»Tarik Bakhtari. Ja, der ist in meinem Kurs, aber der war heute nicht da.«

»Die Frage nach den Teilnehmern des Kurses schloss die Abwesenden schon mit ein. Gerade die«, weist ihn Rifkin zurecht, die längst den Verdacht hegt, dass sein IQ nicht wesentlich über dem von Benni und Charleen liegt.

»Ja, äh, tut mir leid. Der Tarik, der war, wie gesagt, heute nicht da. Er hat sich auch nicht entschuldigt, und er ging nicht ans Telefon.«

»Was können Sie mir über ihn sagen?«

»Nicht viel. Er geht nicht an meine Schule, er kam über die Jugendhilfe der Stadt. Er ist siebzehn, Asylbewerber aus dem Irak. Er kam zusammen mit seinem Vater, ist schon einige Jahre her.«

»Die anderen scheinen ihn nicht sonderlich zu mögen.«

»Ja, das kann sein. Er war von Anfang an der Außenseiter der Gruppe.«

»Warum?«

»Ich weiß es nicht. Falsche Frisur, die falschen Schuhe oder ein ungeschicktes Wort ... Manchmal braucht es keinen besonderen Grund, damit sie sich einen als Opfer ausgucken. Ach ja, Tarik hält sich für einen begnadeten Rapper und gibt manchmal den besonders Coolen. Das kommt wohl auch nicht so gut an. Vielleicht hat er die anderen damit genervt. Mehr kann ich Ihnen nicht sagen.«

»Haben Sie seine Adresse?«

»Ich schicke sie Ihnen. Aber Sie denken doch nicht, dass er …«

»Sofort, wenn es möglich ist«, sagt Rifkin und legt auf.

Erwin Raukel entert die letzten Stufen. Oben tupft er sich erst einmal die Stirn mit einem großen Stofftaschentuch ab. Er sucht noch nach einer Klingel, als die Tür weit aufgerissen wird. Raukel schreckt vor der Erscheinung zurück und wäre fast die Treppe hinabgestürzt, er kann sich gerade noch am Treppengeländer festhalten. Der Schock weicht langsam, während er sich hochzieht und wieder sammelt.

Vor ihm steht eine Gestalt, die in eine Art Kaftan gehüllt ist, in dessen dunkelroten Stoff orientalisch anmutende Ornamente mit Goldfaden eingewebt sind. Der nicht mehr ganz taufrische Teint der Dame ist extrem blass, der Mund tiefrot geschminkt, und das aufgetürmte schwarze Haar gleicht einem schlampigen Vogelnest. Fehlt nur noch eine schwarze Katze auf ihrer Schulter, findet Raukel. Jedenfalls könnte diese Person auf jedem Rummelplatz als Wahrsagerin auftreten, vertretungsweise in der Geisterbahn.

Die Frau blickt Raukel von oben herab streng an und fragt mit rauer Stimme: »Wer sind Sie, und was machen Sie hier?«

Oder, überlegt Raukel, hat man es hier womöglich mit einer in die Jahre gekommenen Domina zu tun? Mein lieber Herr Gesangsverein! Bei aller Liebe zu Exzessen und Experimenten, aber das wäre selbst ihm, einem Mann von Welt, der neuen Erfahrungen gegenüber stets aufgeschlossen ist, eine Spur zu heftig.

»Hauptkommissar Erwin Raukel, Polizeidirektion Hannover. Ich hätte ein paar Fragen«, keucht er. »Und die erste lautet: Wer sind Sie?«

»Pauline. Pauline Kern. Ich wohne hier.«

»Das trifft sich gut, mit Ihnen wollte ich sprechen.«

»Bitte sehr.« Sie tritt zurück und macht eine weit ausholende, einladende Geste. Dabei entströmt ihrem wallenden Gewand eine Duftwolke, die bei Raukel Assoziationen von Vanilleeis und Amsterdamer Coffeeshops hervorruft.

»Nein, nicht da hinein«, beordert sie Raukel energisch zurück, denn der hat automatisch die Küche angesteuert, deren Tür offen steht und den Blick auf einen bescheidenen Holztisch mit zwei Stühlen freigibt. »Jetzt ist Carolines Küchenzeit«, setzt Pauline Kern hinzu und erkundigt sich hoheitsvoll: »Darf ich Sie in meinen Salon bitten?« Ohne Raukels Antwort abzuwarten, trippelt sie auf ihren hohen Hacken mit kleinen, gleichmäßigen Schritten voran, dass es fast wirkt, als bewege sie sich auf Rollen.

Der *Salon* ist ein düsteres Wohnzimmer mit zwei Dachgauben, deren Fensterscheiben von braunen Gardinen verhangen sind. Pauline Kern lässt sich zwischen einem Berg Kissen auf einem durchgesessenen Diwan nieder, der mit einem verblichenen roten Brokatstoff überzogen ist. Dabei tut sich – ganz zufällig – in ihrem Gewand ein Schlitz auf und lässt ein schwarz bestrumpftes, stelzenhaft dünnes, übergeschlagenes Bein sehen, dessen Fuß in einem grazilen Pantöffelchen mit hohen Absätzen steckt.

Raukel hat sich ihr gegenüber in einen Sessel mit senfgelbem Samtbezug gezwängt. Auch dieses Möbel hat schon bessere Zeiten gesehen, wie überhaupt dem gesamten Interieur etwas Moribundes anhaftet, obwohl die Sachen einst sicherlich mal teuer waren. Dazu kommt, dass kein Stück so richtig zum anderen passt, fast so, als hätte man sämtliche überzähligen oder hinfälligen Möbel des Hauses hier oben, in Paulines *Salon*, entsorgt. Vielleicht ist das aber auch so gewollt, denn als Gesamtbild betrachtet, vermittelt das zusammengewürfelte Chaos den Charme von abgerissener Boheme. *Shabby chic*, ähnlich wie die Bewohnerin. Oder, wie Dr. Bächle sagen würde: *Wie der Herr, so 's G'scherr*. Und davon gibt es in diesem Salon jede Menge. Von der Devise *Weniger ist mehr* scheint Pauline Kern jedenfalls nicht viel zu halten. Die grün gestrichenen Wände sind gepflastert mit kitschigen Gemälden und gerahmten Fotos, viele davon zeigen die Bewohnerin selbst, in einem Ballettdress und wohl ein halbes Jahrhundert jünger. Kaum eine Fläche, auf der nicht ein Deckchen mit Figürchen, ein Väschen, eine Puppe oder eine Topfpflanze steht. Das müde Auge des Betrachters sehnt sich geradezu nach einer freien, leeren Fläche. Immerhin ist nicht alles nur Tinnef. Auf dem niedrigen Glastisch vor ihm steht ein Tablett mit einer Karaffe, in der es goldbraun funkelt, daneben zwei umgedrehte Kognakschwenker. Raukel reagiert wie der pawlowsche Hund und verspürt augenblicklich einen höllischen Durst.

»Darf ich Ihnen etwas anbieten?« Pauline Kern deutet lächelnd auf die Karaffe, während der Pantoffel kokett auf- und abwippt.

Vorsicht! Man hat es hier mit einem gewieften alten Raubtier zu tun!

»Nur einen winzigen Schluck. Schließlich bin ich ja im Dienst.«

»Wollen wir mal nicht päpstlicher sein als der Papst«, winkt sie ab.

Sie schenkt großzügig ein und bringt mit großer Geste einen Toast aus: »Auf den bedauernswerten Dahingeschiedenen! So ein Ende hat er bei Gott nicht verdient.« Sie wirft ihren Kopf zurück, bleckt ihre Kehle und leert ihr Glas auf einen Sitz. Danach wischt sie sich mit spitzen Fingern eine kleine Träne von der Wange.

Der Ermittler gönnt sich ebenfalls einen gehörigen Schluck. Den hat er auch nötig. Gar nicht mal schlecht, stellt er fest, als er dem wohligen Brennen nachspürt, das sein Inneres erwärmt. Er hält es ja lieber mit Malt-Whisky, und ab und an darf es auch mal ein Calvados sein, aber nein, nicht übel, dieser Kognak.

Die Pflicht ruft, er zückt seinen Notizblock. »Frau Kern, ich brauche als Erstes Ihre Personalien ...«

»O bitte, nennen Sie mich doch Pauline! Kein Mensch nennt mich Frau Kern.«

»Gut, Pauline. Geboren?«

»Wie bitte? Natürlich wurde ich geboren, sonst säße ich ja wohl nicht hier.«

»Ich meine, wann«, präzisiert Raukel.

»August. Sternzeichen Löwe. Ein Sonnenzeichen. Deshalb stehe ich gern im Mittelpunkt. Aurelio war übrigens auch Löwe, erste Dekade. Ich dritte. Aszendent Jungfrau. Und Sie? Halt! Lassen Sie mich raten, Herr Kommissar. Widder? Sie sind durchsetzungsfähig, ein ganzer Mann, kein Weichei.«

»Ich bin Wassermann. Ihr Geburtsjahr ...«

»Wassermann! O ja, das passt. Sie sind ein Individualist, kreativ, das Ungewöhnliche reizt Sie, ungewöhnliche Menschen ziehen Sie an, und Sie lieben Ihre Unabhängigkeit. Die geht Ihnen über alles. Zuweilen sind Sie jedoch etwas willensschwach, und es mangelt Ihnen an Disziplin und Ausdauer ...«

Raukel, der die Nase gestrichen voll hat von diesem Unsinn, schneidet ihr das Wort ab: »Das ist sehr interessant, Pauline, aber können wir jetzt mit Ihren Personalien fortfahren?«

Sie lehnt sich zurück und blickt ihn herausfordernd an. »Schätzen Sie doch mal.«

»Siebzig.«

Ihre Gesichtszüge entgleisen rasant.

»Ich meinte den Jahrgang, 1970«, erklärt Raukel, der sich gerade insgeheim köstlich amüsiert.

Sie entspannt sich wieder, lächelt. »Sehr charmant, aber knapp daneben. Ist das denn wirklich so wichtig?«

Raukel seufzt. Natürlich findet er das auch ohne ihre Hilfe heraus, einmal die Meldedaten abgefragt, und gut ist es. Andererseits hat sie eben von Durchsetzungsvermögen gesprochen, und er ist nicht bereit, ihr diese Mätzchen durchgehen zu lassen. Man muss den Frauenzimmern von Anfang an zeigen, wer das Sagen hat, sonst tanzen sie einem auf der Nase herum. Das ist genau wie mit Kindern und Hunden.

»Ist es«, beharrt er.

»Neunzehnhudrtnunfzg.«

»Wie bitte?«

»Neunzehnhundertneunundfünfzig«, wiederholt sie deutlicher.

Zweiundsechzig also. Wenn das mal stimmt. »Sie sehen bedeutend jünger aus, wenn ich das bemerken darf«, schmeichelt sich Raukel wieder ein, denn schließlich hat es keinen Sinn, es sich gleich am Anfang mit einer Zeugin zu verderben.

»Sie dürfen«, nickt Pauline hoheitsvoll, kann aber ein kleines

Lächeln nicht unterdrücken. »Mir darf man durchaus Kompli-
mente machen, in meinem Alter bekommt man nicht mehr jeden
Tag welche. Aber nur, wenn sie ernst gemeint sind«, fügt sie augenzwinkernd hinzu.

»Ich würde Sie doch nie anlügen«, versichert Raukel.

»Sie sind ein Charmeur, und Wassermänner lügen wie gedruckt.«
Sie droht ihm lächelnd mit dem Zeigefinger.

»Wie lange wohnen Sie schon hier?«

»Zwölf Jahre«, antwortet Pauline Kern. »Damals starb mein
Mann. Wir wohnten in Altwarmbüchen, aber das Haus war so leer
ohne ihn und viel zu groß für mich allein. So ein Anwesen will ja
gepflegt sein, und ich bin nun mal kein Putzteufel, der den lieben
langen Tag im Haus herumfeudelt und darin seine Erfüllung findet, so wie die gute Caroline. Außerdem wollte ich wieder zurück
in die Stadt. Ich brauche Leben um mich herum, Kultur, das Theater, die Oper, Cafés.« Sie wirft ihre Arme in die Luft, sodass die
weiten Ärmel ihres Gewands die mageren Arme enthüllen. »Caroline, die Ärmste, war immer schon ein wenig einsam, also habe ich
zugestimmt, als sie mich fragte, ob ich hier einziehen möchte. Es
sollte nur für den Übergang sein, bis ich mein eigenes kleines Nest
gefunden hätte, aber wie das eben manchmal ist … Provisorien halten bekanntlich am längsten, nicht wahr? Ich habe immer schon
gerne getanzt, früher sogar aktiv im Ballett. Also habe ich mich in
der Tanzschule nützlich gemacht, und so kam eines zum anderen.«

»In welchem Verhältnis standen Sie zu Aurelio Martínez?«

Sie spitzt ihre ochsenblutroten Lippen. »Wenn Sie damit andeuten wollen …«

»Ich will gar nichts andeuten, ich frage nur. Sie sind eine attrak-
tive Frau, Pauline, er war ein gut aussehender Mann … Es wäre
doch ein Wunder, wenn es da nicht gefunkt hätte.«

Pauline lächelt verschmitzt. »Es gab mal eine Zeit, da hatten wir
eine kleine Liaison. Es ist wirklich schon sehr lange her, und es
endete ohne Groll. Sie haben vollkommen recht, wir sind … wir
waren verwandte Seelen. Wir mochten uns. Sein Tod geht mir sehr
nah …« Sie verstummt und sieht aus, als wollte sie jeden Moment

in Tränen ausbrechen. Um dies zu verhindern, wechselt Raukel rasch das Thema: »Was war das vorhin mit der *Küchenzeit von Caroline?*«

Pauline Kern stößt einen schweren Seufzer aus. »Wissen Sie, Caroline ist ein sehr neidischer Mensch. Das war immer schon so. Schon als wir Kinder waren, hat es sie gewurmt, dass ich die Attraktivere und Beliebtere von uns beiden war und dass unsere Eltern mich lieber hatten als sie. Ich war eben das Nesthäkchen und davon abgesehen auch wirklich viel niedlicher als sie, dafür kann ich ja nichts.«

»Sie sind Schwestern?«, fragt Raukel.

Sein Gegenüber hebt eine der aufgemalten Brauen. »Allerdings. Nun, zum Glück sieht man uns das nicht an. Caroline ist ... das arme Ding hatte nie ein eigenes Leben. Sie ist seit über dreißig Jahren das Anhängsel der Familie Martínez. Früher war sie das Kindermädchen und die Haushälterin, inzwischen kocht sie nur noch für Aurelio und pusselt ein bisschen im Haushalt herum. Macht seine Wäsche, bügelt und staubt die Bilder ab. Sie hat es mit dem Rücken, sie kann nicht mehr so wie früher.«

»Aber wie kam es nun zu Ihrer ... Regelung?«, lenkt Raukel das Gespräch wieder in geordnete Bahnen. Diese Frau ist die Meisterin des Abschweifens. Entweder ist sie einfach nur fürchterlich geschwätzig und unkonzentriert, oder es ist ihre Masche, um etwas zu verschleiern.

»Als Caroline seinerzeit merkte, dass ich für die Familie Martínez unentbehrlich geworden bin, da bereute sie ihre Großzügigkeit und reagierte sehr sauertöpfisch. Ständig suchte sie Streit, meckerte an mir herum und versuchte, mich bei Aurelio oder Alba anzuschwärzen.« Sie seufzt und schenkt sich noch einen Kognak ein. »Für Sie auch, Herr Kommissar?«

Die Versuchung ist schier übermächtig, aber angesichts dessen, was Pauline vorhin über Willensschwäche und Disziplin sagte, lehnt Raukel schweren Herzens ab. *In der Beschränkung zeigt sich die Meisterschaft!* Nicht, dass sie noch glaubt, sie hätte recht mit ihrer abstrusen Analyse. »Warum sind Sie nicht ausgezogen?«, fragt er.

»Genau das wollte ich. Aber Aurelio und Alba haben mich praktisch bekniet zu bleiben. Ich hatte inzwischen meine Arbeitsstelle hier, in der Tanzschule. Ich gebe verschiedene Kurse und helfe Alba bei der Buchhaltung. Caroline und ich wären uns hier ohnehin fast täglich begegnet. Also bin ich geblieben, und wir versuchen, uns aus dem Weg zu gehen. Jede von uns bewohnt zwei Zimmer, und für die Küche und das Bad gibt es feste Zeiten. Die Küche hat Caroline in den Stunden mit den geraden Zahlen, ich in den ungeraden, im Badezimmer ist es umgekehrt. Das hat sich gut eingespielt, manchmal schaffe ich es sogar, dass ich das alte Reptil tagelang nicht sehe. Nur an den Wochenenden hat Aurelio öfter einmal darauf bestanden, dass wir alle zusammen bei ihm essen. Bei diesen Gelegenheiten haben wir den Scheinfrieden gewahrt.«

»Heute war das auch so?«

»Ja, genau. Die Vormittagskurse waren um dreizehn Uhr zu Ende, und etwas später haben wir bei ihm gegessen. Gulasch. Kochen kann sie nämlich, das muss ihr der Neid lassen. Sie ist ein Hausmütterchen durch und durch ...«

»Und danach?«, unterbricht Raukel rasch.

»Ich habe mich zurechtgemacht, ich sollte den Tangokurs zusammen mit Aurelio leiten. In meinem Alter dauert es ein wenig, ehe man salonfähig ist.« Sie schenkt ihm erneut ein schelmisches Lächeln.

Raukel gibt alles: »Ach, wissen Sie, Pauline, das ist mit den Frauen wie mit Keramik. Die kleinen Risse, das Craquelé, macht sie erst so richtig interessant und kostbar.«

Na also, schon schmilzt sie dahin. Zeit, endlich zu Potte zu kommen. »Wo genau waren Sie ab drei Uhr, Pauline?«

»Sie fragen mich nach meinem Alibi«, stellt sie mit einem enttäuschten Seufzer fest. »Nun, es war so: Der Kurs beginnt um vier, aber Aurelio pflegte gerne schon ein knappes Stündchen früher hinabzugehen, um die Musik auszusuchen und mit Gästen, die früher kommen, etwas zu trinken. Manchmal habe ich ihm dabei Gesellschaft geleistet. Wir hatten nämlich ein gemeinsames Laster.« Sie hält inne, vergewissert sich der vollen Aufmerksamkeit ihres Gegenübers und verrät dann mit dunkler Stimme: »Wir rauchten öfter mal zusammen Zigarillos. Ich darf hier oben nämlich nicht rauchen, nicht einmal in meinen Räumen, sonst bekommt meine Schwester hysterische Anfälle. Sie riecht das sofort, sie wäre ein super Spürhund. Und Aurelio will in seiner Wohnung nicht rauchen wegen der Bilder, die dadurch Schaden nehmen könnten. Also trafen wir uns bisweilen unten an der Bar.«

»Auch heute?«

»Wie gesagt, ich habe mich für den Kurs zurechtgemacht, und gerade als ich runtergehen will, das dürfte kurz nach drei Uhr gewesen sein, kommt Alba aus ihrem Büro. Sie arbeitete an den neuen Prospekten der Tanzschule und wollte mir ihre Entwürfe zeigen. Natürlich bin ich ihrer Bitte gefolgt und zu ihr ins Büro gegangen. Ich habe viel Sinn für Ästhetik, wissen Sie, und Alba legt in solchen Angelegenheiten durchaus Wert auf mein Urteil. Ich hatte ein paar Verbesserungsvorschläge, wir haben uns das zusammen am Bildschirm angesehen, und plötzlich hörten wir diesen Daniel durchs Haus brüllen wie am Spieß. Und da lag er, Aurelio. Tot in seinem eigenen Blut!« Beim letzten Wort klingt ihre Stimme düster wie ein Grab.

Ist das echt?, fragt sich Raukel angesichts ihrer bebenden Lippen und des umflorten Blicks. Und so viel Blut war da doch gar nicht. Wahrscheinlich liebt sie düstere Metaphern.

»Es sind also nur Sie und Alba runtergegangen, als dieser Daniel um Hilfe gerufen hat?«

»Ja. Zuerst Alba, weil er ja auch ihren Namen gerufen hat. Sie ist die Treppe hinabgerannt, ich war etwas langsamer, ich hatte schon meine hohen Tanzschuhe an, damit empfiehlt es sich nicht, zu rennen, schon gar nicht auf der Treppe.«

»Wo war Ihre Schwester zu dieser Zeit?«

»Keine Ahnung«, antwortet Pauline, jede Silbe genüsslich betonend. »Die war irgendwann auch da.«

»Was heißt *irgendwann*? Wie viel später war sie am Tatort?«

»Eine, zwei Minuten? Ich habe nicht so sehr auf sie geachtet.«

»Kam sie die Treppe herunter?«

»Das kann ich nicht sagen, ich habe mich auf Alba und Aurelio konzentriert und mich außerdem darum gekümmert, dass dieser Kerl mit seinem Handy den Notarzt ruft.«

Kann es sein, dass sie gerade versucht, ihre Schwester einem kleinen Mordverdacht auszusetzen? Raukel beschließt, diese Auskunft mit Vorsicht zu genießen, wie überhaupt alles, was Pauline Kern von sich gibt. Das alles wird man bei der offiziellen Zeugenvernehmung noch einmal aufdröseln müssen.

»Haben Sie eine Idee, wer Herrn Martínez das angetan haben könnte?«, fragt er mehr der Vollständigkeit halber.

»Nicht die geringste!«

»Irgendeinen Verdacht werden Sie doch haben? Ein so aufgeweckter Geist wie Sie«, schmeichelt Raukel.

»Wahrscheinlich war es einer von dieser ... Meute.«

»Welche Meute?«

»Nun, diese Jugendlichen aus dem Hip-Hop-Kurs. Streetdance, wie das neuerdings heißt. « Sie verzieht das Gesicht. »Die wollten bestimmt diese Leuchter stehlen, oder sie hatten es auf die Flaschen an der Bar abgesehen. Da sind nämlich einige Raritäten dabei, wissen Sie?«

»Ach, tatsächlich?« Raukel, dem Gründlichkeit über alles geht, beschließt, diese Bar einer gesonderten Prüfung zu unterziehen.

»Ich habe immer zu Alba gesagt, dass das eines Tages böse enden wird, wenn sie uns solche Leute ins Haus holt. Ihr Vater war auch nicht begeistert davon. Und jetzt ist es passiert. Arme Alba. Sie wird sich die Schuld geben, es wird ihr das Herz brechen.«

»Hätte Herr Martínez es nicht verbieten können?«, fragt Raukel.

»Es ist Albas Tanzschule, er hat sich da nicht eingemischt.«

Raukel hat erst einmal genug gehört. Es wird Zeit, sich das andere Faktotum anzuschauen. »Ich danke Ihnen sehr, Pauline.« Er wuchtet sich aus dem Sessel und legt seine Visitenkarte auf den Glastisch neben die Karaffe. »Falls Ihnen noch etwas einfällt ... Bitte, behalten Sie Platz, ich finde selbst hinaus. Wir werden Sie noch zu uns aufs Kommissariat einladen für ein Protokoll Ihrer Aussagen.«

»Dann auf ein baldiges Wiedersehen, Herr Kommissar.«

Sie lächelt hoheitsvoll, und ihm ist, als hätte sie ihm schon wieder aus einem ihrer schwarz umrahmten Augen zugezwinkert. *Nichts wie weg hier!*

Die Hand an der Türklinke des Salons, kommt es Raukel so vor, als hätte er draußen im Flur eilige Schritte gehört. Hat *das alte Reptil*, wie Pauline Kern ihre Schwester so zärtlich nennt, etwa an der Tür gehorcht?

Leos Kuscheltier klemmte zwischen Sofalehne und Wand. Dort hat Fernando es nach einer Stunde intensiver Fahndung schließlich entdeckt, während Pedra Rodriguez verzweifelt versuchte, das brüllende Kleinkind zu trösten, und Jule den Spazierweg vom Mittag noch einmal ablief, weil sie sie sich *zu fünfundneunzig Prozent* sicher war, dass sie das Krokodil vorhin dabeihatte. So viel zur Verlässlichkeit von Zeugenaussagen. Wenn man nicht einmal einer Mitarbeiterin des LKA noch trauen kann ... Er hat zuerst das Krokodil seinem Sohn übergeben und dabei wieder einmal fasziniert beobachtet, wie der Kleine binnen einer Sekunde von herzzerreißendem Gebrüll und abgrundtiefem Elend umschalten kann und ein zufriedenes Lächeln sein Gesicht überstrahlt wie ein Sonnenaufgang, so als wäre nichts gewesen. Nachdem diese Krise überstanden war, hat er Jule per WhatsApp über den Krokodilfund in Kenntnis gesetzt und dabei Völxens Nachricht entdeckt. Sie war schon vierzig Minuten alt, was umso unangenehmer ist, da er heute Rufbereitschaft hat.

Jetzt betritt er das abgesperrte Grundstück vor einer respektablen Villa im Zooviertel. Was hat der Alte da gefaselt von seinem Tangolehrer? Das muss dann ja wohl in seiner Jugend gewesen sein, also vor knapp fünfzig Jahren etwa. Wie alt war denn dann dieser Lehrer?

Elena Rifkin kommt auf ihn zu, sie hält einen Wagenschlüssel in der Hand. Bestimmt war diese Streberin wieder die Erste am Tatort!

»Endlich, Rodriguez.«

»Dir auch einen guten Tag, Rifkin.«

»Wir müssen los.«

»Wieso das? Kann ich mich nicht erst mal am Tatort umschauen?«

»Später vielleicht. Komm mit.«

Fernando stößt einen spanischen Fluch aus und folgt Rifkin, die mit weit ausgreifenden Schritten das Grundstück verlässt. Er hat Mühe, ihr hinterherzukommen, denn mit ihren eins achtzig überragt sie ihn nicht nur um einiges, sie hat naturgemäß auch längere Beine, ist gut trainiert, und offenbar hat sie es eilig.

»Kann mir mal einer sagen, was überhaupt Sache ist?«

»Ich erkläre es dir im Auto.«

»Das ist der Wagen von Völxens Frau«, stellt Fernando fest, als Rifkin den Golf entriegelt.

»So ist es.« Rifkin setzt sich ans Steuer und fährt los, kaum dass Fernando die Tür geschlossen hat.

»Wohin geht es?«, fragt er, während er sich angurtet.

»Nach Vahrenwald. Tarik Bakhtari, siebzehn Jahre alt, wohnt dort zusammen mit seinem Vater. Der Kursleiter hat mir seine Adresse gegeben, und Völxen meinte, wir sollen da sofort hin. Ich hoffe nur, dass die anderen Kids aus dem Kurs ihn nicht warnen. Obwohl sie ihn nicht sonderlich zu mögen scheinen. Trotzdem, am liebsten hätte ich ihre Handys eingezogen.«

»Rifkin!«, ruft Fernando. »Ich verstehe nur Bahnhof, bitte von vorn. Was ist passiert, wer ist das Opfer, wieso verdächtigen wir diesen ...?«

»Tarik Bakhtari. Asylbewerber aus dem Irak. Er hätte heute in seinem Streetdance-Kurs sein müssen. War er aber nicht.« Rifkin informiert den Kollegen über alles, was man bereits weiß. »Eine Spur ist die eines versuchten Raubes mit Todesfolge, und da kommen einem natürlich diese Kids in den Sinn«, schließt sie ihre Rede.

Fernando lässt die Informationen eine Weile sacken, dann grinst er: »Und der Alte wollte dort ebenfalls das Tanzbein schwingen? Echt jetzt? Tango?«

»Sieht so aus. Jedenfalls ist er im feinen Zwirn aufgelaufen. Derselbe Anzug übrigens, den er an eurer missglückten Hochzeit angehabt hat, als man den Pfarrer tot aufgefunden hat.«

»Musst du mich jetzt daran erinnern?«, stöhnt Fernando.

»Wenn man abergläubisch wäre, könnte man glatt auf die Idee kommen, dass dieser Anzug die Leichen anzieht.«

»Ein Anzug, der *Leichen anzieht?* Geht's noch, Rifkin? Hast du was genommen?«

»Ja, klingt schräg«, räumt Rifkin ein, während sie den Golf durch die Stadt steuert. »Ach, übrigens, kennst du schon Dr. Bächles neue Assistentin?«

Fernando schaut seine Kollegin von der Seite an und runzelt erstaunt die Stirn. Für gewöhnlich ist Rifkin nicht für Klatsch und Tratsch zu haben und schon gar nicht für alberne Wortspiele. Sogar die Schafswitze, mit denen Völxens Mitarbeiter ihren Chef gerne aufziehen, rangieren unter ihrer Würde. Und während man ihr sonst jedes Wort aus der Nase ziehen muss, redet sie heute ohne Pause dummes Zeug. Irgendwas muss mit ihr los sein. Ein neuer Lover? Wäre ja auch Zeit. Das mit dem Typen vom SEK ist jetzt auch schon wieder ein Jahr oder länger her. Dabei sieht Rifkin nicht übel aus – mit kleinen Abstrichen: Sie ist natürlich viel zu groß für eine Frau, zumindest aus Fernandos Perspektive. Ein anderer Haarschnitt täte ganz gut, und dann sind da noch diese kräftigen Nackenmuskeln, überhaupt das Athletische, Durchtrainierte, das ist gewöhnungsbedürftig. Aber sie hat ein hübsches Gesicht mit ausgeprägten Wangenknochen und leicht schräg stehenden grauen Katzenaugen. *Madonnenhaft* hat es mal jemand genannt, wahrscheinlich Raukel, der lässt ja ständig solche Sprüche los.

»Sag schon«, antwortet er.

»Veronika Kristensen.«

»Nein!«

»Sie war dabei, vorhin, bei der Leichenschau.«

»Verdammt, wo ist die Zeit hin?«, jammert Fernando. »Das war doch erst gestern, als sie ein Teenager war und ich sie aus der Scheiße raushauen musste. Im wahrsten Sinn des Wortes.«

»Die Zeit rennt, alter Mann«, stichelt Rifkin.

»Eins weiß ich: Wenn eines Tages mein Leo als Anwärter bei uns auf der Matte steht, jage ich mir eine Kugel durch den Kopf.«

»Darf ich das machen?«

Doch noch die Alte, stellt Fernando halb beruhigt, halb resigniert fest. Es käme ja auch einem Wunder gleich, wenn dieses russische Riesenweib zu einer normalen, netten, freundlichen Kollegin mutieren würde. So wie Jule damals. Okay, anfangs war das höhere Töchterchen auch recht zickig und ständig beleidigt, aber mit ihr konnte man sich zusammenraufen, und im Vergleich mit Rifkin war es mit Jule wirklich geradezu einfach.

Rifkin parkt vor einem nichtssagenden Wohnblock. Es ist nicht die beste Gegend, aber auch nicht die schlimmste. Sie steigen aus.

»Wieso schickt er keine Streife? Wir haben nicht mal eine Dienstwaffe dabei«, mault Fernando.

Rifkin zuckt mit den Achseln. Sie stellt Völxens Entscheidungen nie infrage, und falls sie es doch tut, lässt sie es sich nicht anmerken. Nur manchmal schwingt bei ihrem zackigen *Jawohl, Herr Hauptkommissar* eine untergründige Ironie mit, was man aber nur heraushört, wenn man sie gut kennt.

Die Schulzes und Schmidts scheinen in diesem Haus in der Minderzahl zu sein, stellt Fernando fest. Der Name Bakhtari steht in der dritten Reihe oben am Klingelbrett. Er drückt ein paar andere Klingeln und wirft sich gegen die Tür, als der Summer ertönt. Im Erdgeschoss lehnt eine verschwitzte blonde Frau in einem hautengen rosa Sportdress und einem Band um die Stirn in der Tür und erkundigt sich atemlos, was sie wollen. Fernando zeigt ihr seinen Ausweis und fragt nach den Bakhtaris.

»Dritter Stock. Warum klingelt ihr mich raus, wenn ihr zu denen wollt? Ich bin mitten im Training.«

»Dann machen Sie mal brav weiter«, sagt Rifkin. »Es schwabbelt schneller, als man denkt.«

»Danke für die Auskunft«, ruft Fernando in das Zuknallen der Tür hinein, ehe er meint: »Wirklich, Rifkin, du bist unmöglich!«

Im dritten Stockwerk gibt es drei Eingänge, aber nur einen ohne

Namensschild, und die anderen beiden lauten Pavlovic und Kemez. Sie horchen an der Tür. Kein Laut ist von drinnen zu hören. Sie läuten und klopfen mehrere Male, aber es öffnet niemand.

»Tja«, konstatiert Fernando. »Keiner da.«

»Komm bloß nicht auf dumme Ideen.«

»Niemals«, antwortet Fernando und bedauert es, eine Kollegin an der Seite zu haben, die an den Dienstvorschriften klebt.

Rifkin legt den Finger an den Mund. Sie hören Schritte, die die Treppe heraufkommen. Jetzt biegt jemand im Zwischengeschoss um die Ecke. Ein junger Typ in Jeansjacke über einem Kapuzenshirt, das schwarze Haar ist auf einer Seite kurz rasiert und hängt auf der anderen lockig bis zum Kinn herab. Er hält eine prall gefüllte und wohl recht schwere Plastiktüte von Penny in den Armen, die gefüllt ist mit Dosen und Flaschen. Anscheinend bereitet er eine Party vor.

»Das muss er sein«, Rifkin greift in die Innentasche ihrer Jacke, um ihren Dienstausweis herauszuholen. Ein Fehler, das erkennt Fernando im selben Augenblick. Der Typ hält mitten in der Bewegung des Treppensteigens inne, legt den Kopf in den Nacken und schaut ihn und Rifkin mit schreckgeweiteten Augen an. Ehe die Ermittler reagieren können, kippt er die Tüte aus. Dosen fallen scheppernd auf die Steinstufen, Bierflaschen zerbersten mit lautem Knall. Schon rast der Kerl die Treppen hinab, dass das Treppenhaus unter seinen Schritten und Sprüngen erbebt.

»Scheiße!« Fernando setzt sich in Bewegung, Rifkin hinterher. Doch die Verfolgung kommt schon auf den ersten Metern ins Stocken, es ist ein Slalom zwischen kaputten und noch ganzen Bierflaschen und Dosen mit Energydrinks, die die Stufen hinabkullern. Sie haben gerade den ersten Stock erreicht, als unten die Haustür zuschlägt. Noch zwei Treppen, die Tür, dann stehen sie auf der Straße und blicken sich nach allen Seiten um. Mist! Der Kerl ist wie vom Erdboden verschluckt. Aber einfach aufgeben kommt für Fernando auch nicht infrage. »Du rechts, ich links«, ordnet er an, ehe er lossprintet. Doch bereits an der nächsten Kreuzung stellt sich erneut die Frage: rechts, links, geradeaus? Es ist nirgendwo ein

Typ in Jeansjacke zu sehen, der davonrennt. Auch keiner, der langsam geht. Es ist sinnlos, erkennt Fernando und kehrt um. Vielleicht hatte Rifkin ja mehr Glück. Wenig später kommt auch sie zurück. Sie atmet schwer und sieht wütend aus. »Das war mein Fehler. Ich hätte nicht nach dem Ausweis greifen sollen.«

Da ist etwas dran, aber dennoch behauptet er: »Quatsch! Es gibt nun mal Leute, die riechen einen Bullen sofort.« Er weiß, dass es Rifkin schwerfällt, sich einen Fehler zu verzeihen. Sie geht mit sich selbst noch härter ins Gericht als mit anderen.

»Was sagen wir dem Alten?«, fragt er, als sie zur Sabine Völxens Golf zurückkehren.

»Na, die Wahrheit, was denn sonst?«

In einem Punkt zumindest hat Pauline Kern nicht gelogen: Ihre Schwester sieht ihr wirklich kein bisschen ähnlich. Caroline Wagner ist von kompakter Statur, am Haaransatz ist ein grauer Streifen zu sehen, und sie wirkt alles in allem tatsächlich so, wie man sich eine brave Haushälterin vorstellt. Fehlt nur noch die weiße Schürze, lästert Raukel in Gedanken.

Da jetzt, zwischen 16:00 und 17:00 Uhr, Carolines Küchenzeit ist, sitzen sie in derselben, zwischen Einbaumöbeln mit weißen Fronten und einem hölzernen Tisch, an dem die Damen wohl nie zu zweit Platz nehmen, auch wenn da zwei Stühle stehen. Nach der Opulenz von Paulines Boudoir wirkt die Küche erst recht nüchtern und leer, so ganz ohne Deckchen, Bilder, Figürchen oder Topfpflanzen und mit nur einer Uhr an der Wand. Dies ist offensichtlich neutrales Terrain, sozusagen die Schweiz dieser WG. Caroline Wagner hat Tee aufgebrüht, und Raukel nippt anstandshalber an seiner Tasse, ehe er fragt: »Wie lange arbeiten Sie schon für die Familie?«

»Sechsunddreißig Jahre, praktisch ein halbes Leben!« Caroline Wagner sieht Hauptkommissar Raukel aus rot verweinten Augen an.

»Das ist wirklich sehr lang«, nickt Raukel. »Frau Wagner, was ist Ihre Aufgabe hier?«

»Alles, außer Putzen und Gartenarbeit. Das schaffe ich nicht mehr wegen meines Rückens. Aber ich koche jeden Tag, ich gehe einkaufen und räume die Wohnung auf, und ich schaue dieser Putzfrau auf die Finger. Frau Mücke. Eine fürchterliche Person.«

»Ihre Schwester erwähnte sie bereits.« Raukel hat diese Bemerkung gemacht, um zu sehen, wie sie auf die Erwähnung ihrer Schwester reagiert. Er wird nicht enttäuscht.

»Pauline! Diese eitle, arrogante Madame! Sicher hat sie einen Haufen Lügen über mich erzählt.«

»Dann erzählen Sie mir doch einfach die Wahrheit.«

Das muss man ihr nicht zweimal sagen. Schon macht sie ihrem Groll Luft, es ist, als hätte man ein Fass angestochen: »Als Paulines Mann gestorben ist – im Übrigen ein Schwätzer und Aufschneider, aber auf solche Typen ist sie immer schon hereingefallen –, hat er ihr nur einen Haufen Schulden hinterlassen. Da sie sich nie um Geld gekümmert hatte, war es für sie eine böse Überraschung. Sie musste das Haus verkaufen und stand vor dem Nichts. Ich war so dumm und gutmütig und habe ihr angeboten, bei mir zu wohnen, bis sie eine Arbeit und eine Wohnung gefunden hat. Herr Martínez und Alba hatten nichts dagegen. Diesen Fehler bereue ich bis heute. Sie hat sich hier bequem eingenistet und keine Anstalten gemacht, jemals wieder zu gehen oder sich eine Arbeit zu suchen. Im Gegenteil, dieses verkommene Geschöpf hat gedacht, sie kann sich Aurelio Martínez als Ehemann Nummer zwei unter den Nagel reißen. Wie sie den angemacht hat! Ich habe mich geschämt für diese ... diese läufige Hündin.«

Das alte Reptil und die läufige Hündin. Es ist wirklich unterhaltsam mit den beiden.

»Und er?«, fragt Raukel.

»Ach, Männer«, schnaubt sie. »Was soll man erwarten, wenn sich einem die Frau regelrecht an den Hals wirft! Jedenfalls ging es nicht lange, er ist dann doch bald zur Besinnung gekommen.« Sie stößt ein spitzes, boshaftes Lachen aus. »Er hat sie ein paar Wochen lang ausgenutzt, und dann hatte er genug von ihr. So wie von allen anderen auch«, fügt sie hinzu und trinkt von ihrem schwarzen Tee, in den sie zuvor einen Schuss flüssiger Sahne gekippt hat. »Damals dachte ich: Jetzt, nachdem er sie absectiert hat, wird Pauline endlich verschwinden. Sie hat ja sonst auch ihren Stolz. *Ich jedenfalls hätte eine solche Demütigung nicht einfach weggesteckt. Doch diese Frau hat offensichtlich überhaupt keine Selbstachtung. Plötzlich hieß es, sie und Herr Martínez hätten sich *als Freunde* getrennt und sie würde ab sofort ein paar Tanzkurse leiten.« Erneut lacht Caroline Wagner bitter auf. »Die Nachmittagskurse für die Schüler hat sie übernommen. Darum reißt sich niemand. Ich wollte sie dennoch aus dem Haus haben, aber Herr Martínez war dagegen. Er meinte, die Wohnung sei groß genug für zwei, wir sollten uns gefälligst arrangieren.«

»Das muss für Sie aber auch demütigend gewesen sein«, meint Raukel und resümiert: *Der eitle Gockel wollte ganz einfach seinen Harem behalten.*

Sie senkt den Blick auf ihre Tasse. »Es war das einzige Mal, dass ich überlegt habe zu kündigen. Doch ich hing zu sehr an dieser Familie. Ich habe die Kinder aufwachsen sehen, genau genommen war ich fast wie eine Mutter für Alba und Rafael. Außerdem hat er immer gut bezahlt. Das alles wollte ich mir nicht von meiner Schwester kaputt machen lassen. Also haben wir uns arrangiert.«

Raukel kommt nun zu seinem eigentlichen Anliegen. »Frau Wagner, wie haben Sie den heutigen Tag verbracht?«

»Um zehn Uhr habe ich Herrn Martínez sein Frühstück gemacht. Danach war ich einkaufen und habe das Mittagessen gekocht. Gulasch gab es, das mochte er sehr. Wir haben gegen halb zwei gegessen, danach habe ich die Küche aufgeräumt und bin dann in meine Wohnung und habe mich hingelegt. Drüben, auf das Sofa.« Sie deutet gegen die Wand. »Das mache ich immer zur Mittagszeit. Ich habe eine Stunde oder auch etwas länger geschlafen und war gerade wieder aufgewacht, als ich Geschrei hörte. Da bin ich natürlich sofort nachsehen gegangen.« Sie schüttelt fassungslos den Kopf. »Ich darf gar nicht daran denken, dass ich hier gedöst habe, während da unten so etwas Schreckliches ...« Sie schaudert.

Kein Alibi, hält Raukel in Gedanken fest. Motiv? Sie hegt

womöglich seit Jahren einen unterdrückten Groll auf Martínez wegen der Sache mit ihrer Schwester. Doch warum sollte sie nach so vielen Jahren ihren Arbeitgeber, den Mann, den sie offenbar trotz allem tagtäglich liebevoll versorgt, erschlagen? Es wäre naheliegender, wenn sie beizeiten ihre Schwester umgebracht hätte.

Im Grunde hat Raukel seine Aufgabe erfüllt: Er hat die Damen kennengelernt und sie nach ihren Alibis gefragt. Der ganze Harem wird ohnehin auf das Kommissariat zitiert werden, um ihre Aussagen zu protokollieren, und bei dieser Gelegenheit wird Oda Kristensen sich die drei Damen bestimmt noch einmal gründlich vornehmen. Zeugen auszuquetschen und aus dem Gleichgewicht zu bringen ist ihre Spezialität, das muss ihr der Neid lassen.

Dennoch schadet es nicht, im jetzigen Stadium, solange die Sache frisch ist und der Schock nachwirkt, noch ein bisschen zu plaudern. »Was ist mit dem Kerl, der den Toten gefunden hat? Läuft da was zwischen ihm und Alba?«

Frau Wagner antwortet überraschend unverblümt: »Ich vermute, sie hätte das wohl gern, aber er zieht anscheinend nicht so recht.«

»Was veranlasst Sie zu dieser Vermutung?«

»Ich kann es mir sonst nicht erklären, warum sie diese Kurse hier duldet. *Soziales Engagement,* ich bitte Sie!«, schnaubt sie erbost. »Ich hatte von Anfang an die Befürchtung, dass dabei nichts Gutes herauskommt.«

Immerhin etwas, das sie mit ihrer Schwester Pauline gemeinsam hat, fällt Raukel ein. Er beschreibt eine umfassende Geste: »Diese Villa hier ... woher hatte Martínez so viel Geld? Ich meine, da er doch als Flüchtling hierherkam ...«

Ein schelmisches Lächeln spielt um ihre schmalen, ungeschminkten Lippen. »Es ist altes Geld, Herr Kommissar, und es kam hauptsächlich von ihr. Florentina Artiz stammte offenbar aus einer wohlhabenden argentinischen Familie. Abgesehen davon: Nicht jeder Flüchtling kommt als Bittsteller in dieses Land und haust in Zelten. War's das jetzt? Ich habe Kopfschmerzen, ich würde mich gern zurückziehen.«

»Vorerst ja. Vielen Dank, Frau Wagner.«

Ich würde mich gern zurückziehen, wiederholt Raukel in Gedanken, während er die Treppe wieder hinabsteigt. Er färbt anscheinend ab, der Umgang mit dem *alten Geld.*

Kapitel 4 –
Diese Sache von heute Mittag

Oda Kristensen hat sich von den Kriminaltechnikern Plastikkisten und Kartons besorgt, um die Unterlagen aus dem Arbeitszimmer von Aurelio Martínez gleich mitzunehmen. Die Ordner sind zahlreich, und es wird eine Fleißaufgabe sein, das alles zu sichten. Beweismittel einpacken gehört normalerweise nicht zu Odas Aufgaben, aber da sie gerade nichts anderes zu tun hat, hat sie sich erboten, diesen Job zu übernehmen.

Vorher wandert sie noch einmal allein durch sämtliche Zimmer, lässt die Atmosphäre der Räume auf sich wirken, öffnet die eine oder andere Schranktür, streicht mit den Handschuhen über die Skulpturen und betrachtet in Ruhe die Bilder. Ob das wirklich alles Originale sind? Ein paar namhafte Künstler sind darunter, allerdings haben auch berühmte Maler schon mittelmäßige Bilder gemalt.

Sie inspiziert das Badezimmer. Es ist, ähnlich wie die Küche, groß und von schlichter Eleganz und Funktionalität geprägt. Die Fliesen sind antik oder sehen zumindest so aus, ebenso die Armaturen. Sie schaut in die Schränke und stellt fest, dass Aurelio Martínez viel Wert auf Körperpflege legte, was sie nicht wundert. Für seine Nassrasur benutzte er altmodische Rasierseife und kostbare Dachshaarpinsel. Er schien an keinen chronischen Krankheiten zu leiden, jedenfalls ist in dem Schrankfach mit den Medikamenten nur das Übliche, was man in beinahe jeder Hausapotheke findet.

Außer dem großen Badezimmer existiert noch ein etwas einfacher gehaltenes Duschbad, wohl für Gäste gedacht, wobei *einfach* in dieser Wohnung relativ ist. Einem Automaṭismus gehorchend öffnet Oda auch hier den Schrank. Er beherbergt ein paar Basics, die an die Badausstattung in einem besseren Hotel erinnern, außerdem ein Fläschchen mit neongrünem Nagellack und ein mit buntem Stoff umwickeltes Haargummi. Ein Haar hängt sogar noch daran.

Demnach war zuletzt eine Frau mit langem schwarzem Haar hier zu Gast, die grellgrünen Nagellack bevorzugte.

Oda steckt die zwei Gegenstände in Beweismitteltüten und geht zurück ins Arbeitszimmer des Toten, wo die Kartons darauf warten, befüllt zu werden. Stattdessen setzt sie sich an den Schreibtisch und genießt die Stille. Eine Stille, die durch das dezente Ticken einer Standuhr unterstrichen wird, eine Stille, wie sie nur ein so altes Haus wie dieses hervorbringt. Diese Villa ist zweifellos ein Relikt vergangener Bürgerlichkeit, schon beim Betreten ist es, als könnte man die letzten hundert Jahre abstreifen, und in der Wohnung ihres Besitzers verstärkt sich dieses Gefühl noch. In diesem, mit Antiquitäten und Kunst sorgfältig kuratierten Refugium, lässt es sich gut aushalten und die verrückte Welt außen vor lassen. Oda ist sich sehr wohl bewusst, dass es einzig der schiere Reichtum ist, der diese beruhigende, gediegene Atmosphäre schafft. Ein Reichtum, dessen Ursprung es noch zu ergründen gilt.

Doch warum die noble Abgeschiedenheit dieser versunkenen Welt nicht für eine kleine Weile genießen? Oft genug ist man an Tatorten, von denen man sich gleich wieder fortwünscht, da ist dies hier durchaus eine willkommene Abwechslung.

Habe ich, dank Tian, schon einen Hang zur Dekadenz entwickelt?

Erst nach und nach hat Oda wirklich realisiert, dass sie einen reichen Ehemann hat. Zwar pflegt Tian keinen übermäßig aufwendigen Lebensstil, zumindest nicht auf den ersten Blick. Protzereien sind ihm wesensfremd, er betreibt seine Praxis für Naturheilkunde und Traditionelle Chinesische Medizin, weil es ihm Freude macht, nicht weil er es müsste. Doch seine Familie, die in Peking lebt, ist wirklich reich, und das bedeutet, dass auch Tian reich ist, ob er will oder nicht. Die Verflechtungen sind kompliziert, aber sie existieren. Kürzlich haben Tian und Oda darüber gesprochen, sich in Südfrankreich ein Landhaus zu kaufen, am besten in der Nähe von

Odas Vater. Als Ferienimmobilie und Altersruhesitz. Wobei man durchaus nicht darauf angewiesen wäre, bis zum Rentenalter mit dem Umzug zu warten, hat Tian gemeint. Oda, die erst noch den Begriff *Altersruhesitz* verdauen musste, hat gar nicht viel dazu gesagt und erst recht keine Entscheidung getroffen.

Gut so, denkt sie nun, und anstatt die Handschuhe überzustreifen und den Schreibtisch zu durchwühlen, stützt Oda das Kinn auf die verschränkten Hände und blickt nachdenklich aus dem Fenster. Ihre Gedanken lassen den ermordeten Martínez hinter sich, und es ist auch nicht das französische Landhaus, über das sie nachgrübelt, nein, es ist diese ... diese Sache von heute Mittag.

Oda wollte bei Tian in der Praxis vorbeischauen und ihm vorschlagen, zusammen eine Kleinigkeit essen zu gehen. Sie bog mit ihrem Mini – ein Geschenk von Tian – um die Ecke, da sah sie ihn herauskommen. Trifft sich prima, dachte sie, doch sie bemerkte im nächsten Moment, dass er nicht allein war. Eine junge Frau mit lackschwarzem Haar und einem sehr eleganten beigefarbenen Mantel trat nach ihm aus der Tür. Eine Klientin? Am Samstag? Ungewöhnlich, aber nicht ausgeschlossen. Am Samstag ist offiziell keine Sprechstunde, er ist der Bürokratie gewidmet, aber in besonderen Fällen macht Tian auch mal eine Ausnahme. Die Frau ging allerdings nach Verlassen der Praxis nicht sofort wieder ihrer Wege, wie eine Klientin es tun würde, nein, sie wartete, bis Tian die Tür abgeschlossen hatte, und dann folgte sie ihm um das Haus herum in den Hof, wo sein Wagen parkte. Dieser Vorgang entsprach so ganz und gar nicht dem üblichen Umgang Tians mit seinen Klienten. Oda merkte augenblicklich, wie ihr im Magen flau wurde. Gleichzeitig suchte sie nach einer möglichst harmlosen Erklärung. Verwandtenbesuch? Die Gesichtszüge der Frau sahen chinesisch aus. Aber Tian hatte kein Wort davon gesagt. Ein Bewerbungsgespräch? Er hatte nicht erwähnt, dass er eine zusätzliche Hilfe suchte, und eine Bewerberin kutschierte man für gewöhnlich auch nicht anschließend durch die Stadt. Denn das tat er nun. Gefolgt von Oda, die ihm in ausreichend Abstand durch die Straßen der Südstadt folgte. Unfassbar! Nie hätte Oda gedacht, dass es je so weit kommen würde, dass sie ihren Ehemann beschattete und verfolgte wie einen Verdächtigen ... Denn genau das war er in diesem Moment, jedenfalls für sie.

Die Verfolgung dauerte nicht lange, schon ein paar Minuten später wusste Oda, wohin die Fahrt ging: Ins Pier 51, das Lokal, das praktisch in den Maschsee hineinragte. Es war eines von Tians Lieblingslokalen. Eines von Tians und ihren Lieblingslokalen, verbesserte sich Oda.

Dorthinein verschwand er nun mit dieser jungen Chinesin. Einer Frau aus seinem Kulturkreis. Die beiden waren ein schönes, elegantes Paar, das musste Oda schmerzlich registrieren.

Einem Reflex gehorchend gab sie Gas und fuhr davon. Sie stellte ihren Wagen in ein Parkhaus und lief ziellos in der Stadt herum. Alles, nur nicht nach Hause gehen und grübeln. Sie war beinahe froh, als Völxens Whatsapp-Nachricht kam, welche sie ins Zooviertel beorderte. Ein Mordfall zur Ablenkung, immerhin etwas.

Das mir! Ein bitteres Lächeln überzieht Odas Gesicht. *Das nennt man dann wohl Ironie des Schicksals.*

Oda hatte vor ihrer Ehe etliche Affären mit verheirateten Männern gehabt. Die gingen einem wenigstens nicht auf die Nerven mit Zukunfts- und Heiratsplänen, und man musste nicht allzu viel Zeit in die Beziehung investieren, nicht für sie kochen oder Frühstück machen, denn die meisten von ihnen verschwanden praktischerweise noch in der Nacht. Dann war Tian Tang in ihr Leben getreten, und Oda hatte sich von ihrem alten Lotterleben verabschiedet. Weil sie kein Bedürfnis danach verspürt hatte. Ein Flirt ab und an, mehr erlaubte sie sich nicht. Sie vermisste die alten Zeiten nicht, und sie hatte auch nie den Eindruck gehabt, dass Tian sich für andere Frauen interessierte. Bis heute Mittag.

Jetzt versuchte sie, sich zu beruhigen und die Sache nüchtern und analytisch zu betrachten, wie es sich für eine Ermittlerin gehört. Was genau hatte sie eigentlich gesehen? Tian kam mit einer Frau aus seiner Praxis und führte sie danach in ein Restaurant aus. Er hatte sie weder geküsst noch berührt, noch wirkten die beiden sonderlich vertraut. Er war höflich und galant, das ist er ja immer.

Mehr nicht. Allerdings ist Tian grundsätzlich nicht der Typ für allzu vertrauliche Gesten in der Öffentlichkeit. Es ist in seiner Kultur nicht üblich, und es würde auch nicht zu ihm passen. Selbst mit Oda ist er niemals Händchen haltend durch die Gegend gelaufen. Nein, es ist schlichtweg unmöglich, aus diesen flüchtigen Beobachtungen Schlüsse zu ziehen, was die Art der Beziehung zwischen Tian und dieser Frau angeht. Oda hätte schon im Auto sitzen bleiben und das Paar während des Essens observieren müssen. Das wäre kein Problem gewesen, das Lokal bestand praktisch nur aus Fenstern, und es war sogar noch warm genug gewesen für die Terrasse. Warum hatte sie es nicht getan? Weil sie sich dumm vorgekommen wäre. Weil sie Angst davor hatte, doch noch etwas zu bemerken. Etwas Verbindliches, Intimes, Verräterisches. Einen Beweis dafür, dass er sie betrog. So konnte sie noch eine Weile lang glauben, dass das alles ein Irrtum war, der sich spätestens heute Abend, wenn sie Tian treffen würde, aufklären würde. *Stell dir vor, heute hat mich meine Cousine Soundso völlig überraschend besucht ...*

Was für ein Unsinn! Sie sollte sich jetzt wirklich zusammenreißen und sich auf den Fall konzentrieren. Ein Ständer mit Visitenkarten springt ihr ins Auge. *Art Consultant*, steht unter dem Namen und der Adresse von Aurelio Martínez. Zwei Telefonnummern, auch eine mobile. Es ist dieselbe, die ihnen Alba Martínez genannt hat. Allerdings fiel es Oda schon vorhin schwer, die Geschichte von der Technik-Abstinenz des Getöteten zu glauben. Ein Geschäftsmann, selbst ein pensionierter, der nichts mit Handys und Computern am Hut hat? Unglaubwürdig.

Ohne sich ihrer Handlung bewusst zu sein, hat Oda aus einem braunen Umschlag, der schon offen war, ein Foto herausgeholt. Es ist das Schwarz-Weiß-Porträt einer Frau, und das Papier hat einen gezackten, weißen Rand, wie ihn Fotos früher manchmal hatten. Die Frau ist schön, auf eine Art, die man in Zeiten, als sich noch niemand einen Deut um *political correctness* scherte, wohl als *exotisch* bezeichnet hätte. Dunkles Haar, dunkle Augen, kräftige Brauen, eine edle, ausgeprägte Nase, ein entschlossener Mund. Jemand, vermutlich die Dame auf dem Foto selbst, hat mit Füller auf die Rückseite geschrieben: *Para Aurelio, en amor ardiente, O.*

Der blasse Stempel des Fotostudios lässt erkennen, dass das Porträt in Buenos Aires aufgenommen wurde. Leider steht nirgendwo ein Datum. Oda bemüht das Übersetzungsprogramm für das Wort *ardiente.*

Für Aurelio, in brennender Liebe lautet demnach die Widmung der Dame namens O.

Sie geht mit dem Foto zu einer Kommode, auf der ein in Silber gerahmtes Hochzeitsfoto des Ehepaars Martínez steht. Die Braut ist ebenfalls sehr schön: feine, zarte Züge, hellbraunes Haar, ein Stupsnäschen. Außerdem – hieß seine Frau nicht Florentina? Irgendwo hat Oda den Namen heute schon gehört oder gelesen.

Ein Geräusch im Flur unterbricht ihre Überlegungen, und wenig später kommt Völxen herein. »Na, schon was Aufschlussreiches gefunden?«

»Ein Haargummi und neongrünen Nagellack im Gästebad. Und eine alte Flamme aus vergangenen Tagen.« Sie reicht ihm das Foto. »*Brennende Liebe*, es steht sogar hintendrauf.«

»Aus Argentinien.« Völxen hat den Stempel ebenfalls entziffert. »Ich denke, die Dame können wir als Verdächtige abhaken.«

»Wer weiß? Immerhin hat sie ihm so viel bedeutet, dass er ihr Foto im Schreibtisch aufbewahrt hat«, hält Oda dagegen.

»Konntest du schon diese Putzfrau erreichen?«

»Frau Mücke«, erinnert sich Oda, die noch nicht versucht hat, die Frau anzurufen, da sie es vorzog, herumzutrödeln und ihren Gedanken nachzuhängen. Aber das muss sie ihrem Vorgesetzten ja nicht auf die Nase binden. »Nur die Mailbox«, antwortet sie.

Völxens Telefon klingelt. »Rifkin? Was gibt's?«

Oda beobachtet, wie sich seine dichten grauen Augenbrauen während des Gesprächs zusammenziehen, bis sie sich beinahe berühren.

»Nein, wartet noch mit der Fahndung. Überprüft ihn erst einmal. Es kann vielerlei Gründe haben, warum er abgehauen ist. Zur Strafe fahrt ihr jetzt zur Dienststelle und macht Hintergrundrecherchen zu den Teilnehmern der Tanzkurse. – Ja, natürlich zu allen. Die ersten könnt ihr gleich für morgen Nachmittag vorladen. Halt, wartet! Vorher brauche ich mein Auto wieder.« Er legt auf und sagt zu Oda: »Dilettanten! Lassen diesen Jungen entwischen.«

»Welchen Jungen?«

»Den, der heute unentschuldigt in seinem Kurs gefehlt hat.«

»Komm schon, Völxen, uns sind auch schon flüchtige Verdächtige durch die Lappen gegangen.«

»Dir ja. Mir schon lange nicht mehr«, brüstet sich Völxen.

»Kunststück, wenn man den ganzen Tag zwischen Hundekorb und Gummibaum chillt und seine Truppen an die Front schickt.«

»Schließlich bin ich der Chef. Auch wenn manche diese Tatsache gelegentlich ganz gern mal vergessen.«

»Apropos … Wo ist eigentlich Raukel?«

»Ich schätze, er treibt sich bei den zwei Damen unterm Dach herum«, antwortet Völxen.

»Immer noch? Was macht er da so lange? Süffelt er sich durch ihre Hausbars?«

»Gut möglich. Ah, wenn man vom Teufel spricht …«, grinst Völxen, denn es klopft an der Wohnungstür, und tatsächlich, es ist der Kollege Raukel. Völxen nimmt dezent Witterung auf, während er Raukel durch den Flur und ins Arbeitszimmer von Martínez dirigiert. Keine Alkoholfahne, soweit er das auf die Schnelle beurteilen kann.

»Bisschen *oldschool* das alles hier, was?«, tut Raukel unterwegs seine Meinung kund. »Ich komme mir vor wie in einem Antiquitätenladen. Und unterm Dach ist die Resterampe, in jeder Hinsicht. Diese Bilder – na ja. Ich habe schon schönere gesehen. Nannte man das zu Adolfs Zeiten nicht *entartete Kunst?*«

Während Oda und Völxen synchron mit den Augen rollen, lässt Raukel sich auf das Sofa fallen und stöhnt: »Mann, Mann, Mann, das sind vielleicht zwei Paradiesvögel da oben!« Er berichtet in seiner ausschweifenden Art von Pauline Kerns lange zurückliegendem Verhältnis mit Martínez, von Caroline Wagners aufopferndem Dienst an der Familie seit sechsunddreißig Jahren und von der strengen Hausordnung, die in der unfreiwilligen WG herrscht, bis Völxen ihn ungeduldig unterbricht: »Ist denn bei deinen Gesprächen etwas Greifbares herausgekommen? Ein Name, ein Hinweis, dem wir nachgehen können?«

»Nein, nicht wirklich«, muss Raukel zugeben.

»Na gut«, seufzt Völxen. »Dann schlage ich vor, ihr hört euch ein wenig in der Nachbarschaft um. Und probiert bitte noch aus, ob man von Albas Büro aus hören kann, wenn unten jemand ruft.«

»Was machst du, wenn ich fragen darf?«, erkundigt sich Oda.

»Darfst du. Weil ich der Chef bin, gehe ich jetzt nach Hause zu Frau und Hund. Wir sehen uns morgen. Zehn Uhr, weil Sonntag ist.«

»Also, im Tangokurs gibt es niemanden, der schon mal polizeilich auffällig geworden ist. Alles honorige Herrschaften«, verkündet Fernando. »Ich könnte mir höchstens einen Spaß machen und Sabine Völxen auf Vorstrafen überprüfen und vorladen.«

»Ich glaube nicht, dass er das witzig finden würde«, entgegnet Rifkin.

»Müssen wir die Leute aus den anderen Kursen auch heute noch überprüfen?«, fragt ihr Kollege.

Rifkin antwortet, ohne vom Bildschirm aufzublicken: »Was denkst du, warum er uns die Listen geschickt hat?«

Fernando rollt in seinem Stuhl vom Schreibtisch weg, verschränkt grinsend die Arme und fragt: »Mal ehrlich, Rifkin. Kannst du dir den Alten als Tangotänzer vorstellen?«

»Nicht so wirklich«, erwidert sie aufrichtig. Es liegt nicht am moderaten Übergewicht ihres Vorgesetzten, weshalb ihr die Vorstellung von ihm als Tangotänzer schwerfällt, aber von seiner ganzen Art und seiner Gemütslage her hätte sie ihn eher dem Wiener Walzer oder dem Foxtrott zugeordnet.

»Wäre das nichts für dich, Rifkin?«

»Was?«

»Na, tanzen. Tango oder Salsa. Ja, Salsa. Du wärst eher der Typ für Salsa«, findet Fernando.

Rifkin wirft ihrem Kollegen, der ihr gegenübersitzt, über den Bildschirm hinweg einen entsetzten Blick zu. »Ist das dein Ernst, Rodriguez? Ich soll zu nerviger Musik zwischen schwitzenden Leuten herumhopsen und mich womöglich noch von einem Kerl *führen* lassen, meinst du das?«

»Aber beim Boxen schwitzt man doch auch. Und manchmal hängen die auch so im Clinch ...« Fernando streckt die gekrümmten Arme vor, um seine Worte pantomimisch zu unterstreichen.

»Das ist Sport, das ist was ganz anderes«, versetzt Rifkin genervt. Zu dumm, dass sie das mit dem Boxen nicht vor den Kollegen verbergen konnte. Doch wie sonst sollte sie gelegentlich auftretende Blessuren im Gesicht erklären? Solange nur niemand erfährt, mit wem sie hin und wieder boxt ...

»Weißt du, was dein Problem ist, Rifkin?«

»Jetzt bin ich aber gespannt, Rodriguez.«

»Du kannst einfach keine Nähe zulassen.«

»Und? Was ist daran verkehrt? Wenn sich mehr Menschen so verhalten würden wie ich, hätten Seuchen keine Chance.«

Es hätte von ihrer Seite zum Thema Nähe noch einiges zu sagen gegeben, aber Rifkin war schon immer der Auffassung, dass Beruf und Privates streng getrennt werden müssen. Deswegen schätzt sie es auch nicht, wenn man sie im Dienst beim Vornamen nennt, und aus demselben Grund ist sie die Einzige im Kommissariat, mit der sich Völxen immer noch siezt. Distanz schafft Respekt, das ist Rifkins Auffassung, und einen Vorgesetzten zu duzen käme ihr vollkommen deplatziert vor, ganz egal, wie die anderen das halten.

Schweigend fährt sie damit fort, die Jugendlichen zu überprüfen, einen nach dem anderen, bis ... »Rodriguez, komm mal her! Ich fürchte, wir haben Scheiße gebaut.«

Er steht auf, geht um den Schreibtisch herum und schaut das Foto des jungen Mannes an, das auf Rifkins Bildschirm zu sehen ist. »Wer soll das sein?«

»Das ist Tarik Bakhtari«, antwortet Rifkin. »Asylbewerber aus dem Irak, 2015 eingereist, da war er elf.«

»Aber der Kerl vom Hausflur hat ganz anders ausgesehen.«

»Eben.«

»Sag bloß, wir sind dem falschen hinterhergerannt? Scheiße, wie kann das denn sein?«, regt Fernando sich auf.

»Mein Fehler, ich hätte ihn vorher checken sollen«, räumt Rifkin ein.

»Ja, was ist los, Rifkin? So was passiert dir doch sonst nicht!«

Rifkin zuckt mit den Achseln. Sie versteht es selbst nicht.

»Wieso knallt uns dann der Typ seine Getränke vor die Füße und haut ab?«, denkt Fernando laut nach und beantwortet sich seine Frage gleich selbst: »Ich schätze, er hatte für seine Feier noch mehr bei sich als nur Bier und Energydrinks. Na, wenigstens haben wir ihm die Party gründlich versaut«, schmollt Fernando. »Nicht zu fassen, was für ein Anfängerfehler!«

»Wir sollten noch einmal bei Tarik vorbeischauen«, schlägt Rifkin vor.

»Gut, machen wir das.« Schon springt Fernando auf.

»Und was ist mit dem Check der restlichen Kursteilnehmer?«, bremst Rifkin seinen Tatendrang.

»Dieser Tarik ist doch momentan unser Hauptverdächtiger, oder habe ich das falsch verstanden?«, vergewissert sich Fernando.

»Keine Ahnung. Kann sein, ja«, antwortet Rifkin.

»Dann hat seine Festnahme absolute Priorität«, beschließt ihr Kollege.

Rifkin durchschaut das Manöver. Aber auch sie ist nur allzu gern bereit, dem schnöden Überprüfen der Namen auf den Listen zu entfliehen. Und Fernando ist nun mal der dienstältere Kollege, was will man machen, wenn er so entscheidet? Also schnappt sie sich ihre Jacke und die Dienstwaffe, und weg sind sie.

Die Villa, die dem Anwesen der Familie Martínez direkt gegenüberliegt, ist deutlich kleiner, aber ebenfalls ein Schmuckstück. Im Erdgeschoss befindet sich eine Praxis für Physiotherapie, im ersten Stock lebt ein sehr alter Herr namens Gustav Wenderoth, das Dachgeschoss sieht aus, als wäre es nicht bewohnt. Gustav Wenderoth ist, laut eigener Angabe, fünfundneunzig Jahre alt. Gerade hat er Besuch von seiner Tochter, Claudia Nosbüsch, dünn und spitznasig, die auch schon weit in den Sechzigern sein dürfte. Beide haben sich füreinander hübsch gemacht. Der alte Herr trägt ein weißes Hemd und einen Dreiteiler aus braunem Tweed, Frau Nosbüsch Faltenrock, ein hellblaues Kaschmir-Twinset mit der unvermeidlichen Perlenkette und halbhohe Pumps. Bei ihr sitzt noch alles perfekt, bei ihrem Vater haben sich wohl im Verlauf des Nachmittags ein paar kleine Nachlässigkeiten eingeschlichen: Das Jackett hängt über der Stuhllehne, die Weste ist aufgeknöpft, der Krawattenknoten gelockert, und die Füße des alten Herrn stecken in Filzhausschuhen.

Oda wird an den sorgfältig gedeckten Kaffeetisch gebeten und hat beim Anblick von Blümchengeschirr, silbernen Kuchengäbelchen und gestärkten Leinentischdecken mit Monogrammstickerei schon wieder das Gefühl, in eine andere Zeit gefallen zu sein. Die beiden haben bereits gegessen und sich hinterher einen Likör namens Heiße Liebe genehmigt, wovon zwei langstielige Gläser und die entsprechende Flasche auf dem Tisch zeugen. Frau Nosbüsch bietet Oda Kaffee aus einer Thermoskanne und ein Stück vom Käsekuchen an, der unter einer Glocke aus Kristallglas verwahrt wird. Oda hat seit einem Croissant zum Frühstück nichts mehr gegessen. Nach ihrer Beobachtung von heute Mittag ist ihr der Appetit erst einmal gründlich vergangen. Dafür hat sie mehr geraucht als sonst. Die vier Selbstgedrehten pro Tag, die sie sich aus Gründen der Selbstdisziplin nur noch genehmigt, hat sie heute schon zu hundert Prozent überschritten. Der Kuchen sieht lecker aus, goldgelb und saftig, und sie merkt auf einmal, dass sie vor Hunger schon ganz zitterig ist. Also willigt sie ein, auch wenn klar ist, dass das einen Preis hat: Sie muss nun erst einmal die Fragen der beiden beantworten, ehe sie selbst welche stellen kann. Denn natürlich sind Frau Nosbüsch und ihrem Vater die Vorgänge auf dem Grundstück gegenüber nicht verborgen geblieben. Wie auch? Vom Fenster des Esszimmers aus hat man einen ungehinderten Blick auf den Vorgarten und die Haustür der Villa Martínez. Die zwei hatten sozusagen einen Logenplatz.

Befragungen bei Kaffee und Kuchen arten gerne einmal aus und nehmen einen Haufen Zeit in Anspruch, denn die Leute pflegen vom Hölzchen aufs Stöckchen zu kommen. Heute ist Oda das aber egal. *Wenn schon? Wozu soll ich mich beeilen, nach Hause zu kommen?*

Sie bereut es nicht. Der Kaffee ist stark und sogar noch heiß, und der Kuchen schmeckt vorzüglich. Vielleicht, hofft Oda, helfen Zucker und Fett, ihre flatterigen Nerven zu beruhigen und das Gedankenkarussell anzuhalten.

Während sie den Kuchen isst, klärt sie die beiden auf, was drüben vorgefallen ist, in groben Zügen und ohne Einzelheiten zu nennen. Der gewaltsame Tod des Tanzlehrers wird ohnehin bald kein Geheimnis mehr sein. Vermutlich noch heute, spätestens aber morgen wird die Nachricht den Weg in die Onlineportale der örtlichen Zeitungen finden, und noch früher, wahrscheinlich jetzt gerade, durch die sozialen Medien geistern. Dafür werden schon allein die Streetdancer gesorgt haben, aber auch Leuten im gesetzteren Alter ist in dieser Hinsicht längst nicht mehr zu trauen. Die Zeiten, in denen man als Ermittler ein, zwei Tage Vorlauf bekam, ehe die Öffentlichkeit von einem Verbrechen Wind bekam, sind leider schon lange vorbei.

»Seit wann sind Sie hier?«, will Oda von Frau Nosbüsch wissen, nachdem sie den Kuchen noch einmal ausdrücklich gelobt hat.

»Ich kam gegen drei Uhr, wie immer, und wir haben zusammen Kaffee getrunken. Plötzlich waren diese vielen Menschen da draußen, und während wir uns noch wunderten, fuhr schon der Rettungswagen vor, danach dann die Polizei ... Ein Auftrieb war das!«

»Ist Ihnen vorher etwas aufgefallen, etwa zwischen drei und halb vier?«

»Nein. Zu der Zeit haben wir hier am Tisch gesessen. Nicht wahr, Papa?«

Der Angesprochene nickt.

»Wurde er da umgebracht, um diese Zeit? Während wir hier ahnungslos Kuchen gegessen haben? Mein Gott!« Frau Nosbüsch presst die Hände wie zum Gebet zusammen. Ihre kurzen Nägel sind in einem blassen rosa Farbton lackiert.

Eine Antwort von Oda erübrigt sich.

Herrn Wenderoth scheint die Nachricht vom Tod seines Nachbarn weit weniger zu erschüttern als seine Tochter. »Ein Mord in der Nachbarschaft ist zwar nicht schön, aber um ihn ...«, er deutet mit einer Kopfbewegung in Richtung Fenster, »... ist es nicht schade«, bekennt er freimütig. »Ich konnte diesen schmierigen Kerl noch nie leiden.«

»Papa! Was redest du denn da?«, ermahnt ihn seine Tochter. Sie wirft Oda einen Verständnis heischenden Blick zu.

Die hingegen ist überzeugt davon, dass der alte Herr sehr genau weiß, was er sagt. »Warum mochten Sie ihn nicht?«, wendet sie sich an ihn.

»Meine Eltern fühlten sich von Anfang an durch die Tanzschule gestört«, antwortet Claudia Nosbüsch mit hektischem Eifer an seiner Stelle. »Es ist eine ständige Unruhe, ein Kommen und Gehen. Die letzten Kurse enden oft erst gegen elf Uhr, dann wird da draußen noch geredet und laut gelacht, Autotüren knallen, es wird wie verrückt Gas gegeben ... Am schlimmsten sind die Leute aus den Salsa-Kursen. Die scheinen notorisch guter Laune zu sein und denken, sie müssten ihre Lebensfreude sämtlichen Nachbarn mitteilen, ohne Rücksicht auf deren Schlaf.«

»Ich verstehe«, wirft Oda ein.

»Mein Vater geht früh zu Bett. Wir haben schon einige Male auf den nächtlichen Lärm hingewiesen und darum gebeten, das abzustellen. Frau Martínez hat jedes Mal versprochen, ihre Gäste darauf hinzuweisen. Ich weiß nicht, ob sie es getan hat. Falls ja, hat der Effekt jedenfalls nie lange angehalten«, berichtet Frau Nosbüsch. »Aber rein persönlich hatten wir natürlich nichts gegen die Familie«, fügt sie hinzu.

Eine Lüge, die Oda kommentarlos hinnimmt.

»Der war mir von Anfang an suspekt«, krächzt Herr Wenderoth, der den Redeschwall seiner Tochter, vermutlich aus Gewohnheit, komplett überhört oder ignoriert hat. »Der und das ganze Pack da drüben.« Der alte Mann bricht in ein Lachen aus, das wie das Rascheln dürrer Blätter klingt und im ersten Moment kaum von Husten zu unterscheiden ist. »Argentinier, dass ich nicht lache!«, poltert er.

»Was meinen Sie damit?«, fragt Oda.

»Der hat doch gar nicht ausgesehen wie ein Argentinier! Niemals ist das ein Gaucho!«

»Aber, Papa, es ist doch auch nicht jeder Italiener dunkelhaarig und schwarzäugig«, erwidert die Tochter in einem nachsichtigen Lehrerinnenton.

Wieder wird ihr Einwurf ignoriert. »Der war blond und groß«, fährt Herr Wenderoth fort. »Ein Arier, wie er im Buche steht. Sieht man jetzt nicht mehr, weil er seine Haare schwarz gefärbt hat.« Er kichert. »Als er das zum ersten Mal gemacht hat, hat ihn kaum jemand wiedererkannt.«

»Interessant«, grinst Oda.

»Haben Sie sich mal gefragt, Frau Kommissarin, woher die das Geld für diesen Riesenkasten hatten?«, fährt Wenderoth fort. »Die linken Intellektuellen, die aus Argentinien vor den Faschisten nach Europa flohen, waren doch alle mehr oder weniger pleite.«

»Was glauben Sie, Herr Wenderoth, woher er das Geld hatte?« Oda ist nun wirklich neugierig.

»Nichts, ich glaube gar nichts«, antwortet Herr Wenderoth, vermutlich, weil seine Tochter ihm gerade einen bitterbösen Blick zugeworfen und irgendetwas Unverständliches in seine Richtung gezischt hat.

»Doch, bitte, das interessiert mich. Reden Sie«, beharrt Oda auf einer Antwort.

»Das sind alles alte Nazis!«, ruft Gustav Wenderoth und lässt seine Faust kraftlos auf den Tisch fallen.

Seine Tochter zuckt dennoch zusammen und ermahnt ihren Vater aufs Neue: »Papa! Jetzt reicht es mit diesen Geschichten. Reg dich bitte nicht so auf, das ist nicht gut für dich!«

»Schon gut, Claudia«, beschwichtigt Wenderoth seine Tochter, deren Gesicht bereits rote Flecken bekommen hat. Sie wirft Oda einen Blick zu, der ahnen lässt, dass sie diese jeden Moment bitten wird zu gehen. Oda kommt der Aufforderung zuvor, indem sie aufsteht und murmelt, sie müsse dann mal wieder los.

»Ich habe mich nur gefragt«, sagt Herr Wenderoth, als Oda sich von ihm verabschiedet, »wieso der Martínez von Anfang an so perfekt Deutsch gesprochen hat.« Er deutet mit dem Finger gebieterisch auf Oda. »Darüber sollten Sie mal nachdenken, Frau Kommissarin. Geschichte wiederholt sich. Mehr sag ich dazu nicht«, schließt er in einem Ton, als erwarte er Applaus.

Elena Rifkin und Fernando Rodriguez stehen erneut vor der geschlossenen Tür der Wohnung, in der angeblich Tarik Bakhtari wohnen soll. Jemand hat die Flaschenscherben und die Dosen auf der Treppe wieder eingesammelt, sich aber das Putzen gespart. Es riecht im ganzen Hausflur nach verschüttetem Bier, und der Boden auf der Treppe klebt.

»Und jetzt?« Rifkin schaut Fernando fragend an.

»Jetzt haben wir Feierabend«, entscheidet der.

»Wie wär's, wenn wir doch mal einen Blick in die Wohnung werfen? Da wir schon gerade hier sind.«

Fernando hält mit einer übertriebenen Geste die hohle Hand an sein Ohr. »Ohne Beschluss? Nehme ich da gerade einen deutlichen Verfall deiner moralischen Grundsätze wahr?«, vergewissert er sich in einem gespielt strengen Tonfall.

»Stimmt, lass uns lieber verschwinden«, macht Rifkin einen Rückzieher, aber nur, um später behaupten zu können, sie sei dagegen gewesen. Der Geist ist bereits aus der Flasche, so viel steht fest. Rodriguez war schon immer leicht zu manipulieren.

»Warte.« Fernando greift in die Innentasche seiner Jacke und holt einen kleinen, hakenartigen Gegenstand heraus. Er stochert damit im Türschloss herum, es dauert keine zehn Sekunden, dann ist die Tür offen. Die beiden sehen sich an. Rifkin holt ihre Dienstwaffe aus dem Holster und ruft. »Tarik Bakhtari. Hier ist die Polizei.«

Es ist wirklich keiner da, wie sich ziemlich rasch herausstellt. Rifkin steckt die Waffe wieder weg. Sie sehen sich um. Die Möbel in der Zweizimmerwohnung sehen nach Sozialkaufhaus oder Sperrmüll aus. Nichts passt zusammen, und im Wohnzimmer gibt es sogar noch einen Röhrenfernseher. Auf einem Sofa liegt Bettzeug. Im Nebenzimmer dient eine Matratze auf dem Boden als Schlafgelegenheit. Es muss das Zimmer von Tarik sein. Schulbücher stapeln sich auf einem Tisch. Rifkin öffnet den Kleiderschrank. Viel ist nicht darin: zwei T-Shirts, etwas Unterwäsche und ein abgewetzter Anzug, der vermutlich Tariks Vater gehört.

»*Bonjour tristesse*«, murmelt Rifkin.

Im Kühlschrank befinden sich etwas Wurst und Käse, beides stammt aus einem türkischen Supermarkt. Rifkin riecht an einer Milchtüte und verzieht das Gesicht.

»Das Bad ist leer«, stellt Fernando fest. »Keine Zahnbürsten, keine Toilettensachen.«

»Ich sehe auch nirgends einen Koffer oder eine Tasche, und die paar Klamotten, die noch da sind, das kann unmöglich alles sein, was sie besitzen«, ergänzt Rifkin.

»Die müssen getürmt sein, er und sein Vater. Scheiße!«

»Sollten wir nicht Völxen informieren?«, schlägt Rifkin vor.

»Ich finde, wir haben uns für heute schon genug blamiert. Wir müssen ihm nicht auch noch unter die Nase reiben, dass wir hier ohne Beschluss eingedrungen sind.«

»Du kannst doch nicht dauernd deinen Chef anlügen«, findet Rifkin.

»Tu ich ja gar nicht.«

»Wichtige Informationen zurückzuhalten läuft auf dasselbe hinaus.«

»Informationen, die wir gar nicht haben dürften«, stellt Fernando richtig. »Was er nicht weiß, macht ihn nicht heiß. Du siehst doch, was dabei herauskommt, wenn man zu ehrlich und superkorrekt ist. Wir hätten gar nicht erst sagen sollen, dass dieser Kerl uns entwischt ist. Mit der Strategie *Mund halten* liegt man in neunzig Prozent aller Fälle richtig.«

»Okay, aber ...«

»Wir sagen nichts«, entscheidet Fernando. »Der Verdächtige ist uns entwischt und nach wie vor flüchtig, Punkt. Wir können morgen vorschlagen, dass der Alte ihn zur Fahndung ausschreibt, und uns einen Durchsuchungsbeschluss besorgen.«

»Oookay«, meint Rifkin gedehnt. »Und was, wenn er doch irgendwie rauskriegt, dass wir den Falschen verfolgt haben?«

»Wie denn? Denkst du, der andere Typ wird sich bei der Dienststelle über uns beschweren?«

»Apropos«, Rifkin deutet auf die Türschilder der Nachbarwohnungen und sagt leise: »Wir sollten mal nachschauen, ob es hinter diesen Türen jemanden gibt, der so aussieht wie unser Freund von heute Nachmittag.«

Fernando verliert die Geduld. »Herrgott, Rifkin! Lernst du denn gar nichts dazu? Noch einmal zum Mitschreiben: Der Kerl hatte vermutlich Gras oder Pillen bei sich. Und Gras und Pillen sind nicht unser Bier! Geht das rein in deinen Schädel?«

»Ist ja gut, reg dich wieder ab«, versetzt Rifkin und fotografiert dabei die Namensschilder. Eine kleine Datenabfrage kann nicht schaden, findet sie. Rodriguez muss ja nichts davon mitkriegen.

Sie verlassen das Haus und gehen zum Dienstwagen.

»Kannst du mich zu Hause absetzen?«, fragt Rifkin, da Fernando sich automatisch ans Steuer des Dienstwagens gesetzt hat. Wie die meisten männlichen Kollegen hält er sich für den besseren Autofahrer, und er ist außerdem ein schlechter Beifahrer – obwohl er dasselbe von Rifkin behauptet, wenn die sich über sein zu schnelles Fahren aufregt.

»Heute nicht mit dem Rad unterwegs?«, wundert sich Fernando.

»Platten«, antwortet Rifkin.

Mit ihrem Fahrrad ist alles in Ordnung, aber schließlich kann sie Rodriguez unmöglich erzählen, dass sie von ihrem Boxclub in einer Luxuslimousine mit getönten und gepanzerten Scheiben bis in die Parallelstraße des Tatorts gebracht wurde.

Je weniger Rifkin über ihr Privatleben spricht – und das tut sie so gut wie nie –, desto mehr scheint es den Wissensdurst ihres Kollegen anzustacheln. Ganz besonders für ihr Liebesleben interessiert sich der einstige Don Juan, der inzwischen zum braven Familienvater mutiert ist. Ständig versuct er, ihr etwas darüber zu entlocken. Rifkin weiß sehr wohl, dass das Rätselhafte die Neugierde erst recht anstachelt, deshalb hat sie ihm früher, als sie noch eine harmlose, vorzeigbare Beziehung mit einem Kollegen vom SEK hatte, ab und zu einen Brocken hingeworfen. Was ihre momentane *Beziehung* betrifft, oder wie immer man diese lose Verbindung nennen soll, ist das jedoch völlig ausgeschlossen. Es wäre nicht nur von Nachteil, sondern geradezu karrierevernichtend, wenn etwas davon auf der Dienststelle bekannt würde.

»Schönen Feierabend. Grüß Jule und Leo von mir«, sagt Rifkin, als Fernando sie in der Südstadt vor der Tür ihres Wohnblocks absetzt.

Fernando schaut sie mit großen Augen an.

»Was ist?«, fragt Rifkin.

»Etwas stimmt nicht mit dir, Rifkin. Seit wann richtest du Grüße aus?«

»Ich wollte halt mal nett sein.«

»Das ist ja gerade das Unheimliche.«

»*Fuck you!*«

»Also, geht doch«, grinst Fernando und gibt Gas.

Kapitel 5 –
Schatz, wie war dein Tag?

Tian Tang steht in der Küche und hantiert mit Wok und Messer. Seine Bewegungen sind geschmeidig und flink, aber niemals hektisch, und normalerweise liebt Oda es, ihn beim Kochen zu beobachten. Heute kann sie den Anblick nicht genießen. Sie erträgt es kaum, ihn anzusehen, seine harmonischen Züge, die Wangen glatt wie Marmor, die Falten wie gemeißelt. Sie befürchtet, die Beherrschung zu verlieren und mit der Frage nach der unbekannten Chinesin herauszuplatzen. Doch etwas in ihr sträubt sich dagegen, sich diese Blöße zu geben und sich wie eine eifersüchtige Ehefrau zu benehmen. Auch wenn sie im Moment genau das ist.

Lieber gibt sie sich beschäftigt und studiert den Flyer der Tanzschule Martínez.

Machen Sie den ersten Schritt. Erleben Sie, wie einfach es sein kann, Disco Fox, Foxtrott, langsamer Walzer, Wiener Walzer und Cha-Cha-Cha zu lernen.

Anscheinend hat sich seit Odas Tanzstundenzeit nicht sehr viel geändert. Die sogenannten Standardtänze scheinen noch immer gefragt zu sein. Es gibt sogar noch eine Veranstaltung, die sich Sonntags-Tanztee nennt. Dieses Spektakel müsste man sich glatt einmal ansehen.

Auf der zweiten Seite werden Salsa, Tango und Lindy Hop beworben, und dann gibt es da noch:

Tanzkurse für die Generation 60+

Es gibt kaum eine bessere Möglichkeit, der Demenz entgegenzuwirken, als Tanzen! Beim Tanzen werden automatisch beide Gehirnhälften beansprucht, die logisch denkende und die kreative. Das Lernen von Schrittfolgen und Figuren ist wie Jogging für das Gedächtnis und damit eine wirksame Barriere gegen das große Vergessen.

Ob der Tangokurs am Samstagnachmittag um vier wohl auch zu denen *gegen das große Vergessen* gehört?

Auf Seite drei werden *Kurse für gleichgeschlechtliche Paare* angeboten. Sieh an, erst Streetdance und nun auch noch Kurse für Schwule und Lesben. Der konservative Schein der Villa Martínez trügt offenbar, man ist durchaus auf der Höhe der Zeit. Ob Aurelio Martínez wohl auch die Kurse für gleichgeschlechtliche Paare leitete? Schwer vorstellbar, da er doch angeblich sogar seinen schwulen Sohn hinausgeworfen und enterbt hat. Allerdings ist das über zwanzig Jahre her, die Zeiten haben sich geändert, vielleicht auch Martínez.

»Du interessierst dich für Tanzkurse?«, fragt Tian, während er die vorgewärmten Schalen auf die zwei Bambus-Tischsets stellt.

»Es geht um den Mord von heute Nachmittag. Der Tatort ist in einer Tanzschule«, erklärt Oda.

»War es denn schlimm?«, erkundigt sich Tian.

Seine Frage ist berechtigt angesichts von Odas Verhalten. Sie hat noch keine fünf Sätze mit ihm geredet, seit er, bepackt mit Tüten voller Lebensmittel, in ihrer Wohnung in Isernhagen ankam. Am liebsten hätte sie ihm heute abgesagt und behauptet, sie wäre müde und wolle allein sein. Was nicht einmal gelogen wäre. Gleichzeitig möchte sie ihm die Gelegenheit geben, ihr von seinem Essen mit der Chinesin zu erzählen. Sie will hören, dass etwas ganz Harmloses dahintersteckt, aber bis jetzt kam nichts von ihm. Gewiss wird er ihr beim Essen von der Frau erzählen. Bis dahin hat sie sich vorgenommen, so zu tun, als ob nichts wäre, aber besonders gut ist ihr das nicht gelungen. In Verhören kann Oda sehr gut schauspielern und die Leute damit aufs Glatteis führen und ihnen Dinge entlocken, die sie eigentlich gar nicht hatten sagen wollen. Tian gegenüber kann sie sich nicht verstellen. Es ist, als trüge sie seit heute Mittag in ihrem Inneren einen großen, schweren Knoten mit sich herum, der mit jeder Minute wächst.

Normalerweise hätte sie ihm jetzt von der prächtigen Villa berichtet, von der Kunst in der Wohnung des Mordopfers, von Völxens Tangokurs und dass Veronika zusammen mit Dr. Bächle am

Tatort war. Sie hat es sich vor den anderen nicht anmerken lassen, aber sie war natürlich mächtig stolz auf ihre Tochter, wie sie da so professionell ans Werk ging und Erwin Raukel allein mit Blicken zurechtstutzte – um sich dann souverän und großzügig zu zeigen. So über den Dingen stehend war Oda in diesem Alter nicht.

»Nein«, antwortet sie auf Tians Frage. »Alles okay.«

Tian zieht sich zurück an den Herd, legt letzte Hand an sein Werk und stellt dann die Schale mit dem Essen auf den Tisch. Shrimps mit Bambussprossen und Koriander. »Guten Appetit.«

»Danke. Dir auch.«

Das Essen verläuft wortlos.

»Du bist so still, Oda. Hast du etwas?«

»Nein.« Sie zwingt sich zu einem falschen Lächeln und fragt: »Und, Schatz, wie war dein Tag?«

Tian blickt sie entgeistert an.

»War was Besonderes los bei dir?«, setzt sie hinzu.

»Nein, nichts«, antwortet Tian.

Normalerweise pflegt Völxen gleich nach dem Abendessen zur Schafweide zu gehen, um die Schafe ins Bett zu bringen, wie Sabine es nennt. Stattdessen sitzt er mit seinem Laptop auf dem Sofa und ist sehr beschäftigt. Vor dem Essen hat er noch mit Oda Kristensen telefoniert, die ihm von den kryptischen Andeutungen des Nachbarn Gustav Wenderoth berichtet hat.

»Was machst du da?«, fragt Sabine neugierig.

»Ich recherchiere über Argentinien.«

»Füllst du deine Bildungslücken auf?«

»Das sind schon eher tiefe Gräben«, muss Völxen zugeben. »Es ist wegen Martínez.«

»Das dachte ich mir schon.« Sabine hat sich ein Glas Rotwein eingeschenkt und sich mit angezogenen Knien neben ihn gesetzt. »Erzähl, was hast du gelernt?«

»Es gab in Argentinien ein ständiges Hin und Her zwischen gewählten Regierungen und Militärdiktaturen, die diese wieder weggeputscht haben. Das scheint dort Tradition zu haben. Von

1976 an regierte eine Militärjunta unter Rafael Videla. Angehörige des anderen politischen Lagers wurden systematisch verfolgt, gefoltert, ermordet. An die dreißigtausend Menschen sind in dieser Zeit spurlos verschwunden. Die meisten Verbrechen sind bis heute nicht aufgeklärt worden, und nur wenige Militärs wurden später verurteilt. Viele linke Intellektuelle flohen in der Zeit aus dem Land, auch nach Europa.«

»Bis hierher kann ich dir folgen«, beteuert Sabine.

»Im Oktober 1983 wurde erstmals wieder eine demokratische Regierung gewählt, aber bereits zwei Jahre vorher begann die Diktatur zu bröckeln. Im März 1981 wurde Videla abgelöst, und 1982 kam es zur Besetzung einer Inselgruppe namens Malwinen ...«

»Die Falklandinseln!«, dämmert es Sabine.

»Ganz genau. Das war der Auftakt zum Falklandkrieg zwischen Argentinien und Großbritannien. Er dauerte ...« Völxen beugt sich über seinen Laptop und liest ab: »Siebenundachtzig Tage. Von April bis Juni 1982. England hat gewonnen.«

»Ich habe nie so recht verstanden, worum es dabei ging«, gesteht Sabine.

»Argentinien steckte in einer schweren Wirtschaftskrise, und um von internen Problemen abzulenken und politisches Ansehen zu gewinnen, zettelte man diesen Krieg an. Auf britischer Seite war es ähnlich. Frau Thatcher kam die Besetzung der Inseln nicht ungelegen, auch sie wollte sich profilieren und von massiven sozialen und wirtschaftlichen Problemen im Vereinigten Königreich ablenken.«

»Und was hat das alles nun mit Martínez zu tun?«

»Im Jahr 1982 kamen Martínez und seine Familie nach Deutschland. Zu diesem Zeitpunkt zeichnete sich in Argentinien das Ende der Militärjunta bereits deutlich ab. Es gab Massenproteste gegen die Diktatur, der Nachfolger von Videla wurde abgesetzt, und dessen Nachfolger leitete die Demokratisierung des Landes ein. Und jetzt stellt sich mir die Frage: Warum muss man dann noch aus dem Land fliehen?« Über seine Lesebrille hinweg blickt der Hauptkommissar seine Gattin an wie ein Lehrer seine Schülerin bei der mündlichen Prüfung.

»Vielleicht hatte er einfach genug von Tango und schönem Wetter.«

»Das wird's gewesen sein!«, schnaubt Völxen.

»Du denkst, er gehörte seinerzeit zur dunklen Seite der Macht«, schlussfolgert Sabine.

»Und musste befürchten, von einer demokratisch gewählten Regierung für irgendwelche Schweinereien zur Rechenschaft gezogen zu werden«, ergänzt Völxen.

»Was glaubst du, könnte diese alte Geschichte etwas mit dem heutigen Mord an ihm zu tun haben?«, fragt Sabine aufgeregt.

»Das weiß ich nicht«, muss Völxen zugeben. »Ich versuche nur gerade, mir ein Bild über ihn zu machen.«

»Mir war er ja von vornherein ein bisschen suspekt«, bemerkt Sabine nach einem weiteren Schluck Rotwein.

»Ach! Das sind ja ganz neue Töne. Eine Woche lang musste ich mir anhören, was für ein toller Hecht der ist.«

»Komm schon, das war doch nicht ernst gemeint. Ich habe dich bloß ein bisschen aufgezogen. In Wirklichkeit war es mir peinlich, wie er mich in dieser Tanzstunde bevorzugt hat, nachdem du ausgefallen bist. Außerdem hat er unter seinem teuren Parfum nach Zigarillos und altem Mann gerochen.«

»Nun, Weib, dann will ich dir das mal glauben«, meint Völxen und klappt den Laptop zu.

»Als ich am Samstag auf dich gewartet habe, habe ich mir mal den Garten dieser Villa angesehen, auch den hinteren, privaten Teil«, gesteht Sabine.

»Und?«, fragt Völxen gespannt. Er weiß um Sabines Theorie, wonach Gärten die Persönlichkeit eines Menschen widerspiegeln.

»Leblos, leer und traurig«, lautet Sabines Urteil. »Irgendwie ... seelenlos. Da hat manche Verkehrsinsel mehr Flair.«

»Ich werde deine Expertise zu den Akten nehmen.«

»Wie gütig. Darf ich dir ein Glas Wein kredenzen, werter Gatte?«, säuselt Sabine, die nur wenig gegessen hat und möglicherweise schon leicht angeheitert ist.

»Später«, antwortet Völxen und meint, nun müsse er aber wirklich raus und die Schafe zu Bett bringen.

Rifkin steht unter der Dusche und lässt das warme Wasser auf ihre verspannte Schultermuskulatur prasseln. Sie hat es heute ein wenig übertrieben mit dem Training am Boxsack, doch etwas anderes beschäftigt sie mehr als Muskelverspannungen. Ihr ist inzwischen klar geworden, dass sie und Rodriguez in Sachen Tarik Bakhtari falsch gehandelt haben. Der Gedanke, Völxen zu hintergehen, verursacht ihr ein ungutes Gefühl. Der Hauptkommissar vertraut auf ihre Loyalität, und gerade ist sie dabei, sich diesen Bonus zu verderben. Im Nachhinein könnte sie sich ohrfeigen. Hätte sie doch bloß nicht vorgeschlagen, die Wohnung zu betreten. Es war doch klar, dass Rodriguez sich das nicht zweimal sagen lässt.

Bin ich schon korrumpiert? Kann es sein, dass der Umgang mit Baranow allmählich auf mich abfärbt? Igor Baranow, früher Kopf der örtlichen Russenmafia, inzwischen angeblich ein solider Geschäftsmann, der nur noch in *lukrativen Grauzonen*, wie er es nennt, flaniert.

Wie gerne möchte Rifkin ihm das glauben. Sie hat eigentlich keinen Grund, es nicht zu tun, denn etwas sagt ihr, dass er sie nicht anlügen würde. Doch auch wenn es wahr ist – auf jeden Fall ist beim Erwerb seines Vermögens Blut geflossen. Alles nicht koscher, wie ihre Mutter sagen würde.

Sie verlässt die Dusche. Derlei Betrachtungen sind im Augenblick müßig, erkennt sie, und nur geeignet, um von ihrem akuten, ganz konkreten Problem abzulenken: Womöglich entwischt ihnen mit Tarik Bakhtari gerade ein Mörder, nur weil sie und Rodriguez nicht genug Eier in der Hose haben, um zu bekennen, dass sie heute einiges verbockt haben.

Während sie sich abtrocknet, überlegt sie. Sie könnte Völxen gegenüber behaupten, dass sie nach der missglückten Verfolgung noch einmal allein und auf eigene Faust zurück in Tariks Wohnung in Vahrenwald gefahren und dort widerrechtlich eingedrungen sei. Dabei habe sie festgestellt, dass die Bewohner diese fluchtartig verlassen haben. Damit würde sie Fernando nicht schaden und dem Fall auch nicht. Nur sich selbst. Andererseits hat Völxen seinen Leuten schon ganz andere Dinge verziehen. Er würde ihr sicher nicht den Kopf abreißen.

Sie schlüpft in ihren Jogginganzug und greift zum Handy. Nun denn, Zeit, eine Beichte abzulegen.

Ein eingegangener Anruf in Abwesenheit, unbekannte Nummer.

Manchmal benutzt Igor Baranow eines seiner zahlreichen Prepaidhandys, um sie anzurufen. Sie hat jetzt keine Lust, mit ihm zu sprechen. Als sie kurz darauf ihren ziemlich leeren Kühlschrank inspiziert, fällt ihr ein, dass sie ihre Handynummer auch den Streetdance-Kids gegeben hat. Also ruft sie zurück. Ihre Vermutung war richtig, eine zarte Mädchenstimme haucht: »Hallo?«

»Elena Rifkin, mit wem spreche ich?«

»Hier ist Nuria Sanchez.«

»Nuria.« Das dunkelhaarige, schwarz gekleidete Mädchen mit den traurigen Augen. Sie erinnert Rifkin ein wenig an sich selbst in diesem Alter. Wobei Rifkin nie wirklich schüchtern war, die anderen Mädchen waren ihr oft nur zu albern und oberflächlich. »Wie kann ich dir helfen?«

»Ich ... also ... ich wollte noch was zu Tarik sagen«, kommt es zögernd. »Ich wollte das nicht vor den anderen sagen, weil ... na, egal.«

»Nur raus damit, Nuria«, zwitschert Rifkin übertrieben munter, denn Nuria klingt, als könnte sie jeden Augenblick in Panik geraten und wieder auflegen.

»Tarik hat mit dem Mord an dem alten Typen nichts zu tun.«

»Okay, Nuria, ich will dir das gerne glauben, aber du musst mir schon erklären: Was macht dich da so sicher?«

Sie schnieft und meint dann mit weinerlicher Stimme: »Er konnte gar nicht dort sein.«

»Nuria? Was willst du mir sagen?«

Immer wieder von Schluchzern unterbrochen erzählt sie: »Sie haben ihn abgeschoben. Ihn und seinen Vater. Ihre Asylanträge wurden endgültig abgelehnt. Schon am Donnerstag kam die Polizei, sie durften nur ihre Kleidung mitnehmen. Er hat mir am Freitagmorgen geschrieben, sie wären in Abschiebehaft und würden noch am selben Tag ausgeflogen, nach Bagdad.«

»Wart ihr zusammen, du und Tarik?«, fragt Rifkin.

Ihr Nein kommt etwas zögernd. »Wir waren bloß Freunde«, behauptet sie dann. »Ich verstehe das nicht! Er hatte seine Musik, er hatte eine Lehrstelle bei einer Spedition, er konnte auch gut Deutsch. Immerhin ist er ja schon sechs Jahre hier. Es ist nicht wahr, was Charleen, diese dumme *bitch*, und die anderen über ihn gesagt haben. Warum durfte er nicht bleiben?«

»Ich weiß es nicht«, antwortet Rifkin aufrichtig. »Manchmal verstehe ich unsere Gesetze auch nicht.«

»Das ist doch voll Scheiße!«, ereifert sich Nuria. »Er war ein megacooler Rapper. Ich habe ein Video von ihm, wollen Sie es sehen?«

»Ja, schick es mir«, sagt Rifkin, die es nicht übers Herz bringt, das Angebot abzulehnen.

»Er wäre voll berühmt geworden«, stößt Nuria trotzig hervor. »Wenn sie ihm eine Chance gelassen hätten.«

»Danke, dass du mich informiert hast, Nuria.«

»Schon okay. Ich wollte nur, dass Sie nicht denken, er hätte diesen Alten gekillt.« Sie legt auf.

Das angekündigte Video kommt nur Sekunden später. Rifkin schaut es sich kurz an. Im unvermeidlichen Kapuzenshirt steht der junge Mann auf einer kleinen Bühne, vielleicht die einer Schulaula, und rappt mit den einschlägigen Gesten und Posen drauflos. Er spricht mit deutlichem Akzent von gelbem Sand, schwarzem Wasser und grellem Licht und davon, eingeschlossen zu sein und nicht zu wissen, was einen am Ziel erwartet. Er hat seine Flucht in dem Text verarbeitet, erkennt Rifkin. Therapeutisches Rappen, sozusagen.

Während Rifkin die Aufnahme betrachtet hat, hat Nuria noch acht weitere Links zu vermutlich ähnlichen Videos geschickt. Rifkin verzichtet darauf, sie sich jetzt anzusehen, denn sie hat es nicht so mit Rap und Hip-Hop, und es fällt ihr schwer, die Qualität der Darbietung zu beurteilen. Selbst wenn sie ihn großartig fände, wem nützt das jetzt noch etwas? Aber eines weiß sie genau: Selbst wenn aus Tarik kein berühmter Rapper geworden wäre, sondern nur ein ganz durchschnittlicher Speditionskaufmann, wäre er für dieses Land von Nutzen gewesen.

»Die Tanzschule Martínez!« Jule legt das Messer weg, mit dem sie gerade eine Schalotte für das Salatdressing klein geschnitten hat, und lächelt glückselig. »Ist die nicht wunderbar? So schön altmodisch, vor allem dieser Tanzsaal! Das Parkett, die Tapeten, die Spiegel! Ich musste dabei immer an einen Ballsaal in einem Schloss denken.«

»Woher kennst du das alles?«, wundert sich Fernando.

»Ich habe dort meinen Tanzkurs gemacht.«

»War ja klar«, brummt Fernando. Diese Villa sieht schon von außen exakt so aus, als würden darin höhere Töchter in Gesellschaftstänzen unterrichtet, und so, wie Jule das Interieur schildert, hat er wohl etwas verpasst.

»Unsere ganze zehnte Klasse war dabei. Ich war unsterblich in den Klassensprecher verliebt. Lieber Himmel, kaum zu glauben, dass das schon über zwanzig Jahre her ist.«

»Ja, und seit heute ist die Villa ein Tatort! Die Leiche vom alten Martínez lag erschlagen im *Foyer*, wie Rifkin das nannte.«

»Da war dieser riesige Lüster«, erinnert sich Jule mit leuchtenden Augen. »Gibt es den immer noch?«

»Jetzt krieg dich mal wieder ein«, ermahnt Fernando seine Frau, der es seiner Meinung nach gerade deutlich an Pietät mangelt. »Und du, kleines Monster, mach endlich den Mund auf!« Fernando versucht vergeblich, Leo zu füttern. Der scheint keinen Appetit zu haben, zumindest nicht auf Süßkartoffelbrei. Er dreht den Kopf weg und krümmt sich in seinem Kinderstuhl wie ein Fisch an der Angel.

»Kanntest du Martínez?«, fragt Fernando. Er gibt den Fütterungsversuch auf, wischt Leo den Mund ab und trägt den Brei zur Spüle. Prompt fängt Leo an zu meutern.

»Nein, ich glaube nicht. Die Kurse hat damals jemand anderes gegeben. Keine Ahnung, wer das war. Gib ihm eine Reiswaffel.«

»Du hattest vermutlich nur Augen für euren Klassensprecher«, stichelt Fernando und reicht seinem Sohn eine Reiswaffel, die dieser sofort beknabbert. »Wie kann man nur dieses Zeug mögen, es schmeckt nach nichts.«

»Der miese Schuft ist mit einer anderen zum Abschlussball gegangen. Er hat mir das Herz gebrochen.«

»Armes Julchen!« Fernando küsst sie tröstend auf die Wange. »Sag mir seinen Namen und wo er wohnt, dann verhau ich ihn.«

»Sieht der große Tanzsaal noch so aus wie früher? Oder haben sie alles zuschanden renoviert?«

»Keine Ahnung, ich war gar nicht im Haus. Ich kann dir morgen ein paar Tatortfotos schicken, wenn es dich gar so interessiert.«

»Wo warst du denn dann die ganze Zeit?«, wundert sich Jule.

Fernando winkt ab und stöhnt. »Frag nicht!«

»Habt ihr schon einen Tatverdächtigen?«

»Nein. Der, dem wir hinterhergerannt sind, war's jedenfalls nicht«, berichtet Fernando. Vorhin hat ihn Rifkin angerufen und ihm von der Abschiebung Tarik Bakhtaris berichtet. »Mist! Jetzt müssen wir das dem Alten doch noch beichten«, hat Fernando realisiert.

»Es gibt Schlimmeres«, erwiderte Rifkin muffig und hat dann einfach aufgelegt, ehe Fernando ihr noch einmal einschärfen konnte, den Mund zu halten, was das unbefugte Eindringen in die Wohnung angeht. Aber das kann sie sich auch denken. Hoffentlich. Bei ihr weiß man nie.

Er setzt sich zu Leo an den Küchentisch. »Leo, sag Papa. *Papa!*«

Leo schaut ihn über seine Waffel hinweg mit seinen großen, dunklen Augen an und lacht.

»Vergiss es!«, grinst Jule. »Er wird als erstes Wort Mama sagen. Er hat es neulich schon fast geschafft.«

»Leo!«, wiederholt Fernando eindringlich. »Sag Papa!«

Der Kleine rülpst. Jule prustet vor Lachen.

Nein, heute ist wirklich nicht Fernandos Tag, und schon braut sich neues Ungemach zusammen, denn gerade hört er Jule begeistert rufen: »Fernando, ich habe eine Idee! Wir sollten zusammen einen Tanzkurs in der Tanzschule Martínez machen.«

»Was?«

»Wir könnten uns dabei unauffällig umhören und Klatsch und Tratsch aufschnappen.«

»Wozu? Wir werden ohnehin alle Kursteilnehmer zu einer Aussage aufs Kommissariat bitten.«

»Es wäre doch viel eleganter, wenn wir einen Kurs besuchen. Stell dir vor, du und ich auf geheimer Mission in der Tanzschule. Undercover, sozusagen.«

»Die werden ja wohl wegen des Trauerfalls eine Weile schließen«, hofft Fernando.

»Wer weiß? Ich werde gleich am Montag dort anrufen und fragen.«

»Ein Tanzkurs? Nur über meine Leiche.«

»Wieso? Hast du etwa Angst, dich zu blamieren?«

»Pah! Lächerlich. Ich bin Spanier, Tanzen liegt mir im Blut. Willst du einem Fisch erklären, was Wasser ist?«

»Vielleicht Salsa«, überlegt Jule, und Fernando fällt dabei auf, dass seine Ehefrau sich inzwischen das Verhalten seiner Mutter abgeschaut hat, welches darin besteht, seine Einwände einfach zu übergehen, wenn sie ihr nicht gelegen kommen.

»Oder etwas von allem, ein Auffrischungskurs vielleicht.«

»Ich sagte doch: nur über meine Leiche!«, erwidert Fernando mit Nachdruck.

»Gut, wenn du nicht willst, frage ich unseren neuen schnuckeligen Anwärter. Der schlägt mir meine Bitte bestimmt nicht ab.«

»Nur über seine Leiche!«

»Leische!«, kräht Leo vergnügt. »Leische!«

Kapitel 6 –
Heute kein Tanztee

»Was machst du denn hier?«, wundert sich Rifkin beim Anblick der Kollegin Kristensen am frühen Sonntagvormittag.

»Ich arbeite hier und hole mir gerade einen Kaffee«, entgegnet Oda.

»Was ist mit Rodriguez?«

»Kommt später. Ich habe mich erbarmt, um dem jungen Familienvater zu einem längeren Frühstück im Familienkreis zu verhelfen«, erklärt Oda, verschwindet dann in ihrem Büro und lässt Rifkin sprachlos zurück.

»Oda macht freiwillig Dienst am Sonntagmorgen anstelle von Rodriguez«, berichtet diese wenig später brühwarm ihrem Gegenüber, Erwin Raukel. »Was ist da los?«

»Höchst verdächtig«, findet Raukel, und ein listiges Glitzern tritt in seine kleinen Schweinsäuglein. »Womöglich weiß sie etwas, das wir nicht wissen.«

»Was meinst du?«

»Vielleicht hat der Schafs… der Alte endlich eingesehen, dass er in Zukunft beim Kraulen der Schafe besser aufgehoben ist, und es seiner alten Weggefährtin vor allen anderen mitgeteilt. Nun schleimt sie sich schon mal gehörig ein.«

»Dann musst du ab sofort mitschleimen«, rät Rifkin.

»Habe ich nicht nötig. Ich kenne meinen Wert.«

»Ja, du … Aber wer sonst?«

Der Kollege würdigt die Bemerkung keiner Antwort.

»Wo ist er überhaupt? Völxen?«, fragt Rifkin.

»Keine Ahnung.«

Sie schaut auf die Uhr. Fünf vor zehn. Gleich werden die ersten Teilnehmer irgendwelcher Tanzkurse hier aufkreuzen, um ihre

Aussagen zu Protokoll zu geben. Ein langweiliges Unterfangen, von dem man sich obendrein nicht allzu viel Erhellendes versprechen sollte. »Raukel, kannst du die erste Befragung übernehmen? Ich muss noch was erledigen.«

Rifkin möchte wirklich gerne herausfinden, wer der Typ im Hausflur war, der Hals über Kopf vor ihr und Rodriguez floh. Außerdem gilt es Nurias Angaben, was Tariks Abschiebung betrifft, zu überprüfen.

»Das mache ich doch mit großem Vergnügen, liebe Kollegin.«

»Du übst schon das Schleimen? Nur weiter so, klingt vielversprechend.«

»Es ist mir wirklich ein Vergnügen«, grinst Raukel. »Hast du nicht gesehen, wer die Erste auf der Liste ist?«

»Wer denn?«

»Sabine Völxen.«

Rifkin löst den Blick von ihrem Bildschirm und meint: »Weißt du, diese Überprüfung eilt nicht gar so sehr ...«

Hauptkommissar Völxen bittet seine Frau, vor der Pforte der Polizeidirektion zu warten, und veranlasst beim Pförtner, dass sie abgeholt wird. »Geh ruhig zu deiner Verabredung, mich klaut schon keiner«, versichert sie.

»Ich weiß«, knirscht Völxen, wartet aber trotzdem.

Es wäre ein Leichtes gewesen, ihr diese Befragung zu ersparen, und Völxen hat durchaus versucht, sie davon abzuhalten, denn er befürchtet, dass dabei sein Missgeschick während der ersten und letzten Tanzstunde zur Sprache kommen und für Spötteleien sorgen wird. Allerdings werden die anderen Teilnehmer des Tangokurses wahrscheinlich ohnehin darauf zu sprechen kommen. Sabine hat zudem darauf bestanden, als Zeugin gehört zu werden.

»Du hast selbst gesagt, *alle* Kursteilnehmer werden befragt. Wie würde das denn aussehen, wenn man für mich eine Extrawurst brät?«

Dem konnte er nicht viel entgegensetzen.

»Außerdem habe ich eine Aufforderung bekommen, mich als

Zeugin zu melden. Per SMS von einem gewissen Hauptkommissar Rodriguez.«

»Das wird er mir büßen!«

Im Stillen hofft Völxen, dass Rodriguez sich persönlich zur Pforte bequemt, um Sabine abzuholen, dann könnte er ihm auf der Stelle den Kopf abreißen und ihn auf einen Pfahl stecken – als Warnung für andere. Aber es ist der Kollege Raukel, der mit einem breiten Grinsen im Gesicht auf sie beide zuwalzt.

»Auch das noch!«, murmelt Völxen. »Na dann, viel Vergnügen mit Herrn Raukel. Wir sehen uns im Café.«

Manchmal kommt sogar der Tod gelegen. Oda Kristensen ist dankbar dafür, dass dieser Sonntag und auch die nächsten Tage mit Arbeit ausgefüllt sein werden. Je mehr sie sich auf Ermittlungsarbeit und Zeugenbefragungen konzentrieren muss, desto weniger Zeit bleibt zum Grübeln und Zweifeln. Caroline Wagner ist die Erste an diesem Morgen, die Oda sich vorknöpfen wird. Die Haushälterin wirkt nervös, ihre Augen sind gerötet. Sie hat eingewilligt, dass Oda das Gespräch aufnimmt.

Odas Aufwärmfrage an sie lautet: »War Herr Martínez ein guter Arbeitgeber?«

Die Gefragte knetet ihre Hände. »Nun, er hatte seine Launen. Aber mit der Zeit habe ich gelernt, damit umzugehen.«

»Was meinen Sie mit *Launen?*«

»Er konnte schon mal cholerisch reagieren, wenn ihm etwas nicht passte. Das ging aber immer sehr rasch wieder vorbei. Ich bin gut mit ihm zurechtgekommen.«

»Kennen Sie die Frau auf diesem Foto?« Oda hält ihr das Foto der unbekannten argentinischen Schönheit hin.

»Nein. Das habe ich noch nie gesehen.«

»Es lag in seinem Schreibtisch.«

»Denken Sie etwa, ich würde in seinen Sachen herumwühlen?«

Oda dreht das Foto um und übersetzt die Widmung: *Für Aurelio, in brennender Liebe. O.*

»Die Dame hatte offensichtlich einen Hang zur Melodramatik.«

Caroline Wagner, heute ganz in Schwarz mit hochgeschlossener Bluse, nippt mit spitzen Lippen von dem Kaffee, den Oda ihr aus Frau Cebullas Maschine herausgelassen hat.

»Frau Martínez starb vor über zwanzig Jahren ...«, beginnt Oda.

»O ja, eine Tragödie«, nickt Frau Wagner. »Niemand hätte damit gerechnet. Sie war eine zarte Frau, aber nicht krank. Es war eine nicht erkannte und verschleppte Blutvergiftung. Als man sie endlich in die Klinik einwies, war es schon zu spät. Es war ein schlimmer Schock. Besonders für Alba, sie war damals erst achtzehn. Rafael war schon auf dem Sprung in sein eigenes Leben, aber es war auch für ihn tragisch, plötzlich die Mutter zu verlieren.«

»Für Herrn Martínez war es nicht schlimm?«

»Doch, natürlich!«

»War es denn eine glückliche Ehe?«

»Sie gingen immer höflich und respektvoll miteinander um.«

»Also keine *brennende Liebe*«, hält Oda fest.

»Eher nicht«, gibt Frau Wagner zu. »Es fehlte die Wärme. Er war viel unterwegs. Um die Kinder hat er sich wenig gekümmert. Nun ja, ich nehme an, das ist in dem Kulturkreis, dem er entstammt, einfach so üblich.«

Oda blinzelt ihr vertraulich zu, als führte sie keine Vernehmung durch, sondern ein Gespräch von Frau zu Frau, ehe sie fragt: »Halten Sie es für möglich, dass er seine Florentina hauptsächlich wegen des Geldes geheiratet hat?«

»Das war vor meiner Zeit, woher soll ich das wissen?«, antwortet sie brüsk.

»Was wissen Sie über die Zeit, ehe er nach Deutschland kam?«

»Wie meinen Sie das?«, fragt die Zeugin, offenbar verunsichert, obwohl es doch eine ziemlich unmissverständliche Frage war. Oda geht ins Detail: »Was waren die Gründe für seine Auswanderung? Welchen Beruf hatte er? Woher konnte er so gut Deutsch?«

»Das weiß ich nicht. Er hat nie darüber gesprochen, und ich habe ihn nie danach gefragt. Ich war jung und schüchtern, ich hätte es nie gewagt.«

»Mochten Sie ihn?«, fragt Oda rundheraus.

Sie zögert. »Anfangs war er mir fremd, ich hatte mehr mit seiner Frau zu tun und mit den Kindern natürlich. Nach dem Tod von Florentina lernte ich ihn besser kennen. Er war trotz mancher Marotten ein charmanter, liebenswürdiger Mensch.«

»Was waren die Interessen von Herrn Martínez?«

»Kunst«, kommt es ohne Zögern. »In jeglicher Form. Malerei sowieso, aber er hörte auch gern Musik. Jazz vor allen Dingen. Er ging gerne in Konzerte oder auch in die Oper und ins Theater.«

»War er in Begleitung, wenn er dorthin ging?«

»Zumindest ging er stets allein hin«, antwortet sie ausweichend.

»Ich verstehe. Hatte er Freunde?«

»Wohl eher ... Bekanntschaften. Er unterhielt sich gern mit unterschiedlichen Leuten, vor und nach den Kursen. Ich hatte allerdings den Eindruck, dass er schnell das Interesse an anderen Menschen verlor.«

»Galt das auch für seine Damenbekanntschaften?«, fragt Oda.

»Das galt besonders für die.«

»Gab es welche, die böse endeten? Streit, Drohungen, Dramen?«

»Das weiß ich nicht«, sagt sie plötzlich abweisend, als hätte sie bereits zu viel gesagt.

»Hatte er zurzeit eine Freundin, eine Geliebte?«

»Nach Dienstschluss kümmere ich mich um meine eignen Angelegenheiten.«

»Frau Wagner, ich bitte Sie! Sie als seine Haushälterin hätten es doch sicher gemerkt, wenn es da jemanden gegeben hätte.«

Sie zuckt mit den Achseln und beteuert, dass sie von nichts wisse.

Oda zaubert zwei kleine Plastiktüten aus der Schublade ihres Schreibtisches hervor. »Erkennen Sie diese beiden Gegenstände?«

»Nein. Was ist das?«, fragt Frau Wagner.

»Für mich sieht es aus wie grellgrüner Nagellack und eine bunte Haarschleife.«

»Ich sehe das Zeug zum ersten Mal.«

»Das *Zeug* sieht nach einer jungen Frau aus«, findet Oda. »Oder es hatte eine viel Mut zur Farbe.«

»Wenn Sie das sagen.«

»Wer hat denn zuletzt das Gästezimmer bewohnt?«

»Daran erinnere ich mich nicht. Es muss schon lange her sein.«

Sie lügt, ganz klar, aber da Oda ihr momentan nicht das Gegenteil beweisen kann, belässt sie es dabei und wechselt abrupt das Thema: »Hatte Herr Martínez Feinde?«

»Feinde?«, wiederholt sie. »Nein. Da wüsste ich niemanden.«

»Frau Wagner, es schadet ihm nicht mehr, wenn Sie mir die Wahrheit sagen, und nur so finden wir seinen Mörder. Herr Martínez war launisch, er hatte Marotten, er war ein Frauenheld ...«

»Das habe ich nicht gesagt!«, protestiert sie energisch.

»Darauf läuft es hinaus, nach allem, was wir schon über ihn gehört haben. Was ist zum Beispiel mit erbosten Ehemännern?«

Sie schüttelt den Kopf. »Lächerlich.« Dann scheint ihr doch etwas einzufallen. »Es gab da diesen Freund von Alba ...«, beginnt sie. »Jamiro Gizzi hieß er. Er hat die Capoeirakurse geleitet. Das kommt aus Brasilien und ist eine Mischung aus Tanz und Nahkampf. War eine Weile lang groß in Mode. Für diese Modetänze hat Alba meistens externe Trainer beschäftigt. Es lohnt sich gar nicht, sich darin ausbilden zu lassen. Bis man fertig ist, ist der Trend vorbei und man hat eine Menge Zeit und Geld investiert.«

»Schön, und was war nun mit diesem ...? Wie hieß er noch gleich?«, bringt Oda das schlingernde Schiff wieder auf Kurs.

»Jamiro Gizzi. Vier Jahre ist das etwa her. Gut ausgesehen hat er ja, das muss man ihm lassen. Brasilianer halt, so ein schwarzäugiger, kaffeebrauner. Aber ein zweifelhafter Charakter. Er hat sich Geld von ihr geliehen und sich von ihr aushalten lassen und ist dabei so großspurig aufgetreten, als gehöre ihm der Laden bereits. Irgendwann wurde es Herrn Martínez zu bunt, und er hat ihn rausgeworfen.«

»Wie ging das vonstatten? Gab es Drohungen?«

»Das weiß ich nicht. Ich habe nur mitbekommen, dass er ihn zu einem Gespräch gebeten hat, und die Einladung klang nicht freundlich. Kurz danach hat der Kerl seine Siebensachen gepackt, und weg war er.«

»Einfach so?«, wundert sich Oda.

»Ich weiß nicht, was da gesprochen wurde. Ich lausche nicht an Türen.«

»Hat Alba Martínez zurzeit einen Freund oder Partner?«

»Nein, nicht dass ich wüsste.«

»Sie wüssten es, wenn es so wäre, oder?«

Frau Wagner beantwortet die Frage mit einem verlegenen Nicken.

»Hatte sie andere Liebhaber? Außer diesem Gizzi.«

»Sicher, warum sollte sie denn keine haben?«, erwidert Frau Wagner. »Sie ist doch eine junge, unabhängige Frau.«

»Etwas Festes? Längere Beziehungen?«

Caroline Wagner windet sich ein wenig, aber schließlich bringt sie hervor: »Wie es scheint, hat das Mädchen kein sehr glückliches Händchen mit den Männern.«

Das Mädchen. Stimmt, Caroline hat Alba ja praktisch mit großgezogen.

»Hat ihr Vater denn regelmäßig ihre Liebhaber vergrault?«

»Unsinn! Das mit diesem Gizzi war eine einmalige Sache und durchaus berechtigt.«

»Wie hat Alba darauf reagiert? War sie nicht wütend, weil ihr Vater sich in ihre Angelegenheiten eingemischt hat?«

»Das weiß sie doch gar nicht«, flüstert Frau Wagner.

»Wie war das Verhältnis zwischen Alba und ihrem Vater?«

»Warum fragen Sie das nicht Alba selbst?«

»Weil mich Ihre Einschätzung interessiert. Sie sind eine lebenserfahrene Frau mit scharfer Beobachtungsgabe und einem gesunden Menschenverstand.«

Ich höre mich schon an wie Raukel! Aber die plumpe Masche wirkt, die Zeugin lächelt. Bestimmt bekommt sie sonst zu wenig Anerkennung.

»Alba liebte ihren Vater, sie hing sehr an ihm.«

»War das umgekehrt auch der Fall?«, fragt Oda.

»Natürlich liebte er seine Tochter!«, antwortet sie im Tonfall schierer Entrüstung.

»Gab es manchmal Streit?«

»Kleine Reibereien hin und wieder, aber nichts, was ungewöhnlich gewesen wäre.« Caroline Wagner lehnt sich zurück, und um zu verdeutlichen, dass für sie das Vater-Tochter-Thema abgeschlossen ist, verschränkt sie abweisend die Arme.

»Weiß sein Sohn schon Bescheid?«, fragt Oda.

Sie lächelt. »Rafael. O ja. Er kommt heute Abend an, wir holen ihn vom Flughafen ab.«

»Sie freuen sich, ihn wiederzusehen?«

»Aber ja. Wenn auch nicht über die Umstände.«

»Wie lange haben Sie ihn nicht mehr gesehen?«

»Seit er ausgezogen ist«, sagt sie traurig. »Das war vor einundzwanzig Jahren.«

»Barcelona ist nicht aus der Welt, weshalb kam er nie zu Besuch?«, fragt Oda scheinheilig.

»Das geht mich nichts an, ich kann darüber nichts sagen.«

»War das Vater-Sohn-Verhältnis zerrüttet, weil Rafael schwul ist, oder gab es noch andere Gründe?«

»Ich weiß es nicht!«, beharrt Frau Wagner ärgerlich.

»Mir ist aufgefallen, dass die Tanzschule auch Kurse für gleichgeschlechtliche Paare anbietet. Was mich wundert, da Herr Martínez es doch auf diesem Gebiet an Weltoffenheit vermissen ließ.«

»Wie gesagt, es ist Albas Tanzschule. Ihr Vater war bei diesen Kursen natürlich niemals zugegen.« Nach dieser Aussage presst Caroline Wagner ihre Lippen zusammen, als wären sie zugenäht.

»Natürlich«, wiederholt Oda mit sarkastischem Unterton. Sie sieht ein, dass sie mit dieser Zeugin im Moment nicht weiterkommt. Immerhin hat sie ihr einen Hinweis auf diesen Herrn Gizzi geliefert und durch ihre verkniffene Art mehr über ihren Arbeitgeber verraten, als sie wollte. Oda entlässt Frau Wagner und gönnt sich erst einmal eine Zigarettenpause.

Hauptkommissar Völxen schaut seiner Frau hinterher, wie sie mit Erwin Raukel im Gebäude verschwindet. Er geht davon in Richtung Maschsee. Hier, am Nordufer, weht eine frische Brise, und der klare Septemberhimmel lässt den See tiefblau schimmern. Es ist einiges los, das Wetter lockt die üblichen Flaneure, Jogger und Inlineskater, auch ein paar Segler wollen es noch einmal wissen, die Boote flitzen als weiße Dreiecke durch die Schaumkronen.

Aber Völxen ist nicht zum Vergnügen hergekommen. Er überquert die Kreuzung und erklimmt die Stufen vor dem Sprengel-Museum.

Hans-Jürgen Möhle wartet an einem windgeschützten Tisch auf der Terrasse vor dem Museumscafé. Er und Völxen kennen sich seit Langem, sie sind schon zusammen Streife gefahren. Inzwischen gilt Möhle als Urgestein beim LKA, wo er sich in den letzten fünfzehn Jahren mit den kriminellen Seiten des Kunstmarktes beschäftigt hat.

»Ich muss dich warnen, Völxen, ich bin kein Kunstsachverständiger«, hat er ungewohnt bescheiden im Vorfeld ihres Treffens zu bedenken gegeben.

»Da habe ich anderes gehört«, hat Völxen ihm geschmeichelt. »Auf alle Fälle verstehst du mehr von der Materie als ich.« Dafür braucht es nicht viel, hat er im Stillen hinzugefügt.

»Danke, dass du dir so schnell Zeit genommen hast«, begrüßt Völxen nun den ehemaligen Kollegen.

»Man hilft, wo man kann. Schön, dich zu sehen. Wie lange ist das letzte Mal schon her?«

»Etliche Jahre bestimmt«, seufzt Völxen. Möhle hat eine Glatze und schlohweißes Haar. Faltig geworden ist er auch. Und diese schlabberige Haut unterm Kinn. Vermutlich hegt der andere gerade ähnliche Gedanken. Im fortgeschrittenen Alter sollte man sich öfters mit seinen Bekannten treffen, dann fällt der Schock geringer aus.

»Dann lass mal sehen, was du hast«, fordert Möhle ihn auf.

Völxen zeigt ihm die Fotos der Kunstwerke, die er in der Wohnung von Aurelio Martínez gemacht hat. Er überlässt ihm hierfür das Handy, und der Experte wischt eine geraume Weile hin und her und vergrößert die Aufnahmen, wobei er immer wieder anerkennend nickt und Namen vor sich hin murmelt, die dem Hauptkommissar nichts sagen, außer dass die meisten davon russisch klingen: Malewitsch, Popowa, Jawlensky, Rodtschenko, Lissitzky ... Kandinsky. Den kennt sogar Völxen. Er lässt den Kollegen machen, nutzt die Zeit und bestellt Kaffee und diese köstliche Himbeertorte, die ihm gleich bei seiner Ankunft am Nachbartisch ins Auge gesprungen ist.

»Mit den Russen ist das so eine Sache«, bricht Möhle endlich sein Schweigen, gerade als die Bedienung die Torte vor Völxen platziert.

»Das hört man öfter«, antwortet Völxen und denkt dabei an einen ganz bestimmten Russen aus dem Milieu des organisierten Verbrechens, mit dem er es im Zuge einer Mordermittlung zu tun bekam.

»Du musst wissen, die Russische Moderne ist ausgesprochen anfällig für Fälschungen«, fährt Möhle fort.

»Warum gerade die?«

»Ich fürchte, dafür muss ich ein wenig ausholen ...«

Das hat auch Völxen befürchtet, aber er nickt dem Kollegen auffordernd zu, denn mit der saftigen Himbeertorte vor Augen fühlt er sich gewappnet für einen trockenen Vortrag des Ex-Kollegen, der sich immer schon gerne reden hörte.

»Noch unter Lenin wurde die Avantgarde sehr gefördert, die Maler der Russischen Moderne erhielten 1921 sogar noch ein eigenes Museum. Ein Jahr später kam Stalin an die Macht, und damit begann der Niedergang. Stalin ließ die abstrakte Kunst faktisch verbieten. Ab sofort galt nur noch der sozialistische Realismus als einzig wahre Staatskunst.«

»Wie bei den Nazis«, wirft Völxen zwischen zwei Bissen ein.

»Genau. Das hat Methode. Alles, was nicht gegenständlich ist, scheint Diktatoren stets ein Dorn im Auge zu sein, denn es könnte sich ja etwas dahinter verbergen, was gegen sie gerichtet ist. Jedenfalls wurde die gesamte Russische Moderne aus den sowjetischen Museen entfernt. Vieles wurde einfach vernichtet, anderes landete in geheimen Depots und auf Dachböden. Dieser Umstand wiederum lieferte Jahrzehnte später Stoff für allerlei fantasievolle

Legenden rund um die Wiederauffindung diverser Werke. Wie du sicherlich weißt, wird der Wert eines Kunstwerkes auch ganz wesentlich von seiner Provenienz bestimmt, und je abenteuerlicher die Geschichte ist, die sich darum rankt, desto besser für die Galeristen und Kunsthändler.«

»Hm«, meint Völxen mit vollem Mund.

»Berühmtestes Beispiel dafür ist die *Mona Lisa*. Wäre sie nicht 1911 aus dem Louvre gestohlen worden und über zwei Jahre lang verschollen gewesen, wäre sie heute sicherlich nicht das berühmteste Gemälde der Welt.«

»Ich verstehe.«

»Mit der Öffnung der Sowjetunion Mitte der Achtziger, der Perestroika, gelangten mehr und mehr Werke der Avantgardisten in den Westen und wurden zu immer höheren Preisen gehandelt. Und wo viel Geld im Spiel ist, sind bekanntlich die Gauner nicht weit weg. Fälscher in Ost und West witterten Morgenluft und machten sich fleißig ans Werk. Dazu kommt, dass es leichter ist, ein Bild aus neuerer Zeit zu fälschen als beispielsweise einen Rembrandt oder einen Leonardo da Vinci.«

»Das leuchtet sogar mir ein«, bekennt Völxen.

»Es ist sogar relativ einfach: Man besorgt sich Leinwände und Farben, die es zu der Zeit gab, und komponiert ein Pasticcio aus Versatzstücken bereits bekannter Kunstwerke des jeweiligen Malers.«

»Ein *Pasticcio*«, wiederholt Völxen. »Das klingt wie ein Nudelgericht.«

Möhle lächelt. Er scheint in seinem Element zu sein und ist jetzt kaum mehr zu bremsen. »Und wie eine Lasagne werden die Bilder sogar in Öfen gesteckt, um sie zu trocknen oder um ein künstliches Craquelé zu erzeugen. Sie werden, beispielsweise, mit Staub eingerieben oder mit Tee gefärbt, eingerollt und absichtlich ramponiert, damit sie künstlich altern. Danach geht es an die Geschichte. Man konstruiert eine Liste von Vorbesitzern, die seriös anmutet, dazu Ausstellungen, auf denen das Werk angeblich gezeigt wurde. Doch dazu braucht man Auszüge aus Ausstellungskatalogen. Wenn es diesbezüglich Lücken gibt, muss man sie gut begründen können.

Bei der Russischen Avantgarde ist das nicht allzu schwierig. Durch die Wirren der russischen Revolution, die Verbote unter Stalin und den Zerfall der Institutionen während der Perestroika war es später ein Leichtes zu erklären, warum es bei manchen Werken keine Papiere, keine Ausstellungshistorie und keine bekannten Eigentümer gibt, sondern nur wilde Geschichten darüber, wie das Werk zuerst verschwand und dann gerettet wurde und schließlich auf wundersame Weise wieder auftauchte. Angeblich wurden Bilder sogar mit schwarzer Schmiere übermalt, um sie durch den Zoll zu schmuggeln, später hat man sie mit Spiritus wieder gereinigt. Diese Fälscher darf man nicht unterschätzen. Sie sind teilweise wirklich gute Künstler, oder besser gesagt, Handwerker, weshalb es auch vorkam, dass sich erfahrene Galeristen und Sammler falsche Werke andrehen ließen. Um nun festzustellen, ob die Bilder eures Mordopfers echt sind, müsste man erst einmal die Papiere sichten, dann Pigmentproben nehmen ...«

»Das ist egal«, unterbricht Völxen, der seine Torte bis auf den letzten Krümel verdrückt hat, den Sermon des Fachmannes.

»Wie, egal?«, fragt der irritiert.

»Für unsere Ermittlung spielt die Echtheit der Werke eine untergeordnete Rolle. Wichtig ist, dass Martínez *glaubte*, die Bilder seien echt. Und damit auch seine Erben oder wer sonst noch davon wusste. Da Martínez vom Fach war und außerdem ein eitler Fatzke, denke ich nicht, dass er sich absichtlich mit Bildern umgeben würde, von deren Echtheit er nicht überzeugt war. Darum lass uns für den Moment einfach so tun, als wären sie echt. Was glaubst du, was ist seine Sammlung wert?«

Erneut wischt Möhle durch die Bilder, dann wiegt er den Kopf hin und her. »Also, natürlich unter großem Vorbehalt, aber ich würde sagen: eine halbe Million schon. Plus, minus zwanzig Prozent.«

»Aha.«

»Allein für die unbekannteren Russen«, fügt Möhle hinzu. »Ohne den guten Wassily Kandinsky, zu dem komme ich gleich. Außerdem hätten wir da noch den Kirchner ...« Sein Kollege kratzt sich an seinem Haarkranz. »Kirchner, ein Mitbegründer der Brücke, zählt zu den größten Künstlern der Klassischen Moderne, er war ein Wegbereiter des Expressionismus. Einfache Zeichnungen und Studien bringen da oft schon vierzig-, fünfzigtausend. Dieses Bild ist ein Ölbild, es erinnert ein bisschen an *Häuser im Schnee* von 1917, eines seiner ersten Bilder aus der Schweiz. So etwas kann eine halbe Million bringen oder auch das Doppelte, wenn man an den richtigen Käufer gerät.«

»Oha«, meint Völxen. »Und der Kandinsky?«

»Bei Christie's in New York wurde 2012 für sein farbenfrohes Werk mit dem Titel *Studie für Improvisation 8* aus dem Jahr 1909, das war die Phase, als er seine Figuren immer weiter zu abstrahieren begann, dreiundzwanzig Millionen Dollar erzielt.«

Völxen verfällt in Schnappatmung.

Hans-Jürgen Möhle lacht aus vollem Hals. »Keine Angst, ich wollte dich nur ein bisschen schocken. Das hier«, er deutet auf das Handyfoto, »fällt nicht in diese Kategorie.«

Völxen lässt die Luft aus seinem Brustkorb wieder entweichen. Es hätte ihn auch gewundert. Das Bild vom großen russischen Meister sieht aus, als hätte jemand ein Fahrrad auseinandergenommen, die Einzelteile gezeichnet und das Ganze mit Vierecken in blassen Farben unterlegt.

»Es ist ein Aquarell mit geometrischen Formen, es dürfte am Ende seiner Bauhaus-Zeit entstanden sein, etwa um 1937. Hunderttausend, wenn man Glück hat«, erklärt Möhne.

Immer noch extrem viel für ein nicht besonders attraktives Bild, findet Völxen, behält seine Meinung aber wohlweislich für sich. »Also kommt da ein nettes Vermögen zusammen«, schlussfolgert er. »Ein bis zwei Millionen.«

»Vorausgesetzt, es ist alles echt. Hast du Papiere gefunden?«

»Meine Leute sind gerade erst dabei, die Papiere aus seinem Arbeitszimmer zu sichten.«

»In den Versicherungsunterlagen müssten die Werte der einzelnen Kunstwerke ja angegeben sein.«

»Versicherungsunterlagen. Sehr guter Punkt.«

»Es stellt sich natürlich bei all diesen Bildern, sofern es Originale sind, immer auch die Frage, ob es sich nicht um Raubkunst aus ehemals jüdischem Besitz handelt.«

»Martínez stammt aus Argentinien«, wendet Völxen ein.

»Umso interessanter wäre es zu wissen, wie er zu dieser Sammlung kommt. Hat er die Bilder von dort mitgebracht oder hier erstanden?«

»Die Familie ist 1982 nach Deutschland eingewandert. Seine Tochter, sie ist heute vierzig, sagt, das Gros der Bilder wäre da gewesen, seit sie sich erinnern kann. Aber wie gesagt, wir stehen noch ganz am Anfang der Ermittlung. Ich habe keine Ahnung, ob der Mord an ihm überhaupt etwas mit den Bildern zu tun hat. Es schien mir nur wichtig zu wissen, um welche Größenordnung es sich bei seiner Sammlung handelt.«

»Argentinien«, wiederholt Möhne nachdenklich. »Schon mal was von der Rattenlinie gehört?«

»Allerdings. Ich werde das im Hinterkopf behalten. Ah, da kommt Sabine.« Rasch stellt Völxen seinen leeren Kuchenteller auf den freien Nebentisch. »Kein Wort über die Himbeertorte! Sonst streicht sie mir das Abendessen.«

»Aus gutem Grund«, antwortet der alte Kollege. »Sie läuft deutlich schwungvoller die Treppen hoch als du.«

Völxen steckt die Anspielung kommentarlos weg, denn Sabine ist schon bei ihnen angekommen. Möhne steht auf, um sie zu begrüßen. Völxen stellt die beiden einander vor und schaut sich nach der Bedienung um, aber Sabine meint: »Lass nur, ich habe schon einen Kaffee von Frau Cebulla serviert bekommen. Die Gute, dass die auch noch am Sonntag arbeitet. Du weißt hoffentlich, was du an ihr hast.«

»Tu ich«, versichert Völxen.

»Außerdem kam mir auf dem Weg hierher die Idee, dass wir wieder einmal ins Museum gehen könnten. Ich meine, da wir schon gerade hier sind und dein neuer Fall mit Kunst zu tun hat.«

Völxen kennt seine Frau gut genug, um zu wissen, dass ihr die

Idee nicht erst vor ein paar Minuten in den Sinn kam. Wahrscheinlich plant sie das, seit sie von dem Treffpunkt hier erfuhr, und nutzt nun auch noch die Anwesenheit von Möhne, um ihn eiskalt zu überrumpeln.

»Ich würde ja so gerne«, versichert Völxen scheinheilig. »Aber ich kann meine Leute nicht sonntags arbeiten lassen, während ich mich hier verlustiere.«

»Die können dich gut für ein, zwei Stunden entbehren. Raukel und Rifkin meinten, sie hätten alles im Griff, und Oda ist ja auch noch da.«

»Der Hund ist allein«, bringt Völxen ein weiteres, wie er glaubt, schlagendes Gegenargument vor. Gestern musste Sabine beim Heimkommen entdecken, dass Oscar die Fernbedienung zernagt hatte.

»Ist er nicht. Hanne Köpcke hat ihn zu sich rübergeholt, ich habe sie angerufen.«

»Ach. Und das alles hast du auf dem Weg hierher organisiert«, stichelt Völxen.

»Eine ausgezeichnete Idee«, strahlt Hans-Jürgen Möhne, noch ehe Völxen eine neue Ausrede anbringen kann. »Wenn du keine Zeit hast, Völxen, begleite ich deine charmante Frau gerne in die Ausstellung.«

»Das würden Sie machen?«, flötet Sabine.

Begleite ich deine charmante Frau, äfft Völxen den Kollegen im Geist wüst nach und blickt ihn und Sabine verdrossen an. Was ist nur in letzter Zeit los mit dieser Frau? Ja, zugegeben, sie hat sich sehr gut gehalten, besser als er jedenfalls. Aber hübsch war sie schon immer, und das erklärt nicht, warum die Kerle neuerdings wie die Motten um sie herumschwirren. Erst dieser argentinische Eintänzer, der sich an sie ranschmeißt, und jetzt der Kunstfreak vom LKA, der sich nur allzu gerne aufopfert. Einbildung, Zufall? Oder liegt es an ihm, ist er irgendwie unsichtbar, wird er nicht mehr als ernst zu nehmender Partner betrachtet? *Das ist ja wie auf dem Pavianhügel! Aber ihr täuscht euch, mit dem alten Silberrücken ist durchaus noch zu rechnen!*

»Wisst ihr was, ich komme mit«, verkündet er. »Es wird ohnehin mal wieder Zeit, ich war bestimmt schon seit zehn Jahren nicht mehr im Sprengel-Museum.«

»Warst du denn in irgendeinem anderen?«, erkundigt sich Sabine mit engelsgleichem Lächeln.

Und schon betritt die nächste Grazie Odas leicht verräuchertes Kabuff, eine pompöse Vogelscheuche, in dramatisches Schwarz gehüllt. Das einzig Farbige an Pauline Kern ist der Mund: Tief dunkelrot geschminkt erinnert er an eine Schusswunde. Nachdem die Formalien geklärt sind und die Aufnahme läuft, fragt Oda die Zeugin, ob sie einen Verdacht habe, wer Herrn Martínez umgebracht haben könnte.

Sie antwortet mürrisch: »Das hat Ihr Kollege auch schon gefragt. Und ich sage es wieder: Es können nur diese jungen Taugenichtse gewesen sein. Die sollten Sie sich vornehmen, anstatt uns zu drangsalieren.«

»Gab es sonst jemanden, der eine Rechnung mit ihm offen hatte?«, fragt Oda ungerührt weiter.

»Sie meinen, ob Aurelio *Feinde* hatte?«

»Feinde, Todfeinde, Neider ... Was auch immer.«

»Darüber habe ich noch nie nachgedacht.«

»Würden Sie so freundlich sein, das jetzt zu tun?«

Pauline schlägt die Beine übereinander und wirft sich - die angewinkelte Rechte unterm Kinn - in Denkerpose.

»Nein.« Kunstpause. »Nein, er hatte keine Feinde. Möglicherweise hat er sich den Groll des einen oder anderen Ehemanns oder des Partners einer Tanzschülerin zugezogen. Er flirtete für sein Leben gerne, und ...« Sie unterbricht sich. »O Gott, man muss wirklich aufpassen, was man sagt. Am Ende denken Sie noch, ich wäre völlig verroht.«

Ihr Theater verfängt bei Oda nicht. »Gab es in diesem Zusammenhang mal Streit oder Drohungen oder dergleichen?«

»Davon ist mir nichts bekannt. Unsere Kunden gehören außerdem wohl kaum zu denen, die andere Menschen mit einem Leuchter erschlagen.« Sie zieht schaudernd die Schultern in die Höhe. »Das ihm! Es ist in höchstem Maße ... unpassend.«

»Welche Todesart hätten Sie denn für passend gehalten?«, erkundigt sich Oda, nun wirklich neugierig.

»Eine Kugel aus einer Duellpistole im Morgengrauen«, kommt es so rasch, als hätte sie sich diese Szene schon häufiger ausgemalt.

»Wir leben nicht mehr im 19. Jahrhundert«, bemerkt Oda.

»Bedauerlicherweise«, findet Pauline Kern.

»Wirklich? Bedauern Sie das?«

Sie seufzt und wechselt die Beinstellung. »Manchmal schon. In früheren Zeiten waren die Männer noch Männer, und die Frauen durften Frauen sein.«

»War Herr Martínez auch so ein Mann von gestern?«

»*Mann von gestern* klingt etwas despektierlich, finden Sie nicht?« Oda zuckt mit den Achseln.

Die Zeugin lächelt wehmütig. »Aurelio war ein Salonlöwe. So würde man das wohl nennen, wenn es heutzutage noch Salons gäbe. Er war geistreich, eloquent, kunstsinnig ... und ein bisschen Macho. Gerade so viel, dass es sexy war. Damit ist man heute als Mann leider komplett aus der Zeit gefallen. Wenn Sie das mit gestrig meinen, dann war er das.«

»Waren Sie nicht sehr gekränkt, als er seinerzeit mit Ihnen Schluss gemacht hat?«

»*Schluss gemacht*, ich bitte Sie! Als wären wir Teenager gewesen. Wir hatten eine schöne Zeit, und irgendwann war sie halt vorbei. Wie das so geht.« Sie blickt Oda misstrauisch an. »Oder hat Ihnen meine Schwester irgendwelchen Humbug erzählt? Die Gute pflegt sich ihre moralische Integrität vor die Brust zu halten wie die Zeugen Jehovas den *Wachturm*. Aber ihre Moral ist die einer Verschmähten, die sich in eine Sackgasse verrannt hat und es nicht zugibt, nicht einmal vor sich selbst.«

Oda muss über Frau Kerns Wortwahl schmunzeln und wechselt das Thema: »Frau Kern, kannten Sie Florentina Martínez?«

»Nur flüchtig. Damals, als sie noch lebte, habe ich ja noch bei meinem Ehemann gewohnt, ich sah sie nur, wenn ich meine Schwester besucht habe. Was nicht häufig vorkam, wir standen uns noch nie besonders nah. Aber es gibt ein Hochzeitsfoto, darauf sieht sie aus wie Grace Kelly. Sie haben es sicher in seiner Wohnung gesehen.«

»Haben wir.« Oda zeigt Pauline Kern das Foto von Aurelios *brennender Liebe.*

»Wer ist das?«

»Ich habe keine Ahnung.«

Gleiches antwortet sie, als Oda sie nach der Besitzerin der bunten Haarschleife und dem neongrünen Nagellackfläschchen fragt.

»Das lag im Schrank des Gästebads«, hilft Oda nach.

Ihr Gegenüber zuckt mit den Achseln. »Bin ich die Putzfrau? Es war nicht meine Aufgabe, ihm oder seinen Gästen hinterherzuräumen. Wer weiß, wie lange die Sachen dort schon herumlagen.«

Der Einwand lässt sich nicht völlig von der Hand weisen.

»Hat Herr Martínez eigentlich mal etwas über seine Zeit in Argentinien erzählt?«

Pauline Kern wirkt, als würde sie tatsächlich angestrengt nachdenken. »Er hat manchmal über die Herkunft des Tangos gesprochen und dass man ihn in Buenos Aires an jeder Ecke tanzt.«

»Und sonst? Keine nostalgischen Erinnerungen an die gute alte Zeit?«

»Aurelio war ein Mensch, der nach vorne blickte, Sentimentalität war nicht seine Sache.«

Er war vor allen Dingen wohl ein Mensch, der etwas zu verbergen hatte. Dieser Eindruck verdichtet sich jedenfalls zusehends bei Oda. »Was wird nun aus der Tanzschule?«, fragt sie.

»Was soll daraus werden?«, erwidert Pauline. »Es geht weiter. Wir haben lange genug schließen müssen wegen Corona.«

»Ist Alba denn auf die Einnahmen angewiesen?«

»Das ist keine Frage des Geldes. In der Tanzschule lebt für Alba die Erinnerung an ihre Mutter weiter. Ich werde notfalls ihre Kurse übernehmen, falls sie sich nicht in der Lage fühlen sollte, sie zu leiten. In so einer Situation muss man zusammenhalten.«

»Und wie weit geht für Sie für dieser Zusammenhalt?«

»Was meinen Sie?«, fragt Pauline Kern und runzelt misstrauisch die Stirn.

»Sie haben meinem Kollegen gegenüber angegeben, dass Sie und Alba zur Tatzeit zusammen in deren Wohnung waren.«

»So war es ja auch.«

»Damit geben Sie Frau Martínez ein Alibi. Und sich selbst.«

»Das ist mir sehr wohl bewusst, aber hätte ich es deshalb verschweigen sollen?«, antwortet sie säuerlich. »Haben Sie sonst noch Fragen, oder kann ich jetzt gehen?«

»Sind Sie in Eile? Müssen Sie zum Tanztee?«, entfährt es Oda.

»Der Tanztee heute Nachmittag fällt natürlich aus«, lässt Pauline die Ermittlerin wissen, ehe sie sich endgültig verabschiedet. »Aber ab Montag finden wieder Kurse statt.«

Kapitel 7 –
Geschichte wiederholt sich

»Da haben wir den Typen, den wir verfolgt haben. Marco Pavlovic. Ein Kleindealer«, verkündet Rifkin.

»Redest du mit mir?«, fragt Fernando Rodriguez, der sich inzwischen ebenfalls auf der Dienststelle eingefunden hat.

»Siehst du hier sonst noch wen?« Tatsächlich sind sie allein im Büro. Es ist halb zwei. Der Kollege Raukel hat sich schon vor einer Stunde verdrückt, *um etwas in den Magen zu bekommen,* wie er angab.

»Schreib es in deinen verdammten Bericht und damit basta«, antwortet Fernando, ohne den Blick vom Bildschirm zu lösen, und brummt missgelaunt hinterher, dass das doch wirklich keine Sau interessiere. Wenige Augenblicke später hellt sich seine Miene deutlich auf: »Ihr habt die Aussage von Sabine Völxen aufgenommen, du und Raukel?«

»Ja, wie du siehst.«

Er liest vor: *Ich bin Herrn Martínez am Samstag vor acht Tagen zum ersten Mal begegnet, bei der ersten Lektion des Tango-Grundkurses. Er machte auf mich einen freundlichen und kompetenten Eindruck. Als mein Mann wegen einer Zerrung in der Lendengegend die Teilnahme am Kurs abbrechen musste, hat sich mir Herr Martínez als Tanzpartner für den Rest der Stunde angeboten. Er ist ein souveräner Tänzer und hat sich mir gegenüber vollkommen korrekt benommen. Behauptungen, Martínez hätte mit mir geflirtet, sind unwahr und subjektiv. Die Tanzstunde war mein erster und einziger Kontakt mit Herrn Martínez.*

Es klopft, und Oda verkündet: »Meeting in Völxens Büro in fünf Minuten. Achtung, er hat üble Laune, er musste mit ins Museum.«

»Wetten, dass die gleich noch schlechter werden wird?«, grinst Fernando.

»Sag mal, musste das sein?«, zischt Völxen in sein Handy, während er verärgert in seinem Büro auf und ab tigert.

»Was denn, wovon redest du?«, fragt Sabine unschuldig.

»*Zerrung in der Lendengegend*«, zitiert Völxen aus dem Protokoll von Sabines Aussage. »Wie sich das anhört!«

»Ich sagte nur etwas von einer Zerrung.«

»So steht es aber im Protokoll. Von dir unterschrieben.«

»Ich habe das doch nicht mehr Wort für Wort durchgelesen«, erwidert Sabine. »Ist das denn jetzt so wichtig? Könnt ihr deswegen euren Fall nicht aufklären?«

Völxen beendet das Gespräch grußlos. Könnte man doch wenigstens so wie früher den Hörer mit Schmackes auf die Gabel schmettern. Gibt es denn keine Handy-App, die dieses Geräusch nachahmt? Falls nicht, sollte sie schleunigst erfunden werden. *Das war bestimmt Raukel, das mit den Lenden. Na warte!*

Dem Hauptkommissar bleibt gerade mal eine Minute, um seinen Ärger hinunterzuschlucken und sich um einen souveränen, gleichmütigen Gesichtsausdruck zu bemühen, da klopft es. Die Mitarbeiter strömen in sein Allerheiligstes und nehmen Sessel und Sofa in Beschlag. Der Letzte ist Erwin Raukel, er wirkt etwas abgehetzt.

Frau Cebulla, die sich auf seine Bitte hin bereit erklärt hat, ab Mittag für ein paar Stunden vorbeizukommen, stellt eine Kanne Kaffee, Tassen und eine Schale Butterkekse auf den Tisch.

»Also, was haben wir?«, fragt Völxen, nachdem sie wieder gegangen ist.

»Die Leichenstarre ist noch nicht vorbei, da machen sie ihren Laden schon wieder auf!«, platzt Oda heraus. »Nur der Sonntags-Tanztee fällt aus. Wie erstaunlich.«

»Dies zum Thema Pietät«, meint Raukel und greift in die Keksschale.

»Oje, das heißt, ich muss zum Tanzkurs antreten«, jammert Fernando.

»Wie kommt's?«, fragt Rifkin.

»Jules Idee. Nachdem sie von dem Mord gehört hat ... also, aus den Medien natürlich, da meinte sie ...«

»Schon gut, brich dir keinen ab«, geht Völxen dazwischen, dem vollkommen klar ist, woher Jule ihre Informationen hat. »Die Idee ist doch hervorragend. Hört euch ruhig ein bisschen um, das kann nie schaden.«

Fernando verdreht die Augen.

Oda fährt fort: »Frau Wagner erwähnte einen gewissen Jamiro Gizzi, ein Ex-Liebhaber von Alba Martínez, den ihr Vater vor vier Jahren rausgeworfen hat. Ich habe ihn überprüft, er ist achtund-dreißig Jahre alt, geboren in Hannover und einschlägig vorbestraft: schwere Körperverletzung, eine Kneipenschlägerei, es ist sechs Jahre her. Er lebt inzwischen in Lüneburg und betreibt dort ein Studio für Kampftanz-Sportarten.«

»So einer kann ja wohl locker einen Leuchter schwingen und ihn auf ein greises Haupt niedersausen lassen«, bemerkt Erwin Raukel.

»Das ist doch mal etwas Handfestes. Sehr gut, Oda.« Völxen blickt fragend in die Runde. »Sonst was Neues?«

»Die fünf Jugendlichen aus dem Streetdancekurs haben Alibis. Zwar keine hundertprozentigen, aber ich denke nicht, dass sie etwas damit zu tun haben«, erklärt Rifkin.

»Der, den ihr fälschlicherweise verfolgt habt ...«, Völxen weidet sich für eine Sekunde an Rifkins betretener Miene, »... weiß man inzwischen, wer das ist?«

»Ein Kleindealer«, antwortet Fernando.

»Gut, vergessen wir das«, meint Völxen und erkundigt sich in arglosem Tonfall: »Wie weit seid ihr mit den Kursteilnehmern?«

Seine Mitarbeiter sehen aus, als wollten sie mit Blicken ausfech-ten, wer davon anfängt, was Völxen dazu veranlasst, sich seinen Teil zu denken. Schließlich prescht Raukel vor: »Die Kursteil-nehmer scheinen sauber zu sein. Keine Vorstrafen. Mit einigen aus dem Tangokurs haben wir schon gesprochen. Du hast die Aus-sagen noch nicht gelesen?«, fügt er lauernd hinzu.

»Überflogen«, antwortet Völxen mit Pokerface.

Raukel runzelt verwirrt die Stirn und fasst zusammen: »Martí-nez stand im Ruf, ein elender Schürzenjäger zu sein, aber ein begnadeter Tangotänzer. Die meisten Frauen fanden ihn galant und charmant, die Männer eher schmierig, und es war allgemein bekannt, dass er vor den Tanzstunden an seiner Bar rumlungerte und auf Gesellschaft lauerte, um einen zu heben. Was diese Bar angeht ... meine Herren! Da stehen ein paar nette Raritäten, für die ich glatt morden würde. Ich wusste gar nicht, dass Sherry so teuer sein kann ...«

»Ich hoffe, du hast die Flaschen nur angeschaut!«, knurrt Völxen.

»Aber klar doch, Völxen, alter Freund, du kennst mich ...«

»Eben. Haben die Leute auch irgendwas über Alba Martínez gesagt?«, fragt Völxen.

»Nichts Besonderes. Sie scheint eine gute Tanzlehrerin zu sein, aber sie hat Privates und Beruf wohl streng getrennt«, antwortet Rifkin.

Oda macht weiter: »Alba Martínez hat kein Motiv, zumindest kein finanzielles. Und sie hat ein Alibi, wenn auch nur von Pauline Kern, die damit auch eines hat. Caroline Wagner hat kein Alibi, aber auch kein Motiv. Sie muss wohl eher bangen, was aus ihr wird, jetzt, da sie nicht mehr als Köchin und Haushälterin gebraucht wird.«

»Was ist, wenn Martínez selbst auf diese Idee kam?«, wirft Raukel ein. »Vielleicht wollte er das alte Mädchen in Rente schicken, um sich etwas Knackigeres ins Haus zu holen?«

»So etwas kann die treueste Seele in Raserei versetzen«, stimmt Fernando ihm zu.

»Fragt Alba Martínez, ob ihr Vater derartige Pläne hatte«, meint Völxen.

»Dasselbe könnte auch für Pauline Kern gelten«, ergänzt Oda. »Selbst wenn sie noch ein paar Tanzstunden gibt.«

»Du meinst, Alba Martínez wird jetzt den Harem ihres Vaters auflösen?«, präzisiert Raukel.

»Möglich, oder? Allerdings war Caroline wohl lange Zeit eine Art zweite Mutter für sie«, gibt Oda zu bedenken.

»Wir müssen die Beziehungen und Verflechtungen zwischen

den Beteiligten noch besser ausleuchten. Mir ist da noch einiges schleierhaft«, gesteht Völxen. »Für wann wurde Alba Martínez vorgeladen?«

»Für morgen«, antwortet Oda. »Ich wollte vorher mit den anderen sprechen und die Unterlagen aus dem Arbeitszimmer ihres Vaters durchsehen.«

»Frag sie nach der Versicherung der Bilder. Die sind nämlich Millionen wert.«

»Wirklich?« Raukel reißt die Augen auf.

»Nicht jedes einzelne«, lenkt Völxen ein. »Aber die ganze Sammlung womöglich schon.« Er umreißt, was Möhle ihm darüber gesagt hat. »Ich hoffe, dass morgen von der Spurensicherung noch etwas Brauchbares kommt. Ansonsten war's das für den Moment. Ach, Erwin?«

»Was gibt's?«

Völxen lächelt hinterhältig und meint: »Dieser Jamiro Gizzi. Ich möchte, dass du dich umgehend dorthin begibst und den Herrn vernimmst.«

Raukel klappt die Kinnlade herab. »Aber ... Aber Oda hat gesagt, er wohnt in Lüneburg.«

»Ja, und?«

»Heute, am Sonntag?«

»Tja«, seufzt Völxen, »ich weiß, wie lästig das ist. Ich finde ja auch: Für Morde am Wochenende sollte es extraharte Strafen geben.«

»Wieso ich?«

»Wieso nicht? Bist du etwa nicht fahrtüchtig?«, fragt Völxen streng.

»Nein, nein. Natürlich nicht, ich bin topfit. Lüneburg ist wirklich ein nettes Städtchen mit einer sehr schönen Altstadt. Drehen sie dort nicht auch die Serie *Rote Rosen*? Nicht, dass ich so was schauen würde ...«

»Du sollst nicht zum Sightseeing dorthin«, unterbricht Völxen die wirre Rede. »Sieh zu, dass du diesen Gizzi auftreibst. Was ist? Bist du noch nicht weg?«

Gegen den Strom seiner Mitarbeiter, die im Gänsemarsch das Büro verlassen, schlappt Frau Cebulla in ihren Gesundheitssandalen in den Raum. Sie hat einen braunen Umschlag in der Hand, den sie mit spitzen Fingern auf seinen Schreibtisch legt. »Herr Hauptkommissar, das da wurde heute früh an der Pforte abgegeben.«

An Polizei. Mord.

»Das ist ja mal eine originelle Adressangabe«, findet Völxen.

»Da ist irgendetwas Festes drin. Meinen Sie nicht, wir sollten ihn vorsichtshalber durchleuchten lassen oder so?« Cebulla blickt ihn besorgt an.

»Gehen Sie am besten hinter dem Gummibaum in Deckung, während ich ihn öffne.«

»Nein danke«, entgegnet die Sekretärin. »Wenn, dann fliege ich mit Ihnen zusammen in die Luft.«

»Ihre noble Gesinnung in Ehren, aber bringen Sie mir lieber einen Milchkaffee«, brummt Völxen.

»Und wenn da ein Gift drin ist? Anthrax oder so etwas?«

»Im Milchkaffee?«

»In dem Umschlag!«

»Frau Cebulla, ich bitte Sie!«

Mit einem beleidigten Schniefen verlässt sie den Raum. Kaum ist das Schlapp-Schlapp ihrer Schuhe verklungen, öffnet Völxen den Umschlag. Stirnrunzelnd mustert er den darin befindlichen Gegenstand und das Schreiben, das dabeiliegt.

»Entwarnung«, meint er, als Frau Cebulla ihm zwei Minuten später den Kaffee bringt. »Es war nur ein Hygieneartikel darin. Holen Sie mir bitte Rifkin her. Das ist ein Fall für sie.«

»Ich fahre mit dir nach Lüneburg.«

Raukel bleibt stehen und schaut Oda misstrauisch an. »Wieso?«

»Dieser Jamiro Gizzi könnte ein wichtiger Zeuge sein. Völxen hat bestimmt nicht gemeint, dass du *allein* dorthin fahren sollst, das wäre ja auch gegen die Dienstvorschrift«, führt Oda ins Feld. »Zumal dieser Kerl auch noch einschlägig vorbestraft ist.«

Raukel kommt aus dem Staunen nicht heraus. »Seit wann interessiert dich die Dienstvorschrift?«

»Immer schon«, behauptet Oda. »Man muss sie nur flexibel anwenden.«

»Traust du mir etwa nicht zu, diesen Typen zu vernehmen?«

»Natürlich tu ich das. Aber seien wir mal ehrlich, Raukel. Wenn du in eine Verkehrskontrolle gerätst, dann ist die Kacke am Dampfen.«

»Was meinst du?«, erwidert er entrüstet.

»Komm schon, ich muss dir deine Heldentaten nicht aufzählen. Und *by the way*: Dein Atem riecht nach Döner und Jägermeister.«

Erwin Raukel ist immer noch misstrauisch. »Was stimmt nicht mit dir, Oda? Heute Morgen schiebst du Dienst für Fernando, jetzt willst du freiwillig mitfahren in die Pampa ...«

»Ich liebe die Heide im Herbst!«, ruft Oda. »Und ich brauche dringend einen Tapetenwechsel.«

» ... sprach die Birke.«

»Was?«

»Nichts. Uralter Schlager. Hildegard Knef. Was ist los mit dir? Du kannst es mir anvertrauen, ich bin verschwiegen wie ein Grab.«

»Wenn du noch lange rumzickst, überlege ich es mir wieder anders«, droht Oda.

»Nicht doch, werte Kollegin. Ich freue mich über deine exquisite Gesellschaft.«

»Dann sag Völxen Bescheid, und besorg uns einen Dienstwagen.«

»Das ist Russisch, Herr Hauptkommissar«, stellt Rifkin nach einem Blick auf den Zettel fest.

»Das sehe ich selbst«, erwidert Völxen. »Hätten Sie die Güte, mir vorzulesen, was da steht?«

»Da steht: *Die DNA an dieser Zahnbürste passt vielleicht zu der toten Frau am Brunnen. Wenn ja, ruf mich an. Sonst nicht.* Das Letzte ist eine Handynummer.«

»Das sehe ich«, wiederholt Völxen. Er streicht sich nachdenklich über sein Kinn, das er heute Morgen etwas nachlässig rasiert hat.

»Herr Hauptkommissar, ich finde, wir sollten die Zahnbürste *wirklich* überprüfen lassen.«

»Was, wenn das nur ein dummer Scherz ist?«

»Dann hat der Steuerzahler umsonst einen DNA-Test finanziert.«

»Nun, es gibt Schlimmeres«, entscheidet Völxen. »Vielleicht kommt endlich Bewegung in diesen aussichtslosen Fall. Sollten wir ... ich meine Sie, vielleicht erst einmal diese Nummer anrufen? Nur, um sicherzugehen, dass sie auch existiert.«

»Ich würde davon abraten«, meint Rifkin.

»Wieso würden Sie das?«, fragt Völxen.

»Da will jemand helfen, aber das Risiko, einen Polizisten zu treffen, nur eingehen, wenn es sich auch wirklich lohnt. Ich tippe auf einen illegalen Aufenthalt. Wenn wir zu früh reagieren, vergraulen wir denjenigen womöglich.«

Völxen nickt. »Das könnte sein. Gut, ich lasse die Zahnbürste ins Labor schaffen. Danke, Rifkin.«

»Gern geschehen, Herr Hauptkommissar.« Sie zögert.

»Ist noch etwas, Rifkin?«

»Ja, Herr Hauptkommissar. Ich habe gerade nachgeprüft, ob Tarik Bakhtari tatsächlich abgeschoben wurde. Dabei musste ich feststellen, dass das Flugzeug, das am Freitag nach Bagdad starten sollte, nicht abfliegen konnte. Technischer Defekt.«

»Und?«, fragt Völxen.

»Müssten wir diesen Jungen nicht als Zeugen befragen, Herr Hauptkommissar?«

»Er saß doch aber zur Zeit des Mordes in Abschiebehaft, oder?«

»Das ist richtig. Aber wir befragen ja auch alle anderen Kursteilnehmer, sogar die, die am Samstag gar nicht da waren.«

»Der Junge wird uns kaum etwas Neues über das Opfer sagen können. Oder glauben Sie, dass er mit Martínez an der Bar herumhing und teuren Sherry trank?«

Rifkin beißt sich auf die Lippen.

»Ich ahne, was in Ihnen vorgeht, Rifkin. Aber eine Zeugenaussage schützt den Jungen nicht vor der Abschiebung. Dafür müsste er ein wichtiger Kronzeuge sein, und das ist er nun wirklich nicht.«

»Ich verstehe, Herr Hauptkommissar.«

Um dem neugierigen Kollegen Rodriguez zu entgehen, begibt Rifkin sich hinunter auf den Hof, um mit Nuria Sanchez zu telefonieren.

»Was? Er ist noch da?«, ruft das Mädchen.

Rifkin muss die Begeisterung gleich wieder dämpfen. »Er sitzt nach wie vor in Abschiebehaft. Ich konnte nicht herausfinden, wann der nächste Flug geht, es wird sicher bald sein.«

»Können Sie ihm denn nicht helfen?«

»Nein«, antwortet Rifkin. »Aber du vielleicht. Warum startest du nicht eine kleine Kampagne in den sozialen Medien? Wir stehen immerhin unmittelbar vor einer Bundestagswahl, da macht es sich schlecht, wenn gut integrierte Jugendliche mit Zukunftsperspektive einfach abgeschoben werden.«

»Ich soll ...?«

»Einen Versuch ist es doch wert, oder?«, antwortet Rifkin.

»Wer hört denn schon auf eine Sechzehnjährige?«

»Greta Thunberg war fünfzehn, als sie ihren Schulstreik begonnen hat«, kontert Rifkin.

»Stimmt«, erwidert Nuria ernsthaft. »Aber das Klima ist immer noch nicht gerettet.«

»Tja. Willkommen in der Realität.«

»Capoeira, Thai Bo, Aroha Fitness ... was zum Teufel ist das?« Erwin Raukel steht vor dem Eingang des Studios, studiert das Schild, das neben den Klingeln hängt, und tupft sich den Schweiß von der Stirn. Es ist schon fünf Uhr, aber immer noch recht warm. Außerdem braucht es nicht viel, damit Raukel ins Schwitzen gerät, der Weg vom Parkplatz bis in die Altstadt reicht dafür vollkommen aus.

»Anstrengende Bewegungsarten«, meint Oda. »Eher nichts für dich.«

144

»Bloß nicht«, wehrt Raukel erschrocken ab.

Das Studio befindet sich in einem krummen Fachwerkhaus, wie sie für die Lüneburger Altstadt typisch sind. Die Wohnung von Gizzi liegt im ersten Stockwerk darüber. Die Ermittler haben doppeltes Glück, denn Herr Gizzi ist zu Hause und, anders als die meisten Vorbestraften, ist er ohne irgendwelche Fisimatenten bereit, mit ihnen zu sprechen, und bittet sie sogar in seine Wohnung.

Frau Wagner hat nicht übertrieben, Jamiro Gizzi ist wahrlich eine Augenweide, auch wenn blond gefärbte Dreadlocks sonst nicht Odas erste Präferenz bei einem Mann sind. Ein Hüne ist er nicht gerade, er dürfte etwa eins siebzig groß sein, doch die Jeans und das T-Shirt, beide weiß und eng anliegend, setzen seine athletische Figur perfekt in Szene. Oda kann sich sehr gut vorstellen, dass Alba Martínez dem samtigen Blick seiner dicht bewimperten, dunklen Augen nicht widerstehen konnte, dazu dieser leicht arrogante Zug um den schönen Mund ... Ja, der Kerl hat was. Bestimmt hat er viel weibliche Kundschaft angezogen.

Nach einem Aufstieg über eine steile Treppe sitzen sie wenig später auf einem Balkon mit Blick auf den Hinterhof, in dem es rankt und grünt, dass es eine helle Freude ist.

»Schön haben Sie es hier«, bekennt Oda.

»Ja, ein kleines Idyll«, strahlt Gizzi.

Um die erfreuliche Wendung, die dieser späte Nachmittag genommen hat, vollends zu krönen, bekommen sie Eistee mit Minze und Eiswürfeln serviert. Im Hintergrund, in der verwinkelten Wohnung mit den weiß gestrichenen Balken, läuft Musik, wie man sie von Lounge-Bars her kennt. Odas Gedanken schweifen ab zu ihrem Gespräch mit Tian, ob sie sich vielleicht in absehbarer Zeit irgendwo in der französischen Provinz zur Ruhe setzen sollten. Vielleicht in einem Landhaus mit Kletterrosen an den Wänden, so wie da unten im Hof ... Ob das jetzt noch gültig ist?

Sie wird durch den Kollegen Raukel wieder zurück ins Hier und Jetzt katapultiert, der offenbar in einem Anfall von Tatendrang beginnt: »Herr Gizzi, um gleich mit der Tür ins Haus zu fallen: Wo waren Sie gestern Nachmittag?«

»Im Studio. Seit ich am Sonntag nicht mehr öffnen darf, weil sich die Nachbarn über die Musik beschwert haben, sind jetzt am Samstag fast nonstop Kurse, von früh um zehn bis abends um neun.«

»Die Kurse geben alle Sie? Direkt nacheinander?«, fragt Raukel. Er hat da nämlich seine Zweifel. Der Kerl sieht zwar aus wie ein Modellathlet, aber selbst so einer kann nicht elf Stunden am Stück herumhopsen, oder was die da sonst so treiben.

»Ich und meine Freundin Ella. Sie kann bezeugen, dass ich den ganzen Tag hier war. Die Leute aus den Kursen natürlich auch, aber es wäre mir lieber, wenn Sie die nicht belästigen würden.«

»Wo finden wir Ihre Freundin?«

»Sie ist Pizza holen. Müsste gleich wieder hier sein.« In seinen Blick ist jetzt etwas Lauerndes getreten. »Geht es um den Mord an Martínez?«

»Sie wissen es schon«, stellt Oda fest. »Von Alba Martínez?«

Er schüttelt den Kopf. »Es steht längst im Netz. Und die Szene ist klein, so etwas spricht sich blitzschnell herum. Ich selbst habe seit Jahren keinen Kontakt mehr zu dieser Familie.«

Raukel leert sein Glas in einem durstigen Zug, sodass nur die Eiswürfel und das Grünzeug zurückbleiben. Er zupft an seiner Hose herum und macht Anstalten aufzustehen. Offenbar hat er es eilig, wieder in die Landeshauptstadt zurückzukehren. Vielleicht treibt ihn auch nur die Gier nach dem nächsten Schluck Alkohol um. Eistee ohne Schuss ist seine Sache nicht, das weiß jeder. Oda hingegen findet, dass sich die Fahrt hierher schon lohnen sollte. Wenn man bereits einmal die Mühen auf sich genommen hat, kann man ruhig noch etwas plaudern. »Sie haben auch eine Weile in dieser Villa gewohnt, nicht wahr?«, fragt sie Gizzi.

»Sechs Monate«, antwortet er. »Bei Alba, in ihrer Wohnung.«

»Vielleicht können Sie mir helfen, ich blicke noch nicht durch bei dieser eigenartigen Wohngemeinschaft.«

»Es ist ganz einfach: Martínez war der Jupiter, und die Damen haben ihn umkreist wie Monde.«

»Alba auch?«

»Die besonders. Sie hat nie sehen wollen, dass er im Grunde ein eitler Despot war, der sich in alles eingemischt hat, auch wenn es ihn nichts anging. Dass ich bei ihr gewohnt habe, war ihm immer ein Dorn im Auge. Ich hätte mich *eingenistet*, hat er dazu gesagt. Er ist wie ein Alpha-Pavian, er duldet kein anderes Männchen neben sich. Ich habe Alba vorgeschlagen, zu verschwinden und eine eigene Tanzschule aufzumachen. Doch das war für sie völlig unvorstellbar. Sie hing an ihm wie eine Klette. Dabei bin ich nicht mal sicher, ob er sie überhaupt mochte. Wahrscheinlich hätte er sie beim geringsten Widerstand rausgeworfen, so wie ihren Bruder.«

»Was wissen Sie darüber?«

»Nichts. Nur, dass er rechtzeitig die Kurve gekriegt hat, der Glückspilz.«

»Dann sind da noch die zwei Damen von der Dachwohnung ...«, fährt Oda fort.

Gizzi wirft den Kopf zurück und lacht. »Ein skurriles Pärchen, nicht wahr? Caroline würde für den Alten ihr Leben opfern, wenn sie denn ein eigenes hätte, und Pauline macht einen auf *Grande Dame*, dabei pfeift sie aus dem letzten Loch. Mich hat sie mal einen Schmarotzer genannt, aber in Wahrheit ist sie die Schmarotzerin schlechthin! Wie sie es geschafft hat, all die Jahre umsonst bei ihrer Schwester zu wohnen, obwohl beide sich nicht ausstehen können, Hut ab.«

»Caroline wollte sie an die Luft setzen, aber es war angeblich Martínez, der das nicht wollte«, wirft Raukel ein. »Wissen Sie, wieso?«

»Sicher nicht aus Barmherzigkeit. Vielleicht weiß sie etwas über ihn und erpresste ihn damit.«

»Was könnte das sein?« Um ihr reges Interesse an dieser Theorie zu kaschieren, hält Oda ihren Drink gegen die schräg stehende Abendsonne und lässt die Eiswürfel leise klirren.

»Keine Ahnung. Vielleicht etwas aus seiner Vergangenheit, als er noch in Argentinien war. Wenn man ihn danach gefragt hat, hat er immer sofort abgeblockt oder angefangen, was von Bergen und Seen und der endlosen Weite des Landes zu faseln. Ich glaube, er hat seinerzeit zu den Faschisten gehört. Diese Sprüche, die er manchmal losgelassen hat über Muslime und Schwarze und Ausländer. Einmal habe ich ihn daran erinnert, dass von uns beiden er der Ausländer ist, nicht ich, denn ich wurde schließlich in Hannover geboren und bin da aufgewachsen. Da ist er ausgerastet und hat geschrien, so etwas müsse er sich von einem Bimbo nicht sagen lassen.«

»Wow!«, meint Oda.

Jamiro Gizzi lächelt Oda über seinen Drink hinweg an. »Allein die Vorstellung, dass seine Tochter unter seinem Dach mit einem rumvögelt, der aussieht wie ich, muss ihm geradezu körperliche Schmerzen bereitet haben. Was, wenn sie womöglich schwanger geworden wäre? Ein kaffeebraunes Baby, das wär's gewesen!« Er lacht und klopft sich auf seinen muskulösen Schenkel.

»Stimmt es, dass er Sie rausgeworfen hat?«, fragt Oda ohne Umschweife.

»Nein, so kann man das nicht sagen.«

»Wie dann?«

»Irgendwie muss er das mit meiner Vorstrafe herausgefunden haben. Es war eine dumme Sache. Ein Typ hat damals meine Freundin angegrapscht und beleidigt, ich habe sie verteidigt, der Kerl ist unglücklich gestürzt und lag ein paar Tage im Koma. Damit wollte Martínez mich erpressen. Er dachte, Alba wüsste das nicht. Da hatte er sich geschnitten, ich hatte es ihr längst gesagt, und es war ihr egal.«

»Wie ist er Sie dann doch noch losgeworden?«, fragt Oda.

Gizzis Blick schweift nachdenklich durch den Hinterhofdschungel. Dann zuckt er mit den Achseln. »Okay, ich sage Ihnen, wie es gelaufen ist. Es ist vielleicht nicht besonders moralisch, aber nicht strafbar. Alba war sehr eifersüchtig und besitzergreifend, genau wie ihr Alter, das war ein Problem. Ich lasse mich nicht gerne einengen und kontrollieren. Als es zwischen Alba und mir zu kriseln begann, dachte ich, warum soll ich mir den Abgang nicht versilbern lassen? Ich habe dem Alten gegenüber eine entsprechende Andeutung gemacht, und der ist sofort darauf angesprungen. Doch statt Geld hat er mir ein Bild angeboten. Es war irgendein russischer Maler, den Namen habe ich schon wieder vergessen, und gefallen hat es mir auch nicht, ich hätte es so oder so verkauft. Das Ding hat dann sage und schreibe dreißigtausend Euro eingebracht! Damit konnte ich das Studio einrichten und eine ganze Weile die Miete zahlen.« Seine Augen leuchten, so sehr freut er sich noch heute über den Kuhhandel.

»Also war er letztendlich ein Wohltäter für Sie«, bringt sich Raukel, offensichtlich amüsiert, wieder in die Unterhaltung ein.

»Sagen wir, es war eine Win-win-Situation. Ich weine ihm trotzdem keine Träne nach, und Alba wird irgendwann auch ...« Er unterbricht sich, als die Wohnungstür aufgeschlossen wird. »Da kommt Ella. Wir sind hier fertig, oder?«

In der Tür zum Balkon erscheint eine zarte, dunkelhaarige Frau von auffallender Schönheit, was Erwin Raukel veranlasst, mit eingezogenem Bauch und durchgedrücktem Kreuz aus seinem Stuhl hochzuschnellen, aber vor lauter Verwirrung verschlägt es ihm die Sprache. So ist es an Oda, sich und Raukel vorzustellen und sich das Alibi von Jamiro Gizzi für den Samstag von Ella bestätigen zu lassen. »Ja, klar waren wir hier. Wir haben uns mit den Kursen abgewechselt, so wie immer.«

»Wie lange dauert ein Kurs?«

»Fünfzig Minuten. Hier.« Ella händigt Oda einen Flyer aus. »Da steht alles drauf.«

Die Kurse folgen im Stundentakt aufeinander. Selbst wenn Gizzi einen ausfallen lässt, ist das viel zu wenig Zeit, um mal eben nach Hannover zu düsen, seinen alten Widersacher umzubringen und wieder zum nächsten Kurs zurück zu sein.

Oda verabschiedet sich von dem Paar, und die zwei steigen die steilen Stufen wieder hinab.

»Meine Herren! Da hat er sich aber gewaltig verbessert«, stellt Raukel fest, als sie unten auf der Straße angekommen sind und er wieder in der Lage ist zu sprechen.

»Du kannst jetzt aufhören zu sabbern. Man rutscht sonst noch aus.«

»Das sagst ausgerechnet du! Wie du den Kerl angeschmachtet hast über deinen Eistee hinweg, geradezu peinlich war das!«

Oda will es schon abstreiten, aber um Raukel zu überraschen, lässt sie sich auf sein Niveau herab. »Er ist aber auch so was von niedlich! Den würde ich wahrlich nicht von der Bettkante schubsen.«

Raukel blickt die Kollegin mit künstlicher Entrüstung an. »Der Typ würde glatt seine Großmutter verkaufen!«

Interessant, dass ausgerechnet Raukel sich über Bestechlichkeit mokiert. »Ich sprach von flüchtigen körperlichen Begegnungen. Ein Treuhandkonto würde ich bei ihm nicht anlegen.«

»Oda Kristensen! Immer noch dasselbe Luder wie früher«, ruft Raukel. Eine Passantin, die nicht umhinkonnte, die Worte zu hören, dreht sich interessiert nach ihnen um und betrachtet Oda mit abschätzigen Blicken.

»Woher willst du wissen, wie ich früher war?«, entgegnet Oda und winkt der Frau freundlich zu.

»Es mag dich überraschen, aber dir eilt ein gewisser Ruf voraus ...«

»Was du nicht sagst! Da wären wir dann schon zu zweit.«

Selten herrschte eine solche Einigkeit zwischen dem ungleichen Paar.

Auf der Rückfahrt, durch die noch nicht ganz verblühte Heide und entlang an abgeernteten Feldern, sitzt Oda am Steuer. Raukel hat gegen die tief stehende Abendsonne seine dunkle Sonnenbrille aufgesetzt und hängt erschöpft in den Seilen. Eine Weile schweigen beide, dann beginnt Oda: »Mit einer Sache könnte Gizzi durchaus recht haben. Völxen glaubt auch, dass Martínez aus Argentinien geflohen sein könnte, weil er Dreck am Stecken hat.«

»Soso.«

»Die Auswanderung der Familie fand unmittelbar vor dem Wechsel von der Militärdiktatur zu einer demokratisch gewählten Regierung statt. Das ist doch auffällig, oder? Raukel? – O nein, jetzt pennt der!«

Aber so ist es nicht. Erwin Raukel verspürt zwar eine angenehme

Müdigkeit, aber er schläft nicht, im Gegenteil. Hinter dem Schutzschild seiner Sonnenbrille arbeitet sein Hirn auf Hochtouren. Es geht nicht um den Fall. Sich um den Gedanken zu machen, dazu ist morgen noch genug Zeit. Wenn Martínez wirklich der Kotzbrocken war, als der er sich immer mehr entpuppt, dann hat sein Mörder der Welt ohnehin einen Dienst erwiesen. Natürlich wird man denjenigen trotzdem mit der notwendigen Ernsthaftigkeit verfolgen und zur Strecke bringen, alles andere wäre die blanke Anarchie. Doch auf einen Tag mehr oder weniger kommt es dabei nicht an, im Gegenteil: In der Ruhe liegt die Kraft. Nein, Raukel denkt gerade über sich und Irina nach. Wobei nachdenken zu harmlos ist, vielmehr ringt Raukel mit sich, denn was dieses Frauenzimmer angeht, ist er geteilter Meinung mit sich selbst.

Er war in den vergangenen Wochen nicht immer konsequent. So hat er ihr beispielsweise erlaubt, *ein paar Kleinigkeiten* in seinem Badezimmerschrank zu deponieren. Er dachte dabei an eine Zahnbürste und ihre Nachtcreme. Inzwischen ist die Hälfte der Fächer belegt mit Schminksachen, Tuben, Tiegeln, Fläschchen und diversen Haarpflegemitteln. Immer dasselbe: Man gibt ihnen den kleinen Finger, und sie nehmen die ganze Hand. Mit der Besetzung des Badezimmerschranks fängt es an, und als Nächstes wollen sie zusammenziehen und einen Trauring am Finger. Es ist eine Gratwanderung, man muss höllisch aufpassen. Gut, dass Erwin Raukel weiß, wie das mit den Frauen läuft. Er hatte einst eine Ehefrau und sogar Kinder, Junge und Mädchen, eine nette kleine Musterfamilie. Doch er hat es verbockt. Als die Kinder klein waren, war er entweder im Dienst oder hing in irgendeiner Kneipe herum. Nach der Scheidung hat er nicht allzu lange gebraucht, um sich in die Rolle des einsamen Wolfes hineinzufinden. Von seinen Kindern, inzwischen längst erwachsene Menschen, erhält er bisweilen Anrufe zu Weihnachten oder zum Geburtstag. Mehr nicht. Das ist zwar schade, doch je älter er wird, desto mehr weiß er seinen Lebensstil zu schätzen. Da mag die Frau noch so verführerisch und der Sex noch so gut sein, Erwin Raukel ist nicht gewillt, etwas an seinem Status quo zu ändern. Oder sollte er sagen: *war* nicht gewillt?

Es kommen ihm in letzter Zeit immer wieder einmal anachronistische Gedanken in den Sinn, darunter die platte Erkenntnis, dass auch er nicht jünger wird. Es entspinnen sich dann gewisse Fantastereien, wie es wohl wäre, wenn er jetzt – heute Abend, zum Beispiel – in eine Wohnung käme, in der eine gewisse *Person* ihn erwarten würde, auf dem Sofa hingestreckt in einem seidenen Negligé ... Man könnte gemeinsam essen, ein wenig fernsehen und genießen, was der Abend sonst noch an Annehmlichkeiten bietet. Das alles, ohne sich lang und breit verabreden zu müssen. Eine ganz normale ... Beziehung. Raukel, der eben noch wohlig in den Sonnenuntergang blinzelte, spürt einen kalten Schauder über seinen Nacken rieseln und reißt hinter den Brillengläsern erschrocken die Augen auf. Nach ein paar Atemzügen fährt sein Puls wieder herunter. Nur keine Panik! Man wird ja wohl noch darüber nachdenken dürfen, ein reines Gedankenspiel. Schließlich hat er niemandem einen Schwur geleistet, nicht einmal sich selbst.

Er wendet den Kopf in Odas Richtung und sagt: »Das mit Argentinien, das sind doch uralte Kamellen.«

Oda zuckt zusammen. »Herrgott! Erschreck mich doch nicht so. Ich dachte, du schlummerst selig vor dich hin.«

»Irrtum. Ich habe nachgedacht.«

»Das hat ja gedauert.«

»Gründlich nachgedacht. Und das Ergebnis ist: Was immer Martínez in der alten Heimat getrieben hat, es ist über vierzig Jahre her und geschah auf einem anderen Kontinent. Dann soll eines sonnigen Nachmittags jemand vorbeikommen und ihn deswegen ermorden? Dieser Jemand würde dann doch zumindest eine eigene Waffe mitbringen und die Tatwaffe nicht dem Zufall überlassen, meinst du nicht?«

»Vielleicht wollte jemand nur mit Martínez reden, der zeigt sich stur und arrogant, dem anderen gehen die Gäule durch ...«

»Und wer soll das gewesen sein?«

»Keine Ahnung«, gesteht Oda. »Aber eines weiß ich: In dieser Familie stimmt was nicht. Irgendetwas ist da seltsam.«

»Sagt dir die berühmte weibliche Intuition«, spöttelt Raukel.

»Nicht nur die«, meint Oda.

Raukel nimmt seine Sonnenbrille von den Augen und wendet den Kopf. »Oda, darf ich dich etwas Persönliches fragen?«

»Seit wann so förmlich? Lass es raus, dann siehst du schon, ob ich antworte.«

»Hast du es je bereut, dass du geheiratet hast?«

Oda ist alarmiert. Wieso stellt er ihr ausgerechnet heute diese seltsame Frage? Sieht man ihr ihren verwirrten Zustand schon an? Sie weicht aus: »Na ja, sooo lange ist das ja noch nicht her. Die paar Jahre ...«

»Und? Hast du?«, beharrt Raukel.

»Nein. Bis jetzt nicht«, antwortet Oda und denkt: *Noch ist alles offen. Es kann sich alles aufklären.* »Aber wir haben nach wie vor zwei Wohnungen. Dieses Modell hat sich gut bewährt.«

»Sehe ich auch so«, nickt Raukel. »Würde ich genauso handhaben.«

»Gibt es einen Grund, weshalb du mich das fragst?«, forscht Oda.

»Nein, nein, nur aus Neugierde.«

»Komm schon! Wie heißt sie?«

»Egal. So ein Frauenzimmer halt ...«, presst Raukel hervor.

»Das muss ja eine Granate sein, wenn du bereit bist, für sie deine Freiheit zu opfern.«

Raukel grinst. »Ja, stimmt, sie ist eine Granate, was gewisse Fähigkeiten angeht, und nein, hier wird gar nichts geopfert!« Zur Verdeutlichung wedelt er mit seinen dicken Händen hektisch herum, als gälte es, ein Insekt zu vertreiben.

»Verknallt, definitiv«, konstatiert Oda.

»Ist das alles, was du als studierte Psychologin dazu zu sagen hast?«

»Was hast du denn erwartet?«

»Vergiss es!« Raukel setzt seine Sonnenbrille wieder auf und stellt sich schlafend.

»Verlie-hiebt! Erwin ist verlie-hiebt!«, singt Oda.

Raukel muss wider Willen schmunzeln. »Halt die Klappe, Oda! Wir sind doch nicht im Sandkasten!«

Völxen verriegelt das Gatter und legt den Stecken daneben. »Das hätten wir«, sagt er zu seinem Hund. Er hat die Schafe mit Oscars Hilfe in den Stall getrieben und eingeschlossen. Dabei riskiert man stets, von Amadeus, dem Schafbock, attackiert zu werden. Deshalb der Stecken. Heute ist die Sache wieder einmal gut ausgegangen. Dank einer Handvoll Möhren sind die Damen brav in den Stall getrottet, lediglich der Bock musste von Oscar verbellt und in die Hacken gezwickt werden, ehe er schließlich einsah, dass die Vorsichtsmaßnahme auch für ihn gilt. Noch vor wenigen Jahren war das alles nicht notwendig, da konnte man die kleine Herde nachts beruhigt auf der Weide lassen. Inzwischen wagt Völxen das nicht mehr, trotz des Elektrozauns, den er angeschafft hat und in der Nacht scharf stellt. Der Gedanke, eines Morgens ein Blutbad in Form eines Wolfsrisses vorzufinden, ist einfach unerträglich.

Jetzt lehnt er am Zaun und atmet tief ein und aus. Der Herbstabend riecht nach feuchtem Gras und frisch umgepflügter Erde, Krähen sitzen wie schwarze Klumpen auf dem abgeernteten Feld hinter Köpckes Hof. Die Sonne rutscht als roter Ball hinter den Bergrücken des Deisters, ein bläulich fahles Licht beginnt sich über aufsteigenden Nebelbänken auszubreiten. Ein Käuzchen ruft. Im Augenwinkel nimmt Völxen eine Bewegung wahr. Ein großer, kompakter Schatten bewegt sich an der Koppel entlang. Schwere, lehmige Schritte, dann eine Stimme: »Bierchen gefällig, Kommissar?«

»Unbedingt.« Völxen greift nach der hingestreckten Flasche Herrenhäuser und nimmt einen großen Schluck. Wegen tatsächlicher oder auch nur eingebildeter Magenprobleme weigert sich Jens Köpcke, das Bier im Kühlschrank zu lagern. Doch der Mensch gewöhnt sich an alles, so auch an lauwarmes Herrenhäuser.

»Hab dich heute Morgen gar nicht auf dem Hof gesehen«, bemerkt Völxen.

»Jahreshauptversammlung vom Männergesangsverein.«

Mehr Information braucht es nicht, damit der Kriminalist haarscharf kombiniert, dass Jens Köpcke heute Vormittag erst einmal einen gehörigen Rausch ausschlafen musste. Vor Jahren noch lautete Köpckes Credo: *Wer saufen kann, kann auch arbeiten.* Aber man ist schließlich kein Jungspund mehr.

»Wie war denn der Tangokurs«, fragt nun der Nachbar. »Ging's mit dem Kreuz?«

»Ist ausgefallen«, antwortet Völxen.

»So schlimm?«

»Der Tanzlehrer ist ermordet worden.«

Köpcke wendet sich ihm zu. »Mach Witze!«

»Wenn ich es dir sage.«

Der Hühnerbaron lässt diese Auskunft mithilfe eines langen Zugs aus der Bierflasche erst einmal sacken und meint zu guter Letzt: »Dann bist du ja erst mal aus dem Schneider.«

Gustav Wenderoth scheint nicht im Mindesten überrascht zu sein über den unangekündigten Besuch am Sonntagabend. Es hat ein bisschen gedauert, bis er zur Tür kam und Oda mit den Worten begrüßte: »Ich dachte mir schon, dass Sie noch einmal kommen, Frau ... jetzt haben ich leider Ihren Namen vergessen.«

»Oda Kristensen.«

»Das löchrige, alte Hirn! Verzeihen Sie mir bitte. Kommen Sie herein.«

Der Gastgeber winkt Oda heran und bewegt sich in seinen Filzpantoffeln langsam durch den Flur. Heute, da seine Tochter nicht hier ist, trägt Gustav Wenderoth einen dunkelblauen Pullover zur senfgelben Cordhose. Die Hose sieht gepflegt aus und ist kein Vergleich zu den ausgebeulten, abgewetzten Exemplaren, mit denen Völxen bisweilen in der Dienststelle aufläuft.

Im Wohnzimmer schaltet Herr Wenderoth die *Tagesschau* aus.

»Danke, dass ich Sie noch einmal stören darf, Herr Wenderoth. Ich hatte beim letzten Mal das Gefühl, dass Sie mir gerne noch ein wenig mehr über die Familie Martínez erzählt hätten.«

»Ihr Gefühl täuscht Sie nicht.«, bestätigt er und meint mit einem spitzbübischen Lächeln: »Claudia ist eine gute Seele, wirklich eine gute Seele.«

»Sicher ist sie das«, nickt Oda.

Mehr ist dazu nicht zu sagen.

Mit einer galanten Handbewegung bietet er Oda an, auf dem Sofa Platz zu nehmen. Er selbst lenkt seine Schritte auf einen Mahagonischrank mit einer Glastür zu und holt eine Karaffe mit goldbrauner Flüssigkeit heraus, dazu zwei Kognakgläser. »Manche Dinge muss man mit einem guten Schluck wegspülen, nachdem man sie ausgesprochen hat, sonst hinterlassen sie einen üblen Nachgeschmack«, erklärt er. »Sie dürfen sich doch einen erlauben? Oder sind Sie so spät am Abend noch im Dienst?«

Spät ist für Oda etwas anderes, doch sie erinnert sich an den Hinweis der Tochter, Claudia Nosbüsch, ihr Vater gehe stets früh zu Bett.

Herr Wenderoth bittet Oda einzuschenken. Er selbst, gesteht er, würde womöglich etwas verschütten, was schade wäre. Oda kommt der Bitte nach.

Obwohl noch nichts gesagt wurde, was weggespült werden müsste, prosten sie sich zu und nehmen schon mal vorsorglich beide einen Schluck.

Ein edler Tropfen, Raukel, die alte Saufnase, verpasst etwas, erkennt Oda. Sie hat sich von ihrem Kollegen hier absetzen lassen und wird nachher ein Taxi nehmen. »Wie lange wohnen Sie schon in diesem Haus, Herr Wenderoth?«

»Mein ganzes Leben schon. Mein Großvater hat das Haus gebaut, 1896, die Zahl steht über der Tür. Er war Arzt wie mein Vater. Unten war die Praxis. Mein großer Bruder sollte ebenfalls Arzt werden, aber er ist nicht mehr aus dem Krieg heimgekehrt. Ich konnte das nicht. Arzt werden, meine ich. Ich war im Versicherungsgeschäft, und von meinen Kindern und Enkeln konnte keiner die Räume im Erdgeschoss gebrauchen, deshalb sind sie vermietet.«

»Ist die Villa gegenüber auch so alt?«, fragt Oda.

»Ja, ungefähr. Vielleicht sogar noch ein paar Jahre älter. Meine Eltern nannten sie immer die Bernstein-Villa. Weil sie einer Familie Bernstein gehört hat. Das waren Juden, wie man am Namen erkennt. Ich weiß nicht mehr, welchem Beruf der Herr Bernstein nachgegangen ist, ich weiß nur noch, dass die eine Tochter hatten. Nora. Ich war furchtbar verliebt in sie, aber sie war zwei Jahre älter als ich und hat mich natürlich nicht beachtet.« Er seufzt und trinkt einen gehörigen Schluck aus seinem Glas. »Plötzlich waren sie weg. Im Herbst 38 war das. Ich war zwölf Jahre alt. Es hieß, sie wären ausgewandert. Ich hoffe, es stimmt, aber eigentlich glaube ich nicht daran. Ich habe nie mehr etwas von ihnen gehört, obwohl ich immer darauf gewartet habe.« Er wischt sich mit dem Handrücken über den Mund.

»Was geschah nach 38 mit der Villa der Bernsteins?«, fragt Oda.

»Der Besitz ging an einen gewissen Hannes Martin. Ein relativ junger Mann, noch keine vierzig, verheiratet. Es ist nie etwas über den Preis durchgedrungen, aber man kann sich denken, dass er die Villa samt Inventar für einen Bruchteil des wahren Wertes bekommen hat. Entweder von Bernstein selbst, aus Verzweiflung, oder von seinen Nazifreunden. Das war ja damals der Usus, wie mit jüdischem Besitz umgesprungen wurde. Dieser Martin war bei der SS, angeblich war er sogar ein Duzfreund von Himmler. Mein Vater hat meinem Bruder und mir immer eingeschärft, mit denen möglichst wenig zu reden. *Sagt bloß nie etwas gegen Hitler oder einen der Oberen*, hieß es. Nicht, dass wir Widerständler gewesen wären, verstehen Sie mich nicht falsch. Ich war von der Hitlerjugend überaus begeistert. Aber bei uns daheim ging es nicht fanatisch zu, da fiel auch mal ein kritisches Wort, und man weiß ja, wie leicht Kinder etwas aufschnappen und an falscher Stelle rausposaunen. Ich glaube, meine Eltern hatten Angst vor denen da drüben. Jedenfalls ging es auf einmal bei Tisch nicht mehr so locker zu wie früher, sie passten genau auf, was sie vor meinem Bruder und mir sagten. Tja, und dann, nach dem Krieg, raten Sie mal, was dann passiert ist?«

»Sie sagten gestern, *Geschichte wiederholt sich*«, zitiert Oda den alten Herrn. »Ich nehme an, diese Martins sind ebenfalls verschwunden.«

»Abgehauen sind sie, kaum dass ich aus Frankreich zurückgekommen bin. Sie haben mich nämlich anno 44, mit achtzehn, noch eingezogen.«

»Wo sind sie hin? Weiß man das?«

Wenderoth winkt ab. »Na, wo sie alle hin sind. Auf der Rattenlinie nach Südamerika. Argentinien, Chile ... Vorher ist noch ein Lastwagen gekommen, und in den sind jede Menge Kisten geladen worden. Ich nehme an, das waren die Bilder, die die Bernsteins gesammelt hatten. Die Möbel hat er dagelassen.«

»Die Martins haben die Bilder nach Argentinien mitgenommen?«

»Kann sein. Ich glaube eher, sie wurden an einem sicheren Ort gelagert. Vielleicht hat Martin gedacht, er kommt bald wieder zurück. Aber das ist nur meine Vermutung«, schränkt er ein.

Der Zeitpunkt ist gekommen, an dem man noch einmal ein paar Sätze hinunterspülen muss, findet Oda und schenkt unaufgefordert nach. »Wie ging es weiter?«, fragt sie gespannt.

»Der neue Besitzer von dem Kasten da drüben wurde ein gewisser Franz Eckl. Er sprach bayerischen Dialekt, und er war so gut wie nie da. Ich nehme an, das war ein Strohmann. Zwischendurch hat er das Haus mal vermietet, aber immer nur kurz. Die meiste Zeit stand es leer, bis Martínez Anfang der Achtziger mit seiner argentinischen Frau und den zwei kleinen Kindern auftauchte. Ich habe ihn einmal direkt gefragt, ob er der Sohn von Hannes Martin sei. Er hat mich nur finster angeschaut und geantwortet: *Und wenn es so wäre, was dann?*« Herr Wenderoth seufzt. »Er ist zu jung, ihm kann man nichts anlasten.«

»Zumindest keine Naziverbrechen«, pflichtet Oda dem alten Herrn bei. »Sie wissen aber schon, dass da drüben jetzt wieder ziemlich wertvolle Bilder hängen?«

»Ja, ja. Die Haushälterin hat sich öfter einmal meiner Frau gegenüber verplappert. Die zwei kamen ganz gut klar. Ich selbst war nie bei Martínez in der Wohnung. Nachdem der sich hier breitgemacht hat, habe ich erneut bei der jüdischen Gemeinde vorgesprochen und sie gebeten zu versuchen, die Bernsteins oder deren Nachfahren ausfindig zu machen, damit diese ihren Besitz zurückfordern können. Es ist ihnen nicht gelungen, leider.« Seine blassen Augen über den ausgeprägten Tränensäcken blicken Oda betrübt an.

»Es kann nicht nur ein Zufall sein? Martin – Martínez?«

»Nein«, antwortet Wenderoth voller Überzeugung. »Mein Vater lebte damals, Anfang der Achtziger, noch. Er ist sechsundneunzig geworden. Er hat gemeint, Aurelio würde seinem Vater Hannes ziemlich ähnlich sehen.«

»Hatten die Martins noch weitere Kinder?«

»Ich weiß es nicht. Als sie noch hier waren, hatten sie eine Tochter, aber das Kind ist mit zweieinhalb an Typhus gestorben. Ich erinnere mich noch, wie meine Mutter voller Hass bemerkte, dass es vielleicht doch einen Herrgott gebe. Ich war damals schockiert, aber sie dachte dabei natürlich an meinen gefallenen Bruder. Ob Martin später, in Argentinien, außer unserem Aurelio noch andere Kinder gezeugt hat, entzieht sich leider meiner Kenntnis.«

»Herr Wenderoth, glauben Sie, dass Martínez von ähnlicher Gesinnung war wie sein Vater?«

Der alte Herr runzelt die Stirn. »Wenn Sie von einem Erznazi erzogen werden, was glauben Sie wohl, was da herauskommt?«

»Ein Rebell?«, schlägt Oda lächelnd vor.

Gustav Wenderoth lacht trocken auf. »Das mag vorkommen, aber nein, dieser Apfel fiel nicht weit vom Stamm. Der Enkel schon eher. Rafael heißt er, der Sohn von Martínez. Der dürfte der Erste gewesen sein, der aus der Art schlug. Und das nicht nur politisch, wenn Sie verstehen, was ich meine.«

»Was denken Sie über Alba?«

»Eine Mitläuferin, würde ich sagen.« Der Gastgeber unterdrückt ein Gähnen. Da ohnehin alles gesagt ist, steht Oda auf, bedankt und verabschiedet sich. »Das war sehr interessant und aufschlussreich.«

»Es war mir eine Freude«, strahlt Herr Wenderoth.

»Nein, bleiben Sie sitzen, ich finde allein hinaus.«

Aber Herr Wenderoth, ganz *oldschool*, bringt es nicht über sich, eine Dame auf dem Weg durch den Flur sich selbst zu überlassen.

Er schält sich aus seinem Sessel und geleitet Oda zur Tür. »Frau Kommissarin, glauben Sie, dass der Mord an Martínez etwas mit der Vergangenheit zu tun hat?«, fragt er, als sie schon an der Tür stehen.

»Das kann ich noch nicht sagen«, antwortet Oda aufrichtig. »Aber ich versuche immer, das Opfer und seine Familie so gut kennenzulernen, als ob ich seine Biografie schreiben wollte.«

Kapitel 8 – Böse Jungs

Pedra Rodriguez zieht die Zeitung aus dem Briefschlitz und setzt sich im Morgenmantel an den Küchentisch. Leos Hochstuhl steht schon bereit, sein Lieblingslätzchen mit dem Elefanten liegt davor, und der Früchtebrei ist zubereitet. Montags ist ihr Laden geschlossen, sie kann sich mit dem Frühstück Zeit lassen, und Leo muss auch nicht in die Kita wie an den anderen vier Wochentagen. Pedra findet es ohnehin nicht richtig, den Kleinen an vier Tagen in der Woche wildfremden Leuten zu überlassen, aber sie hütet sich, diese Ansicht gegenüber ihrer Schwiegertochter oder ihrem Sohn zu äußern. Sie weiß, dass die jungen Frauen das heutzutage anders sehen, viele davon gezwungenermaßen. Fast alle gehen arbeiten und lassen ihre Kinder in diesen Krippen mit den albernen Namen. Sie selbst hat auch gearbeitet, als ihre Kinder noch klein waren, aber bei ihr war es einfacher. Sie hat Fernando und seine ältere Schwester kurzerhand mit in den Laden genommen. Das kann Jule nicht, das würde sie beim Landeskriminalamt sicher nicht schätzen, und selbst der *comisario*, dem ihr Fernando viel zu verdanken hat, würde auf Dauer wohl kein Kleinkind im Dienst dulden. Obwohl er selbst ja einen Hund im Büro hat. Schon eigenartig, die Deutschen: Hunde dürfen mit zur Arbeit, Kinder nicht. Derlei Gedanken wälzend blättert sie sich durch die Zeitung. Die große Politik überfliegt sie nur, davon versteht sie ohnehin nichts, der Sport ist ihr ebenfalls herzlich egal, lieber springt sie gleich zum Lokalteil. Der Mord an diesem argentinischen Tanzlehrer nimmt fast die ganze erste Seite ein. Fernando hat gestern, beim gemeinsamen Sonntagsfrühstück, davon angefangen, aber Jule, die sich sonst immer für die Fälle ihrer alten Dienststelle interessiert, hat plötzlich sehr empfindlich reagiert und gefordert, es müsse sofort aufhören, dass in Leos Gegenwart von *gewissen Delikten* gesprochen werde. Pedra hat ihr leidenschaftlich zugestimmt und gemeint, es sei gut, dass die Eltern des Kleinen endlich zur Besinnung kämen und nicht ständig vor dem Kleinen über Mord und Totschlag geredet würde. Ihr Blick fällt auf das Foto, das Aurelio Martínez zu dessen Lebzeiten zeigt. Sie betrachtet es genauer und stutzt. Sie ist sicher, dass sie diesen Mann schon gesehen hat, in natura, nicht auf einem Bild. Wo denn nur? Nicht in dieser noblen Tanzschule, dort war sie ihrer Lebtag noch nie, aber ... Dann fällt es ihr ein. Sie greift zu ihrem Handy.

»Leo ist noch nicht angezogen, wir brauchen noch ein paar Minuten, dann bringe ich ihn dir rauf«, lautet die Begrüßung ihres Sohnes.

»Nando, ich muss dir was sagen«, flüstert Pedra. »Aber nicht, wenn Leo in der Nähe ist.«

»Er kann dich am Telefon nicht hören, Mamá.«

»In der Zeitung ist ein Foto von dem Mann, der ermordet wurde. Der von dieser Tanzschule ...«

»Ja, natürlich steht das heute in der Zeitung«, wird sie leicht unwirsch unterbrochen.

»Ich kenne ihn. Er war ein paarmal bei mir im Laden.«

»Tatsächlich? Tut mir leid, dass du einen Kunden verloren hast.«

»Er war nicht mein Kunde«, erwidert Pedra. »Aber er kam manchmal zusammen mit Señor Garcia. Du erinnerst dich? Mein Stammkunde, der am Samstag nicht gekommen ist und den du nicht suchen wolltest. Vielleicht wurde er ja auch ... Nando?« Aufgelegt. Das ist doch die Höhe! Noch während Pedra ein paar herzhafte spanische Flüche und Drohungen gegen ihren ungehobelten Sohn ausstößt, hört sie Schritte auf der Treppe und das Fernando-typische Klopfen an der Wohnungstür. Sie geht öffnen. Unrasiert und ohne Leo platzt Fernando herein und geht schnurstracks in die Küche. Er schenkt sich eine Tasse Kaffee ein, setzt sich unaufgefordert an den Tisch und sagt: »Bitte noch einmal ganz von vorn. Wie war das mit deinem Señor Garcia und dem ermordeten Tanzlehrer?«

»Guten Morgen erst einmal.«

»Ja, guten Morgen, Mamá. Hm, gut, der Kaffee.«

»Was machst du hier? Wo ist Leo? Musst du nicht zum Dienst?«

»Ich bin ab sofort im Dienst. Also? Was wolltest du mir gerade erzählen?« Er legt sein Handy auf den Tisch und erklärt: »Ich nehme das auf, damit ich nichts vergesse.«

»Lieber Himmel! Ist das ein Verhör? In meiner Küche?«

»Sag mir einfach, was du weißt«, fordert Fernando sie auf.

Pedra schielt misstrauisch auf das Handy und beginnt. »Also, was ich sagen wollte ... Señor Garcia hat diesen Mann ab und zu mitgebracht. Den, der heute in der Zeitung ist.«

»Martínez. Wie oft?«, fragt Fernando.

»Nicht oft, nur alle paar Monate. Sie haben dann zusammen Tapas gegessen und Wein getrunken und sich unterhalten.«

»Konntest du etwas verstehen?«

»Ich belausche doch meine Gäste nicht!«

»Manchmal schnappt man etwas auf, ob man will oder nicht. Der Laden ist schließlich nicht groß.«

»Sie haben immer leise gesprochen. Ich glaube, es waren ernste Gespräche. Sie sahen jedenfalls immer so grimmig dabei aus, alle beide.«

»Wie alt ist dein Señor Garcia noch mal?«

»Anfang, Mitte siebzig, ungefähr.«

»Wie ist sein Vorname?«

»Den kenne ich nicht.«

»Wohnt er in Linden?«

»Bestimmt woanders. Ich habe ihn noch nie in Linden gesehen, und ich treffe alle meine Kunden irgendwann auf der Straße.«

»Kam er zu Fuß oder mit einem Wagen?«

»Ab und zu kam er mit dem Auto. Es war schwarz.«

»Schwarz«, wiederholt Fernando. »Mehr weißt du nicht? Die Marke?«

»Vielleicht auch noch die Autonummer?«, ereifert sich Pedra. »Was denkst du dir? Ich habe ihm einmal geholfen, den Wein einzuladen. In ein schwarzes Auto. Ein Kombi war es, glaube ich. Aber manchmal kam er auch mit der Stadtbahn, dann hat er nur zwei, drei Flaschen Rioja und etwas Käse und Oliven mitgenommen.«

»Hat er je erwähnt, was er beruflich macht?«

»Nein. Er ist immer gut angezogen, mit Hemd und Jackett, sogar im Sommer. Kein billiger Stoff, das sieht man, und die Sachen sitzen perfekt. Er hat auch beim Weinkauf nicht gespart.«

»Könntest du ihn identifizieren?«

»Ob ich weiß, wie er aussieht? Natürlich, ich habe ja Augen im Kopf.«

»Vielleicht hast du ja sogar ein Auge auf ihn geworfen?«

Pedra stemmt die Hände in die Hüften. »Ich kann auch zum *comisario* gehen, wenn du das Verhör nicht ernst nimmst.«

»Okay, ab sofort wirst du nur noch ernsthaft verhört«, versichert Fernando. »Wo waren wir stehen geblieben?«

»Sein Aussehen. Er hat volles Haar, es ist natürlich schon grau, in seinem Alter. Er hat dichte Augenbrauen. Nicht solche Bürsten wie der *comisario*, aber auch recht kräftig. Graue Augen, glaube ich. Jedenfalls nicht dunkel. Er ist ein bisschen größer als du und schlank. Aber keine dürre Sardine. Falls du noch seine Schuhgröße wissen willst, die kenne ich nicht.«

Fernando stoppt die Aufnahme. »Gut. Das war doch schon mal nicht schlecht. Ich werde sehen, ob wir in den Meldedaten einen Herrn Garcia finden, auf den deine Beschreibung passt.«

»Ach, jetzt ist das auf einmal wichtig. Am Samstag hast du mich noch ausgelacht!«

Fernando überhört den Vorwurf. »Falls wir ihn nicht finden, musst du uns helfen, ein Phantombild von ihm zu zeichnen.«

»Ein Phantombild? Was soll das heißen? Glaubst du, er ist tot?«

»Wer weiß? Vielleicht geht ein Serienkiller in Hannover um, der es auf alte Argentinier abgesehen hat.«

Pedra ist blass geworden.

»Mamá, das war ein Witz!«

Zwei Zornesfalten erscheinen über ihrer Nasenwurzel. »Mir ist nicht zum Lachen, Nando! Und es gefällt mir nicht, wie du deine Verhöre führst.«

Es klopft an der Tür.

»Da kommt Leo. Ich rufe dich an, wenn ich mehr weiß. Das Verhör ist beendet.« Er drückt ihr einen kratzigen Kuss auf die Wange, und schon ist er wieder weg.

»Ich war bei meiner Schwester, in Bayern. Ich wäre ja gestern schon zurückgefahren, nachdem ich Ihre Nachricht gehört habe, aber ich hatte Zugbindung gewählt, und das wäre sonst zu teuer gewesen.« Frau Mücke, die nervös auf dem Sofa herumrutscht, entschuldigt sich nun schon zum dritten Mal dafür, dass sie erst heute im Polizeipräsidium erscheinen kann.

»Alles in Ordnung«, beruhigt Oda die Putzfrau der Familie Martínez. Ursula Mücke ist zweiundfünfzig Jahre alt, wohnhaft in Wettbergen. Sie hat ein längliches Gesicht und große, lange Zähne, wodurch sie Oda ein wenig an ein Pferd erinnert. Auf ihrem Kopf türmt sich ein Gebilde aus strohigem, blond gefärbtem Haar.

Es ist kurz nach neun, die Befragung findet in Völxens Büro statt, wo es gemütlicher ist als im Vernehmungsraum. Der Hauptkommissar selbst sitzt hinter seinem Schreibtisch und geht noch rasch seine Mails durch, Oda hat gegenüber der Zeugin im Sessel Platz genommen, und Oscar lauert in seinem Korb unter dem Gummibaum auf die Kekse, die neben der Kaffeekanne in einer Schale liegen.

»Frau Mücke, seit wann putzen Sie schon dort?«, erkundigt sich Oda.

»Vier Jahre sind es jetzt schon.«

»Ist es eine gute Arbeitsstelle?«

»Eigentlich schon, ja.«

»Aber?«

»Zuerst dachte ich, das halte ich keine zwei Wochen aus, aber dann habe ich mich doch daran gewöhnt.«

»Woran gewöhnt?«

»An den Hausdrachen!« Frau Mücke rollt mit den Augen. »Diese Wagner! Sie hat mich anfangs praktisch auf Schritt und Tritt verfolgt, nichts konnte man ihr recht machen, und ständig hielt sie mir Vorträge, wie ich was zu bewerkstelligen hätte. Bis ich ihr gesagt habe, sie soll mich gefälligst in Ruhe lassen oder ich kündige.«

Oda lächelt der Frau mitfühlend zu. »Und? Hat es funktioniert?«

»Sie geht mir seither aus dem Weg, aber sie kontrolliert immer alles nach und legt mir beim nächsten Mal eine Liste hin, worauf ich doch besonders achten soll.« Sie äfft Frau Wagner mit hoher, krächzender Stimme nach: »*Nicht zu viel Möbelpolitur auftragen, beim Fensterputzen die Rahmen nicht vergessen, das Parkett bitte nur nebelfeucht wischen* ... Ich schmeiß die Zettel immer gleich weg.«

»Wie oft putzen Sie dort?«

»Bei Herrn Martínez zweimal die Woche, bei seiner Tochter einmal. Dabei wäre es umgekehrt viel sinnvoller. Er benutzt ... benutzte die meisten Zimmer gar nicht, manchmal habe ich mich anstrengen müssen, um mir dort die Zeit zu vertreiben. Seine Tochter dagegen ist ziemlich schlampig und rührt keinen Finger. Ihre Wohnung ist riesig, so groß wie die ihres Vaters, aber sie schafft es, in allen Zimmern Chaos zu hinterlassen. Neulich hat sie in der Küche Rotwein verschüttet und die Lache einfach drei Tage so gelassen, bis ich wiedergekommen bin. Es war natürlich längst angetrocknet, und jetzt ist da ein Fleck im Parkett. Aber sie zahlen gut, da kann man nicht meckern, und Herr Martínez war immer höflich zu mir. Meistens hat er sich eh verdrückt, wenn ich da war. Es ist schlimm, dass er ein so grausames Ende fand. Ich habe am ganzen Leib gezittert, als ich es erfahren habe. Wer, bitte schön, macht denn so was?« Sie sieht Oda fragend an.

Die geht nicht darauf ein. »Sie putzen also die beiden Wohnungen. Und was ist mit den Räumen der Tanzschule?«

»Das macht eine Reinigungsfirma.«

»Was ist der Grund dafür?«

»Ich hätte das schon gemacht«, antwortet sie. »Aber das Putzen der Tanzschule muss auf Rechnung gehen, damit Frau Martínez es von der Steuer absetzen kann. Ich habe schon einen Minijob woanders und mache das halt so nebenher.« Frau Mücke nestelt fahrig an ihrer Handtasche herum und wirft Oda und Völxen, der noch immer hinter seinem Bildschirm sitzt und etwas liest, einen ängstlichen Blick zu.

»Ich verstehe.« Oda nickt der Frau zu. »Keine Sorge, unangemeldete Putzkräfte kümmern uns hier nicht.«

Frau Mücke entspannt sich wieder und trinkt einen Schluck aus ihrem Kaffeebecher.

»Mal unter uns: Was halten Sie denn so von dieser Hausgemeinschaft?«, nutzt Oda das gerade aufgebaute Vertrauensverhältnis aus.

»Gewöhnungsbedürftig«, antwortet Frau Mücke und lächelt dazu vielsagend.

»Inwiefern?«

»Die Schwestern können einander nicht ausstehen. Man fragt sich, warum die überhaupt zusammenwohnen. Die Wagner macht sich wichtig, als wäre sie der Butler in einem Schloss, ihre Schwester dagegen führt sich auf wie eine Lebedame aus den goldenen Zwanzigern. Eine eingebildete Kuh ist das. Verzeihung!«

»Nur zu«, grinst Oda. »Es bleibt unter uns.«

»Ich habe mal gehört, wie sie mich hinter meinem Rücken *der Feudel* genannt hat. Toller Spitzname, was? Da fühlt man sich doch gleich richtig anerkannt. Und Frau Martínez ... nun, die ist auch recht speziell.«

»Was meinen Sie damit?« Oda lächelt die Frau ermunternd an.

Frau Mücke senkt die Stimme. »Sie ist launisch, und außerdem ...« Sie knetet ihre Hände und windet sich in schlecht gespielter Verlegenheit.

»Und außerdem was?«, hilft Oda nach.

»Es sind oft eine Menge leerer Flaschen zu entsorgen, obwohl sie eigentlich nie Besuch hat. Denn das wüsste ich, weil sie die Gläser bestimmt nicht wegräumen würde.«

»Was für Flaschen?«

»Sherry und Rotwein, hauptsächlich.«

»Meinen Sie mit *launisch* betrunken?«, spricht Oda Klartext.

»Nein, nein«, wehrt Frau Mücke ab. »Tagsüber trinkt sie nicht.

Oder nicht viel. Aber manchmal hat sie eben ... Nachwirkungen. Dann muss diese Pauline ihre Tanzkurse übernehmen. Es ist nicht immer gleich. Es gibt Phasen, da ist es schlimmer, da bringe ich pro Woche zwei Körbe voller Flaschen weg. Dann ist es wieder eine Weile lang halbwegs okay.«

»Eine Quartalssäuferin.« Hauptkommissar Völxen, dessen Anwesenheit man schon fast vergessen hat, hebt den Kopf und begegnet vorwurfsvollen Blicken aus vier Augen. »Was? Das nennt man doch so, oder nicht?«

»Im Volksmund«, seufzt Oda.

»Was ist mit Martínez? Trank der auch?«, will der Hauptkommissar wissen.

»Gelegentlich«, antwortet Frau Mücke. »Aber nicht allein und heimlich, er war wohl mehr ein Gesellschaftstrinker, unten, an der Bar, mit seinen Tanzschülern.«

»In was für einer Phase ihrer *Launenhaftigkeit* befand sich Alba Martínez denn in letzter Zeit?«, erkundigt sich Oda.

»Schlimmer denn je«, erwidert Frau Mücke, ohne zu zögern. »Aber nicht nur sie, der ganze Hühnerhaufen war völlig durch den Wind, seit das junge Ding da gewohnt hat.«

»Was für ein junges Ding?« Die Frage kommt von Oda und ihrem Vorgesetzten gleichzeitig, was wiederum Frau Mücke amüsiert. »Na, diese junge Frau.« Sie kichert hinter vorgehaltener Hand. »Das war, als hätte man einen Stock in einen Ameisenhaufen gesteckt. Bei der einen stapelten sich die Flaschen, die anderen zwei zeterten noch mehr als sonst herum. Nur Herr Martínez war bestens gelaunt. Kein Wunder.« Sie lächelt vielsagend, gönnt sich einen weiteren Schluck Kaffee und schlägt ihre großen Zähne in einen Keks, was Oscar aufmerksam verfolgt.

»Bitte noch einmal von vorn«, wendet sich Oda an die Besucherin, nachdem die den Keks gegessen hat. »Wer hat wann bei ihm gewohnt?«

Auch Völxen ist inzwischen aufgestanden und lehnt mit verschränkten Armen an seinem Schreibtisch.

»Eine Frau, sehr jung, sehr hübsch. Lange, dunkle Locken, volle

Lippen, tolle Figur. Sie wohnte bei ihm, im Gästezimmer. Haben sie Ihnen das nicht erzählt?«, wundert sich die Putzhilfe.

»Seit wann wohnte sie da?«, fragt Oda.

Frau Mücke scheint nachzudenken. »Warten Sie ... Ich war Anfang August eine Woche verreist, als ich zurückkam, waren da plötzlich diese Sachen im Gästezimmer ... Das ist bisher noch nie vorgekommen, nicht, seit ich dort putze.«

»Was wissen Sie über die Frau?«

»Gar nichts. So vertraut miteinander waren Herr Martínez und ich nicht, und er hätte es sicher wenig geschätzt, wenn ich neugierige Fragen stelle. Zumal er zu dieser Zeit immer unterwegs war mit ihr. Ich habe sie auch nur einmal zu Gesicht bekommen, als ich meinen Dienst angetreten habe. Da sind die zwei gerade in seinen Mercedes eingestiegen, er hat ihr die Tür aufgehalten.«

»Sie haben nicht eine von den Damen des Hauses nach ihr gefragt?«, zweifelt Oda.

»Warum sollte ich?«, entgegnet Frau Mücke. »Ich hätte ja doch nur zur Antwort bekommen, dass mich das nichts angeht. Was ja auch stimmt. Ich dachte, sie ist vielleicht eine Verwandte aus der alten Heimat.«

»Wie kommen Sie darauf?«

»Nun ja, sie sah ein bisschen südländisch aus. Und eine Geliebte hätte bestimmt in seinem Schlafzimmer übernachtet, oder? Außerdem hing am Henkel ihres Koffers so ein Band, wie man es am Flughafen bekommt, wenn man das Gepäck aufgibt.«

»Was stand auf dem Band?«

»Das weiß ich nicht mehr.«

Oda zeigt ihr die Haarschleife und das Nagellackfläschchen.

Sie nickt eifrig. »Ja, das Fläschchen stand noch im Bad, nachdem sie schon wieder weg war, und das Haarband lag unter dem Bett. Die Klamotten in ihrem Zimmer waren ziemlich schrill und farbenfroh, das passt schon dazu.«

»Seit wann ist sie wieder weg?«

»Seit zwei Wochen ungefähr. Auf den Tag genau weiß ich es nicht, ich bin ja nicht jeden Tag dort.«

Oda wirft Völxen einen fragenden Blick zu, und als der nickt, wird Frau Mücke entlassen.

»Putzfrauen sind doch immer wieder ein sprudelnder Quell der Erkenntnis«, schwärmt Oda, nachdem Frau Mücke weg ist.

»Diese Haarschleife sollte zu Dr. Bächle ins Labor«, ordnet Völxen an. »Hoffentlich lässt sich daran DNA sicherstellen. Es würde mich rasend interessieren, ob diese Frau eine Verwandte von Martínez ist.«

»Und mich würde rasend interessieren, wieso man uns diesen Besuch verschwiegen und warum er alle in Aufregung versetzt hat«, antwortet Oda und erhebt sich aus dem Sessel.

»Du wirst das sicher in Erfahrung bringen«, prophezeit Völxen. »Ach, wenn du gehst, sei so gut und schick mir Rifkin vorbei.«

Fernandos Handy klingelt, es ist Jule.

»Hier, bei der Arbeit«, meldet er sich.

»Es hat geklappt!«, jubiliert es an seinem Ohr.

»Was hat geklappt?«, fragt Fernando, und für einen Moment wird ihm etwas flau im Magen. Sie wird doch nicht etwa ein zweites Mal …

»Der Tanzkurs! Wir sind angemeldet, heute Abend um acht geht es los.«

»Was? Aber ich sagte doch …«

»Jetzt sei nicht so ein Miesepeter. Es ist Lindy Hop. Was anderes war nicht mehr frei, aber ich wollte das immer schon mal ausprobieren.«

»Was zum Teufel ist Lindy Hop?«

»Swing, grob gesagt. Die Musik der Dreißiger, der Vorläufer von Jive und Boogie-Woogie, es hat auch Elemente von Charleston und Stepptanz, und überhaupt wird ganz viel improvisiert. Es nennt sich auch *Authentic Jazz*, es wird dir gefallen, glaub mir!«

»Ganz bestimmt«, seufzt Fernando.

»Sei bloß pünktlich zu Hause!«

»Ich werde …« Aufgelegt.

Lindy Hop. Na ja, ganz so schlecht klingt es nicht. Besser als Tango oder Standardtänze. Improvisation ist immer gut, das bedeutet doch praktisch, dass man nicht so viel falsch machen kann.

»Guten Morgen, Herr Hauptkommissar. Sie wollten mich sprechen?«

Oscar, der sich gerade klammheimlich an den Keksteller heranpirscht, dreht sich um und hüpft wieder in seinen Korb. Dort legt er sich mit angelegten Ohren hin, wobei er gleichzeitig beschwichtigend mit seinem Schwanz auf das rote Samtkissen mit den goldenen Troddeln klopft. Aus irgendeinem Grund hat der Hund einen Heidenrespekt vor Rifkin. Leider ist sie die einzige Person, die diese Wirkung auf ihn ausübt.

»Guten Morgen, Rifkin«, begrüßt Völxen sie. »Ich bin zu dem Schluss gekommen, das wir in Sachen Zahnbürste etwas unternehmen sollten.« Er hält den Zettel mit der Nachricht auf Russisch in die Höhe, der sich zwischenzeitlich in einer Plastikhülle befindet.

»Ist denn das Ergebnis der DNA-Untersuchung schon da?«

Völxen runzelt die Stirn. »Rifkin! So gut sollten Sie diesen Laden doch inzwischen kennen. Natürlich nicht, wo denken Sie hin?«

»Könnten wir nicht einfach so tun, als hätten wir die DNA schon ausgewertet und eine Übereinstimmung gefunden?«, schlägt Rifkin vor. »Sollte es sich im Nachhinein als Irrtum erweisen, haben wir nichts verloren, aber wenn es tatsächlich so ist, gewinnen wir Zeit.«

»Genau das wollte ich Ihnen ja gerade vorschlagen. Rufen Sie die Nummer auf dem Zettel an, danach sehen wir weiter.«

Rifkin notiert sich die Nummer in ihrem Handy.

»Vorher hätte ich noch eine andere Aufgabe für Sie«, fährt Völxen fort. »Ich habe einen Bericht vorliegen: Der Kriminaldauerdienst wurde am Freitagabend ins Klinikum Siloah gerufen. Ein älterer Mann wurde dort mit Stichverletzungen im Brustbereich eingeliefert. Sie sollten sich die Sache mal anschauen. Messerstechereien sind bei Leuten im Rentenalter doch eher ungewöhnlich.

Der Patient heißt ... Moment ... Luis Alvarez. Ich wüsste gerne, was der Herr uns zu sagen hat.«

»Sind Sie sicher, dass er noch lebt?«

»Das müssten Sie vorher erfragen, aber falls nicht, hätte man uns wohl schon verständigt, denn dann hätten wir es ja mit Mord oder Totschlag zu tun.«

»Jawohl, Herr Hauptkommissar. Das ist seltsam, finden Sie nicht?«

»Was denn?«

»Es scheint dieser Tage recht gefährlich zu sein, einen spanisch klingenden Namen zu tragen.«

»Jetzt, da Sie es sagen ... Stimmt, das ist auffallend.« Völxen massiert nachdenklich sein Kinn, auf dem noch ein paar Bartstoppeln sprießen. Er hat sich heute zur Abwechslung wieder einmal mit dem Rasiermesser rasiert, das er von seinem Großvater geerbt hat. Nicht selten geht das mit Blutvergießen einher, und es ist schon vorgekommen, dass er vergessen hat, vor Dienstantritt den einen oder anderen Klopapierschnipsel von Wange oder Hals zu entfernen, was jedes Mal für Heiterkeit auf der Dienststelle sorgte.

Rifkin ist abwartend stehen geblieben, aber da Völxen nichts mehr sagt, macht sie kehrt und schließt die Tür hinter sich.

Völxen könnte jetzt einen Kaffee vertragen. Der Tee, den Frau Cebulla ihm vorhin gebracht hat, riecht wie aufgegossenes Heu. Die gute Seele sorgt sich stets um seine Gesundheit und traktiert ihn mit allerlei gesunden Kräutertees, aber manche sind wirklich ungenießbar. Der Hauptkommissar beschließt, der Flora seines Büros etwas Gutes zu tun. Sorgfältiges Dosieren ist dabei unerlässlich, denn Frau Cebulla ist mit allen Wassern gewaschen und pflegt den Feuchtigkeitsgrad der Erde im Topf des Gummibaums zu kontrollieren. Völxen ist konzentriert am Träufeln, da klopft es schon wieder, und ehe er antworten kann, platzt Fernando Rodriguez herein und verkündet, seine Mutter habe Herrn Martínez auf dem Foto in der Zeitung wiedererkannt.

»Ja, schön. Grüß sie von mir«, tönt es unter dem Geäst der Zimmerpflanze heraus.

Fernando beugt sich hinab. »Hast du was verloren?«

»Nein. Was wolltest du noch gleich?«, fragt Völxen, während er sich wieder aufrappelt.

Es folgt eine etwas wirre Geschichte über einen seit Samstag abgängigen Señor Garcia, offenbar ein Stammgast im Laden von Pedra Rodriguez, der bisweilen in Begleitung von Martínez dort aufgetaucht sei.

»Ich bin die Daten sämtlicher Garcias der Stadt durchgegangen, aber keiner passt auf die Beschreibung meiner Mutter. Sie meinte, die zwei Herren hätten sich immer sehr ernsthaft unterhalten und seien darauf bedacht gewesen, nicht belauscht zu werden. Meinst du, das hat etwas zu bedeuten?«

»Woher soll ich das wissen?« Der Hauptkommissar lässt sich ermattet auf seinen Stuhl plumpsen. »Er kam jeden Samstag, sagst du?«

»Das sagt sie.«

»Hm. Es ist nur ein Schuss ins Blaue, aber überprüfe doch mal einen gewissen Luis Alvarez. Der Mann liegt seit Freitag mit mehreren Stichwunden im Bauch im Siloah. Ich habe gerade Rifkin hingeschickt.«

Wie ruhig es ist. Kaum Verkehrslärm, dafür Vogelgezwitscher. Und diese kühle, feuchte Luft, die durch das halb geöffnete Fenster in die Küche strömt. Der Duft ist ihm vertraut. So kann es nur hier riechen, in diesem Land, in diesem Viertel.

Seit seiner Ankunft gestern Abend in der Villa hat Rafael in sich hineingespürt, ob in ihm so etwas wie Heimatgefühle aufkommen. Immerhin ist dies sein Elternhaus, in dem er die erste Hälfte seines Lebens verbracht hat. *Elternhaus.* Schon dieser Begriff geht an der Wahrheit vorbei, und was soll das überhaupt sein, Heimat? Das Wort verspricht Wärme und Geborgenheit, das ist Vertrautes, ein Ort, an dem man sich fallen lassen kann, ein Ort, der sich *richtig* anfühlt. Würde er heute nach seiner Heimat gefragt, würde er sofort *Barcelona* antworten. Nein, hier ist nicht seine Heimat, und das war es noch nie. Er ist zwischen diesen Wänden lediglich aufgewachsen, doch im Grunde hat er diese Villa noch nie gemocht. Das Gebäude, das Interieur, alles hat etwas Einschüchterndes, Düsteres. Die Wohnung im ersten Stock war schon damals eingerichtet wie ein Museum, und er und Alba durften sich in diesen Räumen kaum bewegen, schon hagelte es Ermahnungen. Ihre Kinderzimmer lagen ein Stockwerk höher, in der Wohnung, in der jetzt Alba lebt. Dort befand sich auch das Schlafzimmer seiner Mutter. Denn diese Ehe war so wenig eine Ehe, wie dieses Haus für ihn ein Heim war. Alba denkt anders darüber, das weiß er. Sie hat nie ihre Scheuklappen abgelegt, hat nie genau hinsehen wollen.

Er dagegen schon.

Es ist halb zehn, Alba scheint noch zu schlafen. Sie beide haben gestern dort oben, in ihrem Wohnzimmer, zusammen drei Flaschen Rotwein geleert, wobei nur eine auf sein Konto ging. Ein seltsames Wiedersehen war das. Kein Wunder, unter diesen Vorzeichen. Alba oszillierte zwischen nervöser Geschwätzigkeit, überbordender Herzlichkeit und stummer Brüterei, und das alles in rascher Folge. Zum Schluss war sie ziemlich betrunken und hat geweint, ob über den Tod ihres Vaters oder ihr eigenes verpfuschtes Leben – ihre Worte, nicht seine –, lässt sich im Nachhinein nicht sagen. Es ist ihm eigentlich auch egal. Er hat sie ins Bett gebracht und ist dann in die Wohnung seines Vaters hinuntergegangen. Er hätte lieber in Albas Wohnung geschlafen, aber Caroline hatte ihm das Gästezimmer hier unten schon hergerichtet. Jetzt sitzt er in dieser noblen Küche, deren Einrichtung relativ neu sein muss, jedenfalls kennt er sie noch anders.

Caroline nähert sich auf leisen Sohlen, schenkt ihm Kaffee nach und rückt das Milchkännchen auf dem Tisch näher zu ihm heran, als wäre er nicht in der Lage, den Arm auszustrecken. Noch kein Tag hier, und sie fängt schon an, ihm mit ihrer Fürsorge auf die Nerven zu gehen, stellt Rafael fest. Sie hat ihn bei seiner Ankunft begrüßt wie eine Mutter ihren verlorenen Sohn, was nicht verwunderlich ist, war sie doch maßgeblich an seiner Erziehung beteiligt. An seiner Aufzucht, wie er es zuweilen auch bezeichnet.

»Wie hast du geschlafen?«, fragt sie nun.

»Nicht sehr gut«, antwortet Rafael, der die halbe Nacht wach lag. Er wäre lieber allein, aber natürlich hat sie es sich nicht nehmen lassen, ihm das Frühstück zuzubereiten. Sogar frische Croissants hat sie besorgt. »Setz dich doch zu mir«, sagt er, denn es stört ihn, wie sie um ihn herumwuselt und ihn bedient. Er ist es nicht mehr gewohnt, bedient zu werden. Er bedient jetzt selbst Leute in seiner eigenen Bar. Vermutlich ist es seinem Vater gehörig gegen den Strich gegangen, dass er trotz seines Architekturstudiums nur Gastwirt geworden ist. Vielleicht war es ihm aber auch egal oder nur eine weitere Bestätigung seines vernichtenden Urteils, das er vor vielen Jahren schon über ihn und Alba fällte.

Caroline schenkt sich eine Tasse Kaffee ein und setzt sich zu ihm an den Tisch.

»Es tut mir leid, Caroline, ich hätte mich öfter einmal bei dir melden sollen.«

»Schon gut«, meint sie mit einem wehmütigen Lächeln. »Es ist, wie es ist. Ich kann schon verstehen, dass du das alles hinter dir lassen wolltest.«

Er tunkt das Hörnchen in seinen Kaffee, dann schaut er in ihre geröteten Augen, die von Falten umgeben sind. Seltsam, er hat Caroline zeit seines Lebens als ältliche Frau in seinem Gedächtnis abgespeichert, dabei war sie, als er fortging, kaum älter, als er selbst jetzt ist. Caroline und seine Mutter waren im selben Alter, aber Letztere erscheint stets als jüngere Frau vor seinem inneren Auge. Vielleicht, weil sie schön war und durch ihren frühen Tod für immer jung geblieben ist. Caroline dagegen war schon immer unscheinbar und schien daran auch nichts ändern zu wollen. Geradeso, als wäre es die ihr von Schicksal zugedachte Aufgabe, stets im Hintergrund zu bleiben und ihr Leben dieser verkorksten Familie zu widmen.

»Hast du eigentlich gewusst, dass unsere Mutter noch am Leben sein könnte, wenn sie nur gewollt hätte?«, fragt Rafael nun.

»Wie meinst du das?« Sein ehemaliges Kindermädchen schaut ihn mit gerunzelter Stirn misstrauisch an.

»Hätte man ihr damals das infizierte Bein amputiert, wäre sie nicht gestorben«, erklärt Rafael.

»Das kannst du nicht wissen«, erwidert Caroline. »Die Ärzte hätten das doch sicher getan, wenn man sie damit hätte retten können.«

»Sie hat sich geweigert, in die Operation einzuwilligen. Mit einer Prothese hätte sie ja nicht mehr tanzen können. Das Tanzen und ihr intakter Körper waren ihr wichtiger als ihr Leben und ihre Familie.«

»Unsinn! Das glaube ich nicht!«, stößt Caroline hervor. »Du musst dich irren. Sie hat euch doch geliebt, sie hätte nie ...« Sie verstummt und schüttelt den Kopf.

Rafael zuckt mit den Achseln. Er weiß selbst nicht, warum er davon angefangen hat. »Egal.«

Caroline springt auf. »Oje. Ich habe die Aprikosenmarmelade vergessen! Die mochtest du doch immer so gern, nicht wahr?« Sie öffnet den Kühlschrank. Es braucht seine Zeit, bis sie die Marmelade findet. Dabei herrscht im Kühlschrank, in der Küche und in der ganzen Wohnung eine peinliche Ordnung.

»Was glaubst du? Wer hat ihn erschlagen?«, fragt Rafael, als die Marmelade – die er noch nie sonderlich mochte – endlich auf dem Tisch steht.

»Wenn ich es wüsste, hätte ich es längst der Polizei gesagt«, entgegnet Caroline.

»Ja, aber was *glaubst* du?«

»Gar nichts glaube ich. Es ist mir ein Rätsel. Ich meine ... Wer sollte so etwas tun? Er hat doch niemandem etwas getan.«

Rafael lacht trocken auf.

»Was? Warum lachst du?«, fragt Caroline.

»Warst du es?«, fragt er. »Hast du ihn erschlagen? Keine Sorge, von mir erfährt es keiner. Ich weine ihm keine Träne nach, er hat gekriegt, was er verdient hat.«

»Rafael! Wie kannst du nur so etwas sagen?«

Er lächelt. »Nein, du warst es nicht. Warst du verliebt in ihn?«

»Aber nein. Was redest du nur?« Auf ihren schlaffen Wangen zeichnen sich unregelmäßige rote Flecken ab.

»Schon gut, Caroline. Ich wollte dich nicht aufregen.« Er tätschelt ihr die Hand. Aber er wollte es doch. Keine Ahnung, weshalb, aber er verspürt den Drang, sie ein wenig zu quälen, obwohl er sich gleichzeitig dafür schämt. Es muss diese Villa sein, diese Wohnung, in der noch der Geist seines Vaters in den Ecken herumspukt, die diesen sadistischen Zug in ihm hervorbringt. Überhaupt scheint ihm die Villa dazu geeignet, das Schlechte in jedem hervorzubringen. Ein böses Haus? Was für ein Unsinn, ich bin schon genauso albern und abergläubisch wie Miguel.

Eine Weile lang schweigen sie, dann fragt Caroline: »Es war mit deinem Lokal in letzter Zeit sicher nicht einfach wegen Corona und alldem.«

»Die Bar war lange zu, wir mussten Schulden machen. In Spanien gab es keine Unterstützung so wie hier. Aber jetzt läuft es wieder, wir haben überlebt.«

»Trotzdem kannst du das Erbe sicherlich gut gebrauchen.«

Rafael lauscht den Worten nach, ob er darin eine Spur Sarkasmus finden kann. Aber Sarkasmus ist Caroline fremd, und auch jetzt kann er nichts dergleichen heraushören.

»Welches Erbe? Ich bin enterbt worden, schon vor langer Zeit. Das hat er zumindest gesagt, es würde mich wundern, wenn es anders wäre.«

Caroline legt ihre Hand auf seinen Unterarm, beugt sich über den Tisch und sagt in verschwörerischem Ton: »Aber du kannst deinen Pflichtteil einfordern. Du musst es tun. Das ist immerhin die Hälfte des gesetzlichen Erbteils, also ein Viertel. Das ist sehr viel Geld. Allein das Haus ist Millionen wert und diese Bilder, und im Bankschließfach liegt noch der Schmuck deiner Mutter.«

»Du kennst dich gut aus, Caroline.«

»Ich habe mich erkundigt. Weil es mir nie gerecht vorkam, dich zu enterben, nur weil du ...«

»Weil ich schwul bin?« Rafael lacht, während Caroline verlegen blinzelt. »Ja, ich gebe zu, dass ich das Geld gerade gut gebrauchen könnte.« Rafael steht auf und stellt seinen Teller in die Spülmaschine. Auf der Treppe sind Schritte zu hören. Alba. Er erkennt sie noch heute an ihrem behäbigen Gang, bei dem es einem schwerfällt, sich vorzustellen, wie flüssig und leichtfüßig sie sich auf dem Tanzparkett bewegt. *Ein Nilpferd* hat ihr Vater Alba gegenüber seiner Frau einst bezeichnet. *Wir haben uns ein Nilpferd ins Haus geholt.*

»Weiß Alba das mit dem Bein?«, flüstert Caroline. Anscheinend glaubt sie es nun doch.

»Von mir nicht«, antwortet Rafael ebenso leise.

»Und woher willst du wissen, dass es so war?«

»Ich habe gelauscht. Sie haben sich praktisch auf dem Sterbebett noch deswegen gestritten. Und über andere Dinge. Guten Morgen, Schwesterherz. Auch schon munter?«

»Diese Kommissarin!«, stößt Alba zur Begrüßung wütend hervor. »Sie hat mich *vorgeladen*. Für heute Nachmittag.«

»Hast du denn etwas zu verbergen?«, erkundigt sich Rafael.

»Quatsch! Und du musst gar nicht so grinsen. Mit dir wollen sie auch sprechen.«

Elena Rifkin hat ein heimliches Laster. Keine Menschenseele weiß etwas davon, und sollte es jemand erfahren, wäre ihr das überaus peinlich. Aber es ist, wie es ist: Sie schaut gerne Arzt- und Krankenhausserien. Nicht nur seröse, medizinhistorisch bedeutsame wie *Charité*, nein, am liebsten die amerikanischen wie *Grey's Anatomy* – alle siebzehn Staffeln – und *Dr. House* und sogar, sofern sie Zeit hat, die kitschigen, rührseligen des Vorabendprogramms. Sie ist sich sehr wohl darüber im Klaren, dass das ihrer unwürdig ist und nichts, womit ein intelligenter Mensch, eine toughe, emanzipierte Frau und Polizistin ihre kostbare Freizeit verbringen sollte. Nicht einmal zum Abschalten vom Dienst oder an verregneten freien Tagen. Aber es hilft nichts, immer wieder fällt sie den Verlockungen der Weißkittel-Serien anheim. Paradoxerweise verspürt sie jedes Mal Beklemmungen, wenn sie tatsächlich ein Krankenhaus betreten muss. Es liegt wahrscheinlich an der typischen Geruchsmischung aus Desinfektionsmittel und Kantinenessen oder auch an den Elendsgestalten in Bademänteln, die schlurfend ihren Infusionsständer über die Gänge schieben. Die Realität ist einfach viel weniger sexy als die Serienwelt. Heute ist das nicht anders, und ausnahmsweise begrüßt Rifkin es gerade sehr, einen Mund-Nasen-Schutz tragen zu müssen.

Nach einem Hickhack mit dem Pförtner und vielem Hin und Her ist Rifkin endlich bis zur Chirurgie vorgedrungen und hat sogar eine junge Oberärztin aufgetrieben, die sich zuständig fühlt. »Herr Alvarez hatte trotz allem noch ein Riesenglück«, verrät sie. »Wäre einer der Stiche nur zwei Zentimeter höher eingedrungen, wäre er sofort tot gewesen. Sein Zustand bei der Einlieferung war sehr kritisch, er hatte viel Blut verloren. Wir mussten ihn nach der Operation in ein künstliches Koma versetzen, aus dem er erst vor zwei Stunden aufgewacht ist.«

»Ist er ansprechbar?«, fragt Rifkin, denn nur das interessiert sie wirklich.

»So einigermaßen.«

»Darf ich zu ihm?«

»Ganz kurz. Ich komme mit.«

Rifkin folgt der Ärztin auf die chirurgische Intensivstation und zum Bett des Patienten. »Wie viele Stiche waren es denn?«, fragt sie auf dem Weg dorthin.

»Drei.«

Da war also jemand wirklich sauer auf ihn.

Der Anblick des an diverse Geräte angeschlossenen alten Mannes hinter einem aufgestellten Sichtschutz ist Rifkin unangenehm. Nein, kein Mensch in seiner Lage wünscht sich Publikum, schon gar nicht eine wildfremde Polizistin. Das Haar klebt feucht an seinem Kopf, seine Gesichtshaut ist fahl, bis auf ein violettes Hämatom unterhalb des linken Auges. Stammt es von einem Schlag oder vom Sturz nach dem Stich? Die Wangen sind eingefallen, die Haut spannt sich über den hervortretenden Wangenknochen. Es hat etwas von einer Totenmaske, findet Rifkin und spürt, wie sie von einem Schauder erfasst wird.

Der Patient ist wach, zumindest sind seine Augen geöffnet. Es wirkt, als blicke er ins Leere oder nur an die Zimmerdecke.

»Herr Alvarez?«, spricht ihn die Ärztin an.

Seine Pupillen bewegen sich in ihre Richtung.

»Sie haben Besuch.«

Rifkin ergreift das Wort: »Herr Alvarez, ich bin Oberkommissarin Rifkin, Polizeidirektion Hannover. Fühlen Sie sich in der Lage, mir ein paar Fragen zu beantworten?«

Er senkt den Kopf, und nun starrt er Rifkin unverhohlen an. »Herr Alvarez, erinnern Sie sich daran, was geschehen ist?«

War das eben ein verhaltenes Kopfschütteln? Schwer zu sagen. Sie versucht es noch einmal. »Können Sie mir sagen, wer Sie angegriffen und verletzt hat?«

Denn eine Tat muss vorliegen, es sticht sich wohl kaum jemand aus Versehen eine Messerklinge in die Brust. Noch dazu dreimal.

Er starrt sie weiterhin an. Rifkin fühlt sich unwohl unter dem Bannstrahl dieser metallgrauen Augen. Sie gibt das Duell verloren, wendet sich ab und schaut die Ärztin, die hinter ihr stehen geblieben ist, fragend an.

»Es ist normal, dass er noch desorientiert ist«, erklärt diese im Flüsterton.

»Okay«, sagt Rifkin und wendet sich erneut dem Patienten zu. »Ich komme ein anderes Mal wieder, Herr Alvarez.«

Der Mann starrt sie noch immer an. Sein Mundwinkel ist verzogen. Ist das ein Lächeln? Es wirkt eher wie eine böse Fratze. Rifkin läuft eine Gänsehaut über den Rücken, obwohl sie sich einredet, dass der Schwerverletzte wohl einfach nur seine Gesichtsmuskulatur nicht unter Kontrolle hat. Trotzdem ist sie froh, als sie und die Ärztin wieder im Flur stehen.

»Wissen Sie, was aus der Tatwaffe geworden ist?«, fragt Rifkin.

»Es steckte kein Messer in seiner Brust, falls Sie das meinen. Ich weiß leider gar nichts über die näheren Umstände, da müssen Sie schon Ihre Kollegen fragen.« Sie schaut demonstrativ auf die Uhr. »Ich sollte wieder ...«

»Sicher, vielen Dank.«

Draußen verspürt Rifkin das Bedürfnis, sich zu schütteln, wie Oscar es tut, wenn er eine unangenehme Situation hinter sich gebracht hat. Auf dem Weg zum Parkplatz saugt sie die frische Luft tief in ihre Lunge und beschließt, ab sofort sämtlichen Krankenhausserien abzuschwören.

Im Dienstwagen telefoniert sie mit dem Kriminaldauerdienst und bekommt schließlich einen der Beamten an den Apparat, die den Fall aufgenommen haben. Eine jung klingende Männerstimme sagt in aufgekratztem Ton: »PK Mario Gellert. Gellert wie das Bad in Budapest. Womit kann ich dienen?«

Was hat der denn geraucht? »Oberkommissarin Rifkin, ich wüsste gerne mehr über die Messerattacke vom Freitagabend. Dieser ältere Mann, Luis Alvarez.«

»Tja, viel wissen wir da auch nicht. Er konnte den Notruf wohl noch selbst mit seinem Handy verständigen.«

»Wann war das?«

»Das steht eigentlich alles in meinem Bericht«, wendet Gellert, wie das Bad in Budapest, ein.

»Sorry, ich bin gerade vor der Klinik im Wagen, ich dachte, ich könnte mit ihm reden. War aber nicht so.«

»Das war ... Moment ...« Rifkin hört Tippgeräusche. »Um 18:09 Uhr ging der Notruf ein. Er hat ein Antiquitätengeschäft in der Oststadt, es heißt Alvarez Antiquitäten. Der Rettungsdienst fand ihn bewusstlos und aus mehreren Stichwunden blutend am Boden seines Ladens. Er wurde ins Siloah gebracht und notoperiert. Die Klinik hat es der Zentrale erst gegen 21:00 Uhr gemeldet, die hat uns dann verständigt. Es hieß jedoch, er sei nicht vernehmungsfähig. Wir waren dann in diesem Antiquitätenladen, vom dem der Notruf abgesetzt wurde, um Spuren zu sichern und den Tatort zu versiegeln.«

»Und? Gab es Spuren?«

»Erst mal nur die Blutlache. Fingerabdrücke und DNA wurden sichergestellt, aber noch nicht ausgewertet.«

»Die Tatwaffe?«

»Die war nicht zu finden.«

»Einbruchsspuren?«

»Nein. Schwer zu sagen, ob etwas gestohlen wurde. Auf den ersten Blick wirkte alles ordentlich, es gibt keine Schäden an Schränken oder Vitrinen. Die Ladenschlüssel sind übrigens noch hier, bei uns.«

»Wir kümmern uns darum. Danke, PK Gellert.«

Rifkin überlegt, ob sie die Schlüssel abholen und zu diesem Laden fahren soll. Das war zwar nicht ihr Auftrag, aber Völxen weiß es zu schätzen, wenn man Initiative zeigt. Andererseits – ehe man sich blindem Aktionismus hingibt, ist es sicherlich sinnvoller abzuwarten, bis der Mann wieder zu sich gekommen ist und erzählen kann, wer ihn niedergestochen hat.

Gellert wie das Bad in Budapest. Wie oft er diesen vermeintlichen Gag wohl schon angebracht hat? Budapest ... Rifkins Gedanken schweifen ab von dienstlichen Belangen. Leichtsinnigerweise hat sie bei einem gemeinsamen Frühstück mit Igor Baranow erwähnt, dass sie in Kürze zwei Wochen Urlaub hat. Prompt hat er sie gebeten, mit ihm zu verreisen. Und anstatt unmissverständlich Nein zu sagen, hat Rifkin gefragt: »Wohin?«

»Wie wäre es mit *Piter*?«

»Nein!« Nichts und niemand brächte sie je nach St. Petersburg.

»Es ist schön dort. Es ist immerhin deine Geburtsstadt«, wandte er mit seiner rauen, sanften Stimme ein.

»Und die Stadt, in der mein Vater ermordet wurde, nur weil er seinem Beruf nachging. Danke, nein.«

»Das kannst du nicht *Piter* anlasten. Das Land hat sich verändert. Manche Dinge verlieren ihren Schrecken, wenn man sich ihnen stellt.«

»Erspar mir die Kalendersprüche!« Als ob sich Russland seither zum Positiven verändert hätte.

»Wie wäre es mit einem Städtetrip? Rom, Paris, Barcelona ...«

»Da war ich schon.«

»Wien, Prag, Budapest ... Warst du da auch schon? Oder Israel? Fernost?«

»Wir können nicht zusammen verreisen.«

»Warum nicht?«

»Weil es nicht geht.«

»Wer weiß, vielleicht streiten wir uns nach drei Tagen, dass die Fetzen fliegen, und danach sehen wir uns nie wieder«, meinte er.

»Das können wir auch tun, ohne zu verreisen«, entgegnete Rifkin, woraufhin er in Lachen ausbrach, dieses russische Lachen, das ihr jedes Mal durch und durch geht.

Erst hinterher begriff sie, dass sie ihm auf den Leim gegangen war. Ganz schön raffiniert, ihr erst mit St. Petersburg etwas Unakzeptables vorzuschlagen und dann eine scheinbare Alternative, über die nachzudenken Rifkin ihm versprochen hat, um nicht als stur und dickköpfig dazustehen. Widerwillig muss sie sich eingestehen, dass ihr sein Manipulationstalent einen gewissen Respekt abnötigt. Jedenfalls hat er sie damit in eine Situation manövriert, in der sie die Dinge nicht wie sonst einfach laufen lassen kann. Sie muss sich entscheiden, dafür oder dagegen.

Was spricht wirklich gegen eine gemeinsame Reise? Diese Frage stellt sie sich seit Tagen, seit dieser Unterhaltung. Das gewohnte Versteckspiel, das für Rifkin durchaus Vorteile und Reize hat, funktioniert auf einer gemeinsamen Reise nicht. Da ist man plötzlich ein Wir, andere Menschen betrachten einen als Paar, man trifft gemeinsame Entscheidungen, schafft Erinnerungen, lernt sich besser kennen. Das wäre eine vollkommen neue Eskalationsstufe ihrer ... Affäre, oder was immer das ist, und somit bekommt diese Entscheidung einen grundsätzlichen Charakter.

Sie könnte natürlich einfach ablehnen. Warum tut sie es nicht? Was reizt sie nur so an diesem Mann? Ja, er sieht gut aus, er verfügt über ein gewisses Charisma, er spricht ihre Muttersprache, und er ist ein recht brauchbarer Liebhaber.

Und ein Krimineller. Eventuell geläutert, aber auf jeden Fall kein karrierefördernder Umgang für eine Polizeibeamtin.

Ist es der Kitzel der Heimlichkeit, der dem Ganzen Würze verleiht? Kann es sein, dass sie, die korrekte, ehrgeizige Rifkin, die immer so *straight* ist und sich an Regeln und Hierarchien hält, es insgeheim genießt, dass Baranow für sie die Tür zu einer Schattenwelt öffnet, die sie gleichermaßen abstößt und fasziniert? Hat er die dunkle Seite an ihr, die sie versteckt und vor sich selbst verleugnet, zum Vorschein gebracht? Oder ist es viel profaner: Lebt sie das uralte Klischee vom braven Mädchen, das sich zu bösen Jungs hingezogen fühlt?

Kapitel 9 –
Romeo und Julia auf
Argentinisch

»*Hola mamá ...*«

»*¿Qué pasó?*«

»Nichts ist passiert«, beteuert Fernando.

»Du rufst mich grundlos an, mitten in der Hausfrauenzeit?«

»Hausfrauenzeit?«, wiederholt Fernando.

»Am Vormittag. Wenn man als Frau eben seinen Haushalt macht. Ist es wegen Señor Garcia? Hast du ihn endlich gefunden?«

»Wenn ich vielleicht mal zu Wort kommen könnte ...«

»Aber sicher, rede schon, rede!«

»Ich habe dir das Foto eines Mannes auf dein Handy geschickt per E-Mail. Schau es dir mal an. Kriegst du das hin?«

»Natürlich. Die Mail ist angekommen ... Warte ... jetzt muss ich nur noch auf diese Büroklammer tippen ... ja, jetzt tut sich was.«

Fernando unterdrückt ein Lachen. Seit seine Mutter vor zwei Jahren, auf sanften Druck hin, den Volkshochschulkurs *Smartphone und Internet für Senioren* absolviert hat, macht ihr keiner mehr etwas vor, sodass Fernando und Jule sie im Geheimen nun schon manchmal *die Hackerin* nennen.

»*Dios mío*, Fernando, das ist er!«

»Bist du sicher?«

»Ja. Das ist Señor Garcia! Auf dem Passfoto sieht er ein bisschen jünger aus, und er ist in Wirklichkeit auch attraktiver. Diese Passfotos sind immer schrecklich, selbst ich sehe darauf aus wie eine Verbrecherin. Aber er ist es, ganz bestimmt.«

»Nur dass er nicht Garcia heißt«, murmelt Fernando.

»Was sagst du da? Wie heißt er dann?«

»Das kann ich dir nicht sagen.« Fernando besinnt sich gerade noch darauf, dass es wohl besser ist, seine Mutter im Unklaren zu lassen, was den Namen und den momentanen Zustand ihres Stammkunden angeht. Denn wie er sie kennt, bringt sie es am Ende noch fertig und klappert sämtliche Krankenhäuser nach Luis Alvarez ab, um ihm Manchego und Wein vorbeizubringen.

»Warum kannst du mir das nicht sagen, Nando?«

»Weil ich über laufende Ermittlungen nicht sprechen darf.«

»Ermittlungen?«, ruft sie entsetzt. »Ist er etwa tot?« Fernando, um sein Gehör zu schonen, hält das Telefon ein bisschen mehr auf Abstand und antwortet: »Nein. Wie kommst du denn darauf?«

»Ja, wie wohl? Wo arbeitest du gleich noch mal?«

»Nein, er ist nicht tot, aber sein Freund Martínez, wie du ja weißt. Der Mann, mit dem er bei dir im Laden war. Das meinte ich mit Ermittlungen.«

»Und was ist nun mit Garcia, oder wie er sonst heißt? Warum nennt er mir einen falschen Namen? Nun sag es mir schon!«

»Mamá, die Fragen stelle *ich*.«

»Ist das schon wieder ein Verhör?«

»Im Moment kommt es mir eher so vor, als wolltest du mich aushorchen«, erwidert Fernando.

»Das ist ja wohl der Gipfel!«, regt Pedra sich auf. »Ich hätte dir gar nicht erst von ihm erzählen müssen.«

»Nein, Mamá, da irrst du dich.« Fernando fuchtelt mit der freien Hand herum, als könnte seine Mutter ihn sehen. »Als Zeugin ist es deine Pflicht, der Polizei, also mir, zu sagen, was du weißt ...«

»Das habe ich doch gemacht!«

»... und du hast im Gegenzug nicht das Recht, den ermittelnden Beamten, also mich, über den Stand der Ermittlungen auszuhorchen. So ist nun mal das Gesetz.«

Es ist, als hätte man sich mit dem Drucker unterhalten.

»Ich will doch nur wissen, warum er am Samstag nicht in den Laden gekommen ist. Ist ihm etwas zugestoßen? Ist er krank? Oder hat er etwas angestellt? Habt ihr ihn verhaftet?«

»Ich muss Schluss machen, Mamá.«

»Nein, warte! Ist er vielleicht der Mörder von diesem Martínez?«

»Verdammt noch mal, Mamá, du sollst doch vor Leo nicht solche Worte benutzen!«

»Leo schläft. Und du sollst nicht fluchen.«

»Gib ihm einen Kuss von mir.«

»Komm du mir heute Abend nach Hause!«

Fernando legt auf und stößt einen tiefen Seufzer aus. »Mütter!«

Erwin Raukel, der Einzige, der außer ihm noch im Büro ist, grinst hinter einem mordsmäßigen Stapel aus Kladden und Ordnern vor sich hin und meint, während er einen Müsliriegel auswickelt: »Wie wär's, Rodriguez, wenn du mir mal hilfst?« Erwin Raukel und Oda Kristensen haben inzwischen angefangen, die Unterlagen aus dem Arbeitszimmer des Ermordeten zu sichten.

»Klar, gib her.«

Das lässt Raukel sich nicht zweimal sagen. Schon landet ein Stapel Fotoalben auf Fernandos Schreibtisch.

Er beginnt sie durchzusehen. Für eine Weile hört man nur das Rascheln des Seidenpapiers zwischen den Seiten, wenn Fernando umblättert. Erwin Raukel scheint über einer der Kladden eingenickt zu sein, vielleicht liest er auch nur hoch konzentriert.

Es klopft. Es ist Oda Kristensen, in der einen Hand hält sie einen Kaffeebecher, in der anderen einen Umschlag. »Fernando, ich brauche deine Hilfe.«

»Wer nicht?«, stöhnt der. »Worum geht es denn?«

»Liebesbriefe.«

»Oho«, feixt Erwin Raukel. »Die solltest du lieber mir geben, werte Kollegin.«

»Ja, richtig«, ruft Oda und erklärt in Fernandos Richtung: »Der Kollege Raukel wandelt zurzeit auf Freiersfüßen, er ist sozusagen mitten im Thema.«

»Wirklich?« Fernando blickt Raukel so verwundert an, als hätte Oda ihm gerade eröffnet, dass dieser zum Abstinenzler geworden sei.

»Blanker Unfug!«, faucht Raukel mit einem Seitenblick auf

Oda. »Ich dachte nur, unsereins versteht wenigstens noch etwas von den hohen Tönen der Minne.«

»Der Minne?«, wiederholt Fernando. »Hä?« Was benutzen die heute nur alle für seltsame Worte? Oder liegt es an ihm, leidet er an Gedächtnisschwund oder an Wortfindungsstörungen?

»Da hast du es«, seufzt Raukel in Odas Richtung.

»Die Briefe sind auf Spanisch.« Oda hält den braunen DIN-A5-Umschlag über Fernandos Schreibtisch und leert ihn aus. Etliche vergilbte Luftpostumschläge fallen heraus.

»Lieber Himmel, wie viele sind denn das?«

»Elf. Sie sind von Martínez an eine gewisse Olivia, eine Adresse in Buenos Aires. Vermutlich ist das die Frau, deren Foto in seinem Schreibtisch gelegen hat. Die mit der brennenden Liebe.«

»Wieso liegen diese Briefe bei den Sachen von Martínez, wenn sie doch von ihm selbst stammen?«, wundert sich Fernando.

»Das weiß ich nicht. Abgeschickt hat er sie jedenfalls, wie man an den Stempeln und Marken auf den Umschlägen sieht. Vielleicht hat sie sie ihm zurückgeschickt? Womöglich bist du schlauer, wenn du sie gelesen hast. Eine Zusammenfassung für die Akte wäre schön. Das Gesülze kannst du weglassen, nur die Fakten.«

»Okay, mach ich.«

»Hast du schon was Interessantes gefunden?«, wendet sich Oda an Erwin Raukel.

»Allerdings«, antwortet der. »In meinem nächsten Leben werde ich Kunstberater. Was Martínez an Honorar für die Vermittlung eines Bildes genommen hat, grenzt an Wucher. Dabei hat er sich wahrlich nicht krummgearbeitet. Er hat pro Jahr vier, fünf Kunstwerke von verschiedenen Galerien an Araber, Russen oder Chinesen vermittelt, und damit hat der mehr verdient als unsereins in fünf Jahren!«

»Meint ihr, ich kann noch umsatteln?«, fragt Fernando.

»Schon skurril«, sinniert Oda. »Wir Europäer haben jede Menge zusammengeraubte Kunst aus dem Orient und aus Afrika in unseren Museen und Privatsammlungen, und jetzt kaufen die Chinesen, Russen und Araber uns unsere Kunstwerke weg.«

»Wie es aussieht, sind seine Einkünfte ordentlich dokumentiert und versteuert worden«, fährt Raukel fort. »Natürlich weiß man nicht, was da noch nebenbei an Bargeld geflossen ist. Solche Geschäfte schreien ja förmlich danach, sich etwas an der Steuer vorbei in die Taschen zu stecken.«

»Mag sein, aber so rabiat, die Steuersünder zu erschlagen, sind sie beim Finanzamt dann auch wieder nicht«, wirft Fernando ein.

»Wo ist das viele Geld, das er verdient hat, denn hingeflossen?«, erkundigt sich Oda.

»Seine Kehle hinunter«, antwortet Raukel. »Meine Herren, der hat's vielleicht krachen lassen! Allein die monatlichen Rechnungen von diesem Sherrylieferanten! Da gibt es keine Flasche unter fünfzig Euro, und das waren nur die für den Hausgebrauch. Bei jeder Lieferung waren noch ein, zwei erlesene Fläschchen für ein paar Hundert Euro dabei. So viel Geld für Sherry!« Raukel schüttelt fassungslos den Kopf. »Und beim Whiskey und beim Wein sieht's nicht viel anders aus.«

»Schön, dass du dich da so gründlich eingearbeitet hast«, bemerkt eine Stimme. Hauptkommissar Völxen lehnt in der Tür.

»Völxen! Musst du dich so anschleichen, da kriegt man ja einen Herzkasper!«, beschwert sich Raukel.

»Was ist eigentlich mit seinem Handy?«

»Noch nicht aufgetaucht«, sagt Oda.

»Und die Kunstwerke in seiner Wohnung? Gibt es da Expertisen oder eine Versicherungspolice?« Der Hauptkommissar lässt sich auf Rifkins freien Platz sinken. Anscheinend muss man den Mitarbeitern heute alles aus der Nase ziehen. Was machen die eigentlich die ganze Zeit?

»Nein«, antwortet Raukel. »Nur Rechnungen von den Möbeln. Antiquitäten, alle saumäßig teuer. Da wagt man kaum, sich auf einen Stuhl zu setzen, geschweige denn, mal einen fahren zu lassen.«

»Heißt das, die Luft wäre besser, wenn in unserem Büro saumäßig teure Stühle stehen würden?«, fragt Fernando.

»Taucht vielleicht zufällig der Name Alvarez auf den Rechnungen auf?«, will Völxen nun wissen.

»Ja, jetzt, da du es sagst«, nickt Raukel. »Wieso?«

»Dieser Alvarez und unser Opfer waren hin und wieder zusammen im Laden meiner Mutter«, erklärt Fernando.

»Alvarez wurde am Freitagabend in seinem Antiquitätengeschäft niedergestochen«, ergänzt Völxen. »Er hat knapp überlebt, Rifkin macht gerade einen Krankenbesuch.«

»Rifkin am Krankenbett«, wiederholt Oda skeptisch. »Das wünscht man sich, wenn man gerade dem Tod von der Schippe gesprungen ist.«

»Die dreht das Messer noch einmal in der Wunde um, wenn's sein muss«, lästert Fernando bereitwillig mit.

»Moment mal!« Raukel kneift seine kleinen, schmalen Augen noch weiter zusammen. »Habe ich das richtig verstanden? Es werden zwei alte Argentinier, die obendrein Kumpels sind, innerhalb von vierundzwanzig Stunden angegriffen. Einer davon ist tot, einer beinahe. Das stinkt doch zum Himmel, oder?« Raukel mustert die Kollegen der Reihe nach. Niemand widerspricht ihm.

»Das ist noch nicht alles«, fährt Völxen fort. »Aurelio Martínez und Luis Alvarez stammen beide aus Buenos Aires. Alvarez wurde dort 1947 geboren, also drei Jahre vor Martínez. Martínez und seine Familie sind seit Juni 1982 hier gemeldet, Alvarez ist im September 82 eingereist. Das sind zumindest die offiziellen Meldedaten. Das wirft gewisse Fragen auf ...«

Offenbar hat der Müsliriegel, den sich Raukel in der Zwischenzeit einverleibt hat, dessen Gehirnzellen angeregt, denn er begreift sofort, worauf Völxen hinauswill. »Du denkst, die zwei gehörten seinerzeit eher zur dunklen Seite der Macht?«

»Exakt«, bestätigt Völxen. »Wir sollten daher auch ein politisches Verbrechen in Betracht ziehen.«

»Es hat in dieser Familie Tradition, sich immer dann aus dem Staub zu machen, wenn die politischen Verhältnisse in Richtung Demokratie umschwenken«, berichtet Oda. »Der Nachbar, Herr Wenderoth, hat gestern noch ein bisschen von der guten alten Zeit berichtet. Demnach war die Villa ursprünglich in jüdischem Besitz, dann verschwand die dort wohnhafte Familie Bernstein im Herbst

38 von der Bildfläche, man darf das Schlimmste annehmen, und ein gewisser Hannes Martin, Mitglied der SS, angeblich ein Duzfreund von Himmler, zog dort ein.«

»Hannes *Martin*?«, wiederholt Völxen. »Zufälle gibt's.«

»Ja, nicht wahr?«, lächelt Oda. »Martin und seine Frau sind kurz nach Kriegsende auf der Rattenlinie nach Argentinien ausgewandert. Die Villa wurde an einen Strohmann verkauft. Und siehe da, vierzig Jahre später kommt ein junger Herr Martínez zurück und kauft die Villa zurück, und zwar für ein Spottgeld von hundertfünfzigtausend Deutsche Mark, wie ich nach Rücksprache mit dem Grundbuchamt rausfinden konnte. Das war selbst Anfang der Achtziger lächerlich wenig für solch ein Anwesen.«

»Was für ein Sauhaufen!«, lässt sich Erwin Raukel vernehmen, und Fernando meldet sich auch noch zu Wort: »Es gibt ein Album mit Hochzeitsbildern, die sind noch aus Argentinien, dann geht es in Deutschland weiter, ab den Achtzigerjahren. Die typischen Familienfotos, nichts Besonderes. Der Sohn war ein hübscher Bengel, Alba dagegen schon immer ein Pummelchen ...«

»Worauf willst du hinaus?«, geht Völxen ungeduldig dazwischen.

»Es gibt keinerlei Fotos von Martínez aus Argentinien, abgesehen von den Hochzeitsbildern. Ist doch komisch, oder? Also, ich habe eine Menge alte Fotos von mir. Okay, die kleben nicht alle in einem Album, nur die Kinderfotos, aber trotzdem ...«

»Wir verstehen, was du meinst, Fernando«, nickt Völxen.

»Ein altes Foto gibt es allerdings.« Fernando schlägt eines der Alben auf. »Es lag lose da drin. Leider steht kein Datum und gar nichts darauf.« Er reicht ein vergilbtes Schwarz-Weiß-Foto an die anderen weiter. Es ist das Porträt eines attraktiven Mannes in Uniform, mit kantigem Kinn und zackigem Scheitel, der in heiligem Ernst in die Kamera blickt. Über seine rechte Wange zieht sich eine dünne Narbe vom Wangenknochen bis fast zum Mundwinkel.

»Ich musste erst im Netz nachschauen, wie SS-Uniformen ausgesehen haben, aber das da scheint mir eine zu sein«, erklärt Fernando.

Erwin Raukel bestätigt dies. »Ein Bilderbuch-Nazi. Sogar mit Schmiss auf der Backe.«

»Das muss dieser Hannes Martin sein«, meint Völxen. »Er sieht seinem Sohn Aurelio Martínez sogar ähnlich, finde ich.«

»Der alte Wenderoth würde Hannes Martin sicher wiedererkennen«, überlegt Oda.

»Zeig es ihm bei Gelegenheit«, erwidert Völxen. »So oder so, es wird Zeit, dass wir die Samthandschuhe ausziehen und dem Rest dieses Clans auf den Zahn fühlen.«

»Ich habe Alba vorgeladen«, wirft Oda ein. »Ihr Bruder, dieser Rafael, müsste inzwischen auch eingetroffen sein. Der scheint nicht sonderlich an seinem Vater zu hängen, vielleicht kann der uns mehr über dessen argentinische Vergangenheit sagen.«

»Um 16:00 Uhr haben wir ein Meeting mit dem Staatsanwalt«, verkündet Völxen. »Bis dahin wäre es schön, wenn wir wenigstens irgendeine Spur hätten.«

Rifkin sitzt im parkenden Dienstwagen, denn sie hat ja noch eine weitere Aufgabe zu erfüllen. Eigentlich gar nicht so schlecht, findet sie, vom Auto aus zu arbeiten. Fast wie im Homeoffice. Kein quatschender Rodriguez, kein mampfender Raukel, keine Frau Cebulla, die einen in Völxens Auftrag herumscheucht.

Aber gar so einfach entkommt man ihnen nicht. Als hätte man es mit Telepathie zu tun, ruft Fernando Rodriguez auch schon an. »Bist du noch bei diesem Alvarez?«

»Nein, ich bin gerade raus.«

»Wir sollten ihn fragen, was ihn mit Martínez verbindet. Er war nämlich öfter mit ihm zusammen bei meiner Mutter im Laden. Sie hat ihn wiedererkannt.«

»Das hat im Moment keinen Sinn.« Rifkin erläutert kurz den Zustand des Patienten und schließt mit der Feststellung: »Den Besuch hätte ich mir sparen können.« Sie legt auf und wählt die Nummer, die der abgegebenen Zahnbürste beilag. Es dauert lange, dann wird abgenommen, und eine weibliche Stimme sagt: »Ja?«

»Hier spricht Oberkommissarin Elena Rifkin, Polizeidirektion

Hannover. Sind Sie die Person, die die Zahnbürste bei uns an der Pforte abgegeben hat?«

Schweigen am anderen Ende. Rifkin wiederholt den Satz auf Russisch und fragt sicherheitshalber: »Können Sie mich verstehen?«

Ein zögerliches russisches Ja ist zu hören.

»Wollen Sie mir Ihren Namen verraten?«

Schweigen.

»Hören Sie, unsere Analyse hat ergeben, dass die DNA auf der Zahnbürste mit der der Toten, die am Reese-Brunnen gefunden wurde, übereinstimmt.«

Man hört einen Laut, der wie ein unterdrücktes Schluchzen klingt.

»Können wir uns treffen?«, fragt Rifkin. »Es muss nicht auf dem Revier sein.«

Am anderen Ende wird schwer geatmet.

»Sie haben nichts zu befürchten, das verspreche ich Ihnen.«

»Gut«, sagt die weibliche Stimme auf Deutsch.

»Wäre es heute Nachmittag möglich?«, fragt Rifkin. »Wo soll ich hinkommen?«

»Ich schicke eine Nachricht«, sagt sie und legt auf.

Hoffen wir mal, dass die Frau dann etwas gesprächiger sein wird, denkt Rifkin und startet den Wagen. Ihr Telefon klingelt. Es ist Nuria Sanchez. Rifkin macht den Motor wieder aus. »Nuria, was gibt es?«

»Haben Sie es gesehen?«, brüllt es aus dem Telefon.

»Was soll ich gesehen haben?«

»Die Insta-Story von Tarik, die meine Freundin und ich gestern gemacht haben!«

»Nein, ich war beschäftigt«, antwortet Rifkin, die die Sache schon beinahe wieder vergessen hat. »Aber ich sehe es mir gleich an. Schick mir den Link.«

»Es geht viral. Es geht voll ab«, kreischt Nuria so begeistert, wie es nur Teenies tun können. Im Hintergrund sind Pausenhofgeräusche zu hören.

»Das freut mich, Nuria. Ich hoffe, es bringt etwas.« Denn je größer die mediale Bugwelle dieser Aktion, desto schlimmer die Enttäuschung, wenn das alles am Ende doch nichts nützt.

»Die Flüchtlingshilfe hat sich eingeschaltet«, sprudelt Nuria hervor. »Die haben Anwälte, die sich mit so was auskennen.«

»Das klingt gut. Viel Glück, Nuria. Ich muss jetzt arbeiten.«

Der Hauptkommissar leint seinen Hund an. Es ist schon nach zwölf. Höchste Zeit, sich ein wenig die Beine zu vertreten und sich in der Markthalle etwas zum Essen zu besorgen. Ein Fischbrötchen von Gosch schwebt ihm vor. Fisch ist gesund und hat praktisch gar keine Kalorien. Doch sein Plan wird von Oda und Fernando vereitelt, die unaufgefordert sein Büro entern.

»Was wollt ihr? Ich habe etwas Dringendes zu erledigen.«

»Hör dir erst an, was in den Briefen steht«, meint Oda, während Völxen wieder hinter seinem Schreibtisch Platz nimmt und Oscar sich mit einem missmutigen Seufzer demonstrativ neben seinen Korb legt.

»Diese Olivia Lopez, die Frau auf dem alten Foto, scheint Aurelios große Liebe gewesen zu sein«, beginnt Fernando. »Anscheinend war seine Familie strikt gegen diese Verbindung. Es hatte etwas mit Politik und Weltanschauung zu tun, sie und ihre Familie waren wohl eher Linke, Martínez und seine Familie dagegen ...«

»Faschisten?«, schlägt Völxen vor.

»Äh ja, so kann man wohl sagen.«

»Romeo und Julia auf Argentinisch«, spöttelt Oda.

»Genau. Ich lasse jetzt diesen ganzen romantischen Schwulst mal weg, von wegen *du bist die Sonne meines Lebens, ohne dich ist alles so sinnlos, es war der größte Fehler meines Lebens, dass ich dich gehen ließ ...«*

»Ich bitte darum«, unterbricht Völxen ungehalten, denn ihm hängt der Magen schon bis zu den Knien hinunter.

»Er beteuert wiederholt, dass er von seiner Familie zur Ehe mit Florentina Artiz gedrängt wurde, dass er es jedoch bereut, so schwach gewesen zu sein, und dass er seine Ehefrau nicht liebt, sondern nur sie, also diese Olivia Lopez. Die ersten Briefe sind aus den Jahren 1979 bis 1981, da war er noch in Argentinien. Später schrieb er, dass er jederzeit und ungeachtet der Gefahr, die ihm in der Heimat drohe, wieder zurückkäme, um mit ihr ganz neu anzufangen. Ein Wort von ihr, und er würde in Deutschland alles stehen und liegen lassen, seine Frau verlassen und diese Kinder, so stand das da, *estos niños*. Er spricht im Zusammenhang mit seiner Auswanderung nach Deutschland von unglücklichen Umständen, die ihn dazu gezwungen hätten. In jedem Brief hat er sie um ein Lebenszeichen angefleht, aber sie scheint nicht zurückgeschrieben zu haben. Er war ganz schön hartnäckig. Der letzte Brief ist von 1985.«

»Sehr schön. War's das?«, fragt Völxen, in dessen Eingeweiden der Hunger rumort.

»Ach, da ist noch was. Das mit dem Tanzkurs hat geklappt, leider. Jule hat schon angerufen und uns angemeldet.«

»Ich wusste, auf Jule ist Verlass.« Völxen bedauert noch immer, dass er sie nach ihrer Heirat mit Fernando zum LKA gehen lassen musste, da es nicht erlaubt ist, Ehepartner im selben Kommissariat zu beschäftigen.

»Es war nur noch in einem Kurs was frei: Lindy Hop. Das ist eine Art Swing.«

»Dann *swingt* mal schön und horcht euch ein bisschen um. So, komm, Oscar, jetzt müssen wir aber wirklich los.«

»Ach, Völxen?«

»Ja, Oda?«

»Bring mir doch ein Matjesbrötchen mit, ja?«

»Frau Martínez, wir, Hauptkommissarin Kristensen und ich, befragen Sie heute als Zeugin und fertigen ein Protokoll an«, lässt Völxen die Frau im schwarzen Kostüm wissen, deren Füße sich unter dem Tisch alle paar Augenblicke neu verknoten. Die Umgebung – der nüchterne, schmucklose Raum, das Aufnahmegerät auf dem Tisch – scheint sie zu verunsichern, und genau das ist auch beabsichtigt und der Grund, weshalb in Vernehmungsräumen keine Kuschelsofas stehen.

Oda startet die Aufnahme.

»Frau Martínez, vielleicht können Sie uns helfen«, beginnt Völxen in leutseligem Tonfall. »Wir konnten bis jetzt in den Unterlagen Ihres Vaters keine Versicherungspolicen der Kunstwerke in seiner Wohnung finden. Wo könnten die sein?«

»Es gibt keine Versicherung.«

»Obwohl es da einige sehr wertvolle Stücke in dieser Sammlung gibt, oder?«

»Woher wissen *Sie* das?«, kontert sie und offenbart damit, dass sie ihm nicht viel Kunstverständnis zutraut.

»Ja, es ist so«, räumt sie schließlich unter Völxens bohrendem Blick ein. »Mir hat das auch nicht gefallen. Die Versicherungen verlangen dermaßen aufwendige Sicherheitsvorkehrungen, damit überhaupt ein Vertrag zustande kommt, man würde praktisch in einer Art Hochsicherheitstrakt leben. Ganz abgesehen davon, was das alles kostet. Das ging meinem Vater gegen den Strich, darum hat er nur eine normale Alarmanlage für seine Wohnung angeschafft sowie zusätzliche Schlösser an den Fenstern und hat dafür auf die Versicherung verzichtet.«

»Wer wusste alles, dass sich in der Wohnung wertvolle Bilder befinden?«, fragt Völxen.

»Eigentlich nur wir Hausbewohner.«

»Ich fürchte, da irren Sie sich«, wirft Oda ein. »Sogar in der Nachbarschaft war das bekannt.«

»Das war mir nicht klar«, meint Alba verkniffen.

»Was können Sie uns über die Herkunft der Kunstwerke sagen, Frau Martínez?«, will Völxen wissen.

»Gar nichts. Ich habe mich nie darum gekümmert, ich finde sie nicht einmal besonders schön. Denken Sie, jemand hatte es auf die Bilder abgesehen?«

Keiner antwortet ihr, und Oda macht erst einmal mit einer eher harmlosen Frage weiter. »Wann wurden die Räume der Tanzschule zum letzten Mal geputzt?«

»Wir brauchen diese Information, um Funde der Spurensicherung zeitlich einordnen zu können«, erläutert Völxen.

Ihr Gegenüber gibt bereitwillig Auskunft. »Am Freitagabend, nach dem letzten Kurs. Eine Reinigungsfirma namens Dust-Busters übernimmt das, dreimal die Woche, Montag, Mittwoch und Freitag. Böden wischen und die Toiletten säubern, mehr machen die nicht. Die Feinheiten übernehmen Caroline oder ich, wenn ich Zeit habe.«

»Mit *Feinheiten* meinen Sie auch das Polieren der silbernen Leuchter auf dem Kamin?«, erkundigt sich Oda.

»Das und die Bar. Gläser polieren und so weiter«, nickt Alba.

»Hat diese Putzkraft einen Schlüssel?«, will Oda wissen, während sie sich den Namen der Firma notiert.

»Lieber Himmel, nein. Das Personal wechselt dort alle naselang, man weiß nie, wer da ins Haus kommt. Meistens lassen ich sie herein und wieder raus, schließe dann die Tür ab und sehe nach, ob alles in Ordnung ist.«

»Am Freitagabend war das auch so?«

»Ja. Es war eine Neue, die Frau kommt erst seit zwei oder drei Wochen.«

»Der Name? Wir brauchen ihre Fingerabdrücke zum Abgleich.«

»Keine Ahnung. Am Kittel hängt immer ein Namensschild mit Foto, aber ich habe nicht darauf geachtet. Fragen Sie am besten bei Dust-Busters nach.«

Oda wagt einen Überraschungsangriff: »Frau Martínez, wieso haben Sie und Jamiro Gizzi sich getrennt?«

Alba kneift verwirrt die Augen zusammen. »Wie bitte?«

»Hat Ihr Vater sich in Ihre Beziehungen eingemischt?«

»Nein!«

»War Gizzi ihm nicht gut genug? Duldete er keinen anderen Mann im Haus? Oder keinen Farbigen?«

»Nein! Wer behauptet das? Wie kommen Sie überhaupt auf ihn? Verdächtigen Sie ihn, nur weil er ...?«

»Weil er was?«, setzt Oda nach.

Alba winkt ab. »Von seiner Vorstrafe wissen Sie sicher längst.

Gut, wenn Sie es unbedingt hören wollen: Er hat mich verlassen, vermutlich wegen einer anderen. Zufrieden? So was kommt eben vor.« Sie verschränkt trotzig die Arme.

Oda nimmt einen großen Schluck aus ihrem Kaffeebecher.

Währenddessen schlägt Völxen einen Aktendeckel auf und legt gewisse Briefe vor Alba hin. »Kennen Sie die?«

Sie blättert die Briefe durch, überfliegt den Text. Sie wirkt angespannt, es scheint ihr unangenehm zu sein, mit den Liebesbriefen ihres Vaters konfrontiert zu werden. »Was sind das für Briefe?«, fragt sie dann.

»Sie stammen aus den Jahren 1981 bis 1985 und sind an eine gewisse Olivia Lopez in Buenos Aires gerichtet. Zu der Zeit war Ihr Vater schon mit Ihrer Mutter verheiratet.«

»Er war sicher kein Heiliger«, räumt die Tochter des Opfers ein.

Oda rechnet mit der Gegenfrage, was uralte Liebesbriefe mit seinem Tod zu tun haben, denn wenn sie ehrlich ist, hat sie sich das auch schon gefragt. Doch Alba schweigt.

Inzwischen hat Völxen sich wohl entschlossen, den Stier bei den Hörnern zu packen: »Frau Martínez, warum haben Sie uns den Besuch einer jungen Frau verschwiegen, die im August für längere Zeit bei Ihrem Vater zu Gast gewesen ist?«

»Weil es dazu nichts zu sagen gibt.«

»Das sehen wir anders«, bekennt Völxen. »Wie heißt sie, woher kommt sie, in welchem Verhältnis stand sie zu Ihrem Vater?«

Alba Martínez beugt sich über den Tisch, blickt Völxen direkt in die Augen und sagt: »Ich habe keine Ahnung.«

Der Hauptkommissar lässt sich nicht täuschen. Überzeugt davon, dass Alba lügt wie gedruckt, zieht er seine Brauen zusammen und erwidert: »Das nehme ich Ihnen nicht ab.«

»Sie sprach spanisch.«

»Kam sie aus Argentinien?«

»Möglich.«

»Hat er denn nie ihren Namen erwähnt?«

»Sie war niemand, dessen Namen man sich merken müsste«, versetzt Alba Martínez.

»Was hatten Sie denn gegen die junge Frau?«, forscht Oda nach, denn dass die Frau Alba ganz und gar nicht egal war, ist mehr als offensichtlich.

»Ich wollte nicht mit ansehen, wie mein Vater sich lächerlich macht.«

»Mit einer sehr jungen Geliebten, meinen Sie das?«

Alba Martínez zuckt mit den Achseln.

»Wieso wohnte sie dann im Gästezimmer?«, hakt Oda nach.

»Ich weiß nicht, wo diese Person nächtigte, ich war in der Zeit nicht in der Wohnung meines Vaters. Können wir das Thema jetzt abschließen?«

Doch Oda ist noch längst nicht fertig. »Kam das öfter vor, dass Ihr Vater junge Frauen bei sich in der Wohnung beherbergte?«

Alba zischt wütend: »Hören Sie, ich habe gerade meinen Vater verloren. Verstehen Sie, dass ich mit Ihnen nicht über sein Liebesleben diskutieren möchte? Das ist mir unangenehm.«

»Ermittlungen in einem Mordfall sind oft unangenehm, darauf können wir leider keine Rücksicht nehmen«, erklärt Oda.

»Woher kannte er diese Frau?«, will Völxen wissen.

»Was weiß ich? Internet? Tinder? Heutzutage ist es ja nicht schwer, Bekanntschaften zu machen.«

»Das ist seltsam.« Völxen macht eine Pause, während der er beobachtet, wie Alba Martínez ihre Beine neu anordnet und die Hände an ihrem Rock abwischt. »Gestern haben Sie mir erzählt, Ihr Vater hätte mit Internet und Smartphone und dergleichen nichts am Hut.«

»Ich habe keine Ahnung, wie und wo er sie aufgetrieben hat«, stößt Alba heftig hervor.

»Wo ist diese Frau jetzt?«

»Wie oft denn noch? Ich weiß es nicht!« Sie ist aufgesprungen. »Wenn es keine weiteren Fragen mehr gibt, dann würde ich jetzt gerne gehen und mich um die Beerdigung kümmern.«

»Setzen Sie sich wieder«, sagt Völxen, und zwar so, dass sie sich tatsächlich wieder hinsetzt, wenn auch nur auf die Stuhlkante. Der Hauptkommissar lässt ein paar Sekunden verstreichen, ehe er in einem leichten Plauderton feststellt: »Die Möbel in der Wohnung Ihres Vaters sind sehr kostbar. Wissen Sie, woher die stammen?«

»Es sind Antiquitäten aus verschiedenen Quellen. Mein Vater besuchte gern Kunst- und Antiquitätenmessen.«

»Sagt Ihnen der Name Luis Alvarez etwas?«

Sie nickt. »Das ist ein Antiquitätenhändler, von dem mein Vater einige Stücke gekauft hat.«

»Kennen Sie ihn persönlich?«

Alba Martínez zögert kurz, ehe sie angibt: »Er war ab und zu bei uns. Also, bei meinem Vater. Sie haben manchmal zusammen Schach gespielt. Er stammt ebenfalls aus Argentinien, die beiden verstanden sich wohl gut. Ich hatte mit ihm nie viel zu tun.«

»Wusste er von den Bildern?«

»Das nehme ich an, ja.«

»Wann war Herr Alvarez das letzte Mal im Haus?«

»Das weiß ich nicht. In den vergangenen paar Tagen jedenfalls nicht, oder falls doch, dann habe ich es nicht mitbekommen.« Sie zieht an ihrem Rocksaum, obwohl es nichts glatt zu ziehen gibt.

»Kennen Sie den spanischen Wein- und Lebensmittelladen Rodriguez in Linden?«, erkundigt sich Völxen.

»Nein.«

»Man isst dort hervorragende Tapas«, schwärmt der Hauptkommissar.

Alba schaut ihn an, als zweifle sie an seinem Verstand.

»Ihr Vater war öfter dort. Zusammen mit Herrn Alvarez.«

»Mag sein. Ich bin eher für die asiatische Küche zu haben. Aber wieso fragen Sie das? Ist Alvarez verdächtig? Hat er meinen Vater ...?«

»Warum sollte Herr Alvarez Ihrem Vater etwas antun?«, stellt Völxen die Gegenfrage.

»Das weiß ich doch nicht! *Sie* fragen mich doch ständig nach ihm, also muss es wohl wichtig sein. Oder vergeude ich hier meine Zeit, indem ich unsinnige Fragen beantworte?«

»Herr Alvarez wurde am Freitag in seinem Ladengeschäft niedergestochen«, pariert Völxen den Angriff.

Alba macht ein erschrockenes Gesicht und ruft: »Wie bitte? Er wurde auch ermordet?«

»Nein. Er ist schwer verletzt, aber er lebt.« Dass der Mann zwar bei Bewusstsein, aber heute Vormittag noch nicht vernehmungsfähig war, muss hier ja nicht unbedingt ausgebreitet werden.

»Und ... und wer hat das getan?«, presst sie hervor.

»Wir ermitteln noch«, antwortet Oda. »Wir finden es nur auffällig, dass zwei befreundete ältere Herren, beide Argentinier, innerhalb kürzester Zeit einem Gewaltverbrechen zum Opfer fallen.«

»Wenn Sie also irgendetwas über die Beziehung zwischen Luis Alvarez und Ihrem Vater wissen, abgesehen von Möbeln und Schach, dann wäre es hilfreich, wenn Sie uns darüber in Kenntnis setzen würden«, fügt Völxen etwas gestelzt hinzu.

»Ich habe Ihnen alles gesagt.« Alba zuckt mit den Achseln und blickt sich unruhig im Raum um. »Kann ich jetzt gehen? Ich habe wirklich einen Termin mit dem Bestattungsunternehmen.«

»Wir haben nie an Ihren Worten gezweifelt«, versichert Völxen mit einem Hauch von Spott.

Oda hat noch ein Anliegen. »Ihr Bruder hat uns nicht zurückgerufen. Ich nehme an, er wohnt bei Ihnen?«

»Ja. Er ist vorhin nach Hamburg gefahren, einen alten Studienfreund besuchen.«

»Wie bitte?« An Völxens Schläfe gewinnt eine Ader an Umfang.

»Er kommt heute Abend wieder. Oder morgen früh, falls es spät wird, ich weiß es nicht genau.« Ihr Lächeln wirkt, als wollte sie den Ermittlern etwas heimzahlen.

»Bestellen Sie ihm bitte, dass wir ihn morgen Vormittag hier sehen wollen«, sagt Völxen. »Sonst lassen wir ihn von einer Streife abholen.«

»Dieses Haarband aus dem Gästebad der Villa«, beginnt Völxen, während er und Oda über den Flur gehen. »Ich möchte, dass man die DNA darauf nicht nur mit der von Martínez, sondern auch mit der DNA der Toten vom Reese-Brunnen vergleicht.«

»Echt jetzt?«, fragt Oda.

»Du klingst wie Rifkin. Ja, *echt jetzt*. Die Frau wurde vor zwei Wochen gefunden, die ominöse Besucherin ist ebenfalls seit etwa zwei Wochen verschwunden – ich will nur sichergehen.«

»Okay, schon gut. Du bist der Chef.«

»Allerdings.«

Oda verschwindet in ihrem Kabuff, vermutlich, um erst einmal eine zu rauchen. Völxen hingegen klopft an die Tür des Büros, das sich die anderen zu ihrem gegenseitigen Leidwesen teilen. »Wo ist Rifkin?«, fragt er die zwei anwesenden Herren.

»Bereitet das Meeting vor«, antwortet Fernando.

Völxen betritt den großen Besprechungsraum. Er beglückwünscht sich noch heute zu seinem Entschluss, Rifkin zu einem Kursus über zeitgemäße Präsentationstechniken und methodische Fallbearbeitung geschickt zu haben. Seither verwendet Rifkin viel Sorgfalt darauf, den jeweils aktuellen Fall in all seine Facetten in Bild und Schrift systematisch zu veranschaulichen. Auch jetzt hängen schon die Porträts des Opfers und der potenziellen Verdächtigen an der Pinnwand, versehen mit den persönlichen Daten, dem Alibi, falls vorhanden, und allem, was sonst noch von Wichtigkeit sein könnte. Auf einer anderen Tafel sind die Vorkommnisse vor und nach der Tat, wie sie aus den Zeugenaussagen rekonstruiert werden konnten, anhand eines Zeitstrahls aufgelistet. Gerade ist Rifkin dabei, die ausgedruckten Fotos der Spurensicherung zu sortieren.

»Hat sich die unbekannte Russin schon bei Ihnen gemeldet?«

»Leider nein, Herr Hauptkommissar.« Rifkin greift in ihre hintere Hosentasche und checkt vorsichtshalber noch einmal ihr Handy. »Nein, nichts.«

So was kommt eben vor. Die Worte von Alba Martínez über das Verlassenwerden spuken Oda im Kopf herum, als sie wieder an ihrem Schreibtisch sitzt und sich eine Zigarette dreht. Kann es wirklich sein, dass sie keine Ahnung hatte, was ihr Vater hinter ihrem Rücken mauschelte? Was, wenn sie es doch erfuhr, durch einen Zufall? So wie man durch Zufall seinen Ehemann in Begleitung einer anderen beobachtet.

Oda hat Tian gestern nicht mehr gesehen. Sie ist in ihrer Wohnung in Isernhagen geblieben und er in seiner in der Südstadt. Sie schrieb ihm eine Nachricht, sie müsse noch arbeiten. Was nicht ganz stimmte, nach der Unterhaltung mit Herrn Wenderoth hat sie zu Hause lediglich stumpfsinnig auf den Fernseher gestarrt, ohne wirklich etwas vom Programm wahrzunehmen.

Du musst das klären. Wieso fragst du ihn nicht? Wovor hast du Angst?

Eine neue E-Mail ploppt auf. *Fall Martínez, Schädelscan* lautet der Betreff. Die Nachricht stammt von Veronikas Mail-Adresse bei der MHH. Eigentlich kein Wunder, überlegt Oda, dass ihre Tochter in der Rechtsmedizin gelandet ist. Als Teenager lief sie in schwarzen Klamotten herum, malte sich schwarze Ringe um die Augen und äußerte wiederholt den Wunsch, in einem Sarg zu schlafen – was Oda vereitelt hat. Sie hätte sich vielleicht nicht so oft mit ihr über ihre Fälle unterhalten sollen. Aber nun ist es, wie es ist, und Oda spürt einen Anflug von Stolz auf ihre Tochter.

Der Anhang der Mail enthält ein schickes Video, auf dem die Schädelknochen von Aurelio Martínez von allen Seiten und dreidimensional zu sehen sind, samt den Bruchstellen. Oda schaudert.

In der Nachricht finden sich die Erläuterungen dazu, nämlich dass die Impressionsfrakturen durch direkte Gewalteinwirkung erfolgten, und zwar zweifelsfrei durch die am Tatort gefundene Tatwaffe, sprich, den Kerzenleuchter. Frakturen? Plural? Ja, hier steht, dass zwei Schläge auf den Schädel ausgeführt wurden. Da der zweite Schlag fast dieselbe Stelle traf wie der erste, und auch aufgrund der starken Verletzung des äußeren Gewebes, konnte dieser Umstand nicht sofort an Ort und Stelle erkannt werden.

Oda muss schmunzeln. Auf diese Erklärung, die fast wie eine Entschuldigung klingt, hat Dr. Bächle sicherlich großen Wert gelegt. Nicht dass noch jemand denkt, ihm sei am Tatort eine Nachlässigkeit unterlaufen. Oda liest weiter. Es folgt eine mit vielen Zahlen und Formeln gespickte Abhandlung über Schlagwinkel und Bruchstellen, woraus Oda schließlich ableitet, dass der zweite Schlag heftiger war als der erste und erfolgte, als das Opfer schon am Boden lag.

Da hat es jemand wirklich ernst gemeint. Es sei denn ... Oda greift zum Telefon und hat nach einer gewissen Wartezeit und Beharrlichkeit den Doktor persönlich am Apparat.

»Moin, Dr. Bächle. Nur eine winzige Frage ...«

»Frau Krischtensen, ich stecke praktisch mitten in einer Leich'.«

»Zwei Schläge, Dr. Bächle. Einer, als das Opfer stand, der andere, als er lag, habe ich das richtig interpretiert?«

»Exakt, Frau Krischtensen.«

»Da steht aber nicht, in welchem Zeitabstand diese zwei Schläge erfolgt sind. Oder habe ich das im Dschungel Ihres Medizinerlateins übersehen?«

»Das steht da deshalb nicht, Frau Krischtensen, weil es sich beim beschten Willen nicht exakt feschtschtellen lässt«, erwidert Bächle und klingt etwas genervt.

»Stunden, Minuten?«, hakt Oda ungerührt nach.

»Schtunden? Naa, auf gar koin Fall!«, fällt der Schwabe ins heimatliche Idiom. »Ein paar wänige Minuten sind möglich, högschdens.«

»Danke, Dr. Bächle, das war's schon. Einen schönen Tag noch und viel Spaß noch mit Ihrer *Leich'*!«

Kapitel 10 –
Das Leben ist kein Ponyhof

Völxen zieht den Knoten der Krawatte stramm, die er stets schon vorgeknotet in der Schublade seines Schreibtisches aufbewahrt, und schlüpft in sein Sakko. Oscar bringt er vorsichtshalber zu Frau Cebulla in deren Büro, denn Staatsanwälte sind von Hunden in Meetings zuweilen nicht sonderlich angetan, und bei Oscar weiß man nie, ob er sich nicht gerade dann danebenbenimmt. Dazu kommt, dass der Staatsanwalt, dem dieser Fall zugeteilt wurde, neu sein muss.

Den Mann, der Punkt vier Uhr den Besprechungsraum betritt, hat Völxen tatsächlich noch nie vorher gesehen, denn der Anblick wäre sicherlich haften geblieben. Allein schon deshalb, weil der Zweimetermann, er dürfte Mitte, Ende dreißig sein, alle im Raum überragt. Doch das ist nicht das einzig Markante an seiner Erscheinung; keine Krawatte, das Sakko zerknittert, das drahtige, braune Haar am Hinterkopf zusammengebunden und dann dieser rötliche, fusselige Bart, der bis über die Stelle reicht, die die zwei offenen Hemdknöpfe freilegen.

Staatsanwälte sind auch nicht mehr das, was sie einmal waren.

Nachdem Staatsanwalt Marius Feyling sich vorgestellt hat, lässt er sich von Frau Cebulla Kaffee und Kekse reichen und hört sich dann an, was es zum aktuellen Fall zu sagen gibt. Oda Kristensen macht den Anfang. Anhand von Rikfins Fotos und dem Bericht der Rechtsmedizin rekonstruiert sie das vermeintliche Tatgeschehen und liefert ein paar Informationen zu Zeugen und Verdächtigen. Danach legt Hauptkommissar Völxen den Fall mitsamt den damit verbundenen Rätseln und Seltsamkeiten dar, was einige Zeit in Anspruch nimmt. Nachdem alles gesagt ist, ist es mucksmäuschenstill im Besprechungsraum. Feyling, in dessen

Strubbelbart ein paar Kekskrümel hängen, scheint gründlich über das Gehörte nachzudenken und kommt schließlich zu dem Ergebnis: »Wir haben keine Ahnung, womit wir es hier zu tun haben, richtig?« Immerhin hat er *wir* gesagt, und seine wasserblauen Augen sehen bei dieser Frage durchaus freundlich aus. Vielleicht lächelt er sogar, man kann das wegen des Bartes nicht eindeutig erkennen.

»So ist es«, räumt Völxen unumwunden ein, denn alles andere wäre Schönfärberei. »Es kann alles sein: der missglückte Versuch eines Raubes, eine Beziehungstat, etwas Politisches ... Dazu kommt die Sache mit diesem Luis Alvarez. Wir haben erst seit heute Morgen Kenntnis davon und wissen noch nicht, wie wir das einordnen sollen und ob die zwei Delikte miteinander zu tun haben oder nicht. Ich hoffe, der Mann ist bald vernehmungsfähig. So oder so werden wir uns den Tatort gleich morgen früh vornehmen.«

»Hat die Presse schon Wind davon bekommen?«

»Vom Angriff auf Alvarez? Nein.«

»Dabei sollte es vorerst auch bleiben«, murmelt Staatsanwalt Feyling in seinen Prophetenbart. »Sonst spinnen die sich am Ende noch ein Serienmörder-Gerücht zusammen.«

Es klopft. Rolf Fiedler betritt den Raum und entschuldigt sich für seine Verspätung. Sein Fahrrad habe einen Platten gehabt, erklärt der Leiter der Kriminaltechnik, normalerweise die Pünktlichkeit und Korrektheit in Person. Sein Gesicht ist gerötet, und die Gläser seiner randlosen Brille sind angelaufen.

Völxen winkt gnädig ab und hofft, dass Fiedler wenigstens etwas Erhellendes zur Sachlage beitragen kann. Allerdings würde der Hauptkommissar nicht darauf wetten, denn gäbe es eine bahnbrechende Erkenntnis, hätte Fiedler ihn längst informiert.

»Du kannst gleich weitermachen, Rolf. Aber setz dich erst mal. Kaffee? Wasser?«

Fiedler stellt seine Aktentasche ab, nimmt einen Schluck aus dem Wasserglas, das Oda ihm reicht, und legt, ohne sich hinzusetzen, los. »Wir haben in der Umgebung des Tatorts diverse Fingerabdrücke und DNA-Spuren sichergestellt. Die Fingerabdrücke konnten alle den Hausbewohnern zugeordnet werden, die Auswertung der DNA dauert noch an. Das Tatwerkzeug ist einer der beiden Kerzenhalter, vierundsechzig Zentimeter hoch und fast drei Kilo schwer, die auf dem Kaminsims standen. Der, mit dem Martínez erschlagen wurde, wurde nach der Tat abgewischt. Nicht sehr sorgfältig, aber doch gründlich genug, sodass wir keinen brauchbaren Fingerabdruck darauf finden konnten. Die Herkunft der Faser konnten wir noch nicht ermitteln. Die Gläsertücher, die an der Bar verwendet werden, waren es jedenfalls nicht, die sind hell und aus Baumwolle, unsere Fasern sind dunkelblau und grün und aus einem Wolle-Synthetik-Gemisch.«

»Wäre ja auch zu schön gewesen«, murmelt Oda und fragt: »Also war es eher ein Kleidungsstück, das zum Entfernen der Fingerabdrücke benutzt wurde?«

»Würde ich sagen, ja.«

»Waren Fingerabdrücke am anderen Leuchter?«

»Ja, sie stammen von Alba Martínez und Caroline Wagner.« Fiedler wirft einen Blick auf seine Notizen und fährt fort: »Fußspuren gibt es leider keine, da der Eingangsbereich gepflastert ist und es die Tage davor trocken war. Aber etwas Interessantes haben wir doch gefunden ...«

Völxen horcht auf.

Fiedler öffnet seine schwarze Aktenmappe und zieht ein Beweismitteltütchen heraus, in dem ein kleiner runder Gegenstand liegt. »Der da lag auf der unteren Einfassung des Kamins. Es konnte darauf ein Teil eines Daumenabdrucks sichergestellt werden. Leider ergab sich keine Übereinstimmung mit den Personen, die schon erkennungsdienstlich behandelt wurden, und wir haben auch nichts in der Datenbank gefunden.«

»Na, immerhin etwas«, meint der Staatsanwalt mit unverhohlenem Sarkasmus. »Ein Knopf.«

»Mit Fadenresten daran«, ergänzt Fiedler. »Möglicherweise wurde er bei der Attacke abgerissen. Vom Anzug des Opfers stammt er jedenfalls nicht«, fügt der Kriminaltechniker hinzu, obwohl sich das bei der Gründlichkeit seiner Leute von selbst versteht.

»Der kann aber auch schon länger da gelegen haben, oder?«, meint Feyling.

»Je nachdem, wie gründlich geputzt wurde«, räumt Fiedler ein. »Die letzte Reinigung des Bodens erfolgte am Tag zuvor, aber da der Knopf auf der Kamineinfassung lag, kann er übersehen worden sein.«

Eine Hitzewelle bricht über Völxen herein. Es ist einer dieser Augenblicke, die den Wunsch in ihm wecken, einen anderen Beruf ergriffen zu haben. Landwirt, zum Beispiel, wie sein Großvater. Jetzt hilft nur noch die Flucht nach vorn. Er räuspert sich. »Ich muss den Anwesenden leider mitteilen, dass dieser Knopf kein Beweisstück ist«, beginnt er förmlich. »Der Knopf stammt nämlich von meinem Anzug. Er ist mir ... ähm ... abhandengekommen, als ich den Leichnam begutachtet habe. Ich konnte ihn danach nicht mehr finden. Tut mir leid, ich hätte das sagen müssen, aber ich hatte es später leider vollkommen vergessen.«

Fiedler legt den Kopf schief und wirft dem Hauptkommissar einen langen tadelnden Blick zu. Das Corpus Delicti liegt noch immer auf dem Tisch. »Sollen wir den Knopf trotzdem zu den Beweismitteln nehmen, oder willst du ihn wieder annähen?«, fragt der Chef der Spurensicherung.

Völxen zieht es vor, auf diese Frage nicht zu antworten.

»Mann, Völxen«, meint Raukel, »das kommt davon, wenn man sich zum Tangotanzen in den feinen Zwirn quetscht.«

Irgendwer kichert, und Völxen spürt, wie er rot anläuft. Was muss der Staatsanwalt für einen Eindruck von ihm und seinem Kommissariat haben?

»Sie tanzen Tango?«, erkundigt sich dieser nun, und dieses Mal erkennt man trotz des Bartes, dass er breit grinst.

Was zum Teufel ist an der Vorstellung von seiner Person als Tangotänzer so lustig? »Ich wollte«, kontert Völxen. »Dann wurde der Tanzlehrer ermordet.«

»Es ist ein Jammer«, feixt Raukel. »Womöglich bleibt ein großes Talent nun für immer unentdeckt.«

In diesem Moment greift Rifkin nach ihrem Telefon, das vor ihr liegt und zu vibrieren begonnen hat. Sie liest die eingegangene SMS, nickt Völxen zu und hebt kurz den Daumen.

Dessen Miene hellt sich geringfügig auf. »Wenn Sie gehen müssen, Rifkin, nur zu.«

Als Treffpunkt ist in der SMS der Eingang der Marktkirche angegeben. Pünktlich um achtzehn Uhr steht Rifkin davor und betrachtet abwechselnd das Kommen und Gehen auf dem Platz und die schweren, bronzenen Flügel des Portals, dessen Relief allerlei interessante Motive zeigt. Neben Alltagsszenen wie einem Bauern mit Sense und raufenden Hunden sieht man auch ein brennendes Haus und einen Gehenkten am Galgen. Derlei brutale Kunst am Bau würde heute nicht mehr durchgehen, schon gar nicht an einer Kirche, überlegt Rifkin. Obwohl man andererseits vor Kreuzigungsdarstellungen wiederum nicht zurückschreckt. In Bayern sollen die Gekreuzigten sogar in den Klassenzimmern der Grundschulen hängen.

Eine junge Frau nähert sich. Rifkin erkennt an ihrem zögernden Gang und den unnötigen Bögen, die sie auf dem Platz vor der Kirche läuft, dass sie die ist, auf die sie wartet. Sie hebt die Hand, bleibt aber, wo sie ist.

»Guten Tag«, sagt die Fremde förmlich auf Deutsch, als sie bei Rifkin ist. Sie dürfte Mitte zwanzig sein, hat ein herzförmiges Gesicht und blaue Augen mit dick getuschten Wimpern. Die blonden Strähnen im dunklen Haar sind schon ziemlich herausgewachsen, ihre Haut ist sehr blass. Rifkin weiß, dass viele russische Frauen auf ihre blasse Haut stolz sind.

Rifkin sagt auf Russisch: »Ich bin Elena Rifkin, wie darf ich Sie nennen?«

»Valeska.«

Rifkin deutet auf die Bar am anderen Ende des Platzes und schlägt vor, dort etwas zu trinken. Valeska lehnt ab. »Können wir reingehen?« Sie meint die Kirche, wie sie durch eine Geste zu verstehen gibt.

»Klar.«

Sie betreten das hohe Kirchenschiff und setzen sich mit einem Stuhl Abstand zwischen sich in die vorletzte Stuhlreihe. Die wenigen Menschen, die sich in der Kirche aufhalten, sind Touristen, welche die schlichte, aufstrebende Backsteingotik und die bunten Glasfenster des Gotteshauses bewundern.

Rifkin ist klar, dass der Vorschlag, sich in die Kirche zu setzen, weder der inneren Einkehr noch architektonischem Interesse geschuldet ist, sondern der Tatsache, dass Valeska nicht mit einer Polizistin, auch wenn diese keine Uniform trägt, gesehen werden will.

»Sie kennen also die Tote, die in der Nähe dieses Brunnens gefunden wurde.«

Valeska nickt. »Sie hieß Fedora. Fedora Melnik.«

Rifkin redet nicht lange um den heißen Brei herum. »Sie haben keinen gültigen Aufenthaltsstatus, oder? Sonst hätten Sie sich bestimmt früher gemeldet.«

Valeska senkt den Kopf und nickt.

»Woher kommen Sie?«

»Aus der Ukraine, aus einem Dorf bei Donezk.«

»Erzählen Sie mir von Fedora.«

»Wir sind Freundinnen, schon seit der Schule. Vor drei Jahren sind wir hergekommen, weil es zu Hause nicht mehr sicher war. Meine Tante hat uns aufgenommen. Wir haben in verschiedenen Restaurants gearbeitet, in der Küche und im Service. Es lief gut, wir konnten sogar zusammen eine winzige Wohnung mieten. Dann kam Corona, und wir verloren unsere Jobs. Meine Tante wurde auch entlassen, sie ist wieder zurück in die Ukraine. Fedora und ich wollten hierbleiben. Wir dachten, Corona geht schnell vorbei. Hätten wir geahnt ...« Sie zuckt mit den Achseln. »Wir konnten die Miete nicht mehr zahlen. Da haben wir von einer russischen Frau gehört, sie hat eine Firma, die immer Leute sucht. Büros putzen, Haushalte, egal. Sie zahlt schlecht, aber mit vielen Überstunden konnten wir wenigstens wieder die Miete zahlen und unser Essen. Dann haben im Sommer die Restaurants wieder aufgemacht, ich habe meine zwei alten Jobs wiederbekommen, aber das Restaurant, in dem Fedora zuvor gearbeitet hat, war pleitegegangen. Also hat sie erst einmal weiter geputzt. Ihr gefiel das besser als die Arbeit in der Küche. *Beim Putzen ist man allein und kann gut nachdenken.* Das hat sie immer gesagt. Am letzten Freitag im August hatte sie wieder einen Putzjob, am Abend. Seither habe ich sie nicht mehr gesehen, und sie geht auch nicht an ihr Handy.« Valeska weint inzwischen, zwei schwarze Schlieren ziehen sich ihre Wangen hinab. Rifkin reicht ihr ein Taschentuch.

»Ich bin zu dieser Frau von der Putzfirma gegangen und habe sie gefragt, ob sie etwas weiß. Sie hat behauptet, Fedora hätte sich Geld von ihr geliehen und wäre zurück in die Ukraine. Ich habe ihr kein Wort geglaubt. Fedora hatte dort nur noch einen Vater, der sie schlecht behandelte, warum sollte sie dorthin zurückwollen? Dann hat mir die Russin Geld gegeben, damit ich den Mund halte.« Valeska schluchzt auf. »Ich hätte das nicht nehmen sollen. Ich schäme mich so.«

»Das spielt keine Rolle mehr«, sagt Rifkin. »Dafür tun Sie ja jetzt das Richtige.«

»Sie hat mir gedroht, wenn ich Probleme mache, würde sie die Polizei holen.«

»Das glaube ich weniger«, wirft Rifkin ein.

»Ich hatte Angst vor ihr, sie ist böse. Ich fing an, mir einzureden, dass Fedora wirklich weggegangen ist und mir nur nichts sagen wollte.«

»Dann hätte sie doch ihre Sachen mitgenommen, oder?«, wirft Rifkin ein.

»Viel hatte sie ja nicht«, meint Valeska resigniert. »Als ich von der verbrannten Leiche gehört habe, hatte ich den Verdacht, dass es Fedora sein könnte. Doch in der Zeitung stand, dass es wahrscheinlich eine Prostituierte war, also dachte ich, nein, das kann nicht sein. Am Samstag habe ich in meinem Newsfeed gelesen, dass in einer Tanzschule der Besitzer ermordet worden ist. Da ist mir eingefallen: Seit Juni hat Fedora an drei Abenden in der Woche in einer schönen, alten Villa geputzt. Es war eine Tanzschule, sie hat mir vorgeschwärmt, wie schön es dort sei, und sie hat auch den Namen gesagt, Martínez. Da ist mir klar geworden, dass Fedora zuletzt dort geputzt haben muss. Jetzt ist der Mann tot, dem das alles gehört. Das ist doch kein Zufall, oder?« Sie schaut Rifkin fragend an.

»Haben Sie ein Foto von Fedora auf dem Handy?«

»Ja, viele.«

Die meisten sind Selfies der beiden Freundinnen. Beide sind blass und dunkelhaarig, Fedora hat ein schmales Gesicht, leicht vorstehende Zähne und große, braune Augen. Rifkin lässt sich einige der Fotos auf ihr Handy schicken und fragt Valeska nach Fedoras Mobilnummer, um ein Bewegungsprofil erstellen zu können.

»Wie heißt diese Firma, für die Sie und Fedora geputzt haben?«

Valeska öffnet ihre Handtasche, holt daraus eine Visitenkarte hervor und reicht sie Rifkin.

Dust-Busters. Die Adresse liegt in der Nähe vom *Schwarzen Bären* in Linden.

»Sagen Sie denen nichts von mir, bitte!« Valeskas Stimme zittert.

»Haben Sie Angst?«

»Die wissen, wo ich wohne. Womöglich hat Fedoras Tod gar nichts mit der Tanzschule zu tun ...«

»Sondern?«

Valeska blickt sich um und flüstert: »Für die arbeiten viele Ausländer. Mehr Illegale als Angemeldete. Nicht nur Putzfrauen. Sie vermittelt auch Frauen für Altenpflege, privat.«

Rifkin denkt kurz nach, während sie ihr Telefon herausnimmt und ganz dezent die Aufnahme stoppt, die sie von dem Gespräch gemacht hat. Nur, damit nichts verloren geht.

»Sie sollten nicht in Ihrer Wohnung bleiben, Valeska. Ich werde Ihnen eine Unterkunft besorgen, wenigstens vorübergehend, bis wir die Leute, die hinter Dust-Busters stehen, ermittelt und aus dem Verkehr gezogen haben.«

»Nein, das ist nicht nötig«, wehrt Valeska ab, und man sieht ihr an, dass sie es bereut, hergekommen zu sein.

»Doch, das ist es«, erwidert Rifkin bestimmt. »Ich kenne solche

Leute. Die zeigen Sie nicht bei der Polizei an, wenn Sie denen querkommen. Die sorgen dafür, dass Sie nie mehr reden. Wollen Sie, dass Ihnen dasselbe passiert wie Ihrer Freundin?«

Valeska reißt erschrocken die Augen auf.

»Keine Sorge, niemand wird wissen, wo Sie sind, nicht einmal meine Kollegen«, versichert Rifkin. Sie wählt eine Nummer, die sie unter *Robin* gespeichert hat. Während es klingelt, erklärt sie: »Der Herr, der sich gleich rührend um Sie kümmern wird, ist ein Landsmann von mir und selbst nicht besonders gut auf die Polizei zu sprechen. Vertrauen Sie mir. Alles wird gut.«

Valeska nickt. »Sie sind eine seltsame Polizistin«, sagt sie dann.

»Das höre ich öfter.«

»Ich möchte Sie alle herzlich zu unserem heutigen Kurs begrüßen. Mein Name ist Daniel Brock, und ich werde voraussichtlich für die restliche Zeit, die dieser Kurs noch dauert, Ihr Lehrer sein. Sie wissen vermutlich, was am Samstag Schreckliches vorgefallen ist, wir sind alle sehr schockiert und Sie bestimmt auch. Darum danke ich Ihnen umso mehr, dass Sie alle heute hier sind ...«

So ganz stimmt das nicht, es sind nicht mehr alle hier. Ein Paar hat sich abgemeldet, nur deshalb konnten Jule und Fernando teilnehmen. Es sind acht Paare, zusammen mit ihnen.

Daniel Brock. Fernando muss erst in seinem Gedächtnis kramen, woher er den Namen kennt: aus der Akte. Brock ist der Typ, der die Leiche fand. Der Sportlehrer, der auch den Streetdance-Kurs leitet.

»... denn Aurelio Martínez hätte am allerwenigsten gewollt, dass Sie seinetwegen die Lust am Tanzen verlieren ...«

Eine Frau in Leggins und einem Batik-T-Shirt schnieft.

»Wir begrüßen auch zwei neue Teilnehmer, Fernando und Julia.«

»Jule.«

»Willkommen, ihr zwei, wenn auch in schwierigen Zeiten.«

»Danke«, erwidern die beiden im Chor. Jule lächelt verhalten, und Fernando nickt dem Kursleiter zu.

Beim Betreten des Foyers und des Tanzsaals, der auf seine altmodische Art wirklich eine Pracht ist, musste Fernando seine Ehefrau erneut ermahnen, vor lauter Nostalgie nicht gar so sehr zu strahlen.

Brock macht sich an der Anlage zu schaffen, dann bricht die Musik los, ein jazziger Big-Band-Sound. Die sieben anderen Paare beginnen zu tanzen, während Fernando und Jule die Grundschritte erklärt bekommen. Nachdem sie eine Weile lang geübt haben, fühlt sich Fernando reif fürs Parkett.

»Dann lass mal sehen, was du draufhast«, fordert ihn Jule auf.

Um nicht völlig ahnungslos in ein unbekanntes Abenteuer zu stolpern, hat Fernando sich kurz vor Dienstschluss noch ein paar Videos zu Lindy Hop angeschaut. Allerdings waren das Aufnahmen von Profis und deren Turnieren. Fernando nahm an, dass es in einem Anfängerkurs, der bislang von einem gut angejahrten Tanzlehrer betreut wurde, wohl nicht gar so wild zugehen würde. Das stellt sich nun als ein Irrtum heraus. Lieber Himmel, was für ein Gezappel, was für eine Hektik, und wie anstrengend das ist!

Jule dagegen scheint solche Probleme nicht zu kennen. Fit wie ein Turnschuh hüpft sie übers Parkett, und in ihrem weit schwingenden roten Rock mit dem breiten Gürtel sieht sie noch dazu umwerfend aus. Ein bisschen retro, was sicher beabsichtigt war. Um nach Leos Geburt nicht auseinanderzugehen wie ein Pfannkuchen – ihre Worte –, hat sie angefangen zu joggen. Das zahlt sich nun aus. Fernando, der groß getönt hat mitzulaufen, hat das Ganze nach zwei, drei Wochen unter diversen Vorwänden schleifen lassen. Das rächt sich jetzt. Nach einer Viertelstunde ist er ziemlich aus der Puste. Außerdem erweist sich seine enge Jeans als hinderlich, und sein Hemd ist unter den Achseln schon bald unangenehm durchgeschwitzt. Wenigstens hat er den Grundschritt nun endlich begriffen und verinnerlicht. Bei Jule ging das deutlich schneller, das muss er zugeben. Anscheinend ist doch sie das tänzerische Talent in der Familie. Sie war ja auch mal beim Ballett. Wozu man eine Höhere-Töchter-Ausbildung doch immer wieder gebrauchen kann! Fernando dagegen hatte als Jugendlicher ganz andere Interessen und Talente, die weniger prestigeträchtig sind, schon gar nicht für einen Polizeibeamten. Lediglich seine Kenntnisse, was das Knacken von Türschlössern angeht, sind ihm heute noch bisweilen von Nutzen.

Die anderen Paare haben in den vorangegangenen Stunden einige Figuren eingeübt, und heute zeigt ihnen Brock ein paar neue, ziemlich akrobatische. Sein Faible für Hip-Hop kann er wohl nicht ganz unterdrücken. Wenigstens können die zwei Neuen dabei kurz verschnaufen und den anderen bei ihren Verrenkungen zusehen. Manche Paare erfinden ihre eigenen Schrittfolgen und probieren sie gleich aus – überhaupt scheint jedes Paar bemüht zu sein, einen eigenen Stil zu entwickeln. Der Kurs scheint für manche eine Art Wettbewerb in Sachen Kreativität zu sein. Aber auch einer Soloeinlage steht nichts im Weg ...

»Was soll das werden?«, fragt Jule mit skeptischer Miene, als Fernando ein paar Schritte im Alleingang wagt. »Der balzende Gockel?«

»Banausin! Das ist eine Hommage an den Flamenco!«

»Ach so!« Jule muss lachen und kann schier nicht wieder aufhören. Ihre Wangen sind gerötet, ihre Augen leuchten wie Bernsteine in der Sonne. »Macht irre Spaß, nicht wahr?«

»Ja, wirklich«, keucht Fernando und meint es sogar so. Ist Jule glücklich, ist er es auch, so einfach ist das. Auch wenn er morgen auf dem Zahnfleisch daherkommen wird, so viel ist sicher.

»Wir dürfen aber nicht vergessen, dass wir auf einer Mission sind«, flüstert sie ihm zu.

»Das vergesse ich keinen Augenblick, Mata Hari.«

»Herr Hauptkommissar?«

»Rifkin, was gibt es? Haben Sie die Frau getroffen?« Völxen hat soeben Oscar angeleint, um mit ihm in den wohlverdienten Feierabend zu verschwinden, als Rifkin sein Büro betritt.

»Ja«, bestätigt Rifkin und wiederholt in Stichpunkten das Gespräch mit Valeska.

»Fedora Melnik also«, murmelt Völxen.

»Ein sehr häufiger Name in der Ukraine«, erklärt Rifkin. »Diese Firma Dust-Busters ...«

»Hausdurchsuchung, gleich morgen früh«, poltert Völxen. »Ich kümmere mich um den Beschluss und die Einsatzkräfte. Herrgott, wie mir solche Leute zuwider sind!«

»Dann wünsche ich Ihnen noch einen schönen Abend, Herr Hauptkommissar.«

»Danke, Rifkin, den werde ich haben. Gut gemacht. Äh ... diese Valeska ... Haben Sie Ihre Adresse?«

»Die wollte sie mir nicht geben, leider. Leute wie sie haben oft sehr schlechte Erfahrungen mit der Polizei. Aber ich halte Kontakt übers Telefon.«

»Na gut. Hoffentlich taucht sie nicht völlig ab.«

Die nächste halbe Stunde verbringt Völxen mit Telefonaten, dann ist auch das geregelt. Endlich verlassen Herr und Hund das Büro und gehen den Flur entlang. Hinter der Tür zu Oda Kristensens Büro sind Geräusche zu hören. Eigentlich hätte auch Oda längst Feierabend, aber sie hat sich noch nicht bei ihm abgemeldet, wie sie es sonst zu tun pflegt. Sie legte in den vergangenen Tagen einen geradezu verdächtigen Diensteifer an den Tag. Verdächtig deshalb, weil Völxen in letzter Zeit manchmal den Eindruck hatte, bei Oda sei die Luft ein wenig raus, was ihren Arbeitseifer betrifft. So kann man sich irren. Neugierig, um zu erfahren, was sie noch im Büro hält, klopft er an. Sie hat gerade ihren Rechner heruntergefahren und ist dabei, sich eine zu drehen. Seit Jahren schon ignoriert Völxen den abgeklebten Rauchmelder an der Decke.

»Es gibt Neuigkeiten«, beginnt er und bringt seine langjährige Mitarbeiterin auf den neuesten Stand in Sachen Reese-Brunnen-Leiche und Dust-Busters.

Nachdem Völxen geendet hat, lässt Oda sich auf ihren Stuhl zurückplumpsen und schaut ihn mit gerunzelter Stirn an. »Wir haben jetzt also *zwei* Leichen und einen Schwerverletzten, und alle haben irgendwie mit der Villa Martínez zu tun?«

»Unter der Voraussetzung, dass es sich bei der Frauenleiche

wirklich um Fedora Melnik handelt«, knirscht Völxen. »Denn der DNA-Abgleich der Zahnbürste lässt immer noch auf sich warten.«

»Da fragt man sich, was die eigentlich den ganzen Tag so treiben«, meint Oda süffisant.

Nachtigall, ick hör dir trapsen.

Prompt beginnt Völxen zu schmeicheln: »Teuerste Oda, du hast doch inzwischen allerbeste Verbindungen zur Rechtsmedizin. Nicht nur, dass unser schwäbischer Leichenfledderer noch immer heimlich nach dir schmachtet, nein, dein eigen Fleisch und Blut ...«

»Schon gut, Völxen, hör auf. Das hält ja kein Mensch aus. Ich werde sehen, ob ich gewisse Prozesse ein wenig beschleunigen kann.«

»Nichts anderes wollte ich hören.« Der Hauptkommissar dreht sich um. »Komm, Oscar, raus hier! Das war ein langer Tag, und die Schafe müssen noch versorgt werden. Schönen Feierabend, Oda. Grüß mir den Gatten!«

»Hat's euch Spaß gemacht?« Daniel Brock dreht die Musik leise. Die Frage ist an Jule und Fernando gerichtet.

»Ja, sehr. Es war noch besser, als ich es mir vorgestellt habe«, schwärmt Jule, und Fernando nickt und hebt den Daumen, denn er ist noch immer ziemlich außer Atem.

»Ich weiß nicht, wie es euch geht, aber ich finde, wir sollten noch kurz an die Bar gehen und zusammen auf das Andenken von Aurelio Martínez anstoßen.« Der Vorschlag kommt von einer Frau mit einem bunten Tuch um den Kopf.

»Gute Idee, Brigitte«, nickt der Kursleiter, und der harte Kern des Tanzkurses murmelt zustimmend. Offenbar gehören vier der anderen sieben Paare zu einer Freundesclique, das haben Jule und Fernando aus den Bemerkungen und Neckereien im Lauf der Stunde geschlossen.

»Ihr zwei, Julia und Fernando, ihr dürft gerne dazukommen«, meint Daniel Brock zu den beiden Neulingen.

»Danke, das ist sehr nett von euch«, lächelt Jule. »Nicht wahr, Fernando, die Babysitterin hat schon noch ein bisschen Zeit?«

»Klar doch«, versichert der.

Pedra hat Leo zu sich in die Wohnung genommen. Zum Glück schläft der Kleine inzwischen durch, daher gibt es für die beiden heute kein Zeitlimit.

»Sherry? Oder lieber ein Glas Sekt?«, fragt Daniel, der bereits in die Rolle des Hausherrn geschlüpft ist und hinter der Theke mit Flaschen hantiert. Fernando fragt sich, ob er das zu Lebzeiten von Martínez wohl auch getan hätte.

»Lieber Sekt«, sagt Jule. Ein Sherry ist zu schnell getrunken, und man will sich ja unterhalten.

Als alle mit Drinks versorgt sind, bringt der Kursleiter einen Trinkspruch aus: »Auf Aurelio Martínez. Er war die Seele dieser Tanzschule. Er hat uns allen gezeigt, dass man auch im Alter noch voller Schwung und Lebensfreude stecken kann.«

»Auf ihn!«, ruft ein etwas moppeliger Glatzkopf, dem noch immer oder vielleicht auch schon wieder der Schweiß auf der Stirn steht, und hebt ebenfalls sein Sektglas.

Es wird getrunken, und es fließen sogar ein paar Tränen.

»Apropos fortgeschrittenes Alter. Wie konnte er dieses Tempo durchhalten, ich meine ... da geraten ja schon Jüngere an ihre Grenzen«, fragt Fernando in die Runde.

»Du redest aber nicht von dir selber, oder?«, schmunzelt die Frau in Leggins und Batik-T-Shirt. »Ich bin übrigens Janna.«

»Fernando«, sagt Fernando. »Und das ist Jule.«

»Der war fitter als manch Junger«, behauptet der Kursleiter, um dann seine Aussage zu relativieren: »Außerdem ist ein Tanzlehrer in erster Linie dazu da, seine Schüler zu beobachten, zu korrigieren und zu inspirieren. Er muss nicht jede Runde bis zum bitteren Ende mittanzen.«

»Nachdem er sich aber diese *chica* an Land gezogen hatte, hat er ziemlich viel getanzt«, wird Brock von einer Frau mit wippendem blondem Pferdeschwanz korrigiert.

»Silke hat recht, da war er schlagartig im dritten Frühling«, grinst der Glatzkopf. »Kann man auch verstehen, das Mädel war echt eine Wucht.«

»Nee, Kerle, fangt bloß nicht wieder reihenweise an zu sabbern«, stöhnt Janna, die Partnerin des Glatzkopfs, und wirft ihm einen giftigen Blick zu.

»Wer sabbert denn hier? Die Wahrheit wird man ja wohl noch sagen dürfen«, verteidigt sich dieser.

»Was für eine *chica* meint ihr denn?«, fragt – praktischerweise – Daniel Brock.

»Das wird seine Tochter gewesen sein«, mischt sich Jule mit Unschuldsmiene ins Gespräch.

»O nein!«, antwortet ein Typ in einem dunklen Anzug und mit pomadisierten Haaren. »Das war nicht Alba Martínez, die kennen wir. Diese war vielleicht halb so alt. Anfang zwanzig, älter war die nicht.«

»Und viel hübscher«, murmelt ein Typ mit Elvis-Frisur.

»War sie auch eine Tanzlehrerin?«, wagt sich Fernando aus der Deckung.

»Nein, nein«, antwortet Glatze. »Keiner weiß, woher die plötzlich kam. Sie hatte auch gar keinen Partner dabei. Was ja normalerweise gar nicht geht.«

»Darum hat sich Aurelio geopfert, ganz selbstlos«, lästert der Pomadenheini.

Offenbar ist nun auch Daniel Brocks Neugierde geweckt, denn er fragt: »Wie hieß die denn?«

»Mara Evita Barrios«, antwortet Brigitte Kopftuch, ohne zu zögern. »Genau so hat sie es gesagt. Ich fand es witzig, dass sie gleich sämtliche Namen auffährt, deshalb habe ich sie mir gemerkt.«

»Hier arbeitet keine Kursleiterin, die so heißt«, bestätigt Brock.

»Sie sprach auch nur spanisch«, ergänzt Janna Batik-Shirt.

»Sie war eine Eroberung des Alten.« Pomade zwinkert Brock auf Chauvi-Art zu.

»Ich glaube nicht, dass die ein Paar waren«, widerspricht die blonde Janna.

»Das sehe ich anders. Der Alte war schwer verliebt«, kichert Glatze und schenkt sich selbst Sekt nach. »Der war so stolz, der lief nur noch so herum.« Zur Veranschaulichung drückt er das Kreuz durch und reckt seine Brust nach vorn. »Es war schon ein bisschen peinlich.«

»Ja, echt, ein Fall zum Fremdschämen«, bestätigt Elvis-Locke.

»Quatsch«, widerspricht Janna. »Ihr übertreibt. Es hatte mehr etwas Väterliches. Ich dachte, sie wäre eine Verwandte.«

»Leute, streitet nicht, wir können es uns ansehen«, meldet sich eine Frau in einem hautengen, schwarzen Overall zu Wort, die bis jetzt still an ihrem Sektglas genippt hat. Sie und ihr ebenso schweigsamer Freund sind vorhin durch ziemlich gewagte akrobatische Figuren aufgefallen. »Als ich mir neulich den Fuß verknackst habe und pausieren musste, habe ich nämlich ein bisschen gefilmt.«

»Du weißt aber schon, dass das nicht gern gesehen wird«, mahnt Daniel Brock und droht ihr scherzhaft mit dem Zeigefinger.

»Keine Sorge, es wird nirgendwo gepostet. Lars und ich wollten nur die Figuren, die ich verpasst habe, zu Hause noch mal üben.«

Sie starren reihum auf den Handybildschirm, jedoch herrscht am Ende noch immer kein Konsens, was das Verhältnis zwischen Mara Evita Barrios und Aurelio Martínez angeht. Die Herren sind geneigt, an eine Eroberung zu glauben, die Mehrheit der Frauen bezweifelt dies. »Er sieht jedenfalls glücklich aus«, meint Brigitte.

Darauf kann man sich einigen.

»Darf ich mal?«, fragt Jule. »Ich kenne nur sein Foto, ich würde gerne sehen, wie er getanzt hat.«

»Klar doch.« Schwarzer Overall gibt ihr das Handy.

»O ja. Was für ein eleganter Mann«, bemerkt Jule.

»Aber diese Mara ist wirklich ... nicht übel«, meint Fernando, der ihr über die Schulter schaut. So langsam kann er die Aufregung verstehen. Die junge Dame ist bildschön und bewegt sich mit natürlicher Eleganz und Temperament.

»Hatte Martínez denn öfter so junge Freundinnen?«, fragt Jule, denn auch sie schätzt die Frau auf allerhöchstens Mitte zwanzig.

»Nicht dass ich wüsste«, wehrt Brock ab, an den die Frage gerichtet war. »Aber ich kriege natürlich auch nicht alles mit.«

»Welche Kurse leitest du denn sonst?«, forscht Jule.

»Eigentlich nur samstags den Streetdance-Kurs für Jugendliche, das ist ein soziales Projekt, an dem sich Alba beteiligt. Und ich springe ein, wenn mal Not am Mann oder an der Frau ist. Das hier ist mein Hobby, ich bin ja hauptberuflich Lehrer für Sport und Sozialkunde.«

»Dass du Sportler bist, dachte ich mir gleich. Das sieht man«, umgarnt Jule ihre Informationsquelle. Dann legt sie plötzlich erschrocken die Hand auf den Mund und reißt die Augen auf. »Samstag? Dann warst du ja da, als ... ich meine, als es passiert ist.«

»Nicht nur das. Ich habe sogar die Leiche gefunden«, flüstert Brock.

»O Gott!«, meint Jule entsetzt. »So was wäre mein Albtraum!«

»Das war es auch. Ich bin immer noch ganz fertig.« Der Kursleiter schenkt sich noch einen Sherry ein. Dann deutet er mit dem Kinn Richtung Treppe. »Da drüben lag er. Mit zertrümmertem Schädel. Da war nichts mehr zu machen, ich habe mich vergewissert. Es war wie im Krimi, aber wenn man so etwas selbst erlebt, dann ist es doch etwas ganz anderes. Mir haben danach echt die Knie gezittert.«

»Erzähl nicht so scheußliche Sachen, die Julia kriegt sonst wirklich noch Albträume«, ermahnt Pomade den Sportlehrer, und Jule lächelt die beiden an, als könnte sie kein Wässerchen trüben. »Och, solange ich es nur höre und nicht mit eigenen Augen sehe ...«

»Wo ist denn jetzt die *chica* vom alten Martínez hin?«, fragt Fernando. »Die hätte ich ja schon gern mal im Original gesehen.«

»Keine Ahnung«, meint Glatze betrübt.

»Sie fehlte schon bei den letzten beiden Kursen«, weiß Janna.

»Da war Martínez sicher sehr traurig«, meint Jule.

»Nicht nur Martínez«, murmelt Brigitte und verdreht dabei die Augen.

Pomade schüttelt den Kopf. »Traurig würde ich nicht sagen. Aber er wirkte angespannt. Er war ziemlich nervös und unkonzentriert die letzten beiden Male, findet ihr nicht?«

»Das ist mir auch aufgefallen«, bestätigt die Frau im Overall. »Als hätte er geahnt ...« Sie schüttelt sich.

»Liebeskummer«, konstatiert Glatze, der hartnäckig auf seiner Interpretation des Verhältnisses der beiden beharrt.

Fernando ist mit den Gedanken bei der Liste der Kursteilnehmer, die Alba Martínez für Völxen ausgedruckt hat. Diese Liste enthielt ganz bestimmt nicht den Namen Mara Evita Barrios. Fernando hat die Namen schließlich selbst durch den Polizeirechner gejagt, um zu überprüfen, ob sich Kundschaft der Justizbehörden darunter befindet. An eine Mara Evita Barrios hätte er sich garantiert erinnert. Entweder hat Alba Martínez den Namen gelöscht, ehe sie die Liste an Völxen weitergab, oder diese Mara hat niemals auf der Liste gestanden. So oder so gilt es herauszufinden, warum.

»Danke, dass du dich so schnell um Valeska gekümmert hast.« Elena Rifkin hebt ihr Weinglas und lächelt ihrem Gegenüber zu.

»Man hilft, wo man kann.«

Rifkin und Igor Baranow sitzen in einem lauschigen Winkel eines kleinen italienischen Lokals in der Nachbarstadt Burgdorf. Ein Versteck, in das sich hoffentlich keiner von Rifkins Kollegen jemals verirrt. Dennoch schaut sie jedes Mal beunruhigt hin, wenn sich die Tür des Lokals öffnet und neue Gäste eintreten.

Das opulente Essen ist vorbei, aber Baranow hat noch eine Flasche Wein bestellt. Die Unterhaltung findet auf Russisch statt, obwohl niemand in der Nähe ist, der sie belauschen könnte. Sie sprechen fast immer russisch miteinander.

»Du hättest ihr Gesicht sehen sollen, als dein Piotr sie mit dem Maserati abgeholt hat«, kichert Rifkin.

»Bestimmt denkt sie, sie ist der Russenmafia in die Hände gefallen«, antwortet Baranow.

Rifkin mag seinen Humor. Unter anderem. »Wohin hat er sie eigentlich gebracht?«, erkundigt sie sich.

Baranow lehnt sich zurück, legt den Kopf schief und antwortet: »Elena, bei aller Liebe, ich werde einer Polizistin doch nicht meine sicheren Wohnungen verraten.«

»Das sehe ich ein. Würde ich an deiner Stelle auch nicht, und ich will es auch gar nicht wissen. Aber was, wenn Valeska mir verrät, wo sie ist? Oder hat Piotr ihr das Handy weggenommen?«

»Natürlich nicht, was denkst du nur?«, erwidert Baranow. »Sie ist schließlich ein freier Mensch. Sie ist in Sicherheit, wie du es wolltest, sie wird gut versorgt und kann dort bleiben, solange es nötig ist.«

»Ich weiß das sehr zu schätzen«, versichert Rifkin aufrichtig. »Und ich werde sie nicht fragen, wo sie ist, versprochen.«

»Gut. Wissen deine Kollegen …?«

»Die wissen nichts. Wahrscheinlich brauchen wir Valeskas Aussage gar nicht. Ich wollte nur sichergehen, dass die Leute von dieser dubiosen Putzfrauen-Agentur nicht mehr an sie rankommen.«

Baranow schüttelt den Kopf. »Ich wusste es immer! Elena Rifkin, tief in deinem schwarzen Herzen bist du doch ein Gutmensch.«

»Du hast mich durchschaut.« Rifkin lächelt sphinxhaft. »Jeden gottverdammten Abend sitze ich auf dem Balkon und klampfe *Blowin' in the Wind*.«

»Ich sehe es geradezu vor mir«, lacht Baranow.

»Kennst du zufällig eine Firma, die sich Dust-Busters nennt?«, fragt Rifkin.

»Nie gehört. Kann keine sehr große Nummer sein. Seit wann kümmert ihr euch um illegale Putzkräfte? Ich dachte, unter Mord macht ihr es nicht.«

»Es hängt alles irgendwie zusammen. Valeskas Freundin Fedora Melnik hat für Dust-Busters gearbeitet und zuletzt in der Villa Martínez geputzt. Einen Tag danach fand man ihre Leiche halb verbrannt am Reese-Brunnen. Und dann ist noch ein Antiquitätenhändler namens Alvarez in seinem Laden niedergestochen worden, der ebenfalls ab und zu in der Villa von Martínez verkehrte.«

»Alvarez … der Name kommt mir bekannt vor.«

»Echt? Woher?«

Baranow runzelt nachdenklich die Stirn. »Ich komme gerade nicht drauf. Mein Gott, das darf nicht wahr sein! Ich fürchte, ich werde alt.«

Rifkin nickt erbarmungslos. »So wird es wohl sein. Ab vierzig ...«
Sie macht eine wegwerfende Handbewegung.

»Gedächtnislücken kann ich mir allerdings wirklich nicht leisten«, meint er halb scherzhaft, halb bekümmert. »Vielleicht irre ich mich auch.«

»Irrtümer kannst du dir erst recht nicht leisten.«

Er seufzt, steht auf und geht zum Tresen, um die Rechnung zu bezahlen. Rifkin beschäftigt sich derweil mit ihrem Smartphone.

»Was schaust du dir da an?«, fragt Baranow, als er an den Tisch zurückkommt.

»Einen irakischen Rapper, der auf Deutsch rappt. Von seiner Flucht und davon, wie fremd er sich hier fühlt. Es kommen einem glatt die Tränen.«

»So was gefällt dir?«, fragt Baranow entsetzt.

»Sehe ich so aus?« Rifkin erklärt ihm, was es mit Tarik Bakhtari auf sich hat. »Ich wollte nur mal nachschauen, was die Social-Media-Kampagne *Tarik must stay* macht, die seine kleine Freundin angestoßen hat. Leider läuft die Sache gerade gründlich aus dem Ruder.« Rifkin betrachtet mit zerknirschter Miene den Bildschirm ihres Handys.

»Wieso, was ist?«

»Ich habe mir inzwischen angehört, was dieses junge Talent außer seiner Suada von der Flucht sonst noch von sich gibt, und andere taten das wohl auch. Jetzt wollen die, die ihn eben noch gelikt haben, dass man ihn abschiebt. Es ist der klassische Shitstorm, es gibt schon die Gegenkampagne *Tarik raus!*«

»Was hat er denn gerappt, was so schlimm ist?«

Sie zuckt mit den Achseln. »Das Übliche halt. Gewaltverherrlichung und ein paar spätpubertäre Vergewaltigungsfantasien ...« Rifkin muss kichern, denn in seinem Werk gibt es auch eine Zeile, die zumindest erklärt, warum das andere Mädchen aus der Streetdance-Gruppe ihn nicht leiden kann:

Charleen, in deinem Kopf ist Gips,
das macht nix, weil du prima fickst.

»Böser Junge«, grinst Baranow.

»Stimmt. Deshalb sollte er unbedingt bleiben dürfen«, findet Rifkin. »Jetzt erst recht. Man hätte noch viel Spaß mit ihm.«

Baranow nimmt einen tiefen Atemzug, der wie ein resignierter Seufzer klingt, doch seine Augen blitzen. »Elena, du bist eine *bitch*, wie dieser Typ vermutlich sagen würde.«

Rifkin nimmt das Kompliment mit majestätischer Bescheidenheit entgegen und meint dann bekümmert: »Das wird Nuria wohl genauso sehen. Sie hat auf meinen Rat gehört und es gut gemeint und das Gegenteil erreicht. Sie wird mir die Schuld geben.«

»Dann hat sie gleich zwei Lektionen gelernt«, meint Baranow gelassen. »Erstens, das Leben ist kein Ponyhof ...«

»Ja, und schon gar nicht im Netz«, grummelt Rifkin.

»... und zweitens: Man sollte nie einer Polizistin vertrauen.«

»Warum tust du es dann?«

»Reines Schwanzdenken.«

»Ich wusste gar nicht, dass du so romantisch sein kannst.« Sie leert ihr Glas auf einen Zug und blickt ihn kampflustig an. »Okay, Igor Baranow«, sagt sie, ohne ihn dabei aus den Augen zu lassen. »Es ist so: Ich habe über deinen Vorschlag von neulich nachgedacht.«

»Und? Gibt es ein Ergebnis?«

»Nun, da wir uns ja anscheinend doch charakterlich recht ähnlich sind, können wir meinetwegen ein paar Tage zusammen verreisen.«

Er greift über den Tisch nach ihrer Hand. »Ich freue mich, Elena. Das wird schön. Wohin möchtest du? Außer *nicht nach Russland.*«

»Was weiß ich? Such etwas aus, und überrasch mich. Darin bist du ja meistens ganz gut.«

Kapitel 11 –
Der frühe Vogel fängt so allerhand

Erwin Raukel ist auf Zehenspitzen auf dem Weg ins Badezimmer. Er ist nur mit den seidenen Boxershorts bekleidet, die Irina ihm geschenkt hat, seine restlichen Klamotten hat er unter den Arm geklemmt und die Schuhe in der Hand.

»Errrwin!«

Wie vom Blitz getroffen fährt er zusammen und wendet sich um.

»Wolltest du dich etwa rausschleichen, ohne mir einen Abschiedskuss zu geben, mein Hase?« Irina lächelt halb gekränkt, halb schelmisch.

»Ich wollte dich nur nicht wecken. Schlaf weiter, es ist erst ... halb sechs!« Raukel huscht ins Bad, entleert seine Blase, kleidet sich hastig an und kehrt dann zurück in das weiß-rosa eingerichtete Schlafgemach, um sich von seiner Angebeteten zu verabschieden. Die steht aber schon in einem rosa Morgenmantel in ihrer Küche und ist dabei, Kaffee aufzubrühen.

»Jetzt habe ich dich aufgescheucht, mein Mausezahn, das wollte ich nicht. Ich muss heute ganz früh im Einsatz ... also, ich meine, im Ministerium sein. Eine Delegation aus dem Justizministerium unserer Partnerstadt Blantyre kommt zu Besuch ...«

»Woher?«

»Blantyre, Malawi«, erklärt Raukel. »Afrika.«

Seine Ausflüchte werden immer professioneller. Er ist einerseits stolz auf seine Einfälle, die er mit fantasievollen Girlanden schmückt, um sie noch glaubhafter zu machen, doch das alles ist anstrengend. Es erfordert eine hohe Konzentration, dauernd Gründe für sein Verschwinden zu unmöglichen Zeiten zu erfinden und nebenbei darauf zu achten, nicht in einen verräterischen Polizeijargon zu verfallen. Eines ist aber auch klar: Nur einem genialen Geist wie ihm kann es auf Dauer gelingen, trotz mancher Widrigkeiten nicht aufzufliegen.

»Geh doch wieder schlafen, Mausezahn«, sagt er zu Irina.

»Jetzt bin ich schon wach.« Sie hält ihm ihre Wange hin, auf der noch der Abdruck einer Kissenfalte zu sehen ist. Am Morgen, wenn sie noch kein Make-up trägt, sieht man Irina ihre etwas mehr als neununddreißig Lebensjahre schon ziemlich deutlich an. Aber Erwin Raukel findet sie dennoch attraktiv. Sehr bedenklich, diese Entwicklung.

»Ich wünsche dir einen schönen Tag, Mausezahn!«

»Ich dir auch, mein Hase. Sehen wir uns heute Abend?«

»Das kann ich nicht versprechen. Ich weiß nicht, wie lange ich diese Afrikaner bespaßen muss.«

»Armer Hase, was sie dir alles zumuten!«

»Wenigstens ist es zu früh im Jahr zum Grünkohlessen«, seufzt Raukel. »Die würden davon ja eh nur die Scheißerei kriegen.«

»Errrwin, also wirklich!« Irina kichert und droht ihm mit dem Finger.

»Ich ruf dich an, Mausezahn!«

Fast im Laufschritt erreicht Raukel wenig später seine Wohnung, wo er sich unter der Dusche die Sünden der Nacht vom Leib wäscht und in frische Sachen schlüpft. Warum, fragt er sich bei all diesen Verrichtungen, müssen diese verfluchten Hausdurchsuchungen immer in aller Herrgottsfrühe stattfinden? Und warum muss der Schafstrottel ihn und Oda dorthin schicken? Das ist doch die reine Schikane, nichts anderes! Denkt er etwa, er kann durch Triezen seiner Mitarbeiter die Panne mit dem Hosenknopf wieder ungeschehen machen? Ein Ermittlungsleiter, der den Tatort kontaminiert und vergisst, es zu melden. Unglaublich! Aber was will man machen? Der Ober sticht den Unter, also werden er und Oda heute diese Reinigungsfirma auf links drehen. Wenn es der Wahrheitsfindung dient …

Die Stadt erwacht zum Leben. Eine Straßenbahn rattert vorbei, Tauben gurren, Menschen machen sich auf den Weg zur Arbeit, die ersten Hunde werden ausgeführt. Erwin Raukel und seine Kollegin stehen vor einem Altbau am *Schwarzen Bären* in Linden. Neben der Zufahrt zum Hinterhof hängt, unter anderen, das Firmenschild Dust-Busters. Ein Pfeil zeigt um die Ecke, was wohl bedeutet, dass der Eingang zu diesem Unternehmen im Hinterhaus liegt. Zwei Streifenwagenbesatzungen stehen parat, außerdem vier Leute vom SEK.

»Worauf warten wir denn noch?«, fragt Raukel.

»Auf die Herrschaften vom Zoll«, antwortet Oda Kristensen grimmig. Sie kann es absolut nicht leiden, wenn Kollegen zu spät zu einem koordinierten Einsatz kommen, besonders, wenn dieser so früh am Morgen stattfinden soll. Da es im Fall dieser Firma nicht nur um ihre Mordermittlung, sondern auch um illegal Beschäftigte und Schwarzarbeiter geht, war es unumgänglich, die dafür zuständigen Zollbehörden zu verständigen – welche nun auf sich warten lassen.

»Endlich, da sind sie ja«, sagt Raukel und bläst vor Entrüstung die Backen auf. Jedoch nicht wegen der zehnminütigen Verspätung der Kollegen. »Die haben einen nagelneuen Audi A8 Quattro! Und wir müssen in den ollen Passats und Skodas rumgurken.«

»Dann wechsle halt zum Zoll«, erwidert Oda, die findet, dass der Kollege übertreibt. »Das dürfte eine der wenigen Dienststellen gewesen sein, wo du noch nicht warst.«

»Autsch!« Raukel zieht eine beleidigte Schnute.

»Sorry. Morgenmuffel.«

»Schon klar. Nicht nur du!«

Zwei Beamte in Zivil steigen aus, man stellt sich gegenseitig vor. Henk Pommerenke und Danny Kruck, beide Hauptkommissare. Pommerenke ist etwa fünfzig, Kruck zehn Jahre jünger, er trägt einen lächerlichen Schnauzbart.

»Wenn man solche Dienstwagen fährt, könnte man annehmen, dass man damit pünktlich vor Ort ist«, mault Raukel vor sich hin, aber doch gerade noch so laut, dass die beiden es hören können. Keiner reagiert.

»Wollen wir?«, fragt Oda.

»Wer übernimmt die Einsatzleitung?«, fragt Pommerenke.

»Macht ihr das ruhig, wir drängeln uns nicht vor«, antwortet Oda. »Hier ist übrigens der Beschluss.«

Pommerenke scheint der Papierkram nicht sonderlich zu interessieren, er wirft einen kurzen Blick darauf und nickt.

Kruck, der Schnauzbart, gibt den Einsatzkräften ein Zeichen. Die vier Typen vom SEK überqueren als Erste den Hinterhof, der lediglich durch Fahrräder und Mülltonnen belebt wird. Die Schritte ihrer Stiefel hallen von den Backsteinwänden der Häuser wider. Dicht dahinter folgen die Streifenwagenbesatzungen mit faltbaren Kisten für das zu beschlagnahmende Material, dann die Kommissare vom Zoll und zuletzt Oda Kristensen und Erwin Raukel.

»Was für ein Aufriss«, seufzt dieser. »Was, wenn Rifkin sich irrt?«

»Dann wird ein gewisser Jemand heute sehr bockig sein.«

»So früh heute? Tut dir das Kreuz weh, konntest du nicht länger schlafen?« Sabine steht im Schlafanzug und mit wirrem Haar und sehr kleinen Augen in der Küchentür. Es ist Viertel nach sechs, sogar Oscar sieht noch keine Notwendigkeit, seinen Korb zu verlassen.

»Du musst doch nicht aufstehen, Sabine. Ich bin extra leise gewesen.«

»Was du halt so leise nennst«, gähnt sie.

»Ich kann mir selbst einen Kaffee kochen«, erklärt Völxen, ebenfalls noch in einem legeren Outfit in Form seines zerschlissenen, gestreiften Bademantels.

»Ich weiß, dass du das kannst. Wäre ja auch ein Jammer, wenn nicht, im 21. Jahrhundert.«

»Es wird ein langer Tag, deshalb bin ich schon auf«, verkündet Völxen, während er die Kaffeemaschine in Gang setzt. »Ich hoffe sehr, dass wir heute einen Durchbruch in der Leichensache Martínez und zwei weiteren Delikten erzielen.«

»*Leichensache Martínez*«, wiederholt Sabine kopfschüttelnd.

»Tut mir leid. Ich war im Kopf schon im Dienst. Wo ist mein Handy?«

»Wo du es immer hinlegst, neben dem Brotkasten.«

Eine Whatsapp-Nachricht von Fernando Rodriguez, von gestern Abend, 22:50 Uhr: *Der Flirt von M. heißt Mara Evita Barrios, stammt aus Argentinien, war auch im Tanzkurs und ist wohl ein ziemlich heißer Feger. Wieso stand sie nicht auf der Liste???*

»Also, geht doch«, murmelt Völxen und sendet als Antwort das Emoji mit dem hochgereckten Daumen. Eine praktische und zeitgemäße Form des Lobes, findet der Hauptkommissar. Und loben muss man sie ja, was das angeht, sind sie wie die Kinder.

»Soll ich die Schafe rauslassen?«, fragt Sabine.

»Nein, nein, das mache ich schon«, winkt Völxen ab. »So viel Zeit muss sein.«

Die Tür zum Hinterhaus ist geschlossen. Pommerenke verlangt nach einer Ramme.

»Hier«, ruft einer der SEK-Leute.

»Wartet, lasst mich mal«, geht Oda dazwischen. »Da wohnen schließlich auch noch andere Leute, die dann mit einer kaputten Haustür leben müssen.«

Danny Kruck setzt zum Protest an, aber Oda drängelt sich einfach zwischen die SEK-Leute und zieht aus ihrer Umhängetasche einen Satz Dietriche heraus, welcher schon häufig gute Dienste geleistet hat. So auch hier.

»Bitte schön«, sagt sie keine halbe Minute später und hält den Herren die Tür auf.

Pommerenke meint im Vorbeigehen: »Geschick schlägt Muskeln, ich bin beeindruckt.«

Oda schenkt ihm ein müdes Lächeln.

Die anderen sagen nichts und poltern ins Haus. Laut einer Hinweistafel im Hausflur liegt die Firma im Erdgeschoss.

»Hoffentlich ist das nicht nur eine Briefkastenfirma«, meint Raukel.

»Dann wären wir wenigstens schnell fertig«, feixt Oda.

Inzwischen hat schon einer vom SEK an der Wohnungstür, neben der ein weiteres Firmenschild angebracht ist, geklingelt, danach wurde genau zwei Sekunden gewartet, ehe doch noch die Ramme zum Einsatz kommt.

»Wie die Kinder«, stellt Oda kopfschüttelnd fest.

Die Räume sind leer, wie es zu dieser aberwitzigen Uhrzeit nicht anders zu erwarten war. Das SEK hinzuzuziehen war demnach überflüssig – aber man kann ja nie wissen. Solche Firmen sind häufig Zweigstellen mafiöser Organisationen, da ist Vorsicht angeraten.

»Ein Aushängeschild ist das nicht gerade«, bemerkt Oda.

Tatsächlich wirkt es nicht so, als dienten diese Räumlichkeiten der Repräsentation. Es handelt sich um eine sehr schlichte Altbauwohnung. In dem größten Raum, der als Büro dient, liegt uraltes Linoleum, und der Putz blättert von den Wänden. Die Einrichtung der Küche stammt aus den Siebzigern, es kleben sogar noch Pril-Blümchen an den braunen Kacheln. Im ehemaligen Schlafzimmer befinden sich Gerätschaften, wie man sie zum Saubermachen benötigt, hier riecht es nach scharfen Putzmitteln, während im Rest der Wohnung ein muffiger Geruch vorherrscht.

»Was für eine üble Klitsche«, beschwert sich Raukel naserümpfend.

»Ein professioneller Internetauftritt ist heutzutage alles, da kann die Firma selbst aussehen wie Sau«, wirft Pommerenke ein.

Oda kommt nicht dazu, ihm etwas zu entgegnen, denn im Flur gibt es Gezeter. Eine falsche Blondine von üppigem Körperbau, die in einem pinkfarbenen Kostüm steckt und mit mehr Goldschmuck behangen ist als ein Weihnachtsbaum, blafft einen der Polizisten an: »Was geht hier vor, was tun Sie hier?«

Ein Uniformierter, der gerade die erste Kiste mit Akten hinausträgt, meint gelassen: »Wenden Sie sich an die Häuptlinge, wir sind nur die gewöhnlichen Indianer.«

»Indianer? Was reden Sie da?«

Die Blonde, die Oda insgeheim Miss Piggy nennt, hat eine

durchdringende Stimme und spricht mit einem deutlichen russischen Akzent. Würde ja auch passen, überlegt Oda. Schließlich kann es nur von Vorteil sein, wenn man die Landessprache derer spricht, die man ausbeutet.

Den Durchsuchungsbeschluss in der Hand, tritt Oda auf den Flur und nähert sich der aufgebrachten Lady in Pink. Zwei der SEK-Beamten sichern dabei die Eingangstür, falls die Dame kehrtmachen und einen Fluchtversuch unternehmen sollte. »Sind Sie die Inhaberin der Firma Dust-Busters? Frau ...«, Oda muss kurz auf ihre Notiz schielen, »... Irina Jyrkiäinen?«

Verdammt, dieser Name ist wirklich ein Zungenbrecher.

»Jawohl, die bin ich«, sagt sie und plustert sich auf.

»Hauptkommissarin Kristensen von der Polizeidirektion Hannover, die Herren dahinten, die gerade Ihren Computer einpacken, sind vom Zoll, und mein Kollege ...« Sie wendet sich um, doch besagter Kollege, der eben noch hinter ihr gestanden hat, hat sich anscheinend geradewegs in Luft aufgelöst. »... ist hier auch irgendwo«, beendet Oda den Satz und fährt fort: »Wir haben einen Durchsuchungsbeschluss für Ihre Firma. Es besteht der begründete Verdacht auf nicht angemeldete Beschäftigung illegaler Einwanderer sowie Menschenhandel, und außerdem ermitteln wir in einem Mordfall.«

Die Dame scheint von Odas Erklärung nicht allzu viel mitbekommen zu haben. Den Blick stur nach vorn gerichtet, die Schultern angriffslustig hochgezogen, schreitet sie in ihren hochhackigen Pumps weit aus, den Flur entlang, vorbei an Oda und zwei der SEK-Beamten.

»Errrwin!«, trompetet sie, wobei ihr R rollt wie ein russischer Panzer.

Jetzt hat Oda ihren Kollegen endlich wiederentdeckt. Er befindet sich in dem Zimmer mit den Putzmitteln und scheint dringend lüften zu wollen, jedenfalls hat er gerade den linken Flügel eines schmalen Fensters geöffnet und rüttelt nun verzweifelt am rechten, der offenbar klemmt. Es muss anstrengend sein, denn Kopf und Hals sind knallrot, mit einem gefährlichen Stich ins Violette.

»Wolltest du etwa aus dem Fenster hüpfen, mein Hase?« Die rasende Walküre stürmt mit erhobener Handtasche auf ihn zu. »Du erbärmlicher Feigling! Was bist du? Ein Polizeispitzel?«

»Mau... Mausezahn ... Das ist ein Irrtum!« Raukel hebt abwehrend und um Gnade flehend die Arme, doch vergeblich. Schon saust die pinkfarbene Louis-Vuitton-Handtasche auf seinen Schädel nieder.

»Es hat sich ausgemausezahnt, du elenderrr Lügnerrr! Von wegen Ministerrrium!«, schreit Frau Jyrkiäinen und schiebt dieser Aussage einen Schwall russischer Beschimpfungen hinterher. Zumindest klingt es nicht nach Schmeicheleien oder Koseworten. Raukel sucht Deckung hinter einem der Putzwagen und hält die Arme schützend über seinen Kopf, während seine Angreiferin schon wieder ihr Designertäschchen schwingt.

»Jetzt nehmt sie schon fest, worauf wartet ihr denn?«, ruft Oda den zwei SEK-Beamten zu, die wie versteinert im Flur stehen geblieben sind und sich an dem Schauspiel zu ergötzen scheinen.

Endlich lösen sich die beiden aus ihrer Starre und bringen die Wütende in Sekundenschnelle unter Kontrolle.

»Bringt Mause ... Mau... äh, die Verdächtige bitte in die Verwahrzellen der PD zur späteren Vernehmung«, bittet Oda die Uniformierten, wobei sie ein Grinsen beim besten Willen nicht unterdrücken kann. Sie ist damit wahrhaftig nicht die Einzige im Raum, der das so geht.

Das Notariat Loehr liegt im Stadtteil List und ist ein altehrwürdiger Laden mit Anwälten und Notaren in dritter Generation. Die Sekretärin trägt Tweedkostüm und Hochsteckfrisur und sieht aus, als wäre sie der Serie *Mad Men* entsprungen. Im Büro des Seniorchefs Clemens Loehr reichen hohe, dunkle Regale mit ledergebundenen Folianten bis unter die Decke, ein riesiger Perserteppich liegt auf dem Parkett, Orchideen stehen in Reih und Glied auf dem Fensterbrett, und eine Standuhr tickt die Zeit herunter. Hinter einem ausladenden Schreibtisch thront ein grau melierter Herr im anthrazitfarbenen Anzug auf einem Stuhl mit hoher Rückenlehne.

Völxen zeigt vorsichtshalber seinen Dienstausweis vor, doch der Notar winkt ab und bittet ihn, auf dem ledergepolsterten Sessel ihm gegenüber Platz zu nehmen. Es riecht nach altem Papier und frischem Kaffee. Zum Glück konnte der Hauptkommissar seinen Hund heute in Sabines Obhut lassen, denn der Terrier neigt dazu, sich in gediegener Umgebung besonders schlecht zu benehmen. Den angebotenen Kaffee lehnt Völxen ab und kommt lieber gleich zur Sache: »Mein Kommissariat untersucht den gewaltsamen Tod Ihres Mandanten Aurelio Martínez. In dem Zusammenhang hätte ich ein paar Fragen an Sie.«

»Ich bin im Bilde. Ihre tüchtige Mitarbeiterin hat uns bereits umfassend informiert.«

Damit dürfte Frau Cebulla gemeint sein, die den Termin vereinbart hat.

»Um es kurz zu machen: Uns interessiert vor allen Dingen sein Testament.«

»Das dachte ich mir schon.«

Völxen macht sich darauf gefasst, dass der Notar sich hinter seiner Schweigepflicht verschanzt und ihn mit einem Wust an umständlichen Floskeln abblitzen lässt, doch zu seiner Überraschung sagt sein Gegenüber unumwunden: »Es dürfte für Sie von besonderer Bedeutung sein, dass Herr Martínez sein Testament vor einer Woche geändert hat.«

»Ach!« Völxen beugt sich ein wenig nach vorn, wobei der Stuhl ein warnendes Knarzen von sich gibt.

»Es war schon die zweite Änderung, seit er unser Mandant ist. Im ursprünglichen Testament, das er vor vielen Jahren noch von meinem Vater aufsetzen ließ, sollte seine Frau alles erben und nach ihrem Tod die beiden Kinder. Nun wissen Sie ja, dass seine Gattin vor über zwanzig Jahren starb. Danach änderte er sein Testament zugunsten seiner Tochter Alba Martínez ...«

»Sie war Alleinerbin?«

»Im Großen und Ganzen, ja. Einige Kunstgegenstände sollten an seine Haushälterin, eine Frau Wagner, gehen, aber alles andere an seine Tochter Alba.«

»Sie sagten, letzte Woche habe Martínez das Testament erneut geändert?«

»Richtig. Was Frau Wagner betrifft, änderte sich nichts, aber er hat seinen Sohn Rafael wieder als Erben für ein Drittel des Vermögens eingesetzt, ebenso wie seine Tochter Alba jetzt nur noch ein Drittel erben wird. Das letzte Drittel geht an eine gewisse Mara Evita Barrios, wohnhaft in Buenos Aires.«

»Hat er Ihnen zufällig verraten, wie er zu dieser Dame steht?« Wieder ächzt der Stuhl unter dem Hauptkommissar.

»Er sagte mir, sie sei seine Enkelin. Er hat nicht viel über sie erzählt, er erwähnte nur, dass er sie am liebsten zur Alleinerbin gemacht hätte, aber sie habe ihn anscheinend gebeten, sie und seine Kinder zu gleichen Teilen zu beerben.«

»Sehr nobel von der jungen Dame«, merkt Völxen an. »War sie dabei?«

»Nein, er war alleine hier.«

»Wenn Sie uns die Adresse der jungen Frau geben könnten? Wir müssten dringend mit ihr sprechen.«

Der Notar zögert. »Er hat mir sehr ans Herz gelegt, diese Testamentsänderung diskret zu behandeln. Aber das versteht sich ja ohnehin von selbst.«

»Ich werde es für mich behalten. Aber die junge Dame ist nicht nur eine wichtige Zeugin, sie ist möglicherweise auch in Gefahr. Es wäre beruhigend zu wissen, dass sie wohlbehalten wieder zu Hause angekommen ist.«

Offenbar war Völxen überzeugend genug. Der Mann hat ein Einsehen und meint, er werde ihm die Adresse der jungen Dame auf elektronischem Wege zukommen lassen.

»Ich danke Ihnen«, sagt Völxen und erhebt sich von dem altersschwachen Stuhl. »Wären doch nur alle Juristen so kooperativ wie Sie.«

»Ach, wissen Sie, Herr Hauptkommissar Völxen, ich mache das schon so lange, ich weiß, wem ich trauen kann und wem nicht.«

Elena Rifkin und Fernando Rodriguez stehen vor der Tür des Antiquitätengeschäfts Alvarez. Das Haus, ein schlichter, zweistöckiger Klinkerbau aus den Zwanzigerjahren, in dem sich seine Wohnung und der Laden befinden, gehört Luis Alvarez, das hat Rifkin zwischenzeitlich überprüft. Der Laden hat einen eigenen Eingang, er liegt gleich neben der Haustür. An Letzterer gibt es nur zwei Klingeln, an der unteren steht *Alvarez*, an der oberen *Müller*. Die Rollläden der oberen Wohnung, vermutlich Müller, sind heruntergelassen, im ersten Stock sieht man helle, lichtdurchlässige Gardinen mit dichten, gleichmäßigen Falten.

»Nette Gegend hier«, meint Fernando. Sie befinden sich in der Oststadt, in einer der Seitenstraßen, die von der Hohenzollernstraße abzweigen, und der Stadtwald, die Eilenriede, ist auch nicht weit. Er beobachtet, wie Rifkin mit verschiedenen Schlüsseln an der Ladentür hantiert. Sie hat den Schlüsselbund zuvor beim KDD abgeholt, es sind vier verschiedene Schlüssel daran.

Völxen hat gestern, nach dem Meeting mit Staatsanwalt Feyling, noch Druck gemacht und gepoltert, er wolle endlich Ergebnisse sehen, der Schlendrian müsse ein Ende haben, der gute Ruf des Kommissariats stehe auf dem Spiel.

Schlendrian! Als hätten sie alle während der letzten Tage auf der faulen Haut gelegen. Das mag für andere gelten, für Fernando gewiss nicht, im Gegenteil. Immerhin haben er und Jule gestern ihren Feierabend geopfert, um *undercover* in der Tanzschule zu recherchieren, und zwar mit Erfolg. Triumphierend hat Fernando seinem Vorgesetzten noch am selben Abend den Namen der großen Unbekannten, *Mara Evita Barrios*, geschickt. Als Antwort kam heute Morgen lediglich das Daumen-Emoji. Dabei hat Fernando immer geglaubt, Völxen hätte für diese Art der Kommunikation rein gar nichts übrig. Für einen Moment war er versucht, seinem Chef mit dem hochgereckten Mittelfinger zu antworten, konnte sich aber doch noch beherrschen.

»Wie war eigentlich dein Tanzkurs gestern?«, fragt Rifkin, als hätte sie seine Gedanken gelesen.

»Anstrengend, aber ganz okay. Die Musik war gar nicht so übel, wenn man bedenkt, dass sie schon fast hundert Jahre alt ist. Der Aushilfs-Tanzlehrer war übrigens dieser Brock, der die Leiche von Martínez gefunden hat.«

»Der geistige Tiefflieger mit dem Knackarsch?«

Der dritte Schlüssel passt, die Tür lässt sich öffnen.

»Das war gerade voll die sexistische Bemerkung, Rifkin.«

»Ach, und seit wann stört dich so was? Aber bleib cool, wenn man dein Alter in Betracht zieht, dann ist dein Hinterteil auch noch ganz gut in Form.«

»Rifkin, du hast heute wirklich ein loses Mundwerk.«

»Kommst du mit rein, oder willst du da draußen Wurzeln schlagen?« Sie reicht ihm Plastiküberzieher für die Schuhe und zieht sich selbst auch welche über. Im Laden herrscht Dämmerlicht, denn die Jalousie des Schaufensters ist herabgelassen. Rifkin schaltet das Licht ein. »Da oben ist eine Kamera.« Sie deutet über den Türsturz. »Ob die wohl an ist? Wäre ja zu schön, wenn das Ding etwas aufgezeichnet hätte.«

»Es gibt auch eine Alarmanlage.« Fernando betrachtet das Tastenfeld für den Code an der Wand neben der Tür. Ein rotes Lämpchen brennt über dem Hinweis *out*.

Rifkin greift zum Telefon und ruft den Kollegen Gellert vom KDD an. »Rifkin von der PD hier. Wir stehen gerade im Laden von Alvarez. – Ja, genau, der Überfall vom Freitagabend in der Oststadt. Habt ihr den Alarm ausgeschaltet?«

»Nein. Der war gar nicht an. Wie weit seid ihr mit dem Fall?«

»Danke, das war's schon«, meint Rifkin und legt auf.

»Von Small Talk mit Kollegen hältst du nicht besonders viel, was?«, bemerkt Fernando.

»Dafür werde ich nicht bezahlt. Außerdem ist der Kerl ein *Witzbold*.«

»Bestimmt wollte er nur nett sein und ein bisschen flirten.«

»Mag sein. Was juckt dich das?«

»Als dein dienstälterer Partner muss ich auf deine Manieren achten. Dein Benehmen fällt schließlich auf unser Kommissariat zurück.«

Rifkin begnügt sich mit einem Augenrollen und schaut sich weiter um. Anders als die Antiquitätenläden, die sie bisher von innen gesehen hat, ist dieser hier überhaupt nicht vollgestopft und muffig, ganz im Gegenteil. Die exquisiten Möbelstücke sind so platziert, dass sie gut zur Wirkung kommen, und es riecht nach Möbelpolitur mit Orangenduft. Etwas Staub hat sich während der letzten Tage, in denen der Laden geschlossen war, auf den Tischen, Schränken und Vitrinen abgelagert. An der Tür sind Spuren von Rußpulver zu sehen, die Hinterlassenschaft einer grob durchgeführten Spurensicherung, und vom hellgrauen Teppichboden hebt sich ein ziemlich großer, inzwischen getrockneter Blutfleck ab.

»Edler Laden.« Fernando streicht über einen verschnörkelten Bilderrahmen. Etliche Gemälde, meist harmonische Landschaften, komplettieren die Ausstellung und werden von speziellen Bilderleuchten in Szene gesetzt.

»Mir ist das Zeug zu altbacken«, antwortet Rifkin und rekapituliert noch einmal die Geschehnisse vom vergangenen Freitag: »Im Bericht des KDD steht, Alvarez hat um 18:09 Uhr den Notruf verständigt. Der Laden schließt um 18:00 Uhr, zumindest laut der Aufschrift an der Tür. Die Jalousie war schon geschlossen, aber der Alarm war noch nicht an, was darauf hindeutet, dass Alvarez noch im Laden war.«

»Wenn bei meiner Mutter kurz nach Ladenschluss Kundschaft klopft, lässt sie die Leute auch noch rein. Wenn es sich um solch teure Sachen handelt wie hier, würde ich erst recht öffnen, egal, wie spät es ist«, überlegt Fernando und fragt: »Hast du eigentlich schon in der Klinik angerufen, wie es Alvarez heute geht?«

»Vorhin war niemand zu erreichen, der mir eine vernünftige Auskunft hätte geben können. Ich versuche es später noch einmal.«

»Dahinten ist eine Tür.« Fernando deutet auf eine nüchterne Stahltür, die dezent hinter einem schweren Vorhang versteckt ist. Rifkin, die den Schlüsselbund bei sich trägt, versucht es. Gleich der erste passt. »Sein Möbellager«, stellt sie fest. Die meisten Stücke sind mit Tüchern abgedeckt, und obwohl der Raum ebenerdig liegt, riecht es darin wie auf einem alten Dachboden. Eine kleine Werkbank und ein Regal mit Werkzeugen und allerlei Tuben und Dosen lassen darauf schließen, dass Alvarez auch ab und zu selbst Hand an die Möbel legt. Bestimmt wäre ihm sonst langweilig, in solche Läden verirren sich sicher nicht viele Kunden am Tag. Am anderen Ende des Lagers dringt Licht durch zwei schmale, vergitterte Fenster, daneben befindet sich ein Rolltor, durch das die Möbel über den Hinterhof angeliefert werden können.

»Hier sind nur alte Möbel«, konstatiert Fernando.

Ein Schrank aus schwarz gebeiztem Holz ist so riesig, dass man sich kaum vorstellen kann, wie der in einem normalen Haushalt Platz haben soll.

»Der stammt bestimmt aus einer alten Burg«, vermutet Rifkin, und Fernando meint, in Tokio würde in so etwas eine komplette Familie hausen.

Rifkin versucht, die Tür zu öffnen. Sie ist abgeschlossen oder klemmt. Fernando muss einige Male hintereinander niesen, ehe er beschließt: »Hier staubt's wie Sau, ich verschwinde.«

Beide verlassen das Lager.

Im hinteren Teil des Verkaufsraums führt eine enge, steile Wendeltreppe nach oben. Abgeschirmt durch eine Stellwand hat Alvares sich neben der Treppe ein kleines Büro eingerichtet. Ein zugeklappter Laptop und ein Handy liegen auf dem Schreibtisch. Beim Laptop ist der Akku leer, das Handy hat noch Strom, verlangt aber nach einer PIN.

»Schaust du dich hier unten um? Ich probiere aus, ob einer der Schlüssel für die Wohnung passt«, schlägt Rifkin vor und geht die Wendeltreppe hinauf.

Fernando zieht sich Handschuhe über. Bestellungen, Rechnungen, Reisekostenabrechnungen für Messen, Steuerbescheide ... Alles wohlgeordnet. Zu ordentlich, findet Fernando, dem Pedanten schon immer suspekt waren. Laut seinen Steuerbescheiden verfügt Alvarez über ein gutes bis mittleres Einkommen. Allerdings kann beim Handel mit Möbeln und Kunstwerken viel Bargeld an der Steuer vorbeilaufen, aber darum hat sich das Finanzamt zu kümmern. Unter der ledernen Schreibtischauflage klebt ein Post-it mit einer Kombination aus Zahlen, Zeichen und Buchstaben. Fernando steckt den Zettel ein und hängt den Laptop an das Ladekabel, dann steigt auch er die enge Wendeltreppe hinauf.

Man braucht keinen Schlüssel, um vom Laden in die Wohnung zu gelangen, die Treppe endet in einem Abstellraum am Ende des Flurs, zwischen Regalen mit Putz- und Holzpflegemitteln und Konservendosen. Auch ein paar Weinkisten, die ihm sehr bekannt vorkommen, lagern hier. Auf der anderen Seite des Flurs befindet sich eine zweiflügelige Wohnungstür, wie man sie in Altbauten häufiger sieht. Alvarez hat offenbar ein hohes Sicherheitsbedürfnis, denn zusätzlich zum Türschloss gibt es einen massiven Riegel, der geschlossen ist.

»Unten ist nichts Besonderes«, ruft er.

»Okay«, tönt Rifkins Stimme aus einem der vorderen Räume.

Sämtliche Zimmer sind großzügig geschnitten, und die Einrichtung erinnert Fernando an die Wohnung seiner Mutter. Deren spanische Möbel sind zwar nicht ganz so edel wie diese hier, aber von ähnlich düsterer Strenge. Fernando empfand das früher freilich nie so, es fiel ihm zum ersten Mal auf, als Jule, die in einer hellen, aber sehr sterilen Bauhausvilla aufwuchs, eine Bemerkung darüber machte.

Nach dem frühen Tod von Fernandos Vaters hat Pedra Rodriguez bald zwanzig Jahre gebraucht, ehe sie sich von dem alten Ehebett trennte, das mit seinen hohen Kopf- und Fußteilen stets an einen Doppelsarg erinnerte. Genau wie dieses hier, das in Alvarez' Schlafzimmer steht.

Fast an jeder freien Wand befinden sich Bilder. Abstrakte, seltsame Motive, manche wirken fast wie technische Zeichnungen. Nicht wirklich dekorativ, urteilt Fernando.

Ein Zimmer unterscheidet sich von den anderen: Es ist ausgestattet mit Matten, einer Hantelbank und zwei Multifunktions-Fitnessgeräten, mit denen sich sämtliche Körperzonen trainieren lassen. Ein Boxsack aus Leder hängt an einer dicken Kette von der Decke, Springseile und elastische Bänder runden das Equipment ab.

Da ist der Alte so fit und trainiert und lässt sich doch von einem Eindringling erstechen.

Fernando findet Rifkin in der Bibliothek an einem Schreibtisch, der in der Mitte des Zimmers steht und dessen Fächer und Schubladen sie leer geräumt hat, um sich den Inhalt nun systematisch und genau anzusehen. Es riecht nicht nach Büchern, wie man an einem solchen Ort erwarten würde, sondern nach Zigarren. Sie lagern in einem Humidor von der Größe eines amerikanischen Kühlschranks. Fernando konnte Zigarren nie etwas abgewinnen, aber dass Cohibas und Davidoffs zu den teuren Sorten gehören, weiß er dennoch. Er widmet sich der Literatur in den Regalen. Ein Regal ist voll mit Kunstbänden, ein anderes mit Ausstellungskatalogen. Es gibt deutsche, spanische und lateinamerikanische Klassiker, ansonsten viel Historisches. Kriege scheinen Alvarez fasziniert zu haben, Kriege und Waffen, über die besitzt er etliche Bücher. Dieser Alvarez wird Fernando immer unsympathischer. Umso eigenartiger ist es, dass sich seine Mutter mit dem Mann so gut verstanden hat.

»Was hast du?«, wendet er sich an Rifkin.

»Bis jetzt nichts Großartiges. Kontoauszüge, ein paar Notizbücher und alte Kalender mit spanischem Gekritzel darin und seinen Impfpass. Fast scheint mir, als hätte der Mann kein Privatleben.«

Der Schreibtisch kommt Fernando bekannt vor. Natürlich! Seine Mutter hat dasselbe Modell, dort schreibt sie seit über vierzig Jahren ihre Bestellungen und Rechnungen.

»Rifkin, geh mal kurz zur Seite, ich will was ausprobieren.«

»Was wird das denn jetzt?«, fragt sie, tut ihm aber den Gefallen.

Der Schreibtisch hat drei Schubladen. Fernando zieht die zwei äußeren ganz heraus und legt sie auf das glänzende Parkett. Dann fasst er tief in die leeren Fächer hinein und drückt jeweils einen kleinen Hebel herunter. »Tada!«

»Ein Geheimfach!« Rifkin starrt auf die schmale, lange Schublade, die plötzlich auf der scheinbar festen Rückseite herausgesprungen ist. »Wow, Rodriguez! Wie bist du nur darauf gekommen?«

»Intuition und Genie. Was ist drin?«

»Einiges.« Rifkin hat schon begonnen, das Fach auszuräumen. »Fotos, Papiere auf Spanisch und das da.« Sie nimmt eine Schachtel aus schwarzer Pappe mit abgestoßenen Kanten heraus, öffnet sie und sagt, nachdem sie den Inhalt eine Weile betrachtet hat: »Vergoldetes Blech mit einer Sonne und eine Urkunde mit einer roten Zwergenmütze. Muss ein Orden oder so was sein. Schau du mal, da steht was auf Spanisch drauf.«

Fernando nimmt die Schachtel entgegen. Darin liegt eine Medaille an einem blau-weißen Band. Auf der Vorderseite ist eine Sonne, wie sie auch die blau-weiße argentinische Flagge ziert. *Für besondere Verdienste an unserem Vaterland,* übersetzt er die Schrift am unteren Rand. Die Rückseite zeigt das Profil eines Mannes. Auf dem Schriftstück, das bei dem Orden lag, findet sich besagte Mütze wieder. Sie sitzt auf einem Stab, umrahmt von einem Lorbeerkranz, und obenauf eine Sonne mit einem Gesicht.

»Das ist das Staatswappen von Argentinien, Rifkin.«

»Ein albernes Wappen, oder? Ich meine, Adler, Löwen, Drachen, von mir aus auch ein Einhorn wie bei den Briten, aber eine Zwergenmütze? Und wer ist der Typ auf der Rückseite?«

»Gleich.« Fernando ist noch dabei, den Text auf der Urkunde zu studieren. Ein gewisser Adrian Martínez, Angehöriger der Secretaría de Inteligencia del Estado, abgekürzt SIDE, hat sich anscheinend besondere Verdienste um sein Land erworben, wofür dieses ihm dankt. Die Unterschrift auf der Urkunde ist einigermaßen deutlich zu lesen, sie lautet *Rafael Videla.* Derselbe Name steht auch unter dem Profil auf dem Orden.

»Oh-oh, Rifkin, das ist übel, das ist echt übel. Rafael Videla war der Staatschef zu Zeiten der Militärjunta, und diese Secretaría de Inteligencia del Estado klingt schwer nach Geheimdienst.«

»Ja, aber wer zum Teufel ist Adrian Martínez?«, fragt Rifkin.

»Keine Ahnung. Zeig mal die Fotos.«

Rifkin breitet die Schwarz-Weiß-Bilder auf dem Schreibtisch aus.

»Hey, den kenn ich doch!« Fernando greift nach einer Fotografie. »Das ist doch der Erznazi mit dem Schmiss.«

»Welcher Erznazi, und was ist ein Schmiss?«, wiederholt Rifkin.

»Die Narbe hier.« Fernando deutet auf seine Wange. »Schlagende Studentenverbindungen. Nie davon gehört?«

»Ja, doch, kann sein.«

»Das ist Hannes Martin, der SS-Mann, der nach dem Krieg auf der Rattenlinie ...«

»Verdammt, Rodriguez, wovon redest du?«

»Ach, stimmt, sorry. Du warst ja bei Alvarez in der Klinik, als ich das Foto bei den Sachen von Martínez gefunden habe.«

»Wie? Dasselbe Foto hat Aurelio Martínez?«

Fernando erläutert seiner Kollegin, was Oda über die Vergangenheit der Familie herausgefunden hat.

»Also ist dieser Narben-Nazi der Vater von unserem Mordopfer Aurelio Martínez?«, fasst Rifkin zusammen. »Warum steht das nicht in der Akte?«

»Bin noch nicht dazu gekommen.«

Rifkin gibt ein genervtes Schnauben von sich, während sie die Fotos durchblättert. »Schau mal, da ist er wieder. Mit Anhang dieses Mal.«

Das Foto wurde in einem Garten aufgenommen, im Hintergrund sind Palmen zu sehen. Es zeigt den Narbenmann neben einer kräftigen, blonden Frau. Vor ihnen posieren zwei Jungs in weißen Hemden und kurzen Hosen mit exakt denselben Frisuren, einer etwa zwölf, dreizehn, der andere vielleicht zehn. Rifkin dreht das Foto um. Eine Schrift in verblasster Tinte, der Text auf Deutsch lautet: *Im Botanischen Garten mit Adrian und Aurelio, Sommer 1960.*

Kapitel 12 –
Ein harter Knochen

Wie es aussieht, wird Hauptkommissarin Oda Kristensen Irina Jyrkiäinen entweder allein oder später mit einem anderen Kollegen vernehmen müssen, denn Erwin Raukel weigert sich strikt, seiner Freundin, inzwischen wohl eher Ex-Freundin, noch einmal unter die Augen zu treten.

»Keine zehn Pferde bringen mich zu dieser Furie ins Zimmer! Wenn ihr mich zwingen wollt, melde ich mich krank.«

»Du wirkst tatsächlich etwas angeschlagen«, spottet Oda.

»Angeschlagen? Das Teufelsweib hat mir fast den Schädel zertrümmert. Hat die einen Ziegelstein in der Handtasche?«

Natürlich übertreibt Raukel ein bisschen, man sieht lediglich eine kleine rote Stelle an seiner Stirn. Ernstlich verletzt ist dagegen sein Stolz.

»Nein, kein Ziegelstein, aber einen Smith-&-Wesson-Revolver, Kaliber 32«, klärt Oda ihn auf. »Haben die Kollegen von der Streife entdeckt.«

»Das Weib nimmt einen Revolver mit zur Arbeit?«

»Scheint so. Und du hast ihr also erzählt, du arbeitest in einem Ministerium?«

Sie sitzen in Odas Büro. Sie hat für sich und den Gebeutelten bei Frau Cebulla Cappuccino besorgt und vorhin, auf dem Weg zurück zur Dienststelle, Croissants und Franzbrötchen beim Bäcker mitgenommen.

»Innenministerium.« Raukel tunkt sein Hörnchen in den Milchschaum. »Ist eigentlich gar nicht wirklich gelogen. Schließlich ist der Innenminister unser Dienstherr.«

»Großzügig ausgelegt ...«

»Was hätte ich machen sollen? Die Frauen reagieren oft seltsam, wenn man sagt, dass man ein Bulle ist. Erst recht Russinnen, die sind gar nicht gut auf die Polizei zu sprechen.« Raukel nimmt noch einen Schluck Kaffee, legt das angebissene Croissant jedoch wieder auf den Teller zurück. »Danke, aber ich habe keinen Hunger.«

Es muss wirklich schlimm um ihn bestellt sein. Armer Raukel. Da verknallt er sich auf seine alten Tage, und dann ausgerechnet in eine Kriminelle. »Bin gleich wieder da«, murmelt Oda und steht auf. Sie weiß, dass Raukel immer einen Seelentröster in seinem Schreibtisch verwahrt. Prompt wird sie fündig. Mit der Kognakflasche unter ihrem Blazer kommt sie zurück. Raukel zieht fragend die Brauen hoch, aber Oda schüttet wortlos erst ihm und dann sich selbst einen großzügig bemessenen Schluck in die Kaffeetasse. »Auf die Tücken der Liebe.«

Raukel leert seine Tasse in einem Zug, und Oda fackelt nicht lange und tut es ihm nach. Sie schüttelt sich und fragt: »Wieso hat deine Irina eigentlich diesen komplizierten Nachnamen?«

»Ein versoffener finnischer Ehemann. Sie hat ihn verlassen, kaum dass sie lange genug mit ihm verheiratet war, um Bürgerin der EU zu werden«, erklärt Raukel und jammert: »Oje, ich werde umziehen müssen. Diese russische Hexe wird mich jedes Mal quer über den Hinterhof verfluchen, sobald ich mich auf dem Balkon blicken lasse. Vielleicht schießt sie auf mich, wenn ich meine Geranien gieße! Ich werde um mein Leben fürchten müssen, wenn ich bloß zum Kiosk gehe. Mist, verdammter! So eine schöne, günstige Wohnung krieg ich nie wieder! Man sollte nicht in der Nachbarschaft herumvögeln, das ist genauso dumm wie Affären im Dienst.«

»Du sagst es, mein Hase«, lächelt Oda. »Aber wie ich das sehe, wird eher deine Irina umziehen, zumindest für eine Weile. Und ihre Firma kann sie sowieso vergessen, jetzt, da der Zoll sie auf dem Kieker hat, also würde ich an deiner Stelle mit der Kündigung der Wohnung noch warten.«

»Danke, Oda, du verstehst es, einen geschlagenen Helden zu trösten«, nickt Raukel und wischt sich verstohlen über die Augen.

Oda fragt sich, was an Raukels Verhalten heldenhaft gewesen

sein soll. Sein Versuch, vor Mausezahn durch ein für seine See-löwenfigur viel zu schmales Fenster zu flüchten? Doch um ihn heute ausnahmsweise zu schonen, verzichtet sie darauf, dieses Thema zu vertiefen, und fragt: »Jetzt muss ich dich leider fragen, ob du ihr zutraust, eine junge Frau umzubringen.«

»Warum sollte sie das tun?«

»Weil die Person sich wehrte, weil sie zu viel wusste, weil sie Ärger machte und andere aufwiegelte, such dir was aus.«

Raukel holt tief Atem. »Oda, was immer ich dazu sage, du wirst mich so oder so für befangen erklären.«

»Stimmt auch wieder.«

»Aber es wäre nicht logisch. Sie umbringen, meinetwegen. Immerhin hat sie es ja bei mir versucht. Aber dann hätte sie die Leiche doch verschwinden lassen. Wozu riskieren, dass sie schließlich doch noch identifiziert wird und damit zwangsläufig eine Spur zu ihr führt?«

Oda nickt. Da sind sie wieder, am Knackpunkt des Reese-Brunnen-Falles, der über den Aufregungen der vergangenen Tage ein wenig ins Hintertreffen geraten ist: die öffentliche Präsentation der verstümmelten Leiche, die Botschaft, die dahinterstecken und die an wen auch immer gerichtet sein mag.

»Außerdem hat Bächle in seinem Bericht geschrieben, dass sie erdrosselt wurde, höchstwahrscheinlich sogar mit bloßen Händen«, gibt Raukel zu bedenken.

»Nichts für ungut, Erwin, aber diese Walküre könnte einen Stier mit bloßen Händen erwürgen.«

»Ja, sie ist schon ein Klasseweib. So etwas krieg ich nie wieder«, seufzt Raukel, und schon wieder glitzert es verdächtig in seinem Augenwinkel.

Oda beißt sich auf die Lippen und denkt sich ihren Teil.

»Aber du wirkst dieser Tage auch etwas geknickt, Oda, wenn ich das bemerken darf. Noch dazu treibst du dich mehr auf der Dienststelle und bei Zeugen herum, als einem normalen Beamten zukommt. Stimmt was nicht mit dir und deinem Chinesen?«

»*Mein Chinese* heißt Tian«, gibt Oda zurück und will ihm gerade klarmachen, dass ihn ihr Privatleben nicht zu kümmern braucht, da klingelt ihr Handy. »Ah, mein *Fräulein* Tochter.«

»Ich wollte mich sowieso zurückziehen und in Trauer hüllen«, lässt Raukel sie wissen und verschwindet mitsamt seinem Seelentröster aus Odas Büro.

»Veronika, was gibt es?«

»Hi, Mama. Du hast Dr. Bächle und mich doch gestern wegen der Auswertung der DNA angemacht ...«

»*Angemacht!* Ich habe lediglich gefragt, ob ihr euch damit ein bisschen beeilen könnt, weil mir wiederum mein Chef im Nacken sitzt und diesem der Staatsanwalt und uns allen die Presse und die Öffentlichkeit.«

»Eine DNA-Sequenzierung dauert eben. Jetzt wissen wir es dafür ganz genau. Die Zahnbürste gehörte der Leiche, die am Reese-Brunnen gefunden wurde.«

»Sehr gut. Wir kennen inzwischen ihren Namen. Kannst du schon was zu der Haarschleife sagen?«

»Ja, kann ich. Martínez ist auf jeden Fall mit der Haarschleife verwandt. Für eine Tochter ist es zu wenig Übereinstimmung, aber sie könnte eine Nichte sein, eine Cousine oder eine Enkelin.«

»Ihr seid großartig!«

»Das ist uns bewusst«, antwortet Veronika hoheitsvoll. »Wie genau sie verwandt sind, müsst ihr selbst herausfinden. Wir können ja schließlich nicht eure ganze Arbeit machen.«

»Wenigstens ist jetzt klar, wie die Liebesbriefe von Aurelio Martínez an Olivia Lopez in Buenos Aires wieder zurück nach Hannover gekommen sind«, lässt Oda ihren Vorgesetzten wissen, als sie wenig später in Völxens Büro auf dem Sofa sitzt, um sich mit ihm über die Erkenntnisse des noch jungen Tages auszutauschen. »Mara Barrios muss sie von ihrer Großmutter erhalten und mitgebracht haben.«

Völxen interessieren die Briefe indessen nicht allzu sehr, er denkt über etwas anderes nach: »Interessant wäre zu erfahren, warum ihr Besuch die ganze Villa in Aufregung versetzt hat und man ihn uns gegenüber zuerst verschweigen und dann runterspielen wollte.«

»Vielleicht hat er ihnen nicht gesagt, dass sie seine Enkelin ist, und sie dachten wirklich, sie wäre seine Geliebte und wollten posthum seinen Ruf schützen.«

»Warum sollte er ihnen seine Enkelin verschweigen?«

»Weil er um ihr Leben fürchtete?«, schlägt Oda vor. »Wenn Alba bisher die Alleinerbin war, und dann taucht plötzlich eine weitere Verwandte auf ...«

»... der ihr Vater alles vererben wollte, wenn es nach ihm gegangen wäre ...«, ergänzt Völxen.

»Es wurde schon für deutlich weniger gemordet«, stellt Oda fest. »Ich frage mich nur, warum er Alba enterben wollte zugunsten von Mara. Ich meine, sie ist immerhin seine Tochter. Selbst wenn sie sich nicht besonders gut verstanden haben – so etwas macht man doch einfach nicht.«

»Er hat ja auch seinen Sohn Rafael enterbt, weil der schwul ist«, merkt Völxen an und springt dann zum nächsten Thema: »Ist diese kriminelle Arbeitsvermittlerin schon vernommen worden?«

»Nein, ich kann mich schließlich nicht vierteilen. Dieser Furie wird es nur guttun, wenn sie ein paar Stunden in einer Verwahrzelle hockt. Außerdem hätte ich gerne dich bei der Vernehmung dabei.«

»Wieso, was ist mit Raukel?«

Oda lächelt nachsichtig. »Ach, Völxen, du weißt doch, bei einer gewissen Sorte Frauen rutscht ihm der Verstand in die Hose. Und die ist ein besonders harter Knochen.«

»Das bist du doch auch.« Völxen wirkt ein bisschen irritiert, meint aber schließlich: »Gut, wenn du darauf bestehst.«

Oda dankt ihm und geht sich einen weiteren Kaffee holen. Von ihr werden die anderen nichts über Raukels tragische Affäre erfahren, sie ist ja keine Tratsche. Aber man kann natürlich nicht für die Kollegen vom Zoll garantieren.

Oda lag richtig mit ihrer Einschätzung, Frau Jyrkiäinen erweist sich tatsächlich als reichlich widerborstig. Nach einer halben Stunde wissen die Ermittler immerhin, dass die Geschäftsleitung der Firma Dust-Busters nur aus ihr selbst besteht, und sie gibt zu, Fedora Melnik gekannt zu haben, nachdem Völxen ihr versichert hat, dass es dafür Zeugen gibt.

»Am Abend des 27. August putzte Fedora Melnik in der Villa der Tanzschule Martínez, ist das richtig?«, fragt Völxen

»Denken Sie, ich habe alle Termine im Kopf?«

»Aber dass Fedora Melnik dort regelmäßig geputzt hat, können Sie bestätigen?«, fasst Völxen nach.

»Ja«, knirscht sie widerwillig.

»Wann haben Sie ihr Verschwinden bemerkt?«

»Als mich am Montag ein anderer Klient von ihr anrief und fragte, warum heute niemand kommt.«

»Was haben Sie dann gemacht?«, forscht er weiter.

»Mich bei dem Kunden entschuldigt und jemand anderen hingeschickt, was denn sonst?«

»Haben Sie irgendetwas unternommen wegen Fedora Melniks Verschwinden?«

»Was meinen Sie?«

»Haben Sie in der Villa Martínez nachgeforscht?«

Sie schüttelt den Kopf, als hätte Völxen etwas vollkommen Abstruses von sich gegeben.

»Immerhin wurde sie dort zum letzten Mal gesehen.«

»Woher sollte ich das wissen? Sie kann doch später noch weiß der Teufel wohin gegangen sein. Wer weiß, vielleicht ging sie nebenbei noch anschaffen. Hübsch war sie ja.«

»Bei den Löhnen, die Sie bezahlen, wäre das nicht verwunderlich«, versetzt Oda.

Die Chefin der Firma Dust-Busters beugt sich über den Tisch. »Jetzt hören Sie mal zu, Sie selbstgerechte Staatsbeamtin: Ich bin Unternehmerin, ich muss deshalb knapp kalkulieren. Und von Löhnen kann man schon gar nicht sprechen, denn ich führe eine Agentur. Die Leute, die ich vermittle, sind alle Freiberufler, die wissen im Voraus, worauf sie sich einlassen, und können jederzeit gehen.«

»Ist es denn normal, dass Ihre *Freiberufler* spurlos verschwinden?«, erkundigt sich Völxen.

Sie ringt die Hände. »Manche sind einfach unmöglich. Kaum habe ich sie ausbezahlt, bleiben sie weg, ohne sich abzumelden. Aber was soll ich machen?« Sie seufzt bekümmert.

Oda murmelt, dass ihr gleich die Tränen kommen würden.

»Gut, lassen wir das«, beschließt Völxen. »Sie werden noch genug Gelegenheit erhalten, sich mit den Kollegen vom Zoll über Ihr Geschäftsmodell auszutauschen. Bei uns geht es um Mord. Also noch einmal: Was haben Sie unternommen, nachdem Fedora Melnik verschwunden war?«

»Na, gar nichts. Was hätte ich denn tun sollen?« Sie hebt ihre sorgfältig gestylten Augenbrauen hoch, was ihrem Blick etwas Eulenhaftes verleiht. »Ich bin ihre Agentin. Nicht ihr Kindermädchen, nicht ihre Aufpasserin oder ihre Mutter! Ich habe diesen Mädchen nur geholfen. Sie flehen mich um Arbeit an, also vermittle ich ihnen Arbeit. Sonst landen die am Ende noch auf dem Strich. Ist das dann besser als Putzen?« Sie blickt Oda und Völxen böse an.

»Sie sind eine wahre Wohltäterin«, nickt Oda.

»Diese Leute sind unzuverlässig. Anfangs sind sie einem dankbar, dann finden sie etwas Besseres, gehen zurück in ihre Heimat oder lachen sich einen Kerl an, der sie aushält. Sie war nicht die Erste, die einfach nicht mehr auftauchte, ohne ein Wort zu sagen. Wer denkt denn da gleich an einen Mord?«

»Sie schöpften also keinen Verdacht, als wenige Tage danach der Fund einer Frauenleiche am Reese-Brunnen durch die Presse ging?«, fragt Oda.

»Nein, wieso sollte ich? Sagen Sie, was wollen Sie eigentlich von mir?«

»Sie haben gegenüber der Freundin von Frau Melnik behauptet, Fedora Melnik habe sich bei Ihnen Geld geliehen und sei zurück in die Ukraine gereist«, hält ihr Völxen vor.

»Das muss sie falsch verstanden haben. Wenn ich das gesagt habe, dann war das eine reine *Vermutung*.«

»Sie haben Frau Melnik also kein Geld gegeben«, hält der Hauptkommissar fest.

»Nein. Sehe ich aus wie Mutter Teresa?«

»Haben Sie Fedora Melniks Freundin Valeska Geld gegeben, damit sie Ruhe gibt?«, fährt Völxen fort.

»Wie käme ich denn dazu?«

»Oder haben Sie sie bedroht?«

»Wenn sie das behauptet, lügt sie.«

»Hat Frau Melnik vielleicht versucht, Sie zu erpressen? Wusste sie zu viel über Ihr Geschäftsgebaren? Mussten Sie ein Exempel statuieren?«

Ihre Augen werden schmal. »Was wollen Sie mir da anhängen? Ich muss mich nicht fürchten. Mein Geschäft ist sauber! Ich vermittle Putz- und Pflegekräfte, Punkt. Es ist nicht meine Schuld, wenn Leute mir verschweigen, dass sie sich illegal im Land aufhalten.« Frau Jyrkiäinen verschränkt die Arme und presst die Lippen aufeinander.

»Wo waren Sie denn am Freitagabend, den 27. August, nach 22:00 Uhr?«, fragt Völxen nun rundheraus.

»Wenn Sie mir mein Telefon wiedergeben würden, könnte ich auf meinen Terminkalender zugreifen und nachsehen.«

»Das lässt sich machen.« Oda geht in ihr Büro und holt das Handy aus der pinkfarbenen Handtasche, die man Mausezahn nach dem Übergriff auf Raukel abgenommen hat.

»Über die Waffe in Ihrer Tasche müssen wir auch noch sprechen«, meint Oda, als sie zurückkommt. »Aber eines nach dem anderen. Daumenabdruck, bitte.«

Erneut streift sie ein bitterböser Blick, dann drückt Irina Jyrkiäinen ihren rechten Daumen auf den Bildschirm, tippt den Kalender an und öffnet den 27. August.

»Die Einträge sind ja alle auf Russisch«, stellt Oda fest.

»Tja«, bemerkt ihr Gegenüber mit einem Achselzucken. »Andere Länder, andere Schriften.«

»Gut, sehen Sie selbst nach.«

Irina Jyrkiäinen kommt der Bitte nach. Ein Lächeln macht sich auf ihrem Gesicht breit, dessen Make-up zwischenzeitlich ein wenig gelitten hat. »Ah ja, das war *dieser* Freitag. Ein schöner Sommerabend. Da waren wir essen beim Italiener am Hohen Ufer«, gibt sie bereitwillig Auskunft. »Wir hatten um zwanzig Uhr reserviert, draußen. Hinterher sind wir noch zusammen in die Stadt gegangen, ein wenig bummeln, wir waren auch noch in einer Bar, glaube ich. Danach habe ich in seiner Wohnung übernachtet. Am nächsten Morgen bekam der Mistkerl einen Anruf und hat mich hinauskomplimentiert, weil ihn angeblich der Innenminister dringend brauchte ... Ich hätte schon damals Verdacht schöpfen sollen. Ministerium! Pah! Wenn Sie Einzelheiten über diese Nacht wollen, fragen Sie am besten diese kleine Ratte!«

»Von welcher kleinen Ratte sprechen wir?«, erkundigt sich der ahnungslose Völxen.

»Von Errrwin!«

»Doch nicht etwa ...?«

»Doch«, seufzt Oda.

»Richten Sie dem Scheißkerl aus: Sollte er mir noch ein einziges Mal über den Weg laufen, trete ich ihm in seine verschrumpelten Eier!«

»So schnell ändert sich die Zoologie«, meint Oda, nachdem die resolute Dame von zwei Uniformierten abgeführt wurde. »Eben waren sie noch Hase und Mausezahn, und nun ...« Oda steht auf und nimmt das Aufnahmegerät mit, damit Frau Cebulla ein Protokoll anfertigen kann. »Dieses raffinierte Luder ist also nicht nur die Barmherzigkeit in Person, sondern noch dazu komplett unbedarft und unschuldig.«

»Warum habe ich das mit Raukel nicht vorher erfahren?«, beschwert sich Völxen, während er Oda die Tür aufhält.

»Es ist ihm so peinlich. Er hat ihr weisgemacht, er würde im Innenministerium arbeiten. Er wiederum wusste nichts von ihrer Firma, es hat noch nicht mal beim Namen Dust-Busters bei ihm geklingelt. Sonst wäre er doch niemals mit zu dieser Hausdurchsuchung gegangen.«

»Trotzdem hättest du es mir sagen sollen!«, beharrt Völxen. »Lässt mich ins offene Messer laufen!«

»Hast du gesehen?«, lenkt Oda ab. »Sie hat ihre Augenbrauen mit Gel fixiert. Das solltest du vielleicht auch mal versuchen.«

»Herr Hauptkommissar, da sind Sie ja.« Frau Cebulla eilt ihnen auf dem Flur entgegen. »Rafael Martínez ist hier. Er sagt, Sie hätten ihn herbestellt.« Sie zwinkert Oda zu und wispert: »So ein schöner Mann! Er sieht aus wie ein Engel mit schwarzen Locken. Und dieser Name, Rafael Martínez. Wie das schon klingt ...«, schwärmt Frau Cebulla.

»Wenn Sie sich wieder eingekriegt haben, dann bringen Sie ihn in mein Büro und sagen ihm, wir kommen in ein paar Minuten«, ordnet Völxen an.

»Aber gerne«, flötet die Sekretärin und trabt in ihren Birkenstocks beschwingt davon.

»Verwöhnen Sie ihn ordentlich, damit er uns gewogen ist«, ruft Oda ihr hinterher.

»Herrgott«, knurrt Völxen. »Was ist denn auf einmal los? Hat hier keiner mehr Hemmungen? Ist irgendwas im Trinkwasser?«

»Wir möchten bitte nicht gestört werden«, sagt Völxen wenig später, als er und Oda Rafael Martínez gegenübersitzen. Eigentlich versteht sich das von selbst, aber angesichts von Frau Cebullas partieller Hirnerweichung weist man besser noch einmal darauf hin. In erster Linie aber dient der Hinweis dazu, um Rafael Martínez Wichtigkeit zu suggerieren. Dessen gepflegtes Äußeres und die zwar legere, aber sehr sorgfältig aufeinander abgestimmte Kleidung – Jeans, Lederslipper, rotes Leinenjackett, weißes Hemd – lassen auf eine gewisse Eitelkeit schließen, und bei eitlen Menschen verfängt diese Nummer fast immer, so die Erfahrung des Hauptkommissars. Vielleicht trifft auf Rafael Martínez auch nur das uralte Klischee zu, wonach schwule Männer einfach mehr Geschmack haben als der barbarische Rest. Rafael Martínez ist definitiv nicht mordverdächtig, daher hält man ihn besser bei Laune.

Auch Oda Kristensen hat gleich verstanden, was gespielt wird. Sie fügt sich perfekt in ihre Rolle, indem sie dem Mann, der deutlich jünger wirkt als zweiundvierzig, erst einmal zum Tod seines Vaters kondoliert und ihm dankt, dass er sich herbemüht hat.

»Alba sagte, Sie würden mich sonst mit einer Streife abholen lassen, da habe ich Angst bekommen«, meint er mit leiser Ironie.

»Mein Vorgesetzter ist manchmal etwas schroff, aber er meint es nicht so«, versichert Oda im Tonfall einer devoten Ehefrau, die sich für ihren polternden Gatten entschuldigt.

Völxen wirft ihr einen Blick zu, der in etwa besagt: *nicht zu dick auftragen*, dann wendet er sich wieder an den Zeugen. »Herr Martínez, wann hatten Sie zum letzten Mal Kontakt mit Ihrem Vater?«

»Es gab keinen Kontakt mehr, seit ich mit einundzwanzig Jahren ausgezogen bin.«

»Warum kam es zu diesem Bruch?« Odas eisblaue Augen blicken ihn anteilnehmend, aber auch durchdringend an.

Er nippt von seinem Kaffee, lehnt sich auf dem Sofa zurück und fragt: »Wollen Sie die offizielle Version oder die wahre?« Wieder ist da dieser spöttische Unterton, der ihn blasiert wirken lässt, aber vielleicht auch nur seine Unsicherheit kaschiert.

»Ihr Vater soll sich nicht mit Ihrer sexuellen Orientierung abgefunden haben, ist es nicht so?«, tastet sich Oda voran.

»Das ist ein Teil der Wahrheit. Er war ausgesprochen intolerant, was dieses Thema anging. Aber der Hauptgrund war, dass ich ihnen auf die Schliche gekommen bin und ihre Lügen aufgedeckt habe. Ich wurde für ihn zu einer Gefahr.«

»Könnten Sie uns das näher erklären?«, bittet Völxen.

»Wissen Sie, dass die Eltern von Aurelio Martínez Deutsche waren?«, fragt Rafael zurück.

Oda öffnet eine Mappe, die sie mitgebracht hat, und zeigt ihm das Foto von Hannes Martin. »Ist das sein Vater?«

»Oh, Sie waren schon gründlich. Ja, die deutsche Polizei ...« Er betrachtet das Foto und verzieht seinen schönen Mund.

»Ihr Großvater hieß Hannes Martin. Er floh nach dem Krieg aus politischen Gründen, um es einmal vorsichtig auszudrücken«, hilft Oda der Sache nach.

»Nennen Sie diesen alten Nazi bitte nicht meinen Großvater!«

»Wie Sie wollen, tut mir leid«, sagt Oda.

Völxen schaltet sich ein: »Widmen wir uns doch wieder Ihrem Vater ...«

Rafael nickt. »Sagt Ihnen der Name Rafael Videla etwas?«

»Er hat Argentinien Mitte, Ende der Siebziger regiert.« Völxen lässt sein frisch erworbenes Wissen bewusst vage und harmlos klingen.

Martínez schluckt den Köder. »Genauer gesagt von 1976 bis 1981. Er war ein grausamer Diktator. In den fünf Jahren seiner Schreckensherrschaft verschwanden etwa dreißigtausend Menschen. Jeder, der sich ihm entgegenstellte oder ihm und seinen Generälen nicht passte, wurde erbarmungslos gejagt: Gewerkschafter, Linke, Theologen, Demokraten. Leute wurden ermordet und verstümmelt, manche hat man einfach über dem Río de la Plata aus Flugzeugen geworfen, andere landeten in Foltergefängnissen. *Das* war Rafael Videla. Aber natürlich hätte er das alles nicht bewerkstelligt ohne die Hilfe von Leuten wie Aurelio Martínez.«

»Wollen Sie damit sagen, dass Ihr Vater an diesen Verbrechen beteiligt war?«, fragt Oda.

»Nun, er war immerhin unter Videla beim Militär. Sogar im Rang eines Offiziers. Ich kenne seine genauen Aufgaben zu dieser Zeit nicht, und natürlich hat er nie irgendetwas zugegeben«, räumt Rafael ein. »Wenn er über seine Vergangenheit sprach, dann nur über harmlose Dinge. Aber ich war ein neugieriges Kind, ich habe gerne an Türen gehorcht und in Schubladen herumgeschnüffelt. Besonders als ich älter wurde und immer mehr das Gefühl bekam, dass unsere Eltern anders sind als andere.«

»Inwiefern anders?«, fragt Oda.

»Meine Schwester und ich waren meinem Vater immer herzlich egal, wenn nicht sogar lästig. Das hat er nicht einmal zu verbergen versucht. Alba dachte, es läge an ihr. Die Ärmste, sie wollte immer gefallen, immer perfekt sein, dabei hatte sie gar keine Chance. Ich hingegen hatte schon früh eine dunkle Ahnung, dass es nicht an uns liegt. Ich nehme an, es war der Wunsch meiner Mutter, uns zu adoptieren, nachdem sich herausgestellt hatte, dass sie keine eigenen Kinder haben konnte. Aber auch sie verlor mit der Zeit das Interesse an uns. Sie fühlte sich in Deutschland nie wohl und hat sich zur Ablenkung vollkommen auf diese Tanzschule konzentriert. Letztendlich wurden wir vom Hauspersonal erzogen und beaufsichtigt. Zuerst waren es Au-pair-Mädchen, später kam Caroline Wagner.«

»Ich schließe aus Ihren Worten, dass man Sie und Ihre Schwester über die Adoption im Unklaren gelassen hat.« Völxen spricht betont ruhig, um sich seine Überraschung nicht allzu sehr anmerken zu lassen.

»Das ist richtig«, sagt Rafael Martínez und lächelt wie einer, der gerade eine Bombe platzen ließ.

»Woher wissen Sie es dann?«, fragt Oda.

»Einen Verdacht hatte ich, wie gesagt, schon länger, aber dann habe ich sie eines Tages streiten gehört. Es ging um mich, ich war siebzehn, und es war die Zeit meines unfreiwilligen Coming-out, wenn man so will. Mein Vater schrie meine Mutter an, das käme davon, wenn man sich diese Kommunistenbrut ins Haus holt.«

»Haben Sie Ihre Eltern zur Rede gestellt?«, will Oda wissen.

»Nein. Ich wollte ihn erst damit konfrontieren, wenn ich Beweise hätte. Sonst hätte er nur wieder behauptet, ich würde lügen. Von da an habe ich noch mehr als sonst Augen und Ohren offen gehalten. Wann immer es möglich war, durchsuchte ich die Sachen meines Vaters. Dieses Foto da …«, er deutet auf die inzwischen wieder geschlossene Mappe, »… ist mir auch untergekommen. Es war aber nicht so einfach, etwas herauszufinden. 1996 hatte noch so gut wie kein Mensch Internet, ganz zu schweigen von DNA-Tests für alle. Aber irgendwann fand ich Vaters Zeugnis von der Militärakademie und ein paar andere Schriftstücke. Da wurde mir dann manches klar.«

»Was meinte Ihr Vater mit dem Wort *Kommunistenbrut?*«, will Völxen wissen.

Rafael holt tief Atem, ehe er weiterspricht. »Unter Videla wurden Hunderte von Babys ihren oppositionellen Müttern weggenommen, um sie zur Adoption weiterzugeben, sehr häufig an kinderlose Militärangehörige oder sonstige brave Gefolgsleute. Das muss man sich mal vorstellen: Kinder werden von den Mördern ihrer Eltern adoptiert. Wer weiß, vielleicht hat er mich sogar nach diesem Schwein Videla benannt: Rafael.« Er schnaubt und streicht sich eine dunkle Haarlocke aus der Stirn. »Es ist eigenartig, wissen Sie? Da trägt man ein Leben lang einen Namen, von dem man genau weiß, dass er nicht der richtige ist.«

»Das war sicher eine böse Erkenntnis für Sie«, meint Oda mitfühlend. »Haben Sie denn später noch Beweise gefunden, dass es bei Ihnen und Alba auch so war? Adoptionspapiere oder dergleichen?«

Er schüttelt den Kopf. »Nein. Nur unsere Geburtsurkunden, aber die haben sie natürlich gefälscht. Doch meine Mutter hat mir meinen Verdacht quasi auf dem Sterbebett bestätigt.«

»Sie gab zu, dass man Sie und Ihre Schwester ihren Müttern gewaltsam weggenommen hat?«, fragt Oda.

»Nein, das nicht. Sie wusste es vielleicht gar nicht, oder sie wollte es nicht so genau wissen. Aber es stimmt, das ist kein Gerücht!«, setzt er hinzu, als müsste er sich verteidigen.

»Oh, niemand bezweifelt das«, versichert Völxen. »Weiß Ihre Schwester denn über diese ... Sache Bescheid?«

»Ich musste meiner Mutter versprechen, Alba nichts zu sagen. Vor einigen Jahren, als sie mich in Barcelona besucht hat, habe ich es ihr doch erzählt, Versprechen hin oder her. Es fühlte sich richtig an. Schließlich sind wir auch unser Leben lang belogen worden.«

»Das sehe ich genauso«, stimmt ihm Oda zu.

»Alba wollte nichts davon hören. Typisch. Ich habe ihr zu einem DNA-Test geraten. Sie hat das entrüstet abgelehnt. Keine Ahnung, ob sie später doch noch einen gemacht hat. Alba ist ein Ass im Verdrängen, aber wenn man so etwas gesagt bekommt, dann nagen doch Zweifel an einem, oder?«

»Gefragt haben Sie sie nicht?«, will Oda wissen.

»Nein. Es ist ein heikles Thema und jetzt gerade wohl nicht das Richtige.«

»Herr Martínez, warum erzählen Sie uns das alles?«, fragt Völxen ohne Umschweife.

In Rafaels Augen blitzt es für eine Moment angriffslustig auf, dann sagt er: »Weil Sie die Wahrheit wissen wollten, warum ich mit meinem Vater keinen Kontakt mehr hatte.«

»Sie nahmen ihm also übel, dass er Ihnen Ihre Herkunft verheimlicht hat.«

»Ich nahm ihm *alles* übel, und ich tu es noch. Seine Verlogenheit, seine Vergangenheit, seine Gesinnung ... Ich könnte mir gut vorstellen, dass jemand Rache genommen hat.«

»Wer sollte das sein?«

Wieder holt Rafael Martínez weit aus: »Kurz nach dem Tod meiner Mutter erfuhr ich von einer damals in Argentinien neu gegründeten Organisation namens HIJOS, das bedeutet Söhne. Es ist ein Zusammenschluss von geraubten und zwangsadoptierten Nachkommen der Verfolgten. Sie setzen sich bis heute für eine Strafverfolgung der Täter und Mittäter von damals ein. Immerhin wurde Rafael Videla 2012 wegen systematischen Babyraubes zu fünfzig Jahren Gefängnis verurteilt. Andere hochrangige Militärs hat die Gerechtigkeit ebenfalls eingeholt. Oft sehr spät, aber diese Leute ruhen nicht. Nicht, solange die Täter noch leben. Damals hoffte ich, sie könnten mir helfen, etwas über meine leiblichen Eltern herauszufinden. Aber ich hatte einfach zu wenige Informationen. Die Leute von HIJOS stehen in Kontakt zu anderen Menschenrechtsorganisationen. Ich habe mit einigen korrespondiert, habe an der einen oder anderen Stelle den Namen meines Vaters genannt und das wenige mitgeteilt, was ich wusste. Irgendwann muss mein Vater etwas davon mitbekommen haben. Vielleicht wurde er gewarnt, solche Organisationen werden ja leider häufig von Spitzeln unterwandert. Er hat getobt, hat mich einen Verräter genannt und mich hochkant hinausgeworfen. Obendrein hat er mir gedroht, er würde dafür sorgen, dass man mich kaltmacht, wenn ich nicht aufhören sollte, ihn anzuschwärzen.«

»Sie *kaltmacht*«, wiederholt Völxen. »Das hat er gesagt?«

»Wortwörtlich. Sie ahnen nicht, wie er sein konnte, hinter seiner charmanten Fassade. Das war jedenfalls unser letzter Kontakt.«

Oda fragt: »Ist Ihnen bei Ihren damaligen Recherchen vielleicht einmal der Name Olivia Lopez begegnet?«

Er denkt nach, dann schüttelt er den Kopf.

Oda legt das Foto der besagten Dame auf den Tisch.

Er nimmt es, schaut es an, liest die Schrift auf der Rückseite und lächelt abfällig. »Das Bild sehe ich zum ersten Mal. Es wundert mich kein bisschen, dass er eine Geliebte hatte. Sie war sicher nicht die Einzige. Ich hatte nie den Eindruck, dass meine Mutter und er sich besonders nahestanden. Wahrscheinlich hat er sie wegen ihrer Mitgift geheiratet.«

»Hatte er denn selbst kein Geld?«

»Ich weiß es nicht, aber wenn, dann bestimmt nicht so viel. Die Familie Artiz gehörte zu den reichsten alten Familien im Land. Geld und Prestige waren ihm immer wichtig.«

»Sagt Ihnen der Name Mara Evita Barrios etwas?«, fragt Völxen.

»Sollte er?«

»Hat Alba ihn vielleicht dieser Tage erwähnt?«

»Nein, bestimmt nicht.«

»Sprach sie mit Ihnen über den Besuch einer jungen Dame bei Ihrem Vater im letzten Monat?«

Wieder verneint er. »Worum geht es, wer soll diese Frau sein?«

»Sie ist seine leibliche Enkelin«, verrät Völxen.

Ein boshaftes kleines Lächeln kräuselt Rafaels Lippen. »Das wird Alba ganz und gar nicht gefallen haben. Konkurrenz um die Gunst des Patriarchen. Wo kam diese Enkelin denn plötzlich her?«

»Aus Buenos Aires«, antwortet Völxen und fährt fort: »Kennen Sie einen gewissen Luis Alvarez?«

Rafael nickt bedeutungsvoll. »Ja, den kenne ich. *Dios mío*, ihn hatte ich schon fast vergessen. Ein Gespenst aus der Vergangenheit.«

»Wie meinen Sie das?«, fragt Oda.

»Er kam hin und wieder zum Schachspielen vorbei. Immer spätabends, wenn wir Kinder schon im Bett waren oder es zumindest sein sollten. Luis Alvarez war sein Bruder. Offiziell durfte das niemand wissen. Ich weiß es nur, weil ich eine entsprechende Bemerkung meiner Mutter aufgeschnappt habe. Damals war ich etwa zwölf und hielt meine Adoptiveltern noch für meine richtigen Eltern. Als ich Mutter nach dem rätselhaften Onkel fragte, hat sie mich geradezu beschworen, dies nie wieder zu erwähnen und es niemandem zu sagen, weder Alba noch Caroline, keinem Menschen. Sie schien sich wirklich vor ihm zu fürchten, so eindringlich hat sie noch nie zuvor mit mir gesprochen. Darum habe ich ausnahmsweise einmal gehorcht und meinen Mund gehalten und auch meinen Vater nie darauf angesprochen. Seither war mir der Mann noch unheimlicher als vorher. Ich hatte sogar manchmal Albträume, in denen er vorkam. Er hat sich jedoch für Alba und mich nicht im Geringsten interessiert. Wenn wir ihm doch einmal über den Weg liefen, hat er uns betrachtet wie Ungeziefer.«

»Luis Alvarez ist der Bruder Ihres Vaters?« Jetzt kann Völxen seine Verblüffung beim besten Willen nicht mehr verbergen.

Rafael nickt. »Er müsste ein paar Jahre älter sein. Zumindest benahm er sich meinem Vater gegenüber wie ein älterer Bruder. Ich glaube inzwischen fast, dass er hinter meinem Rausschmiss von damals steckte. Er schien irgendwie Macht über meinen Vater zu haben. Alvarez hat vermutlich noch mehr Dreck am Stecken als mein Vater. Warum sollte er sonst unter einem falschen Namen in Deutschland leben und sich nur spätabends ins Haus schleichen wie ein Dieb?«

»Da könnte was dran sein«, pflichtet Oda ihm bei.

»Einmal hörte ich, wie mein Vater zu ihm sagte, er hätte allmählich genug von seiner Paranoia und er solle ihn nicht ständig maßregeln und überwachen, sie wären schließlich nicht mehr beim Geheimdienst.«

»Er sagte, *sie* wären nicht mehr beim Geheimdienst, Plural?«, vergewissert sich Völxen.

»Ja.«

Es klopft. Frau Cebulla streckt ihren Kopf durch die Tür, flüstert eine Entschuldigung und sagt: »Nur eine Sekunde, Herr Hauptkommissar, es ist wirklich wichtig.«

Herrgott! Ausgerechnet jetzt muss man ihn stören, wo es gerade interessant wird.

»Entschuldigen Sie mich«, sagt Völxen zu dem Zeugen und geht nach draußen.

»Rodriguez ist am Telefon. Er hat darauf bestanden, dass er Sie sofort sprechen muss.« Frau Cebulla, die den Unmut ihres Vorgesetzten sehr wohl wahrnimmt, zuckt bedauernd mit den Achseln.

»Schon in Ordnung.« Völxen geht zum Schreibtisch von Frau Cebulla und nimmt den Hörer. »Was ist?«

»Endlich! Ich versuche schon dauernd, dich anzurufen. Halt dich fest, Völxen. Alvarez ist der ältere Bruder von Martínez. Adrian heißt er.«

»Ach!«

»Völxen, ich sage es dir, der Kerl ist unheimlich.«

»Das höre ich heute öfter.«

»Er hat einen Fitnessraum in seiner Wohnung.«

»Das ist in der Tat unheimlich. Hat er auch ein E-Bike?«

Aber Fernando ist nicht nach Scherzen zumute. »Im Geheimfach seines Schreibtisches haben wir einen Orden gefunden mit einer Urkunde, die vom Diktator Rafael Videla persönlich unterschrieben ist, und ein Zeugnis von einer Militärakademie. Dazu noch diverse Urkunden für besondere Verdienste und Mitteilungen über Beförderungen. Alle von der SIDE der Secretaría de Inteligencia del Estado. So hieß der argentinische Geheimdienst. Er war hochdekoriert und gehörte zu einer Spezialeinheit, zuständig für die Verhöre in den verschiedenen Gefangenenlager. Einer der obersten Folterknechte der Militärdiktatur sozusagen.«

»Jetzt wird's wirklich unheimlich«, gibt Völxen zu.

»Ich bin noch nicht fertig: Da sind zwei Adoptionsurkunden.

Das Alter der Kinder stimmt mit dem von Rafael und Alba Martínez überein. Der Junge heißt Tomás Godoy und ist am 6. Oktober 1979 geboren, das Mädchen, Luisa Navarro, am 11. Juni 1981.«

»Bringt alles her, das ganze Material!«

»Sicher. Ich habe dir auch schon einiges auf dein Handy geschickt. Aber eigentlich wollten wir dich fragen, ob wir Alvarez nicht am besten gleich erneut vernehmen sollen, falls er ansprechbar ist. Wir vermuten nämlich, dass er noch gar nichts vom Tod seines jüngeren Bruders weiß, weil er ja erst gestern aus dem Koma erwacht ist und auf der Intensivstation liegt. Sein Handy ist hier. Gut möglich, dass er nichts von dem Mord mitgekriegt hat.«

»Gut, dann seht zu, dass ihr ihn zum Reden bringt. Vielleicht macht ihn der Schock über die Todesnachricht gesprächig.«

»Oder er gibt ihm den Rest«, meint Fernando trocken

»Bisschen Schwund ist immer«, antwortet Völxen und legt auf.

»Ihre Angaben wurden soeben bestätigt«, sagt Völxen zu Rafael Martínez.

Rafael begreift dies als Aufforderung zu gehen und steht auf.

»Einen Augenblick noch«, bittet ihn Völxen. »Sagt Ihnen der Name Tomás Godoy etwas?«

»Nein«, stöhnt Martínez. Er hat sich wieder hingesetzt und fragt: »Wer soll das nun schon wieder sein?«

»Sie sind das«, antwortet Völxen und genießt den Effekt, den diese Botschaft auf dem Gesicht seines Gegenübers hinterlässt. »So lautet Ihr richtiger Name. Wir können inzwischen beweisen, dass Sie und Ihre Schwester adoptiert wurden. Wenn Sie mir Ihre Handynummer überlassen, leite ich Ihnen die Fotos der beiden Adoptionsurkunden weiter, die meine Leute gerade gefunden haben.«

Rafael schluckt und presst hervor: »Woher haben Sie die?«

»Das darf ich Ihnen leider nicht sagen. Laufende Ermittlungen. Ich dürfte Ihnen nicht einmal die Adoptionsurkunden zeigen, aber wir wollen mal nicht so sein.«

Rafael diktiert Völxen seine Nummer ins Handy.

»Wie lange bleiben Sie noch im Land?«, fragt Oda.

»Bis zur Beerdigung. Sie wird voraussichtlich am Freitag sein.«

»Sie sollten die Testamentseröffnung abwarten«, rät Völxen, während er sich an seinem Mobiltelefon zu schaffen macht und die Fotos der Urkunden an Rafael schickt.

»Wozu? Ich erbe ohnehin nichts. Ich muss gegen meine Schwester klagen, wenn ich etwas will. So weit hat uns der Alte gebracht. Sogar nach seinem Tod sät er noch Unfrieden.«

»Gehen Sie trotzdem hin. Ich kann Ihnen im Moment nicht mehr verraten, aber tun Sie es einfach.«

»Laufende Ermittlungen?«, zitiert Rafael den Hauptkommissar. Dieser nickt und lächelt verschmitzt.

»Okay. Ja, dann ... danke«, sagt Rafael.

Es piept zweimal in seiner Jacke. Post von Völxen. Der Zeuge verabschiedet sich nun hastig und stolpert hinaus. Eine bemerkenswerte Verwandlung im Vergleich zu dem leicht arroganten, selbstbewussten Typen, der vorhin das Büro betreten hat, registriert Völxen amüsiert.

»Ist heute dein sozialer Tag, Völxen?«, fragt Oda, kaum dass Rafael Martínez die Tür hinter sich zugemacht hat.

»Ich will, dass etwas Bewegung in diesen festgefahrenen Fall kommt. Er wird wahrscheinlich schnurstracks zu Alba gehen und ihr die Urkunden zeigen oder sie ihr schicken. Und sei es nur, um ihr zu beweisen, dass er immer schon richtiglag.«

»Ah«, macht Oda. »Raffiniert. Danach kann Alba die Tatsachen nicht länger verdrängen. Du glaubst, dass sie das zum Reden bringen wird?«

»Es ist ein Versuch. Sie hat uns von Anfang an jede Menge Wichtiges verschwiegen und tut es noch. Entweder weil sie sich selbst schützen will oder den Ruf ihres Vaters. Beispielsweise wette ich darauf, dass sie sein Handy an sich genommen hat, weil da Nachrichten von seiner Enkelin drauf sind – oder waren.«

»Auf jeden Fall macht es etwas mit einem, wenn man plötzlich schwarz auf weiß seinen wirklichen Namen liest«, überlegt nun auch Oda. »Mir würde es den Boden unter den Füßen wegziehen.«

»Es wird Alba nicht ganz unvorbereitet treffen«, räumt Völxen ein. »Aber es ist eine Sache, etwas zu ahnen, und eine ganz andere, die Beweise in der Hand zu halten. Sie bekommt praktisch bestätigt, dass ihr Vater sie ihr Leben lang belogen hat. Bestimmt wird sie zornig, und wer zornig ist, macht Fehler.«

»Das meinst du mit *Bewegung,* ich verstehe. Wann knöpfen wir sie uns vor?«

»Eins nach dem anderen«, antwortet Völxen. »Lass das Gift erst einmal wirken. Außerdem möchte ich noch die Aussage von Alvarez abwarten. Mal sehen, was der alte Folterknecht der Militärjunta zur Familiengeschichte beizutragen hat – wenn überhaupt.«

Kapitel 13 – Kommunistenbrut

»Es geht ihm besser. Wir überwachen ihn noch, aber er konnte auf die normale Station verlegt werden.« Die Auskunft kommt von der Ärztin, die Rifkin bereits tags zuvor kennengelernt hat.

»Und sein Kopf?«, erkundigt sie sich.

»Was soll mit dem sein?«

»Ist er wieder halbwegs klar in der Birne?«

Die Ärztin lacht unter ihrem Mundschutz. »Nun, *die Birne* ist nicht mein Fachgebiet, ich bin Chirurgin. Aber gewiss ist er noch traumatisiert von dem Vorfall. Wer wäre das nicht? Also rate ich dringend dazu, ihn schonend zu behandeln.«

»Hat er schon mit Ihnen gesprochen?«, will Rifkin wissen.

»Ja, aber nicht viel. Er ist wirklich keine Plaudertasche.«

Sie beschreibt den beiden, wie sie zu seinem Zimmer gelangen.

»Bitte seien Sie rücksichtsvoll«, wiederholt sie. »Er ist noch immer ein Schwerverletzter.«

»Keine Sorge«, versichert Rifkin und schenkt der Ärztin über ihre Maske hinweg einen treuherzigen Blick. »Immerhin ist er ja das Opfer eines Verbrechens.«

»Behutsamkeit ist ihre Spezialität«, ergänzt Fernando, aber da ist die Frau schon weg. »Am besten, du lässt mich reden«, sagt er zu Rifkin.

Viel gesünder als gestern sieht sein hageres Gesicht nicht aus, findet Rifkin. Die Wangen von Luis Alvarez sind noch immer farblos und eingefallen, die markante, gebogene Nase sticht umso deutlicher hervor, und die Augen liegen in dunkelvioletten Höhlen. Die Ähnlichkeit mit dem Foto seines Vaters kann sie dennoch erkennen.

Der Patient ist an einen Tropf angeschlossen, ein Monitor gibt seine Vitalfunktionen wieder.

»Herr Alvarez? Erinnern Sie sich an mich? Oberkommissarin Rifkin, Polizeidirektion Hannover. Das ist mein Kollege, Hauptkommissar Rodriguez.«

Seine Pupillen gleiten unruhig hin und her, sein Gesichtsausdruck ist schwer zu interpretieren.

»Herr Alvarez, können Sie uns sagen, wie es Ihnen heute geht?«, beginnt Fernando, und Rifkin muss beinahe lachen, denn er klingt wie ein Psychiater. Nicht, dass Rifkin schon einmal bei einem solchen gewesen wäre. Wofür gibt es schließlich Wodka?

Er antwortet nicht. Sein Blick hat sich auf seine Gesprächspartner fokussiert. Er ist wachsam.

»Können Sie mir die Geschehnisse vom Freitagabend in Ihrem Laden schildern?«, versucht es Fernando weiter.

Der Patient atmet schwer und senkt die Lider so, dass nur noch zwei schmale Sehschlitze übrig bleiben.

Augen wie Schießscharten, denkt Rifkin, während Fernando fragt: »Wissen Sie, wer Sie niedergestochen hat, Herr Alvarez?«

Keine Regung.

»Oder sollen wir Sie lieber Herr Martínez nennen?«, platzt Rifkin heraus, um gleich darauf festzustellen: »Ah, da öffnet ja einer die Äugelein. Willkommen im Hier und Jetzt, Adrian Martínez.«

Fernando räuspert sich vernehmlich und übernimmt wieder das Ruder. »Wir fragen uns tatsächlich, wieso Sie Ihren Namen geändert haben, als Sie nach Deutschland kamen, Ihr Bruder Aurelio aber nicht.«

Schweigen.

»Hatten Sie Angst, als ehemaliges Mitglied der SIDE verfolgt zu werden?«, fährt Rifkin fort. »Hat der Angriff auf Sie mit Ihrer Vergangenheit beim Geheimdienst zu tun? Mit all den Leuten, die Sie auf dem Gewissen haben?«

In seinen Blick tritt nun eine scharfe Klarheit und zugleich etwas Gehetztes. Doch kein Wort kommt über die schmalen, farblosen Lippen.

Rifkin reißt der Geduldsfaden. Sie ignoriert Fernandos Ellbogen, der ihr zwischen die Rippen fährt, und zischt: »Geben Sie hier nicht den sterbenden Schwan, Alvarez. Wir wissen, dass Sie sprechen können, und die Nummer mit der Amnesie nehmen wir Ihnen auch nicht ab.«

Seine Pupillen verdunkeln sich, aber er hat sich nach wie vor im Griff.

Gelernt ist gelernt, vermutet Fernando und sagt: »Es ist nämlich noch etwas geschehen. Sie sind nicht das einzige Opfer eines Übergriffs. Herr Alvarez, wir müssen Ihnen leider mitteilen, dass Ihr Bruder, Aurelio Martínez, einen Tag nach dem Angriff auf Sie, also am Samstag, ebenfalls ...«

»Man hat ihn in seiner protzigen Villa mit einem protzigen Kerzenleuchter erschlagen«, bringt es Rifkin auf den Punkt. »Diese Dinger, die im Foyer auf dem Kaminsims stehen, Sie wissen schon.«

»Was?«, röchelt Alvarez.

»Ah, es kann sprechen«, stellt Rifkin fest.

Der Patient war vorhin schon blass, doch jetzt ist er kalkweiß geworden. Auf dem Monitor fängt etwas an zu blinken.

»Es ist die Wahrheit«, sagt Fernando mit Bestattermiene. »Ihr Bruder ist tot, wir ermitteln in diesem Fall. Haben Sie eine Ahnung, wer das gewesen sein könnte? Vielleicht ist es derselbe Täter, der Sie angegriffen hat.«

Der Gefragte gibt keine Antwort.

Rifkin dagegen ist nun in Fahrt. »Wissen Sie, ich persönlich hätte es begrüßt, wenn der Täter Sie richtig erwischt hätte und Sie jetzt im Krematorium liegen würden. Aber wir müssen nun mal unseren Job machen, und da Sie noch am Leben sind, müssen wir Sie als Zeugen befragen. Also? Haben Sie uns etwas zu sagen?«

Am Monitor ertönt nun ein aufdringliches Piepsen. Er mag seinen Geist im Griff haben, aber sein Körper zeigt eine klare Reaktion auf die Neuigkeit.

»Verdammt, jetzt reden Sie schon«, knurrt Rifkin verdrossen.

Schritte nähern sich, ein Pfleger eilt herbei.

Alvarez' Stimme kommt von tief unten und quält sich nur müh-

sam durch seinen Hals, als er krächzt: »Verfluchte Kommunistenbrut.«

Rifkin und Rodriguez werden von dem kräftigen jungen Mann
im weißen Anzug beiseitegeschoben, der sofort beginnt, am Tropf
des Patienten herumzufummeln, und dabei die Ermittler an-
herrscht, sie mögen sich augenblicklich entfernen.

»Wir kommen wieder!«, ruft Rifkin, während Fernando sie am
Arm aus dem Zimmer zerrt. »Verfluchtes Faschistenschwein!«

»Es ist meine Schuld«, ärgert sich Fernando auf dem Weg zurück
zum Dienstwagen. »Ich hätte mir denken können, dass du ausras-
test. Geheimdienst! Da denkst du natürlich sofort an deinen Vater,
den der russische Geheimdienst auf dem Gewissen hat.«

»Quatsch«, fährt Rifkin ihn an. »Das kann ich schon noch unterscheiden. Aber schließlich hat er mich zuerst als Kommunistenbrut beschimpft. Und was glaubst du wohl, wie der früher seine
Verhöre geführt hat?«

»Mag sein, aber genau das unterscheidet uns von Leuten wie
ihm.«

»Rodriguez, du solltest dich mal hören! Seit wann bist du so ein
humorloser Gutmensch?«

»Es gibt so etwas wie Dienstvorschriften ...«

»Die muss man auch mal kreativ auslegen. Außerdem, was regst
du dich auf? Ich habe ihm nur meine Meinung gesagt, verstößt das
auch schon gegen die Dienstvorschrift?«

»Gib es zu, Rifkin, wenn du könntest, würdest du ihn water-
boarden.«

»Du etwa nicht?«

Fernando holt tief Luft. »Egal. Pass auf, Rifkin. Wir erzählen
dem Alten nichts von deinem Ausraster. Wir sagen einfach, dass
dieser Kerl einen auf Sellerie macht.«

»Sellerie?«

»Gemüse. Matsch in der Birne«, grinst Fernando.

»Sagt man das so, *Sellerie*?«, fragt Rifkin interessiert. Immer wieder kommen ihr deutsche Redensarten unter, die sie noch nie

gehört hat. Dies sind die einzigen Gelegenheiten, bei denen ihr bewusst wird, dass Deutsch nicht ihre Muttersprache ist.

»Keine Ahnung, fiel mir gerade so ein. Schreib es nicht in den Bericht, hörst du?«

»Wer sagt, dass ich den Bericht schreibe?«

»Tja, Rifkin, mein Schweigen hat schließlich seinen Preis, nicht wahr?«

Zurück in der Dienststelle fährt Fernando den Laptop von Alvarez hoch und gibt die Zahlen-Buchstaben-Kombination ein, die auf dem Post-it-Zettel steht, der unter der Schreibtischunterlage klebte. Es klappt. »Ich bin drin«, verkündet er triumphierend seinem Kollegen Raukel.

Der wirkt seltsam abwesend. Oder ist er betrunken? Schon am Vormittag? Jedenfalls hängt er wie eine schlaffe Marionette in seinem Bürosessel und starrt auf seinen inzwischen dunkel gewordenen Monitor. Was für ein Team! Die eine beleidigt schwer verletzte Zeugen, der andere hält ein Schläfchen an seinem Schreibtisch. Bloß gut, dass der Alte das alles nicht mitkriegt.

»Erwin? Bist du noch bei uns?«, erkundigt sich Fernando.

»Ja, ich hab's gehör! Du hast den Scheißcomputer geknackt. Und? Müssen wir uns jetzt abklatschen, willst du ein Fleißbildchen, oder was?«

»Hey, was ist denn los mit dir?«

»Nichts. Ich habe zu tun.«

»Das sieht man«, versetzt Fernando.

»Ich denke nach. Kümmere du dich um deinen eigenen Scheiß, Rodriguez.«

Fernando bleibt vor Staunen der Mund offen stehen. Mit Raukel muss wirklich etwas nicht stimmen, so redet er normalerweise nicht mit den Kollegen. Schlüpfrige Witze, dumme Sprüche, sozialdarwinistische Anspielungen, ja, aber so offen aggressiv?

Fernando, vor den Kopf gestoßen, widmet sich nun tatsächlich ohne einen weiteren Kommentar seiner Arbeit.

Rifkin sitzt derweil im Büro von Hauptkommissar Völxen. Sie hat die Funde aus dem Geheimfach des Schreibtisches auf dem Couchtisch ausgebreitet und schildert ihrem Vorgesetzten und Oda Kristensen ihren Besuch bei Alvarez in der Klinik. Natürlich nur in groben Zügen und unter Auslassung gewisser Details.

»Er tut, als wäre er noch nicht wieder bei Sinnen. Aber als wir ihm vom Tod seines Bruders erzählt haben, fing der Monitor zu piepsen an, und wir wurden vom medizinischen Personal zum Gehen aufgefordert. Ich wette, er hat das provoziert. Hat vielleicht unbemerkt die Luft angehalten oder seinen Puls in die Höhe getrieben.«

»Kann es sein, dass Sie zu viele einschlägige Serien anschauen, Rifkin?«

»Krankenhausserien?«, fragt Rifkin leicht errötend.

»Agentenserien«, antwortet Völxen. »*Homeland* und dergleichen.«

»Ach so. Ja, die war wirklich gut.«

»Vielleicht kann Alvarez wirklich noch nicht sprechen«, unterbricht Oda den Diskurs der Cineasten.

»Doch, kann er«, widerspricht Rifkin. »Er nannte mich nämlich: *verfluchte Kommunistenbrut*. Keine Ahnung, woher er wissen konnte, dass ich aus Russland stamme. Aber er war schließlich nicht umsonst beim Geheimdienst, wobei ich nicht weiß, wie gut der argentinische ...«

»Rifkin!«, unterbricht Völxen den Redeschwall. »Luft anhalten bitte.« Er wendet sich an Oda. »*Kommunistenbrut*, das Wort habe ich heute schon einmal gehört.«

»Aurelio Martínez hat es laut seinem Sohn Rafael benutzt, nachdem er herausfand, dass Rafael homosexuell ist«, fällt Oda ein. »Sein Vater habe angeblich zu seiner Frau gesagt, das käme davon, wenn man sich *diese Kommunistenbrut* ins Haus hole.«

»Wie nett«, ätzt Rifkin. »Auf den Adoptionsurkunden gibt es keine Angaben zu den Eltern. Angeblich sind beide Waisenkinder aus der Obhut der Stadt Buenos Aires ... Das stinkt doch zum Himmel.«

»Rafael meinte, dass die zwangsadoptierten Kinder sehr oft aus den Gefangenenlagern stammten«, erinnert sich Oda.

»Für Luis Alvarez, alias Adrian Martínez, war es sicher eine der leichteren Übungen, die gewünschten Babys aus einem ihrer Folterlager zu besorgen, um seiner Schwägerin einen Gefallen zu tun. Ist das krank!«, stößt Rifkin hervor. »Ich wünschte, ich hätte ...«

»Was denn?«, fragt Völxen streng.

»... ihn weniger höflich und rücksichtsvoll behandelt«, sagt Rifkin und lächelt verklärt.

Es klopft heftig an der Tür, und im nächsten Moment stürmt Fernando Rodriguez ins Büro. »Ihr werdet es nicht glauben! Seht euch an, was ich gefunden habe!«

»Mäßige dich, Rodriguez«, mahnt Völxen.

»Diese Kamera über der Tür hat den Angriff auf Alvarez aufgezeichnet!« Fernando klappt den Deckel des Laptops auf. »Showtime«, witzelt er. »Ihr werdet begeistert sein.«

Alle vier betrachten die Aufnahme. Die Qualität ist nicht besonders gut, der Täter erscheint zunächst nur als dunkler, grobkörniger Umriss im Bildausschnitt. Er ist lediglich von hinten zu sehen, ein Mann in einem dunklen Mantel. Er redet mit Alvarez, der auf ihn zugegangen ist. Es ist eine erregte Unterhaltung, Alvarez gestikuliert, der andere ebenfalls. Dann greift der Täter in seinen Mantel, und ehe man auch nur ahnt, was er vorhaben könnte, sitzt der erste Messerstich, dann folgt der zweite und noch ein dritter. Der Angreifer bleibt stehen, während Alvarez, den die Kamera von vorn gefilmt hat, sich krümmt, taumelt und schließlich vor ihm zusammenbricht. Der Mann steht während der ganzen Zeit reglos da, nur seine Schultern heben und senken sich. Das Messer hat er noch immer in der rechten Hand. Ist er aufgeregt? Weidet er sich an dem Anblick? Jedenfalls ist da keine Spur von Panik zu erkennen, im Gegenteil.

Dann macht er zwei Fehler. Der erste ist, nicht gründlich nachzusehen, ob sein Opfer auch wirklich tot ist. Der zweite ist, sich umzudrehen, sodass die Kamera sein Gesicht erfasst.

Noch während die Ermittler verblüfft auf den Bildschirm starren, wird die Tür aufgerissen, und Frau Cebulla fegt herein. Falls sie angeklopft hat, hat es keiner gehört. »Herr Hauptkommissar, entschuldigen Sie die Störung, aber ich bekam gerade einen ziemlich konfusen Anruf von einer der Frauen aus der Villa Martínez, ich glaube, es war die Haushälterin. Sie sagt, dass es einen Notfall gebe und Sie sofort herkommen sollen.«

»Was für ein Notfall?«, entgegnet Völxen.

»Nun, sie klang ziemlich wirr. Sie meinte, *die andere Frau* wäre zurückgekommen und Alba wäre völlig außer sich und würde sie bedrohen.«

Völxen erhebt sich, so rasch es sein lädierter Rücken zulässt. »Oda, komm mit! Du auch, Fernando, vielleicht werden deine Sprachkenntnisse gebraucht. Rifkin, Sie und Raukel fahren erneut in die Klinik und konfrontieren Alvarez mit dem, was auf dem Band ist.«

»Jawohl, Herr Hauptkommissar, mit Vergnügen.«

Wenn schon jemand dabei sein muss, ist Raukel definitiv das kleinste Übel, erkennt Rifkin. Niemand hat ein so gutes Gespür dafür, wann man Dienstvorschriften großzügig auslegen muss.

»Fernando! Die Ampel! Die ist rot! Fernando, der Lastwagen!« Oda, die auf der Rückbank sitzt, hält sich die Hände vor die Augen. »*Merde*, das waren Zentimeter!«

»Unsinn! Frauen vertun sich immer gewaltig beim räumlichen Sehen, stimmt doch, oder, Völxen?«

»Sprich mich gefälligst nicht an, wenn ich bete«, erwidert der und klammert sich in einer Linkskurve demonstrativ am Haltegriff fest.

Mit einem teuflischen Grinsen gibt Fernando Gas. Einsatzfahrten mit Kerzen und Musik bereiten ihm nach wie vor sichtlich Freude, und er ist gut darin. Die zwei sollen sich mal nicht so anstellen.

»Fernando, ich erschieß dich, wenn du nicht langsamer fährst!«, droht Oda.

»Hast du denn deine Dienstwaffe dabei?« Fernando beendet ein Überholmanöver, indem er ziemlich knapp vor einem Hermes-Lieferwagen wieder auf die rechte Fahrbahn einschert.

»Völxen leiht mir seine, nicht wahr, Völxen, das tust du doch?«

»Unbedingt«, knurrt dieser und meint gefährlich leise: »Rodriguez! Fahr langsamer, oder du fährst ab morgen Streife im Emsland!«

»Da ist Platz, da kannst du dich austoben!«, schickt Oda hinterher.

»Hey, Leute, das ist ein Einsatz, keine Senioren-Kaffeefahrt!«

»Wie hast du mich genannt?«, kreischt Oda entrüstet, während Fernando das Steuer herumreißt, mit quietschenden Reifen um die Ecke biegt und dabei bemerkt: »Hätte ich doch fast die richtige Straße verpasst. Es ist kontraproduktiv, wenn ihr mich beim Fahren dauernd vollquatscht.«

»Lieber Gott, danke, dass wir noch am Leben sind«, stöhnt Völxen, der sonst nur in Flugzeugen fromm wird, nachdem Fernando abrupt vor dem Grundstück der Villa Martínez abgebremst hat. Zu früh gefreut. Als Fernando das offene Tor sieht, gibt er noch einmal Vollgas und prescht in die Einfahrt, dass der Kies nur so spritzt.

»Achtung!«, brüllt Völxen.

Caroline Wagner, die ihnen entgegengeeilt ist und mit den Armen fuchtelt wie eine Windmühle, muss sich durch einen Hopser auf den Rasen in Sicherheit bringen.

»Was lungert die Alte auch zwischen den Büschen herum!«

»Emsland!«, zischt Völxen.

Erleichtert steigen er und Oda aus dem Wagen, Fernando schaltet noch das Blaulicht aus und folgt ihnen und Caroline Wagner zur Tür.

»Sie ist oben, in seiner Wohnung, zusammen mit dieser Frau. Sie hat sich eingeschlossen und den Türcode geändert, wir kommen nicht mehr rein. Zuvor hat sie einen Benzinkanister und das Abschleppseil aus dem Mercedes geholt«, berichtet Frau Wagner.

Besagter Mercedes steht nach wie vor auf dem Parkplatz, neben dem alten Panda. Der Audi fehlt.

»Den Kanister musste man immer dabeihaben, weil die Tankanzeige nicht mehr so richtig stimmt«, plappert Frau Wagner aufgeregt auf die Ankömmlinge ein. »Sie hat gesagt, wir sollen verschwinden, sie würde alles niederbrennen.«

»Sagte sie, warum sie das tun will?«, fragt Oda.

»Es hat wohl damit zu tun, dass diese junge Frau zurückgekommen ist. Plötzlich stand sie mit Sack und Pack vor der Tür. Sie wusste nicht, dass Herr Martínez ...« Frau Wagner ringt nach Atem. »Jedenfalls hat ihr Auftauchen Alba völlig hysterisch werden lassen. O Gott, hoffentlich tut sie sich nichts an!«

»Hat sie getrunken?«, unterbricht Völxen das Gejammer.

»Möglich. Ich weiß es nicht. So außer sich habe ich sie noch nie erlebt.«

»Wo sind Ihre Schwester und Rafael?«

»Ich habe Rafael nicht mehr gesehen, seit er heute Morgen zu Ihnen aufgebrochen ist, er hat den Audi genommen. Und meine Schwester Pauline steht oben, vor der verschlossenen Tür, und schnattert in einem fort. Dabei ist es fraglich, ob Alba sie überhaupt hören kann.«

»Frau Barrios ist definitiv mit Alba in der Wohnung?«

»Ja. Alba hat zu ihr gesagt, sie solle in der Küche warten. Sie ging noch einmal runter, holte den Kanister und das Seil aus dem Auto und verschwand in der Wohnung. Dann hörte ich plötzlich Geschrei, ich wollte hineingehen und nachsehen, aber der Code funktionierte nicht mehr. Da habe ich Sie angerufen.«

»Gut. Sie bleiben draußen«, sagt Völxen zu Frau Wagner.

»Soll ich die Feuerwehr rufen?«, erwidert sie.

»Nein, das machen wir.« Völxen wendet sich an Fernando. »Die sollen herkommen, aber nicht gleich eine ganze Armada! Ein Einsatzfahrzeug ohne Blaulicht und Sirenen, dafür mit Einbruchswerkzeug.«

»Geht in Ordnung.«

Oda und Völxen betreten das Foyer. Unter dem Kristallleuchter, wo vor drei Tagen noch die Leiche des Hausherrn lag, steht nun ein sehr großer Rollkoffer in Hello-Kitty-Pink. Oda und Völxen hasten die Treppe hinauf. Wie angekündigt finden sie dort Pauline Kern vor, die sachte gegen die Tür klopft und gerade sagt: »Komm schon, Kind, das wird alles wieder. Reiß dich zusammen. Ich steh dir doch bei, du kannst dich auf mich verlassen, das weißt du doch.« Sie zuckt zusammen, als sie die Ermittler sieht. »Wo kommen Sie denn her? Hat meine dumme Schwester Sie angerufen?«

»Wie lange ist sie schon da drin?«, fragt Völxen.

»Zwanzig Minuten«, schätzt Pauline Kern, die heute ein enges, schwarzes Kleid trägt, das fast bis zum Boden reicht, und dazu einen bunten Schal.

»Hat sie Ihnen geantwortet?«

»Nein, bis jetzt nicht. Aber das wird sie, ganz gewiss ...«

»Haben Sie etwas von Mara Barrios gehört?«

»Es ist alles ruhig. Wahrscheinlich trinken die zwei einen Kaffee und sprechen sich aus. Wir brauchen Sie nicht, das ist eine Familienangelegenheit. Sie machen alles nur schlimmer, gehen Sie bitte.«

Völxen hat es nun satt: »Nein, *Sie* gehen, und zwar raus, vor die Tür«, ordnet er an.

»Aber ich ...«

»Raus!«

»Na gut, wenn Sie mich so freundlich bitten.« Sie reckt ihr spitzes Kinn und bewegt sich in demonstrativer Langsamkeit die Treppe hinab, wobei ihr überlanger Schal über die Stufen schleift.

Völxen ertappt sich bei dem Gedanken, dass diese Person eine prima Vogelscheuche abgeben würde.

Fernando kommt hastig die Treppe hoch und teilt ihnen mit, die Feuerwehr sei unterwegs. »Ich bin ums Haus rum gelaufen, es ist kein Fenster offen im ersten Stock.«

»Geh runter und sorg dafür, dass hier keiner reinkommt. Die Feuerwehrleute sollen versuchen, eines der Fenster auf der Rückseite zu öffnen, aber möglichst ohne Krach. Ich sehe zu, dass ich mit Alba ins Gespräch komme und Zeit schinde. Ach ja, und versuch, ihren Bruder zu erreichen. Der soll so rasch wie möglich hier antanzen.«

»Alles klar, Chef.«

Völxen hämmert gegen die Tür. »Frau Martínez! Hier sind Hauptkommissar Völxen und meine Kollegin Oda Kristensen. Können Sie mich hören?«

Keine Antwort.

»Frau Martínez, ich rede ungern mit einer Tür. Bitte antworten Sie mir wenigstens, ob Sie mich hören können.«

Wieder nichts. Völxen fährt dennoch fort: »Wie geht es Mara Barrios, ist sie in Ordnung?«

»Sie ist eine Betrügerin«, hören sie Alba kreischen. Sie scheint nun tatsächlich im Flur, nah bei der Tür, zu stehen. »Sie war nur auf sein Geld aus! Wäre sie nicht gekommen, wäre das alles nicht passiert!«

»Geht es ihr gut?«, wiederholt Völxen seine Frage, die jedoch erneut unbeantwortet bleibt.

»Was wäre nicht passiert?«, fragt Oda ebenso vergeblich.

»Frau Martínez, was soll diese Aktion? Was bezwecken Sie damit?«, versucht es Völxen.

Wieder nur Schweigen, aber der Hauptkommissar redet weiter, denn etwas anderes kann man im Moment nicht tun. »Frau Barrios ist wirklich seine Enkelin. Die Briefe, die sie mitgebracht hat, beweisen es. Sie will kein Geld, im Gegenteil. Sie hat dafür gesorgt, dass Ihr Bruder wieder ins Testament eingesetzt wird und Sie ebenso.«

Ein paar Sekunden verstreichen, dann hören sie wieder Albas Stimme, dieses Mal klingt sie etwas ruhiger. »Das ist nicht wahr! Er wollte mich enterben und alles ihr geben. Das hat er mir gesagt.«

»Das wollte er, ja. Aber Frau Barrios wollte das nicht. Rufen Sie den Notar an, wenn Sie mir nicht glauben. Ich war heute Morgen bei ihm, er hat es mir bestätigt.«

Es bleibt still. Vermutlich hat Alba an diesem Knochen erst einmal zu nagen.

»Es war nicht schön, wie Ihr Vater Sie behandelt hat«, stellt er fest. »Es gab wohl einige Missverständnisse zwischen Ihnen und ihm in letzter Zeit.«

Oda und Völxen wechseln ein paar ratlose Blicke, während Alba hinter der Tür weiterhin schweigt.

»Frau Martínez, bitte sagen Sie mir, wie geht es Frau Barrios?«, fleht Völxen.

»Sie lebt noch, wenn Sie das beruhigt«, tönt es dumpf aus der Wohnung.

»Das tut es. Ich würde es dennoch gern von ihr hören. Nur zur Sicherheit. Können Sie sie herbringen?«

»Glauben Sie mir nicht?«

»Doch. Aber sind Sie sicher, dass es ihr gut geht?«

Keine Antwort. Schaut sie nach, oder hat sie einfach nur keine Lust, über die verhasste Enkelin ihres Vaters zu sprechen? Es bleibt verdächtig ruhig hinter der Tür.

Zur Abwechslung versucht es nun wieder Oda. »Seien wir ehrlich, Alba. Es geht hier nicht in erster Linie um Geld, nicht wahr? Es geht um Anerkennung und Loyalität. Es geht um die Liebe Ihres Vaters, die Sie sich wünschten und die nie vorhanden war. Jedenfalls nicht für Sie und Ihren Bruder. Aus einem einfachen Grund: weil er nicht Ihr Vater war. – Alba? Hören Sie mich?«

Nichts.

»Ihre Mutter, deren Lebenswerk Sie fortgesetzt haben, war ebenfalls nicht Ihre leibliche Mutter. Doch das alles wissen Sie bereits, nicht wahr? Ihr Bruder hat es Ihnen vor Jahren gesagt. Sie wollten es nur nicht glauben. Oder doch? Haben Sie es überprüft?«

»Sie lügen!«, schreit Alba hinter der Tür. »Das ist alles gelogen.«

»Wir haben die Adoptionsurkunden von Ihnen und Ihrem Bruder gefunden«, ruft Völxen. »Hat Rafael Ihnen nichts davon gesagt?«

Anscheinend nicht, denn von drinnen ist wieder nichts zu hören.

»Er hat sie heute Morgen gesehen«, fährt Völxen fort. »Ich kann sie auch Ihnen zeigen, ich habe Fotos, auf dem Handy. Öffnen Sie bitte die Tür, dann können wir reden.«

Es tut sich nichts. Wäre ja auch zu einfach gewesen.

»Wollen Sie nicht erfahren, wer Sie wirklich sind, wie Ihr eigentlicher Name lautet?«, lockt Völxen.

Fernando erscheint unten an der Treppe und gibt Völxen und Oda zu verstehen, dass die Feuerwehr eingetroffen ist.

Völxen geht ihm entgegen, denn Alba muss nicht unbedingt hören, was geplant ist. »Rafael?«, fragt er.

»Im Anmarsch. Er spazierte in der Eilenriede herum, *um den Kopf freizubekommen.*«

»Gut. Kümmere dich darum, dass die bloß nicht zu viel Lärm machen! Oda und ich haben Kontakt zu Alba, sie ist im Flur hinter der Tür. Du musst reingehen, sobald das Fenster offen ist, und die Geisel befreien. Schaffst du das?«

Fernando klopft auf seine Dienstwaffe, die im Holster steckt. »Natürlich. Wenn wir aufs SEK warten, kann es längst zu spät sein.«

»Dann los. Beeilung!«

Inzwischen hat Oda die Frau hinter der Tür in ein – zugegeben, etwas einseitiges – Gespräch verwickelt. »Alba, ich kann mir denken, wie verstörend das alles für Sie sein muss. Sie haben Ihre Eltern verehrt und geliebt, während die beiden Sie und Ihren Bruder belogen haben. Noch dazu hat Ihr Vater aus seiner Gleichgültigkeit keinen Hehl gemacht. Das muss schmerzhaft für Sie sein. Ihr ganzes Leben muss Ihnen vorkommen wie eine Theaterkulisse. Dass Sie das alles am liebsten abfackeln wollen, kann ich verstehen. Nur ändern Sie dadurch nichts an der Vergangenheit, und Ihr Vater bekommt von Ihrer Rache auch nichts mehr mit.«

Kein Kommentar von drinnen.

Völxen, wieder oben am Treppenabsatz angekommen, ruft: »Bitte, Alba, seien Sie nicht ungerecht. Sie sind ein besserer Charakter als Ihr Vater. Lassen Sie die junge Frau da drin aus dem Spiel. Sie hat vielleicht unbewusst den Stein ins Rollen gebracht, aber sie trifft keine Schuld. Sie wollte wohl nur ihren Großvater kennenlernen, nichts weiter.«

Keine Reaktion.

»Frau Martínez, sind Sie noch da?«

Oda macht weiter: »Frau Martínez, ich weiß, Sie sind enttäuscht von Ihrem Vater, das kann ich verstehen ...«

»Sie! Sie wollen immer alles *verstehen*. Aber Sie verstehen gar nichts!«, ruft Alba.

Völxen und Oda atmen erleichtert auf. Völxen macht Oda ein Zeichen, dass sie weiterreden soll.

»Nun, ganz so ist es nicht«, widerspricht sie Alba. »Wir wissen zum Beispiel, dass Ihr Vater am letzten Freitag, einen Tag vor seinem eigenen Tod, versucht hat, seinen Bruder umzubringen. Luis Alvarez, wie er sich nennt.«

Zu gern hätte Oda ihr Gegenüber bei dieser Mitteilung beobachtet, um aus deren Reaktion abzuleiten, ob man ihr etwas Neues erzählt oder nicht.

»Alba? Haben Sie verstanden, was ich gesagt habe?«

»Hab ich«, kommt es gleichmütig.

»Sie wussten es schon?«

Wieder erntet Oda nur Schweigen, was ihr langsam gehörig auf den Geist geht. Andererseits – solange Alba hier, hinter der Tür, schweigt, soll es ihr recht sein. So gewinnt man Zeit.

»Was meinen Sie mit *versucht?*«, fragt Alba plötzlich.

Oda kombiniert rasch: Wie es scheint, wusste Alba von dem Mordversuch, aber nicht, dass er misslungen ist. Vermutlich wusste es nicht einmal Martínez selbst, sonst hätte er sein Werk ja vollendet.

Oda teilt ihr wahrheitsgemäß mit, dass Alvarez schwer verletzt, aber inzwischen auf dem Weg der Besserung sei.

»Zu mir sagte Papa, er hätte ihn umgebracht. Schon wieder eine Lüge«, beklagt sich Alba.

»Ihr Vater hat Ihnen also gesagt, was er getan hat, ist das richtig?«, setzt Völxen die Unterhaltung fort.

Hinter der Tür ist ein Geräusch zu hören, das wie Schluchzen klingt.

»Alba, bitte, reden Sie mit uns«, fordert Völxen sein unsichtbares Gegenüber auf.

»Ja, verflucht, das hat er«, ruft sie unbeherrscht.

»Wissen Sie, warum Ihr Vater das getan hat?«, fragt Oda.

»Fragen Sie doch Alvarez, wenn er angeblich noch lebt!«

Oda geht noch einmal einen Schritt zurück: »Frau Martínez, war Ihnen bekannt, dass Ihr Vater und Alvarez Brüder waren?«

»Ich ahnte es. Sie waren sich ähnlich, und hin und wieder habe ich etwas von ihren Gesprächen mitbekommen. Die waren sehr vertraut, und manchmal haben sie gestritten, so wie Brüder streiten, nicht wie Freunde. Aber als ich meinen Vater mal nach ihm fragte, meinte der nur, das ginge mich nichts an und ich solle ihm besser aus dem Weg gehen.«

»Alba, wann und wieso hat Ihr Vater Ihnen von seiner Tat erzählt?«

Zähe Sekunden verstreichen, bis sie schließlich antwortet: »Er wollte für die Tatzeit ein Alibi von mir. Ausgerechnet von mir! Ein paar Tage zuvor hat er mich noch behandelt wie Müll, und dann sollte ich für ihn lügen!« Ihre Stimme schnappt über, so sehr regt sie sich auf.

»Wie haben Sie darauf reagiert?«, fragt Oda und wechselt einen bedeutungsvollen Blick mit Völxen.

Alba übergeht die Frage und stößt hervor: »Und das alles wieder nur wegen seiner über alles geliebten Mara! *Die Stimme des Blutes,* sozusagen! Seine kostbaren Gene, die wir nicht besitzen.«

»Wieso glauben Sie, dass Mara der Grund für den Angriff war?«, wundert sich Völxen.

»Angeblich hat Alvarez sie bedroht. Ich weiß nicht, wieso und warum, das müssen Sie ihn fragen. Mein Vater hat sie daraufhin weggeschickt. Wir alle dachten, sie wäre endlich nach Hause gefahren, und waren erleichtert. Ich hätte es besser wissen müssen.«

»Man glaubt nur zu gerne das, woran man glauben möchte«, meint Oda.

»Nachdem Mara weg war, war er die ganze Zeit unruhig und mürrisch und mit den Gedanken woanders. Ich nahm an, dass er sie vermisste, aber wahrscheinlich hat er in der Zeit beschlossen und geplant, seinen Bruder umzubringen. Es blieb ihm vielleicht keine andere Wahl, aber es hat mich dennoch gewundert, dass er es durchgezogen hat. Er hat es sonst nie geschafft, sich gegen ihn aufzulehnen. Ich hatte immer den Eindruck, dass er unter seiner Fuchtel stand.«

»Sich auflehnen und jemanden umbringen ist allerdings ein Unterschied«, bemerkt Völxen, mehr zu sich selbst als zu der Frau hinter der Tür, aber Alba antwortet dennoch: »Er sagte zu mir, es hätte keine andere Lösung gegeben, nur *er oder ich*. Sein Bruder sei ein Ungeheuer, dem es nichts ausmachen würde, einen Menschen zu töten, er hätte schon viele getötet.«

»Wie dem auch sei, danach von Ihnen ein Alibi zu verlangen ist wirklich ein starkes Stück«, gibt Oda ihr recht.

Alba lacht schrill auf. »Er meinte, er würde mich wieder in seinem Testament aufnehmen. Er dachte wirklich, auf diese Art könnte er alles wiedergutmachen!«

Man hört ein Schluchzen, und es klingt, als würde Alba sich schnäuzen.

»Frau Martínez, was haben Sie Ihrem Vater geantwortet, nachdem er Sie um ein Alibi für den Freitagabend gebeten hat?«, will Völxen wissen.

»Ich habe ihm gesagt, dass ich ihn anzeigen werde. Es war mir nicht ernst damit, aber ich war so wütend. Daraufhin meinte er, ich hätte keinerlei Beweis, aber ich solle noch heute meine Sachen packen und verschwinden. Er würde schon jemanden finden, der sich erkenntlich und kooperativ zeigt. Wahrscheinlich spekulierte er auf Caroline oder Pauline.«

Sie verstummt für einen Moment, spricht aber dann stockend und in abgehackten Sätzen weiter: »Das Gespräch ... wir waren unten, an der Bar. So etwas fragt der mich quasi zwischen Tür und Angel. Als wäre das nichts! Nicht mal in Ruhe in seinem Arbeitszimmer konnte er mich das fragen. Bin ich es nicht wert, dass man wenigstens ...?« Sie schnieft erneut. »Egal. Er war sich so sicher, dass ich gehorchen würde. Widerstand von mir? Nein, war er nicht gewohnt. Meine Schuld, ich weiß. Aber dieses Mal nicht! Ich habe mich geweigert. Dieses eine Mal. Und prompt setzt er mich vor die Tür. Mich, nach all den Jahren. Sagt mir das eiskalt ins Gesicht und geht in aller Seelenruhe davon, in seinen glänzenden Schuhen. Und mich packt die Wut, ich war nur noch Wut, nichts anderes mehr. Ich bin ihm hinterher. Ich schrie, er solle stehen bleiben, ich nahm diesen Leuchter, und dann habe ich zugeschlagen. Auf seinen Kopf, er fiel sofort hin, auf der Stelle, und stand nicht wieder auf. Nie mehr.«

Caroline Wagner und Pauline Kern sind erschrocken, als plötzlich, ohne sich mit den sonst üblichen Signalen anzukündigen, das riesige Fahrzeug der Feuerwehr in die Einfahrt biegt und Sekunden später sechs Feuerwehrleute in voller Montur ausspuckt.

»Ist das nicht etwas übertrieben? Alba hätte sich bestimmt von selbst wieder beruhigt«, nörgelt Pauline Kern.

»Du musst es ja wissen!«, geifert Caroline Wagner zurück.

»Erst die Polizei und jetzt dieser rote Riesenkübel!« Pauline schüttelt den Kopf. »Da heißt es immer, ich sei die Drama-Queen.«

»Der Riesenkübel ist ein Tragkraftspritzenfahrzeug, auch TSF genannt«, klärt einer der Feuerwehrleute die Damen auf. »Und ihr zwei Hübschen schwingt euer Fahrgestell jetzt besser mal zur Seite.«

Während Pauline etwas von rüpelhaftem Benehmen schimpft, grinst Fernando und wendet sich dann an Caroline Wagner. »Welches Zimmer ist am weitesten entfernt von der Wohnungstür?«

»Das Schlafzimmer. Das sind die zwei Fenster an der Ostseite. Die Tür vom Schlafzimmer zum Flur müsste normalerweise geschlossen sein. Wenn diese Herren nicht zu laut sind, merkt Alba vielleicht gar nichts.«

»Danke«, sagt Fernando, danach wendet er sich an einen drahtigen Mann in den Fünfzigern und sagt: »Hauptkommissar Rodriguez, Polizeidirektion Hannover, wir müssen …«

»Pletter, Hauptbrandmeister und Zugführer dieses TSF«, erwidert dieser stimmgewaltig und zackig, und es hätte Fernando nicht gewundert, wenn er dazu salutiert hätte.

»Wir müssen leise sprechen«, ermahnt Fernando Pletter und seine Männer mit gedämpfter Stimme. »Die Person in der Wohnung soll nach Möglichkeit nicht merken, was draußen vorgeht.

Kommen Sie, ich zeige Ihnen, welche Fenster für einen Zugang infrage kommen.«

»In Ordnung, ich folge Ihnen.« Hauptbrandmeister Pletter setzt sich in Bewegung. Seinen Gang muss er sich von John Wayne abgeschaut haben.

»Wollen Sie die Leiter nicht gleich mitnehmen?«, fragt Fernando.

Hauptbrandmeister Pletter mustert ihn mit milder Nachsicht, in der auch eine Spur Herablassung liegt, und meint, er wolle sich erst einmal ein Bild von der Lage machen und dann einen Einsatzplan entwickeln.

Bloß nichts überstürzen! Vielleicht vorher noch ein Stuhlkreis?

Zähneknirschend geht Fernando voran, den Zugführer und sein Gefolge im Schlepptau, die festen Stiefel der Männer knirschen nur so auf dem Kies. An der Ostseite der Villa bleiben alle zwischen Holundersträuchern und Hauswand stehen und blicken an der Fassade hinauf.

»Wir müssen eines der beiden Fenster im ersten Stock aufbrechen und von dort in die Wohnung eindringen«, beginnt Fernando.

»Und mit *wir* meinst du uns«, stellt Pletter leicht spöttisch fest.

Was glaubt der, wozu man sie gerufen hat?

»Äh, ja. Zumindest das Öffnen müsst ihr übernehmen. Die Fenster sind besonders gesichert, weil da drin wertvolle Bilder hängen.«

Zwischen den Herren entbrennt nun ein mit gedämpften Stimmen geführter, aber dennoch lebhafter Disput, was das adäquate Werkzeug für die anstehende Aufgabe sei. Es fallen Begriffe wie Federkörner, Blechaufreißer, Halligan-Tool, Feuerwehraxt, Brecheisen …

»Nein, nein, nein! Das macht doch alles einen Heidenradau!«, interveniert Fernando, der bei einigen Begriffen zwar nicht weiß, was genau sich dahinter verbirgt, jedoch findet, dass sich das alles recht martialisch anhört. Das Stille, Heimliche scheint deren Sache nicht zu sein, was sich im selben Moment bestätigt, denn einer der

Männer sagt: »Für *leise* hättet ihr euch an Einbrecher wenden sollen, die haben Diamantschneider.«

»Die große Axt«, meint ein anderer augenzwinkernd zu seinen Kumpanen. »Kurz und schmerzlos.«

Fernando kann sich des Gefühls nicht erwehren, hier nicht wirklich respektiert zu werden. Trotzdem sagt er noch einmal eindringlich: »Die Geiselnehmerin darf nichts von unserem Eindringen merken.«

»Geiselnehmerin?«, wiederholt Zugführer Pletter und runzelt die Stirn. »Sollte man da nicht besser das SEK rufen?«

»Sie ist nicht bewaffnet, soweit wir wissen«, wiegelt Fernando ab. »Allerdings ist ein Benzinkanister mit im Spiel.«

»Gut, auf eure Verantwortung«, lenkt der Mann ein.

»Ja, ja, natürlich«, versichert Fernando rasch.

Doch der Hauptbrandmeister hat noch Fragen: »Wie groß ist der Benzinkanister, und wo wurde der Brandbeschleuniger verteilt?«

»Keine Ahnung! Wir wissen nur, dass sie den Reservekanister aus dem Wagen mit in die Wohnung genommen hat.«

»Aus welchem Wagen?«

»Aus dem alten Mercedes, der in der Einfahrt steht«, antwortet Fernando gereizt. Der Kerl hat wirklich die Ruhe weg. Muss es erst lichterloh brennen, damit der Herr Hauptbrandmeister in die Gänge kommt? Ist ihm nicht klar, dass man es mit einer unberechenbaren Durchgeknallten zu tun hat?

»Dann dürfte es sich um Diesel handeln«, lautet Pletters Diagnose.

Fernando stöhnt und schnaubt vor Ungeduld. Als ob das jetzt nicht scheißegal wäre!

Doch allem Anschein nach ist es das nicht. »Benzin brennt, wenn es mit einer offenen Flamme in Berührung kommt«, erläutert der Fachmann. »Dieselkraftstoff muss dagegen erst erhitzt werden, damit sich die entzündlichen Dämpfe bilden.«

»Na, dann ist ja alles bestens! Lasst euch ruhig alle Zeit der Welt«, höhnt Fernando und weist darauf hin, dass das Leben der

Geisel auch auf andere Weise bedroht werden könnte. Beispielsweise mit einem Messer aus der Küche.

Endlich kommt Leben in die Truppe. Anscheinend hat Pletter einen Einsatzplan entwickelt, jedenfalls kehren der Zugführer und seine Mannen im Laufschritt und unter lautem Kiesknirschen zu ihrem TSF zurück. Dort weist Pletter zwei seiner Leute an, schon einmal die tragbare Leiter auszuladen und in Position zu bringen.

Während sich die anderen weiterhin über die Eignung verschiedener Werkzeuge austauschen, wendet sich Fernando an Pletter: »Wir machen es so: Sobald das Fenster auf ist, gehe ich als Erster rein und befreie die Geisel, notfalls unter Einsatz der Dienstwaffe.«

Denn dass Alba von dem ganzen Aufstand hier nichts mitbekommt, hält Fernando von Minute zu Minute für unwahrscheinlicher. Vom Flur aus sieht man vermutlich nicht nach draußen, aber sie muss ja nur aus irgendeinem Grund eines der Zimmer betreten, die nach vorne hinausgehen, und einen Blick in den Garten werfen, wo das Tragkraftspritzenfahrzeug im schönsten Feuerwehrrot und unübersehbar die Einfahrt verstopft.

»Du bist aber schon schwindelfrei, oder?«, entgegnet Pletter.

»Für die paar Meter wird's reichen«, versichert Fernando. Immerhin hat er bei der Wohnungsrenovierung ständig auf Leitern gestanden und über drei Meter hohe Altbaudecken gestrichen.

Sollte jemals unser Haus brennen, dann kommt hoffentlich nicht diese Gurkentruppe zum Löschen!

Man könnte meinen, dass es jetzt losgeht, aber für den Hauptbrandmeister gibt es noch immer einigen Klärungsbedarf: »Wie soll die Geisel die Wohnung verlassen, durch das Fenster oder durch die Tür?«

»Das entscheide ich vor Ort, je nach Gefahrenlage und Zustand der Geisel«, antwortet Fernando und setzt erbost hinzu: »Falls es heute noch dazu kommt.«

»Wird schon, Junge, keine Sorge«, entgegnet Pletter in einem Ton, als müsste er ein kleines Kind beruhigen, um dann einem der Männer zu befehlen: »Holt die Brecheisen her. Wir versuchen es zuerst damit. Das geht schnell, ist nicht zu laut, und das Mauerwerk sieht mir nicht allzu massiv aus.«

»Und Diesel hin oder her, jemand sollte mir vorsichtshalber mit einem Feuerlöscher folgen«, merkt Fernando an.

»Klar doch, wenn's dich beruhigt.« Der Zugführer gibt seinen Leuten den entsprechenden Befehl.

»Sehr gut«, seufzt Fernando. »Könntet ihr euch dann *bitte* ein bisschen beeilen? Ich weiß nicht, wie lange mein Chef diese Wahnsinnige noch hinhalten kann.«

Kapitel 14 – Helden auf Zeit

»Warum sind wir hier?«, fragt Erwin Raukel.

»Ist das metaphorisch gemeint?«

Rifkins Rückfrage ist nicht ganz unberechtigt. Auf der kurzen Strecke von der Polizeidirektion zum Klinikum Siloah war Raukel in ein brütendes Schweigen versunken und hat wie in Trance vor sich hin gestarrt. Ist er betrunken? Nein, das kennt man ja, da ist er anders: großspurig und redselig. Auf jeden Fall scheint er total neben der Spur, und Rifkin bereut es, ihn überhaupt mitgenommen zu haben.

»Wir werden diesen Alvarez fragen, warum sein eigener Bruder ihn ermorden wollte. Unter anderem«, erklärt sie ihrem Kollegen, der anscheinend nicht im Bilde ist über die jüngsten Entwicklungen im Fall Martínez. Vielleicht sollte man ihn im Wagen lassen oder, noch besser, ihn am nächstbesten Kiosk absetzen. In seinem Zustand ist er nur ein Klotz am Bein.

»Gut, machen wir das«, sagt Raukel von einem plötzlichen Energieschub getragen.

»Hast du eine Maske dabei?«

»Maske?«

»Wir betreten eine Klinik!«

»Oh. Nein.«

Im Handschuhfach finden sich noch welche, und die beiden gehen, vorschriftsmäßig ausgestattet, am Pförtner vorbei. Inzwischen kennt Rifkin sich schon aus und muss niemanden mehr fragen, um in das Krankenzimmer von Luis Alvarez zu gelangen. Auf dem Flur der Chirurgie riecht es nach Essen und Desinfektionsmitteln. Zwei junge Frauen schieben einen Rollwagen mit abgedeckten Tellern von Zimmer zu Zimmer, sonst begegnet ihnen niemand. Gut so. Rifkin kann auf Ermahnungen des Klinikpersonals gut verzichten und hat nicht vor, den Patienten noch länger zu schonen. Dieses Mal wird sie auf Antworten bestehen und sich nicht von einem alten Geheimdienstler und dessen Tricks vorführen lassen.

Trotz ihres Tatendrangs klopft sie an, ehe sie die Tür öffnet. Man weiß ja nie, vielleicht sitzt er gerade auf der Bettpfanne oder wird gewaschen, und das muss man sich nun wirklich nicht antun. Als nach dem zweiten Klopfen noch immer keine Antwort kommt, öffnet sie vorsichtig die Tür. Das Bett ist leer, der kleine Waschraum mit der Toilette ebenfalls. Wurde er zu einer Untersuchung gebracht? Gab es Komplikationen, liegt er schon wieder unterm Messer? Aber normalerweise, das weiß Rifkin aus den Serien, rollt man Schwerverletzte mitsamt ihrem Bett durch die Klinik. Dafür haben die Dinger schließlich Rollen, auch dieses.

Erwin Raukel hat einen lichten Moment und bemerkt: »Ich bin ja nicht vom Fach, aber was meinst du, Rifkin, ist es normal, dass der Tropf da rumsteht und die blutige Nadel noch dranhängt?«

»Scheiße, nein!« Rifkin stürmt aus dem Zimmer und hält Ausschau nach jemandem vom Pflegepersonal. Wo zum Teufel sind sie, wenn man sie einmal brauchen kann?

Es stellt sich heraus, dass Alvarez schon seit mindestens einer Stunde weg sein muss. Im Schrank fehlen die Hose und sein Sakko, beides blutverschmiert, sowie seine Schuhe. Nur das zerrissene, blutige Hemd, das irgendjemand in eine Plastiktüte gepackt hat, ist noch da. Rifkin fragt sich, wie es sein kann, dass einer in blutbesudelten Klamotten einfach hier herausspaziert, aber da sie eine Erklärung auch nicht weiterbringt, lässt sie es dabei bewenden und sagt zu Raukel: »Los, verschwinden wir!«

Im Hinausgehen schimpft sie: »Es ist meine Schuld. Ich hätte ihm einen Polizisten vor die Tür stellen lassen sollen. Aber ich dachte nicht, dass er es weiter als bis zum Klo schafft. Der hat uns alle verarscht, verdammt noch mal!«

»Nun ja. Hinterher bereut man so manches«, antwortet Raukel, der schon wieder diesen somnambulen Blick draufhat.

»Eine Stunde Vorsprung, der kann schon überall sein.«

Sie sind beim Wagen angekommen und setzen sich, aber Rifkin

wartet noch mit dem Anlassen des Motors und denkt laut nach: »Wohin kann er gehen? Mit drei Messerstichen im Bauch und blutigen Klamotten? Entweder er ist verwirrt und taumelt orientierungslos durch die Gegend, aber das glaube ich nicht. Der war heute Morgen glasklar im Kopf, das kann ich beschwören.«

»Also, ich an seiner Stelle würde mich erst einmal zu Hause umziehen«, meint Raukel. »So besudelt, wie er aussieht, kann er ja nirgendwohin, ohne sofort aufzufallen. Vielleicht will er aber gar nicht irgendwohin. Warum sollte er fliehen, er hat ja schließlich nichts verbrochen – also wenigstens nicht in letzter Zeit. Vielleicht kann er einfach nur Krankenhäuser nicht leiden. Was ich nachvollziehen kann, denn da gibt's nichts zu trinken, und einer wie er, so ein Einzelgänger, der will womöglich einfach nur gemütlich zu Hause gesund werden oder sterben, je nachdem. Und da er verletzt ist, hat er bestimmt ein Taxi genommen.«

»Raukel, du bist manchmal wirklich ... *praktisch*«, ruft Rifkin, während sie losfährt und anordnet: »Ruf die Taxizentrale an, ob es eine Fahrt vom Siloah zu seiner Wohnung gab.«

»*Genial*, hätte das lauten müssen«, murmelt Raukel und schnallt sich erst einmal an.

Dem Geständnis von Alba Martínez folgt ein langes Schweigen auf beiden Seiten der Tür.

»Frau Martínez? Sind Sie noch da?« Oda klopft gegen das weiß lackierte Holz. Es kommt keine Antwort, aber Oda und Völxen ist, als hätten sie einen tiefen Atemzug vernommen.

»Alba, Ihr Vater – soll ich ihn überhaupt noch so nennen? – und sein Bruder haben Sie und Rafael aus einem Gefangenenlager oder einem der angeschlossenen Waisenhäuser verschleppt. Ihre wahren Eltern sind vermutlich tot, aber vielleicht leben noch Verwandte von Ihnen in Argentinien. Wäre es nicht einen Versuch wert?«

Alba reagiert noch immer nicht.

Kein gutes Zeichen, findet Völxen und fragt: »Möchten Sie nicht Ihren richtigen Namen erfahren?«

»Nein. Wozu?«, tönt endlich Albas Stimme leise durch die Tür.

»Sie könnten ganz von vorn anfangen«, schlägt Oda vor. »Ihr altes Leben und die Enttäuschungen hinter sich lassen und ein neues beginnen.«

»Im Gefängnis! Das wird ein großartiges neues Leben.«

»Es ist noch nicht alles vorbei«, widerspricht Oda. »Das war kein Mord, das war eindeutig Totschlag im Affekt. Wenn man die Tatumstände berücksichtigt, dann dürfen Sie auf ein mildes Urteil hoffen. Sie haben noch ein Leben vor sich, trotz allem. Aber machen Sie jetzt bitte die Tür auf. Lassen Sie sich von uns helfen, damit Ihre Lage nicht noch schlimmer wird.«

Da sich nichts rührt, versucht es Völxen: »Frau Martínez, darf ich Sie etwas zum Tathergang fragen? Was haben Sie unmittelbar danach getan?«

»Ich ... ich weiß es nicht. Plötzlich war Pauline da. Sie sagte, ich solle hochgehen, mich waschen und umziehen und mich beruhigen. Sie werde alles regeln und dafür sorgen, dass ich nicht ins Gefängnis komme. Sie hat dann auch diese Geschichte erfunden, dass wir die ganze Zeit zusammen im Büro waren.«

»Warum, glauben Sie, hat Pauline das für Sie getan?«, fragt Völxen.

»Sie wollte ...« Alba unterbricht sich. Auch Völxen und Oda haben den Krach gehört, es klang wie das Bersten von Holz und Glas. Gleichzeitig erzittert das alte Gemäuer wie unter einem Erdbeben.

Völxen wird vom Zorn übermannt. »Himmelherrgott noch mal! Die sollen ein Fenster öffnen, nicht das Haus abreißen! Was an dem Wort *leise* haben die eigentlich nicht verstanden? – Frau Martínez? Hallo? Alba? Wo sind Sie?«

»Gehen Sie weg! Alle! Hier ist überall Benzin.« Albas Stimme ist schrill und kurz vor dem Überschnappen.

Fernando Rodriguez ist ebenfalls nicht in bester nervlicher Verfassung. Ihm zittern ein wenig die Knie. Die Leiter war wackelig, und in einer alten Villa mit überhohen Decken ist auch der erste

Stock schon recht hoch. Doch jetzt hat er sich wieder gefangen und befiehlt den drei Feuerwehrmännern, die ihm gefolgt sind, in energischem Ton, sich zurückzuziehen.

Der Einbruchsversuch mit dem Brecheisen hat geklappt, nur leider viel zu gut. Schon beim ersten Versuch krachte der Rahmen samt Fenster aus dem Mauerwerk, das die Konsistenz eines bröseligen Kekses zu haben scheint.

Alba Martínez steht in der Küche, deren Boden tatsächlich vor Nässe glänzt. Außerdem stinkt der Diesel, dass es einem schier den Atem raubt. Sie hält ein Zippo-Feuerzeug in der Hand. Vor ihr, auf einem der Stühle, sitzt Mara Evita Barrios in Jeans und einer weißen Bluse, die nass an ihrem Körper klebt, vermutlich handelt es sich dabei auch um Diesel. Arme und Beine sind mit dem Abschleppseil an den Stuhl gefesselt, dazu hat Alba ihr wohl noch als Knebel einen Lappen in den Mund gestopft. Die dunklen Augen der Geisel sind weit aufgerissen, ihr Atem geht hektisch, und sie gibt unter dem Tuch erstickte panische Laute von sich.

»Haben Sie keine Angst, ich bin Polizist, alles wird gut«, sagt Fernando zu ihr, während er die Lage checkt. Auf dem Küchentisch liegt ein Messer mit einer langen Klinge, welches ihm im Moment mehr Sorgen bereitet als das Feuerzeug in Albas Hand. Er hat schon vor dem Eintreten in die Küche seine Pistole gezogen. Jetzt hält er sie in beiden Händen und zielt damit auf Alba. »Frau Martínez, ich schieße nicht gern auf Leute. Aber ich tu es, wenn es sein muss. Also, ergeben Sie sich einfach, Sie haben sowieso keine Chance.«

»Sie sollen verschwinden!«, kreischt Alba und macht einen Schritt auf den Küchentisch zu.

Fernando sagt erneut auf Spanisch zu Mara, dass sie keine Angst haben muss, egal, was gleich passiert. Im selben Moment hebt er die Waffe und schießt nach schräg oben in die Küchendecke, genau an die Stelle, unter der Alba gerade steht. Der Knall ist scharf und ohrenbetäubend, und sofort fällt jede Menge Putz herab. Diese Altbaudecken haben es in sich, das weiß Fernando nur zu gut von seinen Versuchen, bei sich zu Hause Lampen aufzuhängen. Alba stößt einen Schrei aus und duckt sich instinktiv unter dem Schauer aus Putz und Mörtel. Fernando nutzt Albas Verwirrung, greift nach dem Messer und wirft es in die Spüle, wo es erst einmal außer Reichweite von Alba ist.

»Gehen Sie weg!« Alba, bedeckt von Staub und Putz, macht nun tatsächlich das Feuerzeug an.

»Lassen Sie den Unfug, das wird nicht klappen«, sagt Fernando.

Doch Alba macht Ernst. Sie wirft das Feuerzeug in die Lache auf dem Boden. Fernando spürt, wie sein Herz einen Salto macht. Was, wenn Pletter sich geirrt hat? Doch auf das Fachwissen des Hauptbrandmeisters ist Verlass. Statt irgendetwas in Brand zu setzen, glimmt das Flämmchen nur blau vor sich hin, bis Fernando ungerührt darauf zugeht und es einfach austritt.

Im selben Moment hält er Alba die Waffe an die Schläfe, packt sie unsanft am Oberarm und zerrt sie aus der Küche, vorbei an den verdutzten Feuerwehrleuten.

»Ich habe es doch gesagt«, zischt er Alba ins Ohr. »Diesel brennt nicht wie Benzin. Nicht aufgepasst im Chemieunterricht, was?« Den verdutzten Feuerwehrleuten befiehlt er: »Bindet die Frau da drin los, worauf wartet ihr?«

»Tss! Typisch Bulle! Eben auf der Leiter macht er sich noch in die Hosen, und jetzt ballert er rum und macht den Dicken.«

Vom Schlafzimmer her tönt ein dumpfer Laut, so als ob etwas Plumpes, Schweres auf den Boden knallt. Dann flucht jemand.

»Völxen?«, ruft Fernando. »Du hättest nicht raufklettern müssen, ich habe alles im Griff. Der Geisel geht es gut.«

»Und der Schuss?« Völxen verzieht schmerzvoll das Gesicht und legt die Hände an sein malträtiertes Kreuz.

»In die Decke. Ablenkungsmanöver«, erklärt Fernando.

Völxen wirft einen Blick in die Küche, wo die Feuerwehrmänner gerade Mara Barrios von ihren Fesseln und dem Knebel befreien. Sofort lässt sie einen spanischen Wortschwall auf sie los. Um sie wird man sich später kümmern.

»Gut gemacht, Rodriguez.« Völxen öffnet die Tür des nächstgelegenen Zimmers, es ist das mit dem langen Tisch und den vielen

Stühlen, und wendet sich an Alba, die noch immer voller Putz und Mörtelstaub ist. »Frau Martínez, wir wurden eben unterbrochen. Wollen wir uns nicht setzen und unsere Unterhaltung da drin fortführen?«

Alba nickt, und als Fernando sie loslässt, schüttelt und wischt sie sich die Reste der Küchendecke aus Haar, Gesicht und Kleidung und geht folgsam in das Zimmer.

»Wären Sie so nett, uns den neuen Türcode zu nennen? Sonst brechen sich noch ein paar Leute den Hals«, bittet Völxen.

»Viermal die vier«, antwortet Alba müde und lässt sich auf einen der Stühle sinken. Völxen verzichtet darauf, ihr Handschellen anzulegen. Sie hat ihr Pulver verschossen, das ist offensichtlich, von ihr ist kein Widerstand mehr zu erwarten.

»Fernando, lass Oda und Rafael herein, und dann kümmere dich um Frau Barrios.«

»Mit dem größten Vergnügen.«

»Dachte ich mir schon, dass dir diese Aufgabe liegt.«

Kurz darauf sitzen Oda, Völxen und die Geschwister Martínez steif auf den unbequemen Esszimmerstühlen. »Es tut mir leid, Alba, ich hätte dir gleich von den Urkunden erzählen sollen, aber ich musste das erst einmal selbst verdauen«, meint Rafael zerknirscht. »Hätte ich gewusst, dass diese Frau …«

»Schon okay«, winkt Alba ab. Dann betrachtet sie ihn, als sähe sie ihn zum ersten Mal. »Wir sind nicht verwandt, oder?«

»Nein«, antwortet er. »Mein Name war … ist wohl Tomás Godoy und deiner Luisa Navarro.«

»Luisa«, wiederholt Alba und lächelt. »Ob ich wohl auch zur Mörderin geworden wäre – als Luisa Navarro?«

Rafael blickt verlegen auf seine Hände. Offenbar hat Oda ihn vor der Tür schon über das Geständnis seiner Schwester informiert.

Hauptkommissar Völxen bringt sich mit einem Räuspern in Erinnerung. »Frau Martínez, mir ist noch einiges unklar. Als Mara Barrios heute vor der Tür stand – warum haben Sie so extrem reagiert?«

»Ich war wütend. Kommt hier fröhlich reinspaziert, als würde ihr schon alles gehören!«, schnaubt Alba. »Dabei habe ich ihr noch am Samstag und am Sonntag in aller Deutlichkeit geschrieben, sie solle nach Hause fahren.«

»Mit dem Handy Ihres Vaters und in seinem Namen«, vermutet Oda.

»Ja«, antwortet Alba. »Als ich sein Handy fand und die ganzen Nachrichten und Selfies darauf sah, wurde mir klar, dass diese Person nicht nach Argentinien zurückgekehrt war. Im Gegenteil, er hatte ihr eine Sightseeingtour kreuz und quer durch Europa spendiert!«

»Sie haben Mara nicht geschrieben, dass Ihr Großvater tot ist«, stellt Völxen fest.

»Nein. Ich schrieb ihr – als mein Vater –, ich hätte ihren Betrug durchschaut, sie solle nach Hause fahren und sich nie wieder hier blicken lassen.«

»Das hat ja prima geklappt«, stellt Oda fest.

Völxen wechselt das Thema. »Frau Martínez, da ist noch eine Sache. Haben Sie nach Ihrer Tat die Tatwaffe abgewischt?«

»Nein. Nein, ich konnte hinterher nicht klar denken.«

»Wie oft haben Sie zugeschlagen?«, fragt Völxen.

»Einmal. Er ist sofort zu Boden gegangen und hat sich nicht mehr gerührt.«

»Haben Sie nachgesehen, ob er tot ist?«

»Er war bestimmt tot, er bewegte sich nicht mehr. Und seine Augen ... die sahen so tot aus.«

»Sie haben nicht seinen Puls gefühlt?«, fragt Völxen.

»Nein. Das hat Pauline getan.«

»Ach? Wann denn?«, will Oda wissen.

»Kurz danach. Sie hatte uns streiten gehört, und neugierig, wie sie ist, kam sie herunter und hat wohl mitbekommen, wie ich ...« Alba verstummt.

»Und dann bot sie an, für Sie die Spuren zu beseitigen und Ihnen ein Alibi zu geben, ist das richtig?«, vergewissert sich Oda.

»Ja. Nein, nicht ganz. Das mit dem Alibi schlug sie erst vor, nachdem Sie schon da gewesen waren und uns raufgeschickt hatten. Da kam sie in meine Wohnung und bot mir an, diese Geschichte mit den Flyern zu erzählen. Sie gab mir auch sein Handy, er hatte es in der Tasche gehabt.«

»Stehen Sie sich denn so nah, Sie und Pauline? Ein falsches Alibi ist immerhin kein Pappenstiel, das ist Strafvereitelung, dafür kann man in Haft kommen«, gibt Oda zu bedenken.

»Sie hat es nicht für mich getan«, meint Alba verächtlich. »Sie hat noch nie irgendetwas für jemanden getan, ohne dass für sie etwas dabei rausgesprungen wäre.«

»Was ist dieses Mal für sie rausgesprungen?«, fragt Völxen.

»Sie wollte, dass ich nach der Beerdigung Caroline an die Luft setze und ihr, also Pauline, die Wohnung meines Vaters überschreibe. Ich war total durcheinander und mit allem einverstanden. Pauline hat es immer verstanden, die Schwächen anderer Leute für sich auszunutzen. Ich nehme an, sie hat auch irgendetwas gegen unseren Vater in der Hand gehabt. Sonst hätte der sie nicht die ganze Zeit bei uns im Haus wohnen lassen.«

»Soviel wir wissen, hatten die beiden einmal eine kurze Affäre«, wirft Oda ein.

»Eben. Normalerweise wollte er seine Affären hinterher nicht mehr um sich haben und so ein nerviges Geschöpft wie Pauline schon gar nicht.«

»Was glauben Sie, was es war, das sie über Ihren Vater wusste?«

»Keine Ahnung. Vielleicht, dass Alvarez und er Brüder waren? Sie hat mal so eine Bemerkung fallen gelassen. Aber das will bei ihr nichts heißen, sie macht oft einmal Bemerkungen, spricht Verdächtigungen aus, einfach so, nur um zu sehen, wie man darauf reagiert.«

»Frau Martínez, Sie sind also sicher, dass Sie nur einmal mit dem Leuchter zugeschlagen haben«, hält Völxen fest.

»Ja«, versichert Alba. »Wieso?«

»Was bedeutet das? War sie es gar nicht?«, meldet sich Rafael mit leuchtenden Augen zu Wort.

Zur Abwechslung ist es nun einmal Völxen, der nicht antwortet, sondern zu Oda sagt: »Ruf eine Streife und sorg dafür, dass Pauline Kern vorläufig festgenommen wird.«

»Aber gerne doch.«

Völxen wartet, bis Oda gegangen ist, und spricht dann ein anderes Thema an: »Frau Martínez, eine junge Frau, die Ihnen die Firma Dust-Busters vermittelt hat, hieß Fedora Melnik und stammte aus der Ukraine.«

»Ja, und?«, fragt Alba erstaunt.

»Sie hat am Abend des 27. August hier geputzt.«

»Kann sein. Ja, doch. Das war die Nette. Danach kam eine Muffelige, keine Ahnung, warum.«

»Haben Sie Frau Melnik an dem Abend hinausbegleitet?«

»Ich ... ich denke schon. Ja, wahrscheinlich so wie immer. Warum fragen Sie mich nach dieser Frau?«

»Am Samstagmorgen, den 28. August, wurde ihre halb verbrannte Leiche am Reese-Brunnen gefunden.«

Alba schaut Völxen an wie in Trance, dann stammelt sie: »Aus ... aus der Ukraine stammte sie? – Mein Gott! *Das* hat er also gemeint.«

Völxen begnügt sich mit einem Heben seiner Augenbrauen.

»Als mein Vater mich um das falsche Alibi bat, sagte er, er hätte keine Wahl gehabt, er hätte Alvarez stoppen müssen, sonst würde Mara so enden wie *diese Russin*. Ich habe nicht verstanden, was er damit meint. Doch er und Alvarez haben beide ständig in Anspielungen und Codes geredet, es war mir in dem Moment auch egal. Ich habe nur schon wieder *Mara, Mara, Mara* gehört und rotgesehen ...«

Jetzt ist es Völxen, der verwirrt ist: »Was hatte Alvarez denn mit der Putzfrau zu tun?«

»Er war an dem bewussten Freitagabend hier. Er kam nach der letzten Tanzstunde, er und mein Vater saßen an der Bar und haben sich unterhalten oder wohl eher gestritten, auch wenn sie dabei nicht laut waren. Sie redeten in ihrem verwaschenen argentinischen Spanisch wie immer, und ich stand oben auf der Treppe und habe versucht, etwas zu verstehen. Ich glaube, es ging bei dem

Gespräch um Mara. Dann waren sie plötzlich still, und zwar genau in dem Moment, als die Putzfrau vom kleinen Saal ins Foyer kam und mit dem Eimer herumklapperte. Vielleicht dachte Alvarez, sie hätte sie belauscht. Was idiotisch ist, sie konnte schon kaum Deutsch, geschweige denn Spanisch.«

»Erwähnten Sie nicht Alvarez' Paranoia aufgrund seiner zweifelhaften Vergangenheit?«, wendet sich Völxen an Rafael Martínez, der das Gespräch bisher stumm und staunend verfolgt hat.

»Ja«, bestätigt Rafael und fragt seinerseits: »Sagten Sie vorhin Reese-Brunnen?«

»Ja«, antwortet der Hauptkommissar, dem einfällt, dass Rafael in Barcelona sicherlich nichts von diesem Mordfall mitbekommen hat.

»Der Reese-Brunnen«, wiederholt Rafael, »hat eine gewisse Bedeutung für meinen Vater. In den ersten Jahren, als Alvarez sich noch nicht einmal hierherwagte, trafen sich die zwei ab und zu an diesem Brunnen.«

»Woher weißt du das?«, fragt Alba.

»Ich bin ihm ein paarmal nachgegangen, bis es mir zu langweilig wurde – zwei Männer auf einer Bank, die redeten, das war wenig spektakulär. Ich wusste damals ja noch nicht, wer Alvarez eigentlich war.«

»Die Schlüssel für Laden und Wohnung liegen im Handschuhfach«, sagt Rifkin, als sie und Raukel vor dem Laden des Antiquitätengeschäfts parken.

Raukel öffnet das Fach und klappert mit dem Schlüsselbund.

»Wir gehen durch den Laden, die Wohnungstür hat noch einen Riegel.«

»Wie Madame befehlen.«

»Ich bin keine Madame, spar dir das Gesülze für Oda auf.«

Rifkin schließt die Ladentür auf und ruft vorsichtshalber: »Herr Alvarez? Rifkin hier, Polizei! Sind Sie da?«

Alles bleibt still.

»Wir sehen oben nach.« Rifkin entert die Wendeltreppe.

»Muss das sein?«, stöhnt Raukel, aber er überwindet sich und folgt ihr die schmale Treppe hinauf, die unter seinen Tritten erzittert.

Sie finden Luis Alvarez in seiner Bibliothek. Er trägt ein frisches blaues Hemd, sitzt hinter seinem Schreibtisch und hat ein hellgraues Handtuch auf seine Bauchwunde gepresst, auf dem Blutflecken zu sehen sind. Die Wunde muss wieder aufgegangen sein.

Rifkin deutet auf das Handtuch und sagt: »War wohl keine so gute Idee, aus dem Krankenhaus abzuhauen. Sie erinnern sich an mich? Das ist mein Kollege Raukel.«

Besagter Kollege kann nichts sagen, er muss nach der Klettertour erst wieder zu Atem kommen. Er setzt sich unaufgefordert auf einen Stuhl, der vor dem Schreibtisch steht. Es gibt keinen zweiten, außer dem, den Alvarez einnimmt, aber Rifkin bleibt ohnehin lieber stehen.

Alvarez schaut die beiden böse an. »Verschwinden Sie! Es ist kein Verbrechen, ein Krankenhaus zu verlassen. Und die Sachen, die Sie von hier gestohlen haben, will ich alle wieder. Das wird noch ein Nachspiel haben!«

Rifkin lässt sich nicht beeindrucken. »Sie meinen den hübschen Diktatoren-Orden und ihre Beförderungsurkunden vom Geheimdienst? Da muss ich Sie leider enttäuschen. Da gibt es sicher ein paar Behörden, die das interessieren wird. Es wäre mir eine Freude, Sie eines Tages am Europäischen Gerichtshof für Menschenrechte als Angeklagten zu erleben. Aber das ist nicht unser Bier, wie mein Kollege Rodriguez sagen würde. Wir wissen inzwischen, dass Aurelio Martínez Ihr Bruder ist und dass er es war, der Sie angegriffen hat. Ihre eigene Kamera hat es aufgezeichnet. Ich wüsste nun gerne, weshalb er das getan hat.«

»Wissen *Sie* denn schon, wer meinen Bruder umgebracht hat?«, entgegnet Alvarez.

»Es gibt Verdächtige, aber darüber spreche ich nicht mit Ihnen. – Ach, Raukel, mach dich bitte nützlich, ruf einen Rettungswagen, der Mann verblutet uns sonst noch«, sagt Rifkin, wobei sie alles andere als besorgt klingt.

»Das werden Sie schön sein lassen!«, faucht Alvarez. »Das ist meine Sache, ob ich hier verblute oder nicht.«

»Nicht ganz. Wir könnten wegen unterlassener Hilfeleistung belangt werden«, gibt Rifkin zu bedenken. »Auf Ihren Wunsch kann man ja nichts geben, Sie sind möglicherweise nicht ganz zurechnungsfähig aufgrund Ihrer schweren Verletzung.« Ihr Finger beschreibt eine kreisende Bewegung an ihrer Schläfe.

»Schon gut«, knirscht Alvarez. »Ich habe verstanden. Was wollen Sie?«

Rifkin macht Raukel ein Zeichen, das Telefon wieder wegzustecken.

»Antworten. Warum wollte Ihr Bruder Sie ermorden?«

»Es ging um diese junge Frau. Seine angeblichen Enkelin, die urplötzlich aus dem Nichts aufgetaucht ist. Mein Bruder hatte als junger Mann eine Beziehung mit einer gewissen Olivia Lopez. Sie und ihre Familie waren Kommunisten der finstersten Sorte, eine gefährliche Fanatikerin war das. Unsere Eltern und ich haben Druck auf Aurelio ausgeübt, diese Beziehung zu beenden. Aber angeblich hat er sie kurz zuvor noch geschwängert, wovon er aber nie erfuhr. Dieses Kind, eine Tochter, soll die Mutter von dieser Mara sein. Ich habe kein Wort von dieser Geschichte geglaubt und diesen verliebten Narren eindringlich vor ihr gewarnt. Woher will man wissen, ob sie nicht ein Spitzel ist? Ein paar alte Liebesbriefe sind für mich kein Beweis. Die kann sie auch gestohlen haben.«

»Wovor haben Sie beide denn solche Angst?«, fragt Rifkin scheinheilig.

»Ich habe keine Angst, aber ich bin Realist. Im Gegensatz zu meinem Bruder. Der dachte nämlich, wenn wir erst einmal hier sind, ist alles prima, dann sind wir in Sicherheit und können in Saus und Braus leben. Was er ja auch getan hat. Ich habe ihn seinerzeit beschworen, seinen Namen zu ändern. Aber er wollte nicht. Dann muss er sich unbedingt diese Villa zurückkaufen, die früher unserem Vater gehört hat, und Florentina, seiner Frau, erlauben, eine Tanzschule zu eröffnen. Ausgerechnet eine Tanzschule, bei der jedes Jahr Hunderte von Menschen ein und aus gehen. Und dann noch mit dem Schwerpunkt lateinamerikanische Tänze und Tango. Damit man auch die letzten Exilverbrecher anlockt. Das war, als hätte man eine Fahne auf dem Dach: *Kommt her, ihr selbstgerechten Idioten, hier sind wir, eure alten Feinde!* Er sei nicht ausgewandert, um im Untergrund zu leben wie eine Ratte, hat er gesagt und mir vorgeworfen, ich wäre paranoid.«

Rifkins Handy klingelt. Sie zieht es aus der Tasche. Völxen. Sie drückt den Anruf weg und bittet Raukel, ihren Vorgesetzten zurückzurufen. Der erhebt sich gemächlich vom Stuhl und geht hinaus auf den Flur.

»Vielleicht hatte Ihr Bruder weniger Angst, weil er weniger verbrochen hatte als Sie«, meint Rifkin.

Alvarez nickt. »Er war in der Logistik tätig, nicht direkt an der Front. Aber das ist diesen Gerechtigkeitsfanatikern egal. Für die gehörten wir beide zum System, die machen da keinen Unterschied. All die Jahre habe ich versucht, ihm das klarzumachen. Aber er wollte nicht hören. Er hatte ja mich, der im Notfall die Drecksarbeit für ihn erledigte.«

»Wie oft mussten Sie denn Drecksarbeit für ihn erledigen?«

»Das war eine Metapher«, meint Alvarez spöttisch.

»Und was war Ihr Job in Argentinien? Haben Sie die politischen Gefangenen selbst gefoltert und getötet und die Leichen aus Flugzeugen geworfen?«

Alvarez lächelt herablassend. »Ach, diese Geschichte! Wie oft ich die schon gehört habe, die wärmen sie ja so gerne wieder auf.« Er schüttelt den Kopf und seufzt. »Natürlich sind auch Dinge geschehen, die aus heutiger Sicht nicht in Ordnung waren. Aber das ist in jedem Krieg so, und es war Krieg, es ging um unser Land. Sie, Rifkin, haben gut reden. Sie haben nicht gesehen, wie diese linken Traumtänzer das Land runtergewirtschaftet haben, Sie haben nicht erlebt, wie die Inflation in kürzester Zeit so steil kletterte, dass sich die Leute nicht einmal mehr das Essen leisten konnten. Nein, ich hatte nichts mit Flugzeugen zu tun. Aber ich tat immer, was nötig war, damals und heute. Bis zuletzt.«

»Nur aus Neugierde: Haben Sie die Adoptionen von Alba und Rafael vermittelt?«

Er seufzt wieder. »Frauen ... Nachdem Florentina erfahren hatte, dass sie keine Kinder bekommen konnte, hat sie keine Ruhe mehr gegeben. Sie wollte nicht einmal mehr warten, bis es ein Baby aus einer halbwegs akzeptablen Familie zu adoptieren gab. Es geschah immer wieder einmal, dass ein höheres Töchterlein aus guter Familie auf Abwege geriet. Gegen so ein Baby wäre nichts einzuwenden gewesen. Aber sie war es gewohnt zu bekommen, was sie wollte, und zwar sofort. Also wandte ich mich an das Waisenhaus, mit dem die Haftanstalten zusammengearbeitet haben ... Ich war dagegen, aber mein Bruder bat mich darum. Kein Wunder, dass aus den beiden nichts geworden ist, obwohl sie alles hatten, eine gute Erziehung, viel Geld, eine liebende Mutter. Aber die Gene sind es, auf die kommt es eben doch an. Und nun? Der eine ist schwul, die andere eine Säuferin. Toller Nachwuchs!«

»Die Kommunistenbrut«, ergänzt Rifkin.

»Sie sagen es«, antwortet Alvarez mit einem grimmigen Lächeln.

Der Augenblick der Harmonie wird gestört, Erwin Raukel öffnet die Tür und winkt Rifkin zu sich. Ohne den alten Mann an seinem Schreibtisch aus den Augen zu lassen, hört Rifkin sich an, was Raukel ihr mit seinem Kognak-Atem zuflüstert. Danach hat Rifkin große Mühe, ihr Pokerface beizubehalten.

Mara Evita Barrios hat darum gebeten, sich erst einmal umziehen und frisch machen zu dürfen, was Fernando ihr selbstverständlich erlaubt hat. Sie hat ein paar Sachen aus ihrem Koffer geholt und ist nun oben im Badezimmer. Dort verweilt sie bestimmt schon seit zwanzig Minuten, aber Fernando war in der Zwischenzeit nicht faul. Von Oda Kristensen auf den neuesten Stand der Ermittlungen gebracht, hat er mit ihr zusammen Pauline Kern, die noch immer im Garten stand und die Feuerwehrmänner bei der Arbeit beobachtete, festgenommen und sie einer Streifenwagenbesatzung übergeben.

Jetzt lehnt er an der Bar und kämpft mit sich, ob er sich vielleicht einen Sherry genehmigen sollte, um den Staub der Altbaudecke hinunterzuspülen, da kommt Frau Barrios die Treppe herunter. Der Anblick verschlägt ihm für Sekunden den Atem. Kein Vergleich mehr mit dem kläglichen Anblick, den die Frau vorhin noch bot. Jetzt trägt sie ein buntes, weit schwingendes Kleid mit einem Gürtel, der ihre schmale Taille betont. Die langen Locken, noch feucht vom Waschen, wallen um ihre Schultern, die der großzügige Ausschnitt des Kleides präsentiert. Die makellose Haut ist sanft gebräunt, auf Make-up hat sie wohl größtenteils verzichtet, aber das braucht sie auch nicht. Man hat es mit einer veritablen Naturschönheit zu tun. Kein Wunder, dass der alte Martínez völlig aus dem Häuschen war und Alba Konkurrenz witterte. Fernando braucht jetzt definitiv einen Sherry und fragt Frau Barrios, ob sie auch einen möchte.

»Gut, einen. Auf den Schrecken«, sagt sie im weichen Spanisch der Lateinamerikaner und erklimmt äußerst grazil einen Barhocker. »Und sagen Sie Mara zu mir.«

Sie stoßen an.

»Danke für die Rettung.«

»Gern geschehen«, strahlt Fernando. »Kann ich Ihnen gleich hier ein paar Fragen stellen, oder möchten Sie lieber in ein Hotel und morgen zur Dienststelle kommen?«

»Lieber gleich.«

»Dann erzählen Sie mir einfach, wieso Sie hergekommen sind.«

»Meine Mutter ist kurz vor Weihnachten gestorben, an Corona. Sie war erst dreiundvierzig!«

»Das tut mir leid«, sagt Fernando, der durch diese Altersangabe daran erinnert wird, dass auch er – theoretisch – ihr Vater sein könnte.

»Danke«, sagt sie und wischt sich eine Träne aus den Augen. »Ich studiere noch, Kunst und Design in Buenos Aires. Ich habe bei meiner Mutter gewohnt, das war am billigsten. Allein konnte ich die Wohnung nicht halten, und eine WG hat der Hausbesitzer nicht erlaubt. Also bin ich zu meiner Großmutter gezogen.«

»Was ist mit Ihrem Vater?«

»Mein Vater hat Mamá und mich schon verlassen, als ich noch klein war, ich habe keinen Kontakt zu ihm«, antwortet sie, nimmt einen Schluck Sherry und spricht weiter: »Großmama und ich haben nach Fotos von Mamá gesucht, und dabei habe ich diese Briefe gefunden. Zuerst war sie wütend, weil ich sie gelesen habe, aber dann hat sie mir alles erzählt, dass er ihre große Liebe war, doch seine Familie gehörte zu den Faschisten. Er wollte mit ihr weggehen, aber dann hat er plötzlich einen Rückzieher gemacht. Olivia, meine Großmutter, war im zweiten Monat schwanger, als Aurelio sie verlassen hat. Sie war stolz und gekränkt und hat es ihm nicht gesagt. Sie ist zu Verwandten aufs Land gefahren und hat dort ihr Kind bekommen, Isabel, meine Mamá. Das war 1978. Sie ist dann dort geblieben, bis Isabel in die Schule musste. Aurelio hat kurz darauf eine reiche Frau geheiratet, die seine Familie für ihn ausgesucht hat. Aber bald schon hat ihn die Reue gepackt, er hat ihr Briefe an ihre Heimatadresse geschrieben. Ihre Eltern haben sie weggeschlossen und ihr erst gezeigt, als er schon einige Jahre fort war. Aber sie sagte, sie hätte sie sowieso nicht beantwortet. Sie war eine harte, stolze Frau. Auf den Umschlägen stand der Absender, und im Internet habe ich gesehen, dass es die Tanzschule immer noch gibt. Meine Oma hat ihn sogar auf einem Foto auf der Webseite wiedererkannt. Sie wollte nicht, dass ich ihn besuche. Er sei ein Faschist und ein Feigling, ich solle mich von ihm fernhalten. Ich sagte, dass das alles lange her war, es waren schlimme Zeiten, und er wäre immerhin mein Großvater. Schließlich hat sie doch nachgegeben und mir sogar den Flug bezahlt. Immerhin sei er außer ihr noch mein einziger Verwandter, meinte sie. Ich konnte erst Ende Juli fliegen. Ich habe mich für einen Tanzkurs angemeldet, um ihn erst einmal zu beobachten. Wenn er ein Scheusal ist, dachte ich, kann ich immer noch gehen. Ich mochte ihn aber gleich sehr, also habe ich ihm die Wahrheit gesagt und ihm die Briefe gezeigt. Oh, er war so glücklich und auch unglücklich, er hat gelacht und geweint und mir alles erzählt. Sein älterer Bruder hätte damals mitbekommen, dass er seine Flucht mit Olivia nach Chile plante. Er hätte ihm gedroht, falls Aurelio und Olivia fliehen sollten, würde er Olivias Familie töten. Er sagte, sein Bruder würde so etwas nicht einfach so sagen, der würde das auch tun. Deswegen hat er Olivia verlassen.«

»Das ist ja eine herzzerreißende Geschichte«, merkt Fernando nicht ganz ohne Ironie an.

»Ich weiß nicht, was stimmt und was nicht«, räumt Mara ein. »Wir haben jedenfalls eine gute Zeit erlebt. Nur Alba verhielt sich sehr distanziert und die zwei Frauen auch, besonders Pauline, die dürre mit der vielen Schminke im Gesicht. Das war mir egal, aber wegen Alba tat es mir leid. Sie ist ja immerhin meine Tante, die Halbschwester meiner Mutter.«

»Nicht wirklich. Sie sind adoptiert, Rafael und Alba.«

»Oh. Das ... das hat er mir verschwiegen.«

»Er hat Ihnen wohl so manches verschwiegen.«

»Plötzlich war Aurelio ...« Sie unterbricht sich und lächelt entschuldigend. »Er wollte nicht, dass ich ihn Großvater nenne, er war ein bisschen eitel.«

»Ich hörte davon«, lächelt auch Fernando, denn ihr Lächeln ist geradezu unwiderstehlich.

»Plötzlich sagte er, ich müsse fortgehen, nur für eine Weile. Er gab mir Geld und eine Kreditkarte und meinte, ich solle mir Europa ansehen. Er würde mich anrufen, wenn ich wiederkommen könne. Er müsse in der Zwischenzeit etwas erledigen. Er sagte nicht, was es war. Ich dachte, es hätte vielleicht mit Alba zu tun, vielleicht wollte er sie bis dahin besänftigen. Also bin ich zuerst nach Rom geflogen, dann nach Athen, nach Wien und London ... Wir haben alle paar Tage telefoniert, und ich habe ihm Fotos geschickt. Am letzten Freitag, spät in der Nacht, hat er mich angerufen und gesagt, ich könne zurückkommen, wenn ich wollte. Er klang bedrückt, aber als ich ihn darauf ansprach, sagte er nur, er sei müde. Ich war an diesem Tag gerade erst in Paris gelandet. Er meinte, Paris sei wunderbar, ich solle ruhig noch ein paar Tage bleiben, er würde mir nicht weglaufen. Er hat mir alle möglichen Sehenswürdigkeiten aufgezählt, die ich mir anschauen sollte. Wir vereinbarten, dass ich im Lauf der nächsten Woche zurückkommen würde, er wollte dann mit mir zusammen verreisen. Das war der letzte Kontakt mit ihm. Am nächsten Tag wurde mir in der Metro das Handy geklaut. Ich dachte, ist ja nicht so schlimm, er weiß, dass ich in ein paar Tagen wiederkomme. Gestern bin ich mit dem Zug zurückgefahren, damit er sich keine Sorgen macht, weil er nichts von mir hört. In Stuttgart habe ich den Anschlusszug verpasst. Es war schon Abend, ich habe dort übernachtet, heute Morgen fuhr ich nach Hannover und bin gleich hierher. Und dann hat Alba ...« Sie gerät ins Stocken. »Ich glaube, ich brauche noch einen Sherry, damit ich das erzählen kann.«

Fernando schenkt ihr und sich noch einen ein und meint: »Wir wissen, was Alba getan hat. Sagen Sie mir nur, wie sie es geschafft hat, Sie in ihre Gewalt zu bringen.«

»Sie hat gesagt, ich solle in der Küche warten, sie müsse mir etwas Wichtiges sagen. Sie ging noch einmal kurz weg, und als sie zurückkam, hatte sie einen Einkaufskorb dabei. Ich konnte nicht sehen, was darin war, aber ich ahnte nichts Böses. Dann hat sie mir gesagt, dass ihr Vater am Samstag ermordet wurde. Ich war schockiert, ich habe geweint, und sie tat, als würde sie mir einen Kaffee machen. Plötzlich hat sie von hinten eine Messerklinge an meinen Hals gelegt. Ich schrie um Hilfe, aber da schüttete sie auch schon dieses stinkige Zeug über mich. Sie brüllte mich an, wenn ich nicht stillhalten würde, würde sie mich anzünden. Ich war sowieso steif vor Angst, und so konnte sie mich mit diesem Seil am Stuhl festbinden.«

»Sagte sie auch, warum sie das alles tat?«

»Sie wollte, dass ich zugebe, dass ich eine Betrügerin bin. Das habe ich nicht getan, sondern ich erzählte ihr alles, was ich gerade Ihnen erzählt habe. Von meiner Großmutter und Aurelio. Ich weiß nicht, ob sie mir geglaubt hat. Sie schrie nur, es hätte alles keinen Sinn mehr, jeder würde sie anlügen, sie wolle sterben. Dann hat jemand gegen die Tür geklopft, und ich hörte die Stimme dieser Pauline, sie sprach deutsch. Alba hat sie aber gar nicht beachtet. Sie hat nur mit mir geredet oder mit sich selbst. Auf einmal hörten wir die Stimme von einem Mann.«

»Das war mein Chef, Hauptkommissar Völxen.«

»Da hat sie mir den Lappen in den Mund gestopft und ist raus-gegangen, in den Flur, dort redete sie dann mit dem Mann, und ich glaube, mit einer Frau auch noch. Ich hatte die ganze Zeit schreck-liche Angst. Dann gab es diesen Krach, und der Boden hat gezittert, und dann sind Sie gekommen.« Ihre Augen leuchten, und sie lächelt noch strahlender als vorhin. Fernando schmilzt dahin.

»Der strahlende Retter in schimmernder Rüstung«, dröhnt eine Stimme hinter ihnen. »Frau Barrios, ich freue mich, dass es Ihnen gut geht. Fernando, übersetz das.«

Fernando lässt verlegen sein Sherryglas sinken und übersetzt Völxens Worte.

Mara Barrios lächelt und nickt Völxen freundlich zu.

»Sag ihr, dass Rafael Martínez hier ist und sie gerne kennenler-nen möchte.«

»Ich ... äh ... ich wollte sie gerade in ein Hotel bringen«, erklärt Fernando.

»Nichts da, das würde dir so passen. Du hast im Dienst ge-trunken! Das wird Rafael übernehmen. Da ist er schon.«

Rafael kommt auf die drei zugelaufen, und ehe Völxen oder sonst wer die beiden vorstellen kann, hat Rafael die junge Frau schon an sich gezogen und umarmt. Sofort danach beginnt ein lebhaftes Schnattern und Gestikulieren, und auch wer kein Spa-nisch spricht, kann sehen, dass die zwei sich auf Anhieb gut ver-stehen.

Völxens Hand legt sich schwer auf Fernandos Schulter. »Komm, Rodriguez, gehen wir. Du hast deine Schuldigkeit getan, dein Hel-denpart ist vorbei.«

»Sieht so aus. Tss! Frauen und Schwule – immer wieder dasselbe Phänomen. Woran liegt das, sind es die Klamotten?«

Völxen hält mitten in der Bewegung inne.

»Was ist, warum schaust du mich so an? Weil ich was von Schwu-len gesagt habe? Darf man das jetzt auch schon nicht mehr? Oder ist es, weil ich so dreckig bin? Das bringt der Einsatz eben ... « Fer-nando verstummt, als Völxen die Hand hebt.

»Klamotten!«, wiederholt sein Vorgesetzter. »Du sagst es, Rodriguez, die Klamotten, die brauchen wir!«

»Hä?«

»Geh rauf in die Dachwohnung, pack sämtliche dunklen Klamotten von Pauline Kern ein, und schaff sie zu Fiedler in die Kriminaltechnik. Wir müssen das Kleidungsstück finden, von dem die Fasern auf der Mordwaffe stammen. Das ist unser einziger Beweis, falls Pauline nicht freiwillig gesteht, und das wird sie wohl kaum. Am Ende geht uns dieses raffinierte Luder sonst womöglich noch durch die Lappen.«

»Herr Alvarez, Sie waren am Abend des 27. August, nach der letzten Tanzstunde, noch bei Ihrem Bruder zu Besuch, ist das richtig?« Nachdem Raukel von seinem Telefonat zurückgekehrt ist, hat er seinen Stuhl näher an den Schreibtisch gerückt und scheint sich erstmals für den Mann dahinter zu interessieren.

»Kann sein.« Seine Stimme klingt gleichgültig und kraftlos, doch seine Augen sind hellwach. Die beiden Männer fixieren sich gegenseitig, als wollten sie einander abschätzen. Rifkin fragt sich dennoch, ob Alvarez noch durchhalten wird, bis der Rettungsdienst kommt, den Raukel inzwischen doch angerufen hat.

»Warum waren Sie dort?«, fragt sie.

»Worum geht es?«, stöhnt Alvarez.

»An diesem Abend, in der Villa Ihres Bruders, wurde Fedora Melnik zum letzten Mal gesehen. Sie hat dort geputzt ...«

Raukel fällt seiner Kollegin ins Wort: »Wissen Sie was, Alvarez oder wie immer Sie heißen? Ich sehe, dass Sie nicht gut beieinander sind.« Raukel deutet auf das zusammengeknüllte Handtuch, das sich der Verletzte noch immer auf den Bauch presst und das inzwischen fast vollkommen rot ist. »Daher lassen Sie uns die leidige Prozedur einfach abkürzen. Wir sprechen von der Leiche vom Reese-Brunnen. Den kennen Sie doch, nicht wahr? An diesem Brunnen haben Sie und Ihr Bruder sich früher immer getroffen. Dafür gibt es Zeugen, versuchen Sie erst gar nicht, es abzustreiten. Ziemlich originell und subtil, dort die Leiche zu drapieren, das muss ich schon sagen. Ist wohl auch angekommen, die Botschaft.«

Draußen nähern sich Polizeisirenen und der Rettungsdienst.

»Die habe ich gerufen«, erklärt Raukel. »Die Polizei, dein Freund und Helfer. Herr Alvarez, Sie sind vorläufig festgenommen wegen des dringenden Tatverdachts, Frau … äh …«

»Fedora Melnik«, souffliert Rifkin.

»… ermordet zu haben«, beendet Raukel den Satz. »Wir werden Sie in der Klinik entsprechend bewachen lassen.«

Allerdings würde Raukel nicht darauf wetten, dass Alvarez noch lebend dort ankommt. Sein Gesicht ist nun schweißbedeckt und käseweiß, ein Wunder, dass er noch nicht vom Stuhl gekippt ist.

»War das die Drecksarbeit, von der Sie sprachen?«, fragt Rifkin, die plötzlich eine unbändige Wut verspürt.

Das Sirenengeheul verstummt, Türen schlagen.

Um den Anblick dieses Ungeheuers nicht länger ertragen zu müssen, steht Rifkin auf und geht nach unten, um den Rettungsdienst hereinzulassen.

Raukel betrachtet derweil schweigend den alten Mann, der gerade immer tiefer in seinen Schreibtischsessel sinkt.

»Ich musste es tun«, flüstert Alvarez. »Es war meine Pflicht. Er war mein kleiner Bruder, ich habe immer auf ihn aufgepasst. Ich konnte kein Risiko eingehen.«

»Welches Risiko?«, fragt Raukel. »Die Frau stammte aus der Ukraine, die konnte kaum Deutsch, und Spanisch konnte sie erst recht nicht, wie sollte die Sie belauschen? Sie sollten vielleicht mal mit den Leuten reden, bevor Sie sie erdrosseln!«

Alvarez schüttelt kaum merklich den Kopf. »Nicht die Putzfrau. Mara war das Risiko. Es ging um die Botschaft, wie Sie gesagt haben. Ich musste ein drastisches Zeichen setzen, sonst hätte Aurelio mir nicht geglaubt, dass ich es ernst meine.« Sein Atem geht keuchend. Lange macht er's nicht mehr, schätzt Raukel und zischt ihm zu: »Den eiskalten Mord an einem völlig unbeteiligten jungen Mädchen nennst du ein *Zeichen*? Was bist du bloß für ein feiger Dreckskerl?«

Draußen hämmert jemand gegen die Wohnungstür. Stimmt, fällt Raukel ein, die ist ja doppelt und dreifach verriegelt, und die Sanis können schlecht mit einer Trage die Wendeltreppe hinauf, geschweige denn hinunter. Raukel wirft einen Blick auf Alvarez, dessen Kopf nun vor seiner Brust hinabhängt wie bei einer welken Blume. Einen Fluchtversuch kann man vergessen, es ist fraglich, ob der Kerl den Transport überlebt. Falls nicht, ist es auch nicht schade. Er steht auf und geht hinaus auf den Flur, um die Sanis reinzulassen. Auf halber Strecke kracht der Schuss.

Kapitel 15 –
Shit happens, Raukel

»Tot? Der Señor Garcia?« Pedra Rodriguez lässt den Lappen sinken, mit dem sie gerade die Schneidemaschine gesäubert hat. Es geht auf den Feierabend zu, Fernando ist auf einen Aperitif im Laden vorbeigekommen. Der Sherry an der Bar der Tanzschule hat ihn auf den Geschmack gebracht, und seine Mutter hat ihm erstaunt einen eingeschenkt, ehe sie selbst die schlechte Nachricht serviert bekam.

»Was ist passiert?«, will sie wissen.

»Nun, es ist eine lange Geschichte. Aber das Ende geht so: Er hat sich der Verhaftung entzogen, indem er sich erschossen hat.«

Pedra schlägt entsetzt die Hände vors Gesicht. Dass er sich eine .38er in den Mund gesteckt und abgedrückt hat, woraufhin es ihm die Schädeldecke wegriss, verschweigt Fernando lieber. Derlei Details sind nicht von Belang und würden das sensible Gemüt seiner armen Frau Mama nur über Gebühr strapazieren.

»Verhaftung? Warum?«

»Mamá, ich weiß, dass du den Mann mochtest. Er konnte sicher sehr charmant sein, aber er war ein übler Typ. In Argentinien war dein Señor Garcia zu Zeiten der Militärdiktatur, in den Siebzigern, ein hohes Tier. Er hat für das Terrorregime Leute foltern und umbringen lassen, und man kommt nicht auf einen hohen Posten beim Geheimdienst, ohne dass man sich selbst die Hände schmutzig macht. Der Mann war skrupellos und eiskalt. Er hieß in Wirklichkeit Adrian Martínez und war der ältere Bruder des ermordeten Tanzlehrers.«

»Hat Señor Garcia den Tanzlehrer ermordet?«

»Nein, aber der Tanzlehrer ihn, jedenfalls beinahe.«

»Wieso sollte *er* dann verhaftet werden?«, fragt Pedra, inzwischen komplett verwirrt.

»Die tote Frau am Reese-Brunnen, das war er. Er hat eine völlig unbeteiligte Putzfrau, die nur zur falschen Zeit am falschen Ort war, auf dem Weg von ihrer Arbeit nach Hause mit bloßen Händen erwürgt und die Leiche dann angezündet, und das nur, um eine Drohung gegen seinen Bruder zu unterstreichen ...«

»Fernando!«, ruft Pedra und stemmt die Hände in die Hüften. »Hör sofort auf mit diesen Schauergeschichten. Ich wage mich sonst ja nicht mehr auf die Straße!«

»Entschuldige, Mamá. Ich wollte dir eigentlich nur schonend beibringen, dass dein Stammkunde nicht mehr lebt.«

»Das nennst du *schonend*?«

Fernando eilt hinter die Theke und legt den Arm um ihre Schultern. »Es tut mir leid. Aber so ist es. Er hat es nicht verdient, dass du um ihn trauerst.«

»Ich kann es nicht glauben. Er war immer so höflich und nett. Bist du dir sicher?«

»Absolut.«

»Der *comisario* sagt das auch?«

»Ja. Komm, trink einen Schnaps!«

Aber Pedra weigert sich. »Durch Schnaps ist noch nie etwas besser geworden. Außerdem trauere ich nicht, ich bin nur erschrocken. So viel hat er mir nicht bedeutet, und wenn das stimmt, was du sagst ...«

»Komm doch nachher zu uns zum Essen, Mamá. Wir machen eine schöne Flasche Wein auf ...«

»Gibt's denn was zu feiern?« Der sarkastische Unterton ist nicht zu überhören.

Die Ladentür geht auf. Es ist Jule, sie hat Leo auf dem Arm, den sie gerade von der Kita abgeholt hat.

»Da seid ihr ja alle. Fernando, seit wann trinkst du Sherry? Pedra, dein Sohn war heute der Held der Stunde, hat er es dir schon erzählt?«

Die Buschtrommeln haben nicht lange gebraucht, außerdem

hat Fernando Jule angerufen und sie vom Ermittlungserfolg ihres Kommissariats im Allgemeinen und seinen Heldentaten im Besonderen unterrichtet.

»Äh, nein, ich wollte ihr erst einmal schonend vom Ableben ihres Stammgastes berichten«, antwortet Fernando an Pedras Stelle.

»Das hat toll funktioniert«, versichert Pedra.

»Fernando hat heute in einem heldenhaften Einsatz eine edle Jungfrau vor einem bösen Drachen gerettet!«, platzt Jule heraus.

»Was ist denn das nun schon wieder für ein Blödsinn?«, erwidert Pedra. »Was für ein Drachen? Wollt ihr mich jetzt beide veräppeln?«

»Komm einfach nachher zum Essen. Sobald Leo im Bett ist, erzähle ich euch in allen Einzelheiten, was heute alles passiert ist. Du wirst stolz auf mich sein, Mamá.«

»Ja, das wirst du«, bestätigt Jule und sagt zu ihrem Sohn: »Hast du gehört, Leo? Dein Papa ist ein Held.«

»Papa«, sagt Leo.

Alle sehen sich an.

Fernando beginnt zu strahlen. »Er hat Papa gesagt! Klar und deutlich. Hast du's gehört, Jule? Du auch, Mamá? Er hat Papa gesagt, Papa! Ich werde gleich verrückt! Leo, sag es noch einmal: Pa-pa!«

»Leische.«

»Der Spanier ist heute der Götterliebling, dem scheint die Sonne aus dem Arsch. Und wir zwei, wir haben die Arschkarte. So ist das Leben, hart und ungerecht. Prost, Rifkin!«

»Du sagst es, Raukel.«

»Der wird morgen kaum laufen können, so sehr schwellen ihm die Eier.«

»Darauf kannst du wetten. Das wird unerträglich.« Rifkin kippt den Wodka auf ex hinunter.

Erwin Raukel und Elena Rifkin sitzen in einer schummrigen und ziemlich urigen Kneipe namens Herzblut, die in der Nähe von Raukels Wohnung liegt. Die Kneipe war seiner Verflossenen,

Irina, stets zu einfach, aber nun ist Raukel reumütig dorthin zurückgekehrt. Der Name passt auch haargenau zu seiner Stimmung.

Das ganze Drama mit seiner Irina hat Raukel seiner Kollegin vorhin erst gestanden und noch einiges mehr, was diese eigentlich gar nicht hören wollte. Was mit einem Feierabendbier begann, um den Frust dieses Tages hinunterzuspülen, ist inzwischen kurz davor, sich zu einem amtlichen Besäufnis auszuweiten. Immer wieder gehen sie die unglückselige Szene durch.

»Wäre ich doch bloß nicht rausgegangen! Dann wär der Kerl unterwegs friedlich verblichen, anstatt sich das Hirn rauszublasen, und wir hätten jetzt nicht diesen Mordsärger am Hals.«

»Verblichen?«, kichert Rifkin. »Stimmt, der war wirklich bleich. Leichenbleich, sozusagen.«

»Das heißt leichenblass«, korrigiert Raukel.

»Weiß ich doch.«

»Woher hatte der die Waffe?«, überlegt Raukel. »War die im Schreibtisch?«

»Als Rodriguez und ich den durchsucht haben, war da noch keine. Er muss sie von woanders hergeholt haben, und als er uns kommen gehört hat, hat er sie weggepackt. Entweder in die Schublade, oder er hat sie sogar unter dem Handtuch versteckt.«

»Du meinst, er wollte sich ohnehin erschießen? Warum hat er es dann nicht gleich getan?«, fragt Raukel.

»Was weiß ich«, brummt Rifkin. »Vielleicht wollte er noch seine Memoiren schreiben oder mit uns ein Schwätzchen halten.«

»Wir hätten den Schreibtisch und ihn durchsuchen sollen.«

»Dazu bestand vor Völxens Anruf kein Anlass«, widerspricht Rifkin. »Er war nur ein Zeuge, das Opfer eines Mordversuchs, woher sollten wir wissen, dass er das arme Mädchen ermordet hat?«

»Ja, aber danach, nach dem Anruf von Völxen, da hätten wir ihn durchsuchen sollen«, beharrt Raukel mit der Sturheit des Betrunkenen.

»Ja, vielleicht«, räumt Rifkin ein. »Ich dachte, der wäre eh gerade am Abkratzen, so einen durchsuche ich doch nicht noch!«

»Rifkin, wir ham auf ganzer Linie versagt!« Raukel hat schon einen leichten Zungenschlag.

»Nein, nicht *wir*. Es war nicht deine Schuld, Raukel, das geht auf meine Kappe. Was hättest du denn machen sollen? Ich war es, ich habe vergessen, diesen verfluchten Riegel an der Tür zu öffnen, ehe ich die Sanis reingelassen habe, ich habe erst wieder daran gedacht, als wir schon mit der Trage vor der Wohnungstür standen. Und bis ich dann wieder runter bin, quer durch den Laden, und diese Wendeltreppe wieder hoch, da hatten die schon geklopft, obwohl ich extra gesagt hatte, sie sollen warten, bis ich wieder oben bin und ihnen die Tür öffne. Aber irgendwie haben die das nicht kapiert, keine Ahnung. *Shit happens*, Raukel.«

Dasselbe hat Rifkin auch Hauptkommissar Völxen erklärt. Der war verständlicherweise *not amused* über den Vorfall und hat den beiden in Aussicht gestellt, dass es eine interne Untersuchung geben werde. Das könne er nicht verhindern, selbst wenn er wollte.

Wenigstens haben die anderen nicht versagt. Die Tatsache, dass man Alba von einer Kurzschlusshandlung abhalten und den Mord an Martínez aufklären konnte, hat Völxens Zorn etwas besänftigt.

»So, ich geh jetzt. Genug gejammert.« Rifkin rutscht vom Barhocker. »Der Kerl ist tot, wir können ihn nicht wieder lebendig saufen.«

»Komm schon, Rifkin, einen noch!«

»Danke, Erwin, mir reicht es. Ich falle sonst vom Rad. Geh auch nach Hause. Morgen müssen wir für die Inquisition fit sein.«

Raukel winkt ab. »Wir wern's üwaleb'n. Soll ich dir mal erzähln, wie viel Ärga ich in mein' dreißig Diensjahr'n schon gehabt hab?«

»Jetzt nicht«, antwortet Rifkin. »Sonst sitzen wir morgen früh noch da. Ich ruf dir ein Taxi, okay?«

»Okay, Rifkin. Onnedisch macht das eh kein' Spaß mehr hier.«

Rifkin traut dem Frieden nicht, sie wartet noch, bis das Taxi kommt, und verfrachtet Raukel auf den Rücksitz, ehe sie sich auf ihr Rad schwingt. Es ist noch nicht spät, erst neun Uhr. Die frische Abendluft und die Bewegung tun ihr gut, und als sie vor ihrem Wohnblock in der Südstadt ankommt, fühlt sich ihr Kopf schon etwas klarer an. Dennoch ist da das ungute Gefühl wegen der Sache mit Alvarez. Nicht, dass es schade um diesen Kerl wäre. Wäre er von selbst gestorben, hätte sie das achselzuckend zur Kenntnis genommen, wahrscheinlich sogar mit einer gewissen Befriedigung. Aber es ist etwas anderes, seinen Tod möglicherweise mitverschuldet zu haben.

Zu Hause trinkt sie erst einmal ein paar Gläser Wasser und überprüft ihr Handy. Auf der Mailbox ist ein Anruf von Nuria Sanchez. Schluchzend und wütend berichtet sie, dass heute früh der Abschiebeflug nach Bagdad gestartet ist. Tarik und sein Vater waren dabei.

Das Mädchen tut Rifkin leid, und für einen Moment ist sie versucht, sie zurückzurufen. Aber was sollte sie ihr Tröstendes sagen? Dass das Leben nicht gerecht ist? Dass sie es wenigstens versucht hat? Rifkin drückt sich davor mit der Ausrede, dass sie nicht in der richtigen Verfassung ist, verzweifelte Teenies zu trösten. Sie bräuchte selbst etwas Trost, und da die Fahrradstrecke von der Calenberger Neustadt in die Südstadt längst nicht ausgereicht hat, um sie wieder ganz nüchtern werden zu lassen, ruft sie Igor Baranow an. Er müsste schließlich Erfahrung haben, wie man damit umgeht, für den Tod anderer Leute verantwortlich zu sein. Falls er so etwas überhaupt kennt, Verantwortung. Vielleicht von ganz früher.

Er hört ihr ein Weile zu, dann sagt er: »Ich komm vorbei, einverstanden?«

»Ja«, sagt Rifkin und legt auf.

Sie duscht heiß und kalt. Es hilft, so einigermaßen wenigstens.

Baranow hat einen exquisiten russischen Seelentröster dabei, aber als er Rifkin ansieht, stellt er die Wodkaflasche in den Kühlschrank und meint: »Ich sehe, du hast schon vorgearbeitet.«

»Ich bin stocknüchtern.«

»Ja, sicher. Also, was ist passiert?«

Sie berichtet ihm von den Ereignissen des Tages und dem Vorfall in Alvarez' Wohnung. Als sie fertig ist, geht er in die Küche. Rifkin, irgendwie erleichtert nach ihrer Beichte, rollt sich auf dem

Sofa zusammen und lauscht dem Blubbern der Kaffeemaschine und dem Hantieren von Baranow in der Küche. Was treibt der da? Fängt der jetzt etwa an zu kochen?

»Und danach haben Fernando und ich noch ein Beweisstück sichergestellt, das helfen wird, die Mörderin von Aurelio Martínez zu überführen«, beendet Oda ihren Bericht. Sie kann heute Abend nicht schweigen oder sich verkriechen, denn nicht nur Tian ist hier und gerade dabei, ein für einen Wochentag sehr aufwendiges Menü zuzubereiten, sondern spontan hat auch noch Veronika in ihrer Wohnung in Isernhagen vorbeigeschaut. Außerdem ist sie auch ein bisschen stolz und aufgekratzt. Es passiert nicht häufig, dass man zwei Morde an einem Tag aufklärt, dazu noch einen Mordversuch und einen weiteren verhindert.

»Was für ein Beweisstück?«, fragt Veronika. Sie sitzt verkehrt herum auf einem der Küchenstühle, womit sie signalisiert, dass sie nur auf einen Sprung vorbeigekommen ist.

»Eine gehäkelte Stola. Die Fasern stimmen mit denen überein, die wir an der Mordwaffe fanden, das konnten die Kriminaltechniker sofort feststellen.«

»Wer trägt denn heute noch eine gehäkelte Stola?«, fragt Veronika und verzieht befremdet das Gesicht.

»Eine pseudomondäne Fregatte wie Pauline Kern«, antwortet Oda. »Aber hinter ihrer Fassade ist die eiskalt und berechnend. Sie hatte Alba angeboten, für sie die Spuren zu beseitigen und ihr ein falsches Alibi zu geben, damit sie sie danach erpressen konnte. Sie war scharf auf die Wohnung des Ermordeten und wollte gleichzeitig ihre Schwester loswerden. Als sie bemerkt hat, dass Martínez noch nicht tot ist, hat sie kurzerhand noch einmal zugeschlagen und danach ihre und Albas Fingerabdrücke mit der Stola, die sie trug, abgewischt. Das ist ein glatter Mord, heimtückisch und aus niedrigen Beweggründen, da gibt's kein Vertun.« Oda schenkt sich ein Glas Rotwein ein und prostet ihrer Tochter zu. »Auf die Rechtsmedizin. Ohne eure Erkenntnisse hätten wir womöglich die Falsche eingesperrt. Obwohl Alba sicher nicht ungeschoren davonkommt. Schwere Körperverletzung und Nötigung sind schließlich auch kein Pappenstiel.«

»Hat diese Pauline denn schon gestanden?«, erkundigt sich Tian, während er am Wok rüttelt, aus dem es verführerisch duftet.

»Nein, noch nicht. Wir lassen sie bis morgen schmoren, und dann nehmen wir sie genüsslich auseinander, Stück für Stück«, verkündet Oda grimmig und wendet sich an ihre Tochter. »Es wird viel von Bächles abschließendem Gutachten zur Todesursache von Martínez abhängen. Hast du es schon gesehen?«

»Ja«, grinst Veronika. »Aber ich schweige wie ein Grab.«

»Wenn daraus hervorgeht, dass er erst am zweiten Schlag gestorben ist, haben wir sie. Wenn nicht, kann sie beispielsweise behaupten, sie hätte nur auf die Leiche eingedroschen.«

»Das wäre doch komplett unglaubwürdig«, meint Veronika.

»Ja, aber trotzdem müssen wir beweisen, dass es nicht so war, verstehst du?«

Veronika schaut ihre Mutter plötzlich finster an. »Du willst mir aber nicht gerade diktieren, was Bächle in sein Gutachten schreiben soll, oder?«

»Keineswegs, niemals«, protestiert Oda. »Ich wollte nur noch einmal auf die besondere Bedeutung des Gutachtens in diesem Fall hinweisen und um allerhöchste Sorgfalt bitten. Das muss alles gerichtsfest sein.«

»Wir sind immer höchst sorgfältig«, erwidert Veronika grimmig und hört sich dabei schon fast an wie Dr. Bächle. »Du kannst beruhigt sein. Mehr will ich dazu nicht sagen.«

»Ich wollte dich keineswegs aushorchen.«

»Schon klar. Und den Bruder von Martínez wird Bächle uns sicher auch bald auf dem Seziertisch präsentieren. Boah, ich hasse Leichen, denen der halbe Kopf fehlt.«

»Da musst du dich bei meinen Kollegen Raukel und Rifkin beschweren.«

»Apropos schmoren. Bleibst du zum Essen, Veronika?« Tian ist dabei, den Tisch zu decken. Er hat sich an derlei Gespräche längst gewöhnt und sich diesbezüglich ein dickes Fell zugelegt.

»Nein, ich kann nicht. Ich bin noch mit einem Doktoranden verabredet zum Mikroskopieren.«

»So nennt man das heute«, bemerkt Oda.

»Schade«, meint er. »Ich mag eure Tischgespräche, sie sind so unkonventionell.«

»Sorry, ein anderes Mal. Dann erzähl ich euch von den verschiedenen Stadien der Fliegenlarven und Maden auf Leichen und welche Rückschlüsse wir daraus ziehen, okay?«

»Ich freue mich schon darauf.« Tian stellt zwei Kerzen auf den Tisch und zündet sie an.

»Oh, ein Candle-Light-Dinner, da verzieh ich mich lieber schnell, ehe ich noch Zeugin von Alte-Leute-Sex werde!«

»Raus!« Tian wirft eine Litschi nach ihr, die Veronika geschickt auffängt und einsteckt, ehe sie verschwindet.

»Ist was Besonderes?«, fragt Oda, auf die Kerzen deutend.

»Allerdings. Ehrlich gesagt, bin ich ganz froh, dass Veronika keine Zeit hat. Ich möchte dir nämlich etwas mitteilen.«

»Oh.« Oda wird etwas flau im Magen, doch sie sagt sich, dass er wohl kaum ein Menü zubereiten und Kerzen anzünden würde, um ihr zu sagen, dass er eine andere Frau kennengelernt hat. Wobei – man weiß nie. Vielleicht ist das die höfliche chinesische Art des Umgangs mit künftigen Ex-Frauen. Oda zupft nervös an den Fransen ihres Tischsets herum, während Tian umständlich seine schwarze Kochschürze auszieht und zusammenfaltet, sich ein Glas Wein einschenkt und sich endlich auf den Platz ihr gegenüber setzt, und sagt: »Ich habe jemanden gefunden.«

Oda ist froh, dass sie sitzt, denn gerade wird ihr schwindelig. »Jemanden gefunden?«, wiederholt sie mit einer Stimme wie Schmirgelpapier.

»Ja, eine junge Ärztin, die sich auf TCM und Naturheilkunde spezialisiert hat. Sie ist genau die Person, die ich mir vorgestellt habe.«

Oda schluckt und greift sich an den Hals.

»Sie kann nicht so viel bezahlen, wie ich mir ursprünglich vorgestellt hatte, aber ich möchte die Praxis nicht einfach nur an den Meistbietenden verhökern, das habe ich zum Glück nicht nötig.

Sie ist ja immerhin so etwas wie mein Lebenswerk, das wüsste ich schon gern in guten Händen.«

»Du ... du willst die Praxis verkaufen?« Ein kleiner Schrecken mischt sich in die Welle der Erleichterung, die Oda gerade überrollt.

Stimmt, fällt es ihr ein, im vergangenen Winter hat Tian ab und zu davon gesprochen, die Praxis für Naturheilkunde und Traditionelle Chinesische Medizin aufzugeben. Das war auf dem Höhepunkt der Corona-Krise, und Tian, der sonst kaum einmal jammerte, klagte alle paar Tage, dass bei seinen Klienten der Anteil der Verschwörungstheoretiker, Querdenker und sonstiger Verrückter rasant wachse, was ihm zusehends die Freude an der Arbeit vergällen würde. Patienten, denen er zur Corona-Impfung riet, beschimpften ihn, und es mehrten sich die bösen Kommentare auf entsprechenden Bewertungsplattformen. Mit dem Abflauen der Krise und der sommerlichen Leichtigkeit und der Rückkehr zum halbwegs normalen Leben verstummten seine Klagen. Daher hatte Oda angenommen, er hätte es sich wieder anders überlegt. Sie hatte das Ganze nicht allzu ernst genommen. Jeder ist ab und zu von seinem Job genervt, sagte sie sich. Wie oft schon hatte sie sich über ihre Arbeit beschwert und Gedankenspiele verfolgt, etwas anderes zu machen. Und doch hatte sie nie ernsthaft ans Aufhören gedacht. Andererseits hätte sie wissen müssen, dass Tian so etwas nicht einfach dahinsagt. Er meint immer, was er sagt, das schätzt sie so an ihm.

»Ist sie Chinesin?«

»Aus Taiwan«, nickt Tian und fragt dann erstaunt: »Woher weißt du das?«

»Ich hab euch gesehen am Samstag, zufällig«, gesteht Oda.

Tian wirkt einen Moment überrascht, dann lächelt er und meint: »Erklärt das womöglich dein seltsames Verhalten während der letzten Tage?«

Oda nickt verlegen. »Sie ist so jung und so elegant, und ihr wart so ... so vertraut irgendwie. Ich dachte ... Ach, egal, was ich dachte.«

»Du warst eifersüchtig?«

»Ich hatte Angst, dich zu verlieren. Ist das so schlimm?«

»Hm. Ich überlege, ob ich geschmeichelt oder gekränkt sein soll.«

»Warum hast du mir nicht gleich am Samstag davon erzählt? Warum machst du die ganze Zeit so ein Geheimnis daraus?«

»Ich wollte ergründen, ob ich es auch wirklich will. Es ist eine Sache, etwas zu planen, eine andere, den Plan dann auch wirklich durchzuziehen. Nachdem alles besprochen war, habe ich um drei Tage Bedenkzeit gebeten und mir selbst zur Auflage gemacht, in dieser Zeit noch einmal gründlich darüber nachzudenken und dann erst zuzusagen – oder eben nicht. Erst nachdem ich das entschieden hätte, wollte ich mit dir sprechen.«

»Es ist so oder so deine Entscheidung. Wenn es das ist, was du willst ...«

»Wäre es dir lieber, ich würde weitermachen?«, fragt Tian.

»Nein! Du musst tun, was du möchtest. Ich frage mich nur, womit du dich beschäftigen wirst, wenn du keine Praxis mehr hast. Du bist doch nicht der Typ, der sich einen Schrebergarten zulegt oder ein E-Bike.«

»Keine Sorge, ich werde kein Fall von *Papa ante portas*, falls du das befürchtest.«

»Gut zu wissen.« Odas Lachen klingt ein wenig bemüht. Einerseits ist sie glücklich, dass sich die *causa* Chinesin geklärt hat, aber sie hat tatsächlich ein wenig Bedenken, wo das hinführen wird. Sie war immer froh darüber, einen Mann zu haben, der ebenfalls in seinem Beruf aufgeht und Verständnis hat, wenn es mal keinen geregelten Feierabend gibt.

»Ich dachte, wir könnten das Projekt *Landhaus in Frankreich* aktiv angehen.«

»Du meinst unseren Altersruhesitz? Das ist eine schöne Idee. Wir kaufen eine Ruine und richten sie in den Ferien nach und nach her.«

»Wir könnten auch früher dorthin ziehen«, schlägt Tian vor. »Oda, du weißt, du kannst jederzeit aufhören zu arbeiten, wenn du willst. Wir verhungern nicht.«

»Ich weiß«, sagt Oda. »Und ich werde darüber nachdenken. Wirklich, ernsthaft, das sage ich nicht nur so.«

Sie wäre nicht einmal von ihm abhängig, etwas, was Oda gehörig gegen den Strich gehen würde. Weil Tian das weiß, hat er ihr zur Hochzeit ein Wertpapierdepot überschrieben, das sie in die Lage versetzen würde, auch ohne einen einzigen Cent Gehalt die Jahre bis zur Pension zu überbrücken. Oda, die stets darauf bedacht war, ihr eigenes Geld zu verdienen, wollte das Geschenk zuerst nicht annehmen. Doch er hat darauf bestanden. »Ich will, dass du finanziell frei und unabhängig bist, egal, was passiert, selbst wenn du mich satthast und mich sitzen lässt«, hatte er seinerzeit erklärt. Schließlich hat Oda erkannt, dass diese Handlung sämtliche Liebesschwüre, die je auf diesem Planeten gemacht wurde, in den Schatten stellt. Natürlich hat sie beschlossen, das Geld niemals anzurühren. Dennoch ist es beruhigend, von seiner Existenz zu wissen, und nichts anderes hat Tian damit beabsichtigt.

»Lass dir Zeit. Du musst dich ja nicht sofort entscheiden. Wir werden uns so oder so arrangieren.«

»Das weiß ich«, sagt Oda. »Und bitte verzeih mir«, presst sie hervor, während sie gegen einen Ansturm von sehr gemischten Gefühlen ankämpft.

»Ich muss dir nichts verzeihen«, antwortet er und hebt seine rechte Augenbraue. »Oder doch?«

»Ich hatte für kurze Zeit vergessen, dass ich zufällig den wunderbarsten Mann weit und breit abbekommen habe«, sagt Oda und wischt sich eine Träne von der Wange.

»Das ist allerdings unverzeihlich.«

»Sag mal ... wie war das vorhin mit dem Alte-Leute-Sex?«, fragt Oda.

»Wollen wir nicht erst essen?«

»Ja, stimmt, es wäre schade, wenn es verkocht. – O nein, Tian, habe ich das wirklich gerade gesagt? Verdammt, wir werden wirklich alt!«

»Du hast deinen Fall gelöst.« Es ist keine Frage, sondern eine Feststellung, mit der Sabine ihn begrüßt. Sie steht im Garten und gießt das Gemüsebeet.

»Woher weißt du das?«, fragt er.

»Ich sehe es an deinem Gang und der Haltung.«

»Ich bin also durchschaubar, praktisch gläsern.«

»Für mich schon. Und ich glaube, für Oscar auch.«

»Aber ganz stimmt es nicht«, erwidert Völxen.

»Oh! Ich dachte. Du kamst so beschwingt daher.«

»Wir haben *zwei* Mordfälle gelöst. Martínez und den Fall vom Reese-Brunnen.«

»Gratuliere!«

»Na ja«, seufzt Völxen. »So ganz glücklich kann ich darüber nicht sein. Eine junge Frau, die wegen nichts und wieder nichts umgebracht wird, quasi im Vorbeigehen – irgendwie macht mich das fassungslos. Besonders die Erkenntnis, dass es Menschen gibt, die einfach abgrundtief böse sind. Ich meine, ich müsste es wissen, aber es schockiert mich immer wieder. Wenigstens hatte der Kerl noch so viel Anstand, sich zu erschießen. Aber das wird womöglich auch noch Ärger geben.«

»Du lieber Himmel, was war denn los?« Sabine hat den Gartenschlauch zugedreht und schaut ihn mit einer Mischung aus Neugierde und Bekümmerung an.

»Einiges. Ich erzähle es dir beim Essen.«

»Es gibt Gemüseauflauf.«

»Na wunderbar«, grummelt Völxen, während beide, gefolgt von Oscar, zurück ins Haus gehen.

»Unseren Tangokurs kannst du jedenfalls vergessen«, verkündet er, als er sich in der Küche ein Bier aus dem Kühlschrank nimmt. »Die meisten Bewohner der Villa Martínez sitzen in Untersuchungshaft. Ich fürchte, mit dieser Tanzschule ist es erst einmal vorbei.«

»Ach, weißt du, irgendwie fand ich diese Villa auch gar nicht die passende Umgebung für Tango«, gesteht Sabine. »Dieser Tanz ist in den Spelunken des Rotlichtviertels von Buenos Aires entstanden, wenn man der Legende glauben darf. Das verlangt ein anderes Ambiente, keine so vornehme Villa.«

»Stimmt genau«, meint Völxen erleichtert. »Haken wir das einfach ab.«

»Was? Aber nein«, protestiert Sabine. »Es gibt da doch das Tango Milieu in Linden. Das Studio liegt in einem alten Fabrikgelände, das passt einfach viel besser, und das gibt es schon ewig. Ich zeige dir gleich die Webseite ...«

Rifkin wird wach, weil geschossen wird. Sie fährt in die Höhe. Im Fernsehen läuft ein Actionfilm, und Igor Baranow sitzt am anderen Ende des Sofas. Für einen Moment ist Rifkin nicht sicher, ob sie wach ist oder träumt, dann kehrt die Erinnerung zurück. Der Umtrunk mit Raukel, ihr Anruf bei Baranow, dem sie ihr Leid geklagt hat, am Tod von Alvarez schuld zu sein.

»Ausgeschlafen?« Er schaltet den Fernseher aus. Es geht auf Mitternacht zu.

»Verdammt. Entschuldige.«

»Schon gut.« Er holt einen Teller mit Käsebroten aus der Küche. »Mehr war nicht zu finden. Der Kaffee ist kalt, soll ich neuen machen?«

»Nein. Schon gut. Habe ich geschnarcht?«

»Höllisch!« Er geht noch einmal aus dem Zimmer und kommt mit einem Glas Wasser zurück, in dem eine Aspirintablette aufund abtaumelt.

»Du hättest nicht hierbleiben müssen.«

»Ich weiß.«

»Es ist nur eigenartig, wenn man jemanden auf dem Gewissen hat. Wie kommt man damit klar?«

»Du suchst also meinen Expertenrat, ich verstehe.«

»Sozusagen.«

»Aber er hat sich doch selbst erschossen, es war sein freier Wille, oder nicht? Warum machst du dir da überhaupt Gedanken?«

»Ich habe es durch meinen Fehler erst ermöglicht. Ich meine, der Mann war ein Dreckskerl, der war in Argentinien beim Geheimdienst in einer üblen Spezialabteilung, für den ist Töten wahrscheinlich so wie die tägliche Rasur. Allein die arme Fedora ...«

»Siehst du, da hast du doch deine Antwort«, unterbricht Baranow sie. »Das ist nicht deine Schuld. Es war sein Risiko, so zu sterben. Wäre er ein rechtschaffener, netter Mensch gewesen, wäre er niemals in diese Lage gekommen, oder? Er wusste, worauf er sich einließ. Hör auf, dich deswegen zu quälen. Manche Menschen sind es schlicht nicht wert.«

»So einfach siehst du das?«

»Ganz genau. So einfach. Wenn du jemanden suchst, der dir eine Moralpredigt hält oder dir Schuldgefühle einredet, dann frag deinen Kommissar Völxen oder deinen Rabbi.«

»Den Teufel werde ich tun«, versetzt Rifkin.

»Na also«, knurrt Baranow. »Mir ist übrigens wieder eingefallen, woher ich diesen Alvarez kenne. Es ist bestimmt schon zehn, zwölf Jahre her. Ich hatte damals erwogen, etwas Geld in Kunst anzulegen. Ein Bekannter hat sich ein bisschen umgehört und den Kontakt hergestellt. Mir wurde ein Mondrian angeboten für eine Viertelmillion. Ich bekam erst einmal nur Fotos des Bildes zu sehen, und mit dem Kontaktmann habe ich nur telefoniert. Mir war gleich klar, dass da etwas faul ist, aber okay ...« Er breitet die Arme aus. »Man muss eine Gelegenheit wahrnehmen, wenn sie sich bietet.«

»Schon klar«, meint Rifkin.

»Ich habe darauf bestanden, das Original zu sehen und den Verkäufer kennenzulernen. Es ging eine Weile hin und her, vermutlich haben sie mich erst überprüft, und dann trafen wir uns in diesem Antiquitätenladen von Alvarez. Der gab vor, nur der Mittelsmann zu sein, aber ich erkenne es, wenn Leute mich anlügen. Ich war sicher, dass es sein Bild war. Der Kauf kam aber nicht zustande. Mich hat das Bild im Original enttäuscht, außerdem war es mir damals zu teuer. Er ließ nämlich kein bisschen mit sich handeln, also ließ ich es sein. Seither kaufe ich brav auf Auktionen ein, wenn überhaupt.«

»Pass auf, dass du vor lauter Seriosität nicht langweilig wirst«, wirft Rifkin ein.

»Die Sache ist die: Als mir der Mondrian nicht zusagte, hat Alvarez signalisiert, dass er noch andere Werke *an der Hand* hätte. Da fielen durchaus eindrucksvolle Namen, Picasso, Vermeer, Monet … Ich gab mich interessiert, und da ist der Kerl kurz verschwunden und kam dann mit einem Picasso wieder, den er angeblich gerade in Kommission verwahrt.«

»Du meinst, der hatte ein ganzes Depot in seinem Laden?«

»Was weiß ich? Habt ihr euch denn nie gefragt, woher das Geld in dieser Familie kommt? – Hey, wo willst du hin?«

Rifkin ist vom Sofa aufgesprungen, was ein Fehler war. Das Zimmer beginnt, sich um sie zu drehen, sie taumelt in den Flur und hält sich an ihrer Lederjacke fest, die am Garderobenhaken hängt. Sie tastet die Jacke ab. Die Schlüssel von Wohnung und Laden von Alvarez sind noch immer in ihrer Tasche, sie hat es vorhin, in der Kneipe, erst bemerkt. Sie schlüpft in ihre Turnschuhe und zieht die Jacke über.

»Was wird das?«, fragt Baranow.

Rifkin grinst und rasselt mit dem Schlüsselbund. »Wir gehen auf Schatzsuche.«

»Wär's nicht besser, erst einmal deinen Rausch auszuschlafen?«

»Ich fühle mich blendend. Kommst du mit, oder hast du die Hosen voll, großer Mafiaboss?«

Sie lassen den Wagen zwei Straßen weiter stehen und nähern sich zu Fuß dem Antiquitätengeschäft. Rifkin schließt auf und geht als Erste durch die Ladentür. Sie streckt sich nach der Kamera und dreht das Objektiv zur Decke. Sicher ist sicher. Dann winkt sie Baranow herein. Er knipst seine Taschenlampe an.

Der Laden selbst, überlegt Rifkin, scheidet aus, dort ist nirgendwo Platz für einen größeren Bestand an Bildern. Außerdem hat Rodriguez sich da schon umgeschaut. Sie schließt die Tür zum Lager auf. Wortlos wandern sie zwischen den abgedeckten Möbeln herum. Baranow sucht die Wände und den Boden nach einer versteckten Tür ab. Rifkin holt von der Werkbank einen großen Schraubenzieher und öffnet damit gewaltsam den riesigen Schrank, der ihr und Rodriguez schon bei ihrem ersten Besuch aufgefallen war. Er dient jedoch nur als Ersatzteillager und ist vollgestellt mit Tischplatten, Möbelbeinen, Regalbrettern und alten Schubladen. »Mist. Ich hätte auf diesen Schrank gewettet«, murmelt Rifkin.

»Etwa, dass dahinter eine Geheimtür ist?«, spottet ihr Begleiter.

»Ja, ein Zugang zu einem versteckten Keller vielleicht.«

»Niemand, der Ahnung von der Materie hat, würde wertvolle Bilder in einem Keller aufbewahren. Die müssen in einen trockenen, wohltemperierten und am besten klimatisierten Raum.«

»Bin ich dämlich!«, platzt Rifkin heraus. »Der vierte Schlüssel! Die Wohnung ganz oben, wo *Müller* auf dem Klingelschild steht. Dort waren bis jetzt immer die Läden runtergelassen.«

»Vielleicht sind die Müllers im Urlaub.«

»*Müller*, ich bitte dich! Das ist ungefähr so originell wie *Garcia*. Ich wette, da wohnt niemand.«

»Na, dann los«, meint Baranow, den die ganze Aktion sehr zu amüsieren scheint.

Sie machen kehrt, schließen die Ladentür ab und die Haustür auf. »Hast du dir überlegt, was du sagen wirst, wenn wir gleich Herrn und Frau Müller in ihren Nachtgewändern gegenüberstehen?«

»Dir wird dann schon etwas einfallen.«

Niemand steht im Nachthemd vor ihnen, nachdem sie die Tür aufgesperrt und das Sicherheitsschloss geknackt haben. Baranow knipst das Licht an und überprüft den Flur auf Kameras. Er kann nichts entdecken. »Hoffentlich gibt es nirgendwo einen stummen Alarm«, murmelt er, aber Rifkin beachtet ihn gar nicht. Sie betritt den ersten Raum. Ein Sofa, mehr gibt es nicht an Möbeln. Sonst nur Bilder.

»Ich werd verrückt! Ich glaube, hier hängt ein Dalí!«

Baranow ist schon ein Zimmer weiter, wo sich ein ähnliches Szenario bietet: ein Sofa, Bilder und obendrein ein Regal mit kleinen Skulpturen. Als Rifkin hereinkommt, hat er eine zerklüftete

Frauenfigur aus Bronze in der Hand. »Ich fasse es nicht! Das ist ein Giacometti«, hört Rifkin ihn murmeln.

Andächtig durchwandern sie die Räume, deren Schnitt denen der unteren Wohnung entspricht. Sämtliche Wände sind mit Bildern bestückt, viele Signaturen, soweit zu entziffern, sagen Rifkin nichts, aber andere sehr wohl: Egon Schiele, Henri Matisse, Marc Chagall und Gustav Klimt. Die Gemälde hängen an dünnen Schnüren, die an einer Leiste unter der Decke angebracht sind, wie in einer Galerie. Es ist still, bis auf das leise Summen der Klimaanlage. Weitere Kunstwerke lagern in schmalen Holzkisten, die aufrecht in Gestellen stehen.

»Da ist dein Picasso!« Rifkin deutet auf die Kohlezeichnung einer südlich anmutenden Stadt, der Stil ist unverkennbar.

Baranow nähert sich. Seine Coolness ist verschwunden, der Anblick dieser Kunstwerke scheint auch ihn tief zu beeindrucken.

»Puh!« Rifkin hat den Rundgang beendet und lässt sich auf das Sofa im ersten Zimmer sinken, von dem man einen schönen Blick auf einen Kandinsky hat. »So etwas habe ich noch nie gesehen.«

»Woher stammt das alles?«, wundert sich Baranow, der sich neben sie gesetzt hat.

»Erst gestohlen, dann vererbt«, fasst Rifkin zusammen. »Sein Vater hieß Hannes Martin, er war ein hohes Tier bei der SS. Ich nehme schwer an, dass es sich hierbei größtenteils um Raubkunst aus der Enteignung jüdischen Besitzes handelt.«

»Aber gleich so viel!«

»Nun, er saß vielleicht an der Quelle, oder er kannte das Depot und hat es seinen Söhnen verraten. Ich fürchte, wir werden das nie in allen Einzelheiten erfahren. Auf jeden Fall gehören diese Bilder den Erben der enteigneten Familien.«

»Falls man sie findet.«

»Ja, falls.«

»Okay«, seufzt Baranow. »Dann verschwinde ich jetzt, ehe ich noch in Versuchung komme, mir den Picasso unter den Arm zu klemmen. Und du kannst deinen Kommissar Völxen anrufen. Das wird einen Wirbel geben, macht euch auf etwas gefasst.«

»Ich werde jetzt nicht Völxen anrufen. Der schläft doch schon! Er ist immer sehr unleidlich, wenn man ihn weckt.«

»Für einen solchen Fund kann man schon einmal aufstehen, oder?«

»Und wie soll ich erklären, warum ich mitten in der Nacht hier bin?«, entgegnet Rifkin. »Nein, ich warte hier, auf dem Sofa, bis morgen früh. Dann kann ich behaupten, mich hätte ein Geistesblitz gestreift, und da ich die Schlüssel noch hatte ...«

»Wieso wartest du nicht zu Hause in deinem Bett?«

»Weil ich keine Ahnung habe, wer noch von diesen Bildern weiß. Der Tod von Alvarez dürfte sich allmählich herumgesprochen haben. Ich möchte morgen früh keine böse Überraschung erleben.«

Baranow lacht auf. »Sei ehrlich, Elena! Du traust mir nicht. Du denkst, ich könnte in der Zwischenzeit diese Wohnung plündern.«

»Nein!«, protestiert Rifkin. »Aber jetzt, da du es erwähnst ...«

Er wendet sich ab und geht aus dem Zimmer. Rifkin beißt sich auf die Lippen. Sie hätte das nicht sagen sollen. Aber ein Körnchen Wahrheit steckt in seiner Anschuldigung, das muss sie zugeben. Sie weiß, dass sie ihm einiges bedeutet. Aber wie viel ist *einiges* – in Millionen ausgedrückt? Jeder ist bestechlich und käuflich, erst recht ein Ex-Mafiaboss. Ein schabendes Geräusch reißt sie aus ihren Gedanken, sie fährt erschrocken herum. Baranow schleift das Sofa aus dem Zimmer gegenüber herein.

»Was wird das?«

»Denkst du, ich lass dich hier allein?« Er schiebt die Sofas mit den Sitzflächen aneinander, dann holt er noch zwei Decken aus dem Raum mit den Holzgestellen. Es sind die Art Decken, wie Umzugsfirmen sie benutzen. »Mehr Komfort gibt's nicht.«

»Ich habe das vorhin wirklich nicht so gemeint«, sagt Rifkin, während sie sich auf das eine Sofa fallen lässt.

»Doch, das hast du!« Baranow klettert über die Lehne und plumpst neben sie. »Ich wäre an deiner Stelle auch vorsichtig. Man weiß nie, wann meine niedrigen Instinkte die Oberhand gewinnen.«

»Lass das Licht an, ich will die Bilder noch ein bisschen anschauen.«

»Du lügst schon wieder. In Wirklichkeit hast du Angst, dass ich dich im Schlaf ermorde.«

»Das auch«, gähnt Rifkin.

»Nun, wenn du wieder so schnarchst wie vorhin ...«

»Wir werden sehen. Oder auch nicht«, meint Rifkin, gähnt erneut, und dann ist sie ziemlich rasch eingeschlafen.

Die Melodie ihres Handyweckers mischt sich in Rifkins wirre Träume, in denen Völxen, Alvarez und Baranow vorkamen. Sie fährt hoch, ist desorientiert.

Das ist nicht mein Bett!

Es ist stockdunkel. Ein Anflug von Panik erfasst sie, ehe sie richtig wach wird und die Erinnerung an die gestrige Nacht in ihr Hirn sickert. Sie tastet sich mithilfe der Taschenlampenfunktion des Handys bis zum Lichtschalter. Sieben Uhr, sie ist noch am Leben und Baranow verschwunden. Die Bilder sind noch da, auch der Picasso. Nur im Regal, dort, wo die kleine Giacometti-Statuette aus Bronze stand, ist ein sauberer Fleck auf der ansonsten leicht verstaubten Platte zu sehen.

Wahrscheinlich betrachtet er das als eine Art Andenken oder Provision.

Wie naiv von ihr, einen kriminell veranlagten Menschen einer solchen Versuchung auszusetzen. Das ist, als würde man einem Hund den Sonntagsbraten hinstellen und darauf vertrauen, dass er nichts davon klaut, während man ihm den Rücken zudreht. Sie kann froh sein, dass nur die kleine Statuette fehlt und nicht noch mehr. Sie wischt mit dem Ärmel über die verräterische Stelle. Danach gönnt sie sich ein Frühstück am Stehtisch einer Bäckerei, ehe sie in die Wohnung mit den Bildern zurückkehrt und von dort aus Hauptkommissar Völxen anruft.

Kapitel 16 – Alles nur Gras

Die Presse, und zwar nicht nur die lokale, stürzt sich auf den *Jahrhundertfund* der Kunstwerke. Sogar ein Korrespondent der *New York Times* wird beim LKA vorstellig, das berichtet Jule gegen Ende der Woche von ihrer Dienststelle. Da der Fund der Kunstwerke für Völxens Kommissariat praktisch nur ein Beifang war, hat das Landeskriminalamt den Fall an sich gezogen. Es gilt nicht nur, die Herkunft der Kunstwerke zu ermitteln, sondern auch die Besitzer zu finden oder deren Erben.

Hans-Jürgen Möhle, Völxens alter Kollege, ist in seinem Element. »Dass ich das noch erleben darf, solch ein Fund«, rief er mit feuchten Augen, als er die Wohnung in der Oststadt zum ersten Mal betrat.

Dadurch gerät die erfolgreiche Aufklärung zweier Morde in den Augen der Öffentlichkeit beinahe ein bisschen in den Hintergrund. Hauptkommissar Völxen und seinen Leuten ist deswegen aber nicht langweilig. Die restliche Woche ist angefüllt mit Vernehmungen der Tatverdächtigen und der bürokratischen Aufarbeitung der vorangegangenen Ereignisse.

Zwei Herren von der Abteilung für Interne Ermittlungen nehmen Rifkin und Raukel jeweils eine Stunde lang ins Kreuzverhör und versuchen zu ergründen, wie es zu der Selbsttötung von Alvarez kommen konnte. Rifkin bemüht sich, den Inquisitoren darzulegen, dass Alvarez für sie und Raukel zunächst kein Verdächtiger war, sondern nur ein Opfer, ein Schwerverletzter, der aus Unvernunft die Klinik verlassen hat. Weshalb sie keine Notwendigkeit sahen, ihn oder den Schreibtisch, an dem er saß, nach Waffen zu durchsuchen. Erst nach Raukels Telefonat mit Völxen habe sich die Sicht auf die Dinge geändert, aber da seien auch schon die Rettungskräfte eingetroffen. Es habe nichts auf eine Selbstmordabsicht hingedeutet, schon gar nicht mit einer Waffe, man könne daher dem Kollegen Raukel keinen Vorwurf machen, dass er den Delinquenten für einige Sekunden alleine ließ, um den Sanitätern die Tür zu öffnen. »Wir befürchteten vielmehr, dass er das Eintreffen des Rettungsdienstes nicht mehr erlebt oder auf dem Transport stirbt.«

Rifkin und Raukel haben sich darauf verständigt, in einem Punkt zu lügen: Sie behaupten beide, den Rettungsdienst sofort gerufen zu haben, nicht erst nach dem Telefonat mit Völxen. Das glauben ihnen die Herren von der Internen ohne Probleme, aber dennoch: Rifkin hat nach der Befragung kein gutes Gefühl. Ihr Chef, Hauptkommissar Völxen, meint jedoch tags darauf, er habe bei den Kollegen mal vorgefühlt, sie und Raukel müssten sich keine Sorgen machen.

Rifkin fällt ein Stein vom Herzen.

Erwin Raukel nimmt das alles ohnehin nicht gar so ernst. Es ist nicht das erste Mal, dass die Interne gegen ihn ermittelt. Davon abgesehen ist er immer noch von Liebeskummer gezeichnet und recht gedämpfter Stimmung. Seine Irina ist inzwischen wieder auf freiem Fuß, wird aber wegen Begünstigung von Schwarzarbeit und unerlaubtem Waffenbesitz angeklagt werden. Sie hat sich nicht mehr bei ihm gemeldet. Raukel traut dem Frieden nicht. Er wagt sich erst wieder auf seinen Balkon, nachdem er mitbekommen hat, dass am Freitagmorgen ein Umzugswagen all ihre Möbel eingeladen hat.

»Da bist du ja noch mal mit einem blauen Auge davongekommen«, kalauert Oda.

Raukel kann darüber noch nicht lachen.

Oda Kristensen und Hauptkommissar Völxen brauchen zwei Tage, ehe sie Pauline Kern das Geständnis abringen, den zweiten Schlag mit dem Kerzenleuchter ausgeführt zu haben. Durch das Gutachten der Rechtsmedizin in die Enge getrieben versuchte sie schließlich, sich auf Totschlag hinauszureden. Angeblich habe sie der Schwerverletzte noch im Sterben beleidigt, da seien ihr die Gäule durchgegangen. Ob das glaubhaft ist, muss das Gericht entscheiden. Staatsanwalt Feyling glaubt ihr jedenfalls nicht und erhebt Anklage wegen Mordes.

Während der ganzen Zeit hat Rifkin befürchtet, dass das Fehlen der Giacometti-Figur vielleicht doch noch auffallen würde. Was, wenn die Ermittler des Landeskriminalamts ein Werkverzeichnis oder Ähnliches finden? Dann würden Fragen auftauchen. Doch die Buchführung von Luis Alvarez alias Adrian Martínez ist, was die Bilder und Skulpturen angeht, lange nicht so ordentlich wie die seines Antiquitätenladens. Was in den Notizbüchern vermerkt ist, die Rifkin und Fernando in seinem Schreibtisch fanden, ist so verworren und kryptisch, dass deren Inhalt wohl nur er verstand. Es ist nicht einmal sicher, ob das Gekritzel etwas mit den Kunstwerken zu tun hat. Ein Konto auf den Bermudas, das die LKA-Ermittler entdecken und das ein Plus von knapp acht Millionen Euro aufweist, deutet darauf hin, dass es wohl Verkäufe gab, aber niemand weiß, was veräußert wurde und zu welchem Wert. »Da reicht unter Umständen schon ein Bild«, meint Hans-Jürgen Möhle.

»Versteht ihr das?«, fragt Erwin Raukel fassungslos seine Kollegen Rifkin und Rodriguez. »Der hat acht Millionen auf dem Konto! Acht Millionen! Und lebt wie ein Grottenolm zwischen seinen alten, staubigen Möbeln, anstatt in der Karibik am Strand zu liegen und es ordentlich krachen zu lassen.«

»Er glaubte, auf seinen Bruder aufpassen zu müssen«, antwortet Rifkin. »Davon schien er geradezu besessen zu sein.«

»Stimmt«, meint Fernando. »Wir haben da diese Tagebücher gefunden, aber er schreibt darin nicht über sich, sondern über seinen Bruder, dessen Frau und die Kinder, es sind richtige Dossiers.«

»Das ist so was von krank«, diagnostiziert Raukel.

»Das kannst du laut sagen«, pflichtet ihm Rifkin bei.

Die Kunstwerke sind eine Sache, doch Rifkin kann noch immer nicht verwinden, dass Alvarez aus nichtigem Anlass die arme Fedora Melnik tötete. Eine junge Frau, die voller Hoffnung hierherkam und nichts weiter wollte als ein besseres Leben.

Igor Baranow hat, auf die Figur angesprochen, eine seltsame Erklärung für deren Diebstahl abgegeben. »Ich habe sie nicht für mich mitgenommen, sondern für dich.«

Sie wolle sie aber nicht, hat Rifkin geantwortet.

»Ich werde sie für dich aufbewahren. Betrachte sie als Versicherung. Solltest du oder jemand aus deiner Familie jemals in Schwierigkeiten geraten und Geld brauchen, dann werde ich sie für dich verkaufen. Darauf gebe ich dir mein Wort. Du kannst es jederzeit einlösen«, hat er feierlich bekundet.

»Was ist, wenn wir bis dahin schon längst nichts mehr miteinander zu tun haben?«, hat Rifkin, pragmatisch, wie sie nun einmal ist, gefragt.

»Ein Versprechen ist ein Versprechen. Es gilt unter allen Umständen.«

Rifkin hat es dabei belassen. Das Arrangement erfüllt sie mit gemischten Gefühlen, je nach Stimmungslage ist sie gerührt, dann wieder hinterfragt sie ernsthaft ihre Gesinnung als deutsche Staatsbeamtin.

Am Freitagnachmittag, es geht auf siebzehn Uhr zu, ist nur noch sie im Büro. Obwohl es noch einiges zu tun gibt, haben sich Rodriguez und Raukel frühzeitig verdrückt. Frau Cebulla dagegen ist noch hier. Sie klopft an und bittet Rifkin mit ernster Stimme in Völxens Büro. »Sofort«, setzt sie hinzu.

Rifkin steht auf und folgt der Sekretärin mit weichen Knien den Flur entlang. Ist das Fehlen der Figur bemerkt worden? Gab es irgendwo in den Räumen von Alvarez' geheimer Galerie eine versteckte Kamera, die sie und Baranow in voller Lebensgröße aufgenommen hat? Das wäre der Super-GAU. Oder ist es wegen des Todes von Alvarez? Haben sie bei der Internen ihre Meinung geändert und sind doch noch zu dem Schluss gekommen, dass sie als Staatsdienerin nicht mehr tragbar ist? Aber dann müsste es Raukel doch auch treffen ...

Mit bangem Herzen betritt sie Völxens Allerheiligstes, nachdem Frau Cebulla sie tatsächlich bis dorthin begleitet hat, als befürchte sie einen Fluchtversuch Rifkins in letzter Sekunde.

Rifkin erschrickt, als sie den Raum betritt. Nicht nur das komplette Team hat sich dort versammelt, einschließlich Terrier Oscar, auch Staatsanwalt Feyling ist da und obendrein der Vizepräsident. Auf dem Schreibtisch stehen eine Platte mit Häppchen, eine Etagere mit kleinen süßen Stückchen und ein Sektkübel mit zwei Flaschen Sekt, davor stehen volle Gläser.

»Oberkommissarin Rifkin«, begrüßt sie der Vizepräsident mit einem breiten Lächeln. »Ich darf Ihnen noch einmal meine Anerkennung zur Ihrer hervorragenden Arbeit aussprechen.«

»Äh, ja, danke. Aber das war nicht ich allein.«

Doch der Vize ist noch nicht fertig. »Erfreulicherweise wurde dem Kommissariat für Tötungsdelikte eine weitere Stelle eines Hauptkommissars oder einer Hauptkommissarin bewilligt, und deshalb darf ich Ihnen heute mitteilen, dass Sie ab sofort zur Hauptkommissarin befördert worden sind.« Er nimmt ein Glas und reicht es ihr. »Lassen Sie uns darauf anstoßen, Hauptkommissarin Rifkin!«

Home, sweet home. Was für eine Woche!

Völxen hat bei seiner Ankunft das Auto seiner Tochter in der Einfahrt stehen sehen, aber Sabine sitzt allein auf der Terrasse vor einem orangefarbenen Aperitif.

»So alleine, schöne Frau? Wo ist Wanda denn hin?«, fragt er.

»Sie wollte die Schafe begrüßen. Auch einen Aperol?«

»Nein danke. Ich hatte schon billigen Sekt. Ich schau mal, was Wanda treibt.«

»In einer halben Stunde gibt's Essen.«

Völxen und sein Hund Oscar durchqueren den Garten in Richtung Schafweide. Der Kirschbaum wirft bereits seine Blätter ab, die Astern entfachen ein Feuerwerk an Farben. Er muss an den Sommer denken, an die ersten Wochen nach der Pandemie, als er sich gefühlt hat wie ein Höhlenmensch, der ins Freie tritt und feststellt, wie hell und wunderbar es doch da draußen ist. Jetzt geht dieser Sommer schon wieder zu Ende, und wer weiß, was kommen wird. Gerade als ihn die Melancholie zu erfassen droht, hört er ein zweistimmiges Kichern. Es sind Wanda und der Hühnerbaron, die am Zaun der Schafweide lehnen. Seltsam, die zwei haben sich doch sonst nicht allzu viel zu sagen. Aber nun scheinen sie sich sehr zu amüsieren.

Er kommt näher, sieht Rauchwolken aufsteigen und wittert. Dieser Geruch ... Den kennt er doch, auch wenn es schon eine ganze Weile her ist, dass er ... Die zwei werden doch nicht ...

Er lässt Oscar bei Fuß gehen und pirscht sich näher heran. Das ist die Höhe! Nachbar und Tochter ziehen sich hier, an seiner Weide, vor seinen Schafen, einen fetten Joint rein.

Völxen lässt seine Pranken schwer auf die Schultern der beiden fallen. Die Ertappten fahren erschrocken herum.

»Da kommt man von einer anstrengenden Woche nach Hause, und was muss man sehen?«, poltert er. »Von dir habe ich ja nichts anderes erwartet, liebe Tochter, aber du, Jens ...Das hätte ich nicht von dir gedacht!«

»Ich habe nicht inhaliert«, feixt Köpcke.

»Komm schon, Dad. Es ist nur Gras. Wir hängen schließlich nicht an der Nadel!« Schon wieder müssen die zwei losprusten.

»Willst du auch mal?« Wanda hält ihm den halb gerauchten Joint hin. »Ist gut für den Rücken.«

»Ja, mitgehangen, mitgefangen. Oder war das umgekehrt?«, grinst der Hühnerbaron.

»Großer Gott!«, seufzt Völxen.

»Deine Schafe mögen es auch«, kichert Köpcke. »Das gute, saftige Gras.«

»Habt ihr etwa ...?«

»Bist du wahnsinnig? Ich verfüttere doch diesen Biestern nicht das teure Gras vom Amsterdamer Coffeeshop!«, protestiert Wanda.

»Obwohl, wenn man ihre Augen so sieht ...«, meint der Hühnerbaron. »Die haben schon einen irren Blick. Besonders der Bock, der sieht ziemlich *stoned* aus.«

»Nee, Schafe glotzen immer so bekifft, die haben so quere Pupillen. Quer, Jens, nicht queer!«, setzt Wanda hinzu. »Haha, queere Schafe!« Schon wieder müssen sich die beiden ausschütten vor Lachen.

Das ist ja nicht auszuhalten. »Gib schon her«, sagt Völxen zu

Wanda und nimmt einen kräftigen Zug. Und gleich noch einen. »Jah! Den habe ich mir verdient!«

»Pass auf, das Zeug haut rein!«

»Still, Rotzgöre! Deine Mutter und ich haben schon geraucht, da warst du noch nicht mal ein lüsternes Kribbeln in meinen Lenden!«

»Papa!«, quietscht Wanda entrüstet wie ein Teenager.

Der Hühnerbaron kriegt sich nicht wieder ein vor Heiterkeit.

»Seitdem hast du nichts mehr geraucht, oder?«, forscht Wanda.

»Ich bin schließlich Polizeibeamter. Was? Was schaut ihr denn so, ihr Biester?« Die Schafe blicken befremdet zu ihm herüber. Jedenfalls kommt es Völxen so vor. »Ich habe diese Woche zwei Morde aufgeklärt, damit ihr es wisst, ihr vier ... fünf! 'tschuldigung, Amadeus.«

»Jawoll. Da gibt's gar nichts zu glotzen«, bekräftigt Köpcke.

»Gib mir noch einen Zug!«

»Papa, ich sag's nur: Das ist ein anderer Stoff als das müde Kraut, das ihr euch früher reingezogen habt.«

»Wirst du deinem Vater wohl die Tüte geben!«

»Hihi, das wuchs an der Stallwand, und wenn's ein verregneter Sommer war, dann stank es wie alte Socken«, schwelgt Köpcke in längst vergangenen Zeiten. »Aber das da, Wanda, das ist vom Feinsten! Vom Allerallerfeinsten!«

»Ich weiß. Früher war halt doch nicht alles besser«, meint Wanda.

»Gras ist Gras.« Völxen zieht ein letztes Mal am Stummel und breitet die Arme aus. »Es ist alles nur Gras. Grasgrünes Gras.«

»O Mann«, stöhnt Wanda. »Mama wird mich lynchen!«